V.

THOMAS PYNCHON

SHINCHOSHA

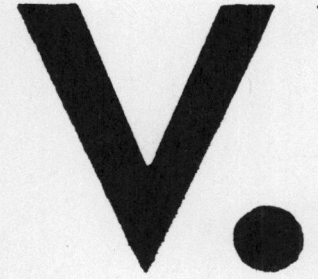

Thomas Pynchon Complete Collection
1963

V. 1
Thomas Pynchon

『V.』［上］

トマス・ピンチョン

小山太一＋佐藤良明 訳

新潮社

V.
目次

上巻

下巻

V.
by Thomas Pynchon

Artwork by Ryuta Iida
Photograph by Tatsuro Hirose / Shinchosha
Design by Shinchosha Book Design Division

V.

［上］

第一章

木偶のヨーヨー、ベニー・プロフェインが遠手点に到達するの巻 V

I

一九五五年のクリスマス・イヴ。聖夜にベニー・プロフェインがたまたま通りかかったのが、ヴァージニアの軍港の町ノーフォークだった。黒のリーヴァイスを穿き、スエードのジャケットを着込んで、スニーカーに特大カウボーイ・ハットというベニーは、センチメンタルな衝動にはめっぽう弱い。さっそく懐かしの〈マドロス墓場《セイラーズ・グレイヴ》〉へと足を向ける。前に乗っていた駆逐艦仲間がたまり場にしている、イースト・メイン・ストリートの居酒屋だ。アーケードを抜けていくと、イースト・メインに出るところで、年寄りのストリート・シンガーが、空になった固形燃料《スターノ》の缶をコイン受けに、ギターを抱えてしゃがみこんでいた。通りのほうでは、停《と》めてあった54年型パッカード・パトリシアンの燃料タンクに、どこかの艦の事務掛主任下士官が小便を注ぎ込もうとし、そのまわりを五、六人の二等水兵が囲んではやし立てている。老シンガーの、艶のある太いバリトンが流れる。

イースト・メインじゃ年がら年中　Xマス・イーヴ
水兵さんとスイートハートの聖夜だぜ
赤や緑のネオンサインが
グッドタイムを照らし出し
沖ゆく船にウェルカム・コール
サンタのバッグにゃ魔法のドリーム
シャンパンみたいなキラキラビールに
好き者ぞろいのバーメイド
どうだ、えじゃないか、イースト・メイン、
ここは年がら年中、イェオ、Xマス・イーヴ!

「イェオ、チーフ」二等水兵が声をかけた。プロフェインは角を曲がった。イースト・メイン・ストリートは、いつも通り、警告もなく、もろに襲いかかってきた。

海軍を除隊して以来、プロフェインは日雇いの道路工事で飯を食い、工事がないときには東海岸を上がったり下がったりのヨーヨーをやっていて、その暮らしがもう一年半にもなる。舗装された

名前つきの道路とそれほど長く付き合った身であれば、その危険も嫌というほど知っている。とくにこの手の通りはうまくない。プロフェインの意識の奥底では、これら名うてのストリート群が漠然と溶け合って一本の抽象的な〈ストリート〉をなしていた。満月の晩など、その抽象的なストリートが悪夢となって彼を襲うのである。このイースト・メインも、処置なしの泥酔水兵が群れるゲットーであって、それは夢が悪夢に変わるスムーズさで彼の神経を浸食した。犬は狼へ、光は薄明《トワイライト》へ、何もない空間は何かを待ち構える存在へと変じるなか、未成年の海兵隊員がゲロを吐きまくり、バーの女給《メイド》は両の尻っぺたに彫ったスクリューの刺青を見せびらかしている。店の厚板ガラスを破って飛び込む方法を思案中の男が、「どりゃあああ！」と叫ぶのはガラスが砕ける前か後か思い出そうとしている。酔っ払った甲板猿《デッキエイプ》が、以前に海軍憲兵に捕まって拘束服を着せられたのがよほどこたえたか、わざわざ路地の奥へ駆け込んでからわめいている。足下にときどき感じる振動は、街灯をいくつか隔てた舗道上で「誰かあ！」と助けを求める声を叩きつぶしている警棒の響きだ。人の顔を醜い緑色に染めている水銀灯の列が、いびつなVの字をなして東のほうへ先細っていく。Vの先は暗い。酒場はない。

〈マドロス墓場〉の扉を開けると、海軍組と海兵隊のあいだでちょっとした殴り合いが進行中だった。プロフェインは戸口で一瞬ためらったが、どうせ「墓場」に片足つっこんだんだからと、取っ組み合いの輪に捕まらないように走り抜け、真鍮製の足置きバーの近くの席に身を潜めた。

「男って、どうして仲間と仲良くやれないのさ?」声はプロフェインの左耳の後ろから聞こえた。ビアトリスである。ビアトリスはみんなの恋人だ――プロフェインの古巣の〈処刑台号《スカッフォルド》〉だけではなく、米海軍第二十二駆逐艦隊すべてのスイートハートがビアトリスだった。「ベニー」とビアトリスが叫ぶ。久しぶりの再会に二人ともほろりときて、プロフェインはバーの床に撒かれたおがくずに絵を描きはじめた。矢の刺さったふたつのハート。嘴に横断幕をくわえた二羽のカモメ。そこに「Dear Beatrice」の文字が刻まれる。

〈処刑台号〉の連中の姿はなかった。二晩前に地中海へ向けて出航したのだ。そのとき乗組員の怨嗟の声は、幽霊船から届く悲鳴のように、雲たれこめた沿岸通りにこだました(とは酒飲みのホラ話)。リトルクリーク海軍基地まで届いたらしいが、そんな次第で今晩イースト・メインに並ぶ酒場には、いつにも増してホステスが多い。というのも、〈処刑台号〉のような船の場合、出航の汽笛が鳴るが早いか、その妻たちは普段着を脱ぎ捨てバーの女給の制服を着込み、ビールを運ぶ腕をウォームアップしつつ、娼婦風のスマイルを浮かべてみせるのである。それも、軍楽隊の「蛍の光」がまだ鳴りやまず、雄々しき「気をつけ」の姿勢をとった水兵たちが、留守中の妻の行状も知らぬまま、煙突から吐き出される煤を浴び、哀しみにつくり笑いを混ぜた顔で別れを惜しんでいる最中のことなのである。

ビアトリスがビールを運んできた。と突然、耳をつんざく悲鳴。振り向いたビアトリスの持つジョッキから泡がこぼれた。

「ああもう、またプロイよ」プロイというのは、掃海艇〈衝動丸《インパルシヴ》〉の機関員に配置され、イースト・メインの端から端まで悪名を馳《は》せていた。身の丈は海軍ブーツを履いても一五〇センチそこそこ、それでいて、乗り組んだ艦内一の大男に喧嘩をふっかけてばかりいるのは、相手がまともに取り合わないのを知っての上のことである。今から十ヶ月前(〈処刑台号〉から配置替えになる直前)に、海軍当局はプロイの歯を全部引っこ抜く決定を下した。それに対する本人の抵抗は熾烈を極め、看護兵一人、歯科軍医二人を相手にまわし勇猛な立ち回りを演じて簡単には屈しない。「考えなさい」子供サイズのプロイの拳をブロックしながら、笑いをこらえて、軍医らが説得する。「根管治療か、歯槽膿漏か……」「いやだね」プロイはがんばる。最後には二の腕に鎮静剤《ペントサル》を注射するほかなくなった。意識が戻り、口腔内の世界の終わり《アポカリプス》を知ったプロイは、卑猥な言葉で叫び続けた。そして二ヶ月のあいだ化け物じみた様子で艦内を徘徊し、かと思うといきなり天井にぶら下がっては、オランウータンよろしく反動をつけて、士官の歯に蹴りを入れようとしていた。

船尾に陣取って誰彼かまわず当局の非を訴えるのだが、歯茎が痛くて言葉つきがままならない。やっと口内が癒えると、ぴかぴか光る上下の標準型義歯セットを与えられた。「冗談じゃねえ」とプロイはがなり、舷側から海に飛び込もうとした。それを止めたのが、巨体の黒人兵ダハウドである。「おいおい、チビ助よう」と、プロイの頭をつかんでつまみ上げ、甲板の上一ヤードで脚をばたつかせているダンガリー姿の苦悩の塊に向かって言った。「なんでまた、そんなことがしてえんだ?」

「死にてえからよ」とプロイ。

「おまえ知らねえな。命ってのは、この世でいちばん大事なもんなんだぜ」

「ほう、そうかい」プロイは涙声。「そりゃまた、どうしてよ」

「なぜってよ」ダハウドが応えた。「命を落としたら、死んじまうだろうが」

「あ、そうか」プロイが言った。そのひと言に納得したのかどうかはともかく、以後しばらくは静かだった。が、一週間してまたやりたい放題が始まる。〈衝動丸〉への厄介払いが本決まりとなったころ、消灯後にプロイの寝棚のほうから、なにやらギシギシ軋る音が同室の機関員の耳に届くようになった。それが二、三週間も続いたろうか、ある晩夜中の二時、だれかが部屋の電気をつけてみると、プロイが寝棚にあぐらをかき、小さな粗目のヤスリで歯を尖らせていた。次の給料日、〈マドロス墓場〉のテーブルについたプロイは珍しくもの静かだったが、午後十一時ごろ事は起こった。ジョッキをトレイにたんまりのせたビアトリスが腰を振りながら通りかかったその瞬間に、歓喜に満ちたプロイの顔がグンと伸びて、あんぐり開いた口内の、やすりで尖らせた義歯がビアトリスの右の尻の膨らみにガブリと食らいついたのである。悲鳴が上がった。グラスがキラめく放物線を描き、酒場中にビールの飛沫《しぶき》が飛び散った。

味をしめたプロイは、もうこれが止められない。噂は分艦隊から戦隊へ飛び火し、おそらくは北大西洋艦隊の駆逐艦すべてに広まった。〈処刑台号〉にも〈衝動丸〉にも所属しない兵士までが見物に押しかけてきた。となれば、ただいま進行中の喧嘩騒ぎも避けられまい。

「今度はだれをやったんだ」プロフェインが言った。「オレ、見てなかったよ」

「ビアトリスよ」ビアトリスが言った。やられた女給もビアトリスという。〈マドロス墓場〉のオーナーのミセス・バッフォーの言うところによれば、子供はみんな母親のことをママと呼ぶのだから、子供みたいに頼りない水兵さんには、バーの女給をみなビアトリスと呼ばせてあげましょうと。この女将《おかみ》もまた、ビアトリスという名前であって、自身の母性愛ポリシーをさらに推し進めるべく、店のビア栓を特注し、フォームラバー製の大きなおっぱい型にした。給料日の夜、八時から九時まではミセス・バッフォーのいわゆる〈チュウチュウ・タイム〉だ。まず奥の間からミセス・バッフォーが龍の刺繍をほどこしたキモノ姿で登場(これは第七艦隊のヒイキ筋から寄贈された)、艦上で甲板長《ボースン》が吹き鳴らす金色の呼子を口に当て、「食べ方始め」を吹き鳴らす。これを聞いて全員いっせいに飛びつくわけだが、並んだおっぱいは七個だけなので、集まってきた平均二百五十名の水兵のうち「チュウチュウ」を楽しめるのは超ラッキーな連中だけということになる。

バーの隅にプロイの頭が現れた。入れ歯をカチンと威勢良く鳴らして、「紹介するよ、こいつデューイ・グランドってんだ、新米の船乗りよ」そう言って指さしたのは、もの悲しげな顔の真ん中に巨大な鉤鼻が盛り上がった、背のひょろ高い南部白人である。床のおがくずの上、ギターをひきずりながら、プロイのあとを歩いてくる。

「どうも」デューイがいった。「一曲やります」

「あんたがPFCになったお祝いによ、デューイから、みんなに歌のプレゼントだ」

「去年のことのお祝いかよ」とプロフェイン。

だがデューイ・グランドはすでに片足を真鍮の足置きバーの上にのせ、ギターを膝に抱えてリズムを刻んでいた。八小節のストロークのあと、三拍子の歌が入る——

プ《P》ア・フ《F》ォーローン・シ《C》ヴィリアン
哀れ、あてなき除隊兵
おまえが抜けると寂しいぜ
士官室でもすすり泣き、
副長までが泣いてるぜ。
除隊なんてやめときな
いくらがみがみ言われても

懲罰送りが百万回でも。
オレなら水兵二十年、
ＰＦＣにゃなりたかねえ。

「いい歌じゃん」ビールをゴクリとやって、プロフェインが言った。

「まだ先がある」とデューイ・グランド。

「あ、そう」

と、いきなり、邪悪な瘴気《しょうき》がプロフェインを背後から包み込んだ。一本の腕が、ジャガイモ袋のように、彼の肩にドサッと落ちる。視野の隅にジョッキを持った毛むくじゃらの手が現れた。病気のヒヒの毛皮を不器用にまきつけたみたいな手だ。

「ベニー。ポン引きのほうはうまくいってるか、ぐひっ、ぐひっ」

この笑い声が出せるのは、ふたりといない。プロフェインのかつての船の仲間、ピッグ・ボーディーンだけだ。グルリ首を回すと、まさしくピッグ。このぐひっ、ぐひっは舌先を上の門歯の中ほどに当てながら、笑いを喉の奥から絞り出すようにして発声する。ピッグ本人のもくろみ通り、とんでもなく卑猥な音だった。

「ピッグかよ。出航に遅れたんじゃないか?」

「ＡＷＯＬ《エイウォール》ってやつよ。無断離隊、ていうか、甲板兵曹のパピー・ホッドに追い出されたって恰好だ」憲兵の目を避けるには、素面《しらふ》のまんま、仲間と一緒にいるのが一番。で、結論が、〈マドロス墓場〉行きであった。

「パピーのおっさんか。どうしてる」

結婚したバーメイドと別れてな、とピッグは語った。女のほうは、パピーと別れて、〈マドロス墓場〉に働きに来てる。

パオラというその若妻は、自称十六歳だが、本当のところはわからない。戦争直前のマルタ島に生まれたので、役所もなにもみんな空襲で焼けてしまい、記録が残っていないそうだ。

パピーとパオラの出会いの場にはプロフェインも居合わせていた。店は〈メトロ・バー〉、通りは海峡通り《ストレイト・ストリート》、またの名を〝ハラワタ《ザ・ガット》〟。ヴァレッタ。マルタ。

「シカーゴゥ」——その店でパピー・ホッドがギャングの声を絞り出した。「知ってるよな、シカゴ」と言いながら、意味ありげな仕草でジャンパーの懐に手を突っ込む。地中海のどこに行ってもやってみせるパピーの十八番。ただし、懐から出てくるのはハジキでもチャカでもなくただのハンカチで、そいつでブーッと洟をかみ、目の前でこわばっている女の子を笑い飛ばす。映画のせいでアメリカ人のステレオタイプは地中海の女みんなに知れ渡っていたが、例外がひとりいた。それがパオラ・マイストラル。この子は小鼻もふくらまさず、眉毛ひとつ動かさず、ホッドを見つめ続けていた。

結局パピーは、七百ドルにして返す約束で烹炊《ほうすい》掛のマックのへそくりから五百ドル借り、パオラを米国に連れて帰ることになった。

女の知恵にしてやられただけかもしれない。地中海の酒場の女といえば、みんなアメリカ行きが夢なのだ。充分な食べ物と暖かい服、暖房が途切れず、爆撃で崩れていない建物が建ち並ぶ国。入国に際してパピーは彼女の年を偽った。この子は何歳にでもなれたし、どんな国籍でも通りそうなところがあった。ほんとうに世界中の言葉の切れ端を知っているようだった。

甲板員のお楽しみのため、〈処刑台号〉の索具倉庫で新妻との秘め事を話して聞かせたものだが、話し出すといつの間にか、妙にやさしい気持になってしまうのだった。ホラ話の糸がほぐれていくうち、性の謎の奥深さに気づいてしまったかのように。性の全貌《スコア》は思った以上に大きなもので、スコアと言っても数字で書かれるものではないから自分の理解には収まらない——と、駆逐艦の甲板兵曹が四十五歳になってから気づくというのも、ちょっと冴えない話だけれども。

「よだれが出るねえ」ピッグの傍白である。プロフェインは〈マドロス墓場〉の奥のほうに目をやった。夜もふけて積もり重なった煙草の煙の中から近づいてくる彼女が見えた。ちゃんとイースト・メインのバーメイドに見える。見かけはまったく、ふつうのイースト・メインの女給さんと変わらない。雪原の兎の毛が白くなるとか、草の丈が高くて太陽の強い場所では虎の毛色が濃くなるとか、そういったものだろうか。

彼女はプロフェインにほほえんでみせた。悲しげな、無理のある笑顔だ。

「また志願しにきたの?」

「通りかかっただけさ」

「なあ、オレと一緒に西海岸へ来いよ」ピッグが言う。「憲兵が乗ってるような車じゃ、オレのハーレーは追いきれねえから」

「ほら、ほら」チビのプロイが片足で跳ねながら言った。「喋ってる場合かよ。用意しろよ」指さす先に、キモノ姿でカウンターに腰を下ろしたバッフォー女将の姿があった。店内に静寂が舞い降りる。入り口をふさいでいた海軍組と海兵隊員も一時休戦である。

「みなさぁん」ミセス・バッフォーが宣告する。「今夜はクリスマス・イヴです」彼女は金色の呼子を出して、吹き始めた。出だしの旋律がフルートのように情感豊かにヴィブラートする。聞いている男たちの目が見開き、下顎が落ちた。〈マドロス墓場〉の全員が畏敬の念にうたれている。認識の輪が徐々に広がった——甲板長の呼子の限られた音程ではあるが、女将が演奏しているのは、賛美歌の「天《あめ》なる神には」ではないか。店の奥のほうから、若い男のソフトな歌声が加わった。フィラデルフィア界隈のナイトクラブで唱《うた》っていたこともある予備兵である。プロイの眼が輝いた。

「天使の声だぜ」

歌が「地には平和、人に善意、天にましますます恵みの王より……」まで進んだとき、戦闘的無神論者のピッグ・ボーディーンが我慢しきれなくなって、しゃがれ声を轟かせた。「しゃぶりんぼの合図だぜ」ミセス・バッフォーと予備兵がだしぬけに沈黙。一秒して、みんなその意味を理解した。

「チュウチュウ・タイム！」プロイがわめく。

このひと言で魔法が解けた。次の瞬間、水兵たちの押し合いへし合い。〈衝動丸〉の乗組員がこれに混ざった。もみくちゃの中で、頭のきれる連中が素早く一団となり、プロイの体を担ぎ上げ、丸太のように突き立てながら、先陣切って手近な乳首に突撃した。

女将はクラクフのラッパ吹きのごとくに城壁を守ろうとしたけれども、打ち壊しの衝撃をもろに食らい、第一波がカウンターを乗り越えたところで真っ逆さまに氷バケツへはまりこんだ。その波のてっぺんを両手を伸ばして突き進んだのがプロイで、おっぱい栓の一つにとりついたその瞬間に仲間の手が離れたものだから、慣性の力によって栓を摑んだまま放物線の弧を描いて床に落ちた。栓の外れたフォームラバーのおっぱいからビールが白い滝になって噴き出し、プロイとミセス・バッフォーを押し流し、店の裏手から侵入して激しい殴り合いを演じていた二十人ばかりの水兵を押し流した。プロイを担いできた連中は横手に広がり、他の栓をめがけてにじりよる。プロイの上官にあたる先任下士官は四つん這いになってプロイの足にしがみつき、プロイがたらふく飲んだところで、その足をひっぱがして自分が吸い口に飛びつこうと待ち構えている。〈衝動丸〉の分遣隊がくさび陣を作って突進した後にできた人垣の裂け目に、よだれを垂らしたブルージャケットの、少なく見て六十名の一団が飛び込んでくる。足を蹴り上げ、爪で引搔っき、腕を振り回し、狂ったようにわめきながら。なかにはビール瓶を振り回しているやつもいる。

プロフェインはカウンターの端の床に腰を下ろして見ていた。手づくりのシー・ブーツ、ラッパズボン、裾をまくり上げたリーヴァイス、倒れた胴体についているよだれのしたたる顔、割れたビール瓶、おがくずの小さな嵐。

眼を上げると、パオラだった。彼の脚に両腕をまわし、黒のデニム地に頰をよせている。

「ひどい」彼女がいった。

「うん」と言って、プロフェインは頭を撫でた。

「ピース……」溜息ながらに、「みんなそれ、ほしいでしょ、ベニー？　小さな平和《ピース》でいいの。誰も飛びかかってこない、お尻にかぶりつかない」

「待った」とプロフェイン。「見ろよ。デューイ・グランドのやつ、自分のギターで腹に一発食らったぞ」

パオラはプロフェインの脚に向かって何やら呟いた。それからふたり、おし黙ったまま頭上の虐殺シーンに眼をくれることもなかった。ミセス・バッフォーは泣きわめくばかり。人のものとも思われぬ泣きじゃくりは、模造マホガニーの古びたカウンターにも反射するし、その奥からも湧きあがってくる。

ピッグはカウンター裏の棚の上に、二ダースほどのビア・グラスを押しのけて座っていた。こういう騒ぎには傍観者として臨むのがピッグである。眼下で間欠泉が七つ、泡水を噴き上げ、船乗りたちが乳首を取り合う赤ちゃん豚のようにもつれ合っている。カウンター裏のおがくずは、ほとんどビールをぐっしょり吸い込み、つかみ合う連中の素人くさいフットワークが、そこに謎の象形文字《ヒエログリフ》を記していた。

外でサイレンの音が聞こえた。ホイッスル、人の走る音。「ややっ」とピッグ。棚から飛び降り、カウンターをまわってプロフェインとパオラに「ヘイ、エース」と、まるで風に吹きつけられたように眼を細めてクールに言った。「シェリフが来るぞ」

「裏手から出よう」とプロフェイン。

「カノジョも忘れんな」

部屋いっぱいにひしめきあう肉のあいだを、ぶっちぎりの疾走《ラン》だ。途中、デューイ・グランドを拾い上げる。沿岸パトロール隊が警棒を振り上げ、〈マドロス墓場〉に踏み込んだとき、四人はもうイースト・メイン沿いの横道を走っていた。「どこに行くんだ」とプロフェイン。「行くとこに行くさ」ピッグが答えた。「黙ってケツを進めな」

II

彼らが行き着いたのは、造船の街ニューポート・ニューズのアパートで、そこには婦人予備隊《WAVE》の大尉さん四人のほか、石炭埠頭で轍手《スイッチマン》をやっているモリス・テフロンというピッグの知り合いが、一種の寮父のようなかっこうで住んでいた。ただしそれは、クリスマスから新年までの一週間、アルコールをいれっぱなしの頭が理解した内容である。とにかく、転がり込んできた彼らを疎ましく思う者はいなかった。

テフロンには悪い手癖があったが、その手癖のおかげでプロフェインとパオラは、どちらが望んだわけでもないのに親しくなったのだといえる。テフロンはカメラを持っていた。ライカである。海軍にいた友達に頼んで、海外から半ば合法的に入手した。で、景気のよかった週末など、イタリアの赤ワインが（大型商船の立てる波のように）たぷたぷと振る舞われたそんな晩、彼はカメラをぶら下げ、同居人のベッドをまわってシャッターを切る。撮れた写真を持ってイースト・メインを端まで歩き、波止場の飢えた水兵に売りつける。

パオラ・ホッド、旧姓マイストラルは、パピー・ホッドのベッドからある日プイと飛び出たあと、我が家のように寝泊まりしていた〈マドロス墓場〉も出てきてしまった。身寄りを失って呆然とするパオラの眼にプロフェインは、実際は持ち合わせていない優しさや癒しの才を帯びて見えだした。「あなたしかいない」パオラが警告する、「だから、やさしくね」。みんなでテフロンのアパートの台所のテーブルを囲んでいた。ピッグ・ボーディーンとデューイ・グランドも一緒であって、それぞれがブリッジのパートナーのように対面している。テーブルの中央にはウォッカのボトル。彼らのあいだに言葉はない。沈黙が破られるとすれば、グラスがカラになったとき。次にウォッカをなにで割るかで議論になるのだ。この一週間、ミルクを試し、次が缶詰の野菜スープ、しまいには冷蔵庫に西瓜の切れ端が干からびたのがあったのを見つけてそれを搾った。だが反射神経の鈍っているとき、小さなタンブラーに西瓜を搾るというのは不可能に近い。ウォッカの中に落ちた種をつまみ出すのがまた厄介で、四人は一層とげとげしくなっていた。

ピッグとデューイがパオラに目をつけているのも困ったことだった。夜になるといつも二人してプロフェインに掛け合い、おこぼれをよこせと迫る。

「あの子さ、男たちから立ち直ろうとしてるところなんだぜ」プロフェインが抗議する。ピッグはその発言を却下する。さもなくば、以前自分の上司だったパピー・ホッドへの侮辱と取る。

実をいえば、プロフェインにしても事に及んでいないのだった。だいたい、パオラの気持ちがつかめていない。

「やさしくしてって、どうしてほしいんだい」とたずねてみる。

「パピー・ホッドみたいなのはイヤなの」という返事だ。そのうちプロフェインは、パオラの真の望みを解読する意欲を失ってしまった。ときどき彼女は、別れた亭主の乱行ぶりについて派手なエピソードを披露した。他の女に手出しした、顔を殴りつけられた、酔っぱらって無理やり事に及んできた——。パピーと言えばプロフェインの元上官。パピーの指示で四年間、ボルト締めと研削と、タワシ磨きとペンキ塗り、また研削という仕事を続けたわけで、プロフェインとしても、パオラの訴えにはさもありなんと思える部分があった。だが、信じるのは半分だけにした。なぜなら、物事には通常二面あって女はその一面をなしているだけだからだ。

パオラはみんなに歌をひとつ教えた。アルジェリアの戦線から脱走してきたフランスの落下傘兵が教えてくれたのだそうである。

ドゥマン・ル・ノワー・マターン　Demain le noir matin,
ジュ・フェルムレ・ラ・ポールター　Je fermerai la porte
オ・ネー・デ・ザーネ・モールター　Au nez des années mortes;
ジレー・パルレー・シュマーン　J'irai par les chemins.

ジュ・モンディレー・マ・ヴィー　Je mendierai ma vie
シュラ・テール・エ・シュル・ローンダー　Sur la terre et sur l'onde,
デュ・ヴュー・オ・ヌヴォー・モンダー……　Du vieux au nouveau monde...

小男ながら巌《いわお》のような、まるでマルタ島そのもののように計り知れないハートをもったひとだった。一緒に過ごしたのは一晩だけ、翌朝彼はギリシャのピレウスへ旅立った。

明日、夜明け前の暗がり／わたしは扉を閉める／死んだ歳月に蓋をする／そして旅に出る／放浪する／陸《おか》を越え海を渡り／ふるき国からあしたの世界へ向かうのだ……

パオラがデューイ・グランドにコードを教え、キッチン・テーブルを囲んでの合唱が始まった。

調理台の炎が四つ、部屋の酸素を消費している冬の台所で、彼らは唱《うた》った。たっぷり唱った。パオラの眼を見てプロフェインは思った。きっと、落下傘兵のことを考えているんだろう——そいつはきっと政治なんかどうでもよくて、なのに戦場じゃめちゃくちゃ強い。すっかり嫌気が差しちまったんだろう。来る日も来る日も村民を強制疎開させることに、ゆうべＦＬＮ（アルジェリア民族解放戦線）にやられたのと同等の酷たらしい作戦を毎朝考えることに。そういう一切に厭《あ》き果てたんだろう。彼女は聖母マリアの顕現を刻んだ「奇跡のメダル」を首にかけていた（行きずりの米兵がくれたんだろう、故国——セックスは無料でも、その代わりに結婚話がつきまとう国——に残した信仰あついカトリックの恋人を思い出して）。パオラが、カトリックのどんな信仰を持っているのかが気になった。プロフェインはカトリックといっても半欠けであり（母親はユダヤ教徒）、モラルといえるものは、経験（それも自分のチンケな経験）から得た場当たり的なものしか持っていない。だからパオラが、男といわば「駆け落ち」しながら同衾は拒み、それでいて「やさしくして」なんて言うのは、いったいどんな古風なイエズス会の教えを守ってのことなのか、不思議でならなかった。

　大晦日の前の晩、二人はふらりとキッチンを離れ、数ブロック先の、ユダヤ人向け食品を扱うデリカテッセンに行った。アパートに帰ってくるとピッグとデューイの姿はなく、「酔っ払ってくる」とのメモがあった。アパートはクリスマス風に飾りつけたライティングがほどこされ、寝室のひとつからはＷＡＶＹ局に合わせたラジオからパット・ブーンの歌声、もうひとつからは物が飛びかう音が聞こえた。気がつくと、若い二人は、暗い部屋に立っている。中央にベッドがあった。

「ノー」パオラが言った。

「ってのは、イエスってこと」

ギシッ、とベッドがうめいた。と、突然……

カシャッ、とライカのシャッター音である。

こういう場合、男としてなすべきは、腕の先で拳を固め、わめきながらベッドを飛び出ることだ。プロフェインもそうしたのだが、テフロンは楽々とパンチをかわし、「まあ、まあ」となだめながら笑っている。

プライバシーの侵害自体は許せたとしても、待ちに待ったその瞬間をカシャッと遮断されたのだ。「固いこと言うなって」と、テフロンがプロフェインをなだめた。パオラはあたふたと服を着込んだ。「雪の戸外に追い出されるんだぞ」とプロフェイン。「あんたのカメラのせいだ」

「ほらよ」パカッとカメラが開いて、フィルムが差し出された。「そうカッカすんない」

フィルムを受け取ったからといって、もうあとへは引けない。プロフェインも服を着込み、カウボーイ・ハットを被り、ネイビー・コートはパオラに着せたら、ブカブカである。

「さあ行くぞ、雪の中だ」と叫んで戸外に出たら、ほんとうに雪が降っていた。ふたりはノーフォーク行きのフェリーに乗り、上階の船室に腰をおろし、ペーパーカップのブラック・コーヒーをすすりながら、雪の帳が大窓に音もなく吹きつけるのを眺めていた。他に眺めるものといえば向かいのベンチにいる浮浪者くらいで、あとは互いの顔を眺めるしかない。船の底でエンジンが気合いを入れて動いているようすは、尻の下から伝わってきた。だが二人とも、どんな話をしていいのか分からない。

「出てきちゃったけど、よかったのか?」プロフェインは言ってみた。

「いいの、そんなこと」パオラは身をふるわせた。古びたベンチの上で、ふたりはお行儀よく一フィート離れて座っている。彼女を引き寄せる衝動も感じなかった。「あなたが決めて」

やれやれ、オレに扶養者《マドンナ》ができちまったよ。

「なんでふるえてるんだい。ここ、けっこう暖かいだろ」

彼女は首を横にふり（この「ノー」も「イエス」の意味なのだろうか）、オーバーシューズに目を落とした。やがてプロフェインは立ち上がって甲板に出た。

水の上に雪の舞い降りる午後十一時は、薄暮のように、日蝕のように薄明るい。頭上では、ゆく手を走る船に警告を発する汽笛がせわしく鳴っている。だがその警笛も、まるで機械と機械とのあいだで交わされているかのようだ。この世界にはまるで人気《ひとけ》がない。船はただ、モノとして行き交うだけ。スクリューの回転音や雪が窓に打つのと同様、機械的なノイズとしての警笛を鳴らすだけ。そんな世界にプロフェインひとりが立っている。

死を怖がる者もいれば、孤独を怖がる者もいる。プロフェインが怖がるのは、まさにこういう光景だった。陸であれ海であれ、生きているものが自分しかいない風景。彼はいつもそういうところにばかり入り込んでしまうようなのだ。角を曲がって通りに出るときも、ドアを開けてデッキに立つときも、目の前に無機質の異界が広がっている。

だがこの晩は後ろのドアが開いて、まもなくパオラの手袋なしの手が背後から両脇に滑り込み、彼女の頬が背中に押しつけられた。彼の心眼がぐっと引いて、二人のいる風景を傍観者のように眺めた。パオラと一緒であっても、この無機質な異世界が幾分でも親しみのあるものに変わったわけではない。向こう岸に着くまで二人はそのまま動かなかった。フェリーが船着場に着く衝撃。鎖の音が響き、エンジンのかかる音がして車が振動を始めた。

バスが町に入ってからも二人に言葉はなかった。モンティチェッロ・ホテルの近くで降り、ピッグとデューイを探してイースト・メインを歩く。〈マドロス墓場〉に灯りがない。プロフェインの覚えているかぎり、こんなことは初めてだ。警察が閉店を命じたのだろう。

隣の店〈チェスターのヒルビリー酒場〉を覗くとピッグがいた。デューイはバンドに飛び入り参加している。「パーティだ、パーティ」ピッグが叫んだ。

〈処刑台号〉に乗り合わせた経験のある者が一ダースほど集まって、再会の祝いの会をやろうという話になった。ピッグが幹事を買って出て、〈スザンナ・スクワドゥーチ号〉を会場に選ぶ。ニューポート・ニューズのドックで完成前の最後の仕上げをやっているイタリアの豪華客船だ。

「え、ニューポート・ニューズにもどるって?」とプロフェイン(ピッグには、テフロンとの悶着のことは話さないでおこう)。ほいさ、またヨーヨーの始まりだ。

「こんなこと、もう終わりにしようぜ」だが誰も聞いていない。ピッグは向こうでパオラと猥らなブギを踊っている。

III

その晩、プロフェインはピッグの住処《すみか》にしけこんだ。古いフェリーの埠頭の近く。独りだった。パオラは〈マドロス墓場〉のビアトリスの一人と出くわして、そちらに泊まりに行ったのである。別れぎわ、プロフェインは新年のパーティに誘ってみた。彼女はとりすました顔で「いいわ」と言った。

夜中の三時頃、キッチンの床に寝ていたプロフェインはひどい頭痛を感じて目をさました。肌を刺す夜気がドアの下から入り込んでくる。と、屋外のどこかで何やらしつこく唸るような音が聞こえた。「ピッグ」かすれる声で彼はたずねた。「アスピリンはどこだい」答えがない。よろよろと隣の部屋に行ってみるが誰もいない。屋外の唸りが、いっそう不気味な感じになってきた。窓から見ると、ピッグはアパートの前の路地でオートバイにまたがってエンジンをふかしている。針先ほどの細かな雪がキラキラ舞い降りていた。不思議な雪明かりが、路地をまるで内側から照らしているかのようだった。明かりのせいで、ピッグは白黒のまだら服をきた道化に見えた。粉雪の降りかかった大昔の煉瓦の壁はニュートラルなグレイ一色。ピッグはニットのウォッチキャップの縁を首まで引き下ろしていたから、頭と顔全体が真っ黒な球体になっている。周りに排気ガスがもくもくと渦巻いていた。プロフェインは身震いした。「なにやってるんだよ、ピッグ」と呼びかけるが返答がない。午前三時の路地裏でピッグとハーレー゠ダヴィッドソンが二人だけ、謎の密会をしているという図は、なんともいえぬ不吉さをたたえている。プロフェインの脳裏にすぐさまレイチェルの記憶が蘇った。こんな晩に思い出したくはなかった。頭痛をかかえ、戸口からは雪が吹き込んでくる、そんな極寒の晩に、あの思い出はごめんだった。

レイチェル・アウルグラスが父親に買ってもらったMGを所有していたのは一九五四年のことである。そのMGをまず、パパのオフィスの近くであるグランド・セントラル駅周辺に連れ出し、電柱、消火栓、ときには通行人にもよく慣らしておいてから、ユダヤ人の別荘が立ち並ぶキャッツキル山地に連れて行き、愛しのスポーツカーとのひと夏を満喫したのである。ツンとすました顔をして、小さいながらお色気たっぷりのレイチェルが、州道17号線の血に飢えた坂とカーブを疾走する。

MG自慢のお尻を左右に振って、乾し草を積んだワゴンも、トレーラーを引っ張るトラクターも、クルーカットの学生さんを詰め込んだ古いフォードのロードスターも追い抜いていく。

　プロフェインはちょうど海軍を除隊し、キャッツキル山地の町リバティから九マイルの場所にあるレストラン〈シュロザウワーズ・トロカデロ〉でサラダ作りの助手をしていた。サラダシェフはダ・コーニョといって、イスラエルでアラブ人と戦うことを夢見ている頭のおかしいブラジル人だった。夏のシーズンが始まる直前のある晩、一人の海兵隊員が〈トロカデロ〉のバー部門〈フィエスタ・ラウンジ〉にやってきた。AWOLバッグには、30口径のマシンガン。本人もどうやってこの武器を持ってきたのか今ひとつ記憶が曖昧なようだったが、パリス・アイランドの海兵隊訓練所にあったものを、部品にバラして盗み出したにちがいない。独立前のイスラエルで活躍した地下武装組織ハガナならそうやるはずだから、とダ・コーニョは考えた。バーテンダーもこのマシンガンを欲しがったが、ダ・コーニョはさんざん言い争った末に勝利を収め、アーティチョーク三個とナスひとつを進呈することで手を打った。野菜用冷蔵庫の上に釘で掛けた申命記《メズーサ》の羊皮紙の額、サラダ調理台の裏に掛かっているシオニストの旗に加えて、ダ・コーニョはこの宝物を飾った。それからの数週間というもの、料理長がわき見をしているすきをついてダ・コーニョはマシンガンを組み立て、玉レタスやクレソンやベルギーアンディーブの葉っぱでカムフラージュして、ダイニングルームに集う客を掃射する真似をしてみせるのだった。「ディビディビディビディビ」陰険に眉を寄せて照準器を一瞥、「命中だ、アブドゥル・サイードめ、ディビディビ、イスラムの豚め」。ディビディビなんて音がするマシンガンは世界でこの一挺《チャング》だろう。午前四時になってもダ・コーニョはそいつを抱いて手入れをしていた。月の砂漠や角型竪琴のむせび泣き、たおやかな顔を白布に包み、欲情に腰をうずかせているイエメンの少女たちを夢見ながら。地球をほんの半周した向こう側で、銃弾に倒れた同胞が今日も無慈悲な砂塵に覆われていくというのに、ここに群がるアメリカのユダヤ人は、毎日どうしてダイニングルームでそっくり返っていられるのだろう。そこでムシャムシャやってる、魂のない胃袋野郎に説教してやりたくても、酢とオイルと椰子の新芽《ハート・オブ・パーム》でどう教えたらいい。無理じゃないか。だったらマシンガンを持ち出すしかない。マシンガンでの訴えが、しかし連中に届くだろうか？　胃袋野郎に耳があるのか。自分の命を奪う銃声なんて、どのみち聞こえはしないだろうが。消化管に狙いを定めるか。ハート・シャフナー&マークスの三つ揃いを着込んでいても、あいつらがただの消化管だということに変わりはない。その穴から、ウェイトレスが通るたびに、みだらな音がこぼれる。どいつに狙いを定めようと同じだ。マシンガンは単なるモノであり、力を加えればどこにでも向く物体に過ぎないのだ。だが自分は、実際どいつのベルト・バックルに狙いをつけているのだろう。アラブ野郎か、ユダヤの胃袋野郎か、それとも自分自身なのか。彼には自分がユダヤへの愛に燃えているということしかわかっていなかった。悩み、混乱し、地球を半周した先にあるキブツの砂に靴下まで埋まった姿勢で立ちつくすことを切望している頭のイカレたシオニスト……

　あの夏、プロフェインは考えたものだ。ダ・コーニョとあのマシンガンとの関係はいったいどんなものなのかと。人がモノをこんなに愛するのを見るのは初めてだった。しばらくしてレイチェルとMGの関係も同じだと気付いたとき、プロフェインはこれまで疑ってもみなかった事実に感づいた——何かが、遠い昔から、考えるのも恐ろしいほどたくさんの人を巻き込んで、人知れず進行していると。

彼女に会ったのはMGが縁である。その点は、彼女を知る誰とも同じ。だがプロフェインの場合は彼女のマシンに轢き殺されそうになった。ある日の午後、ダ・コーニョにダメ出しをされたレタスの葉が山盛りになった大型ゴミ缶を抱えて厨房の裏口を出た瞬間のことだった。右手からMGの不吉なエンジン音が聞こえたことは聞こえたのだ。だが、荷物を持った歩行者が優先だろうと思ってそのまま歩いていったら、右のフェンダーに尻をどつかれた。時速五マイルの走行だったので壊れたものは何もなかったが、プロフェインの体とともに、ゴミ缶とその中身が壮大な緑のシャワーをなして飛び散った。

レイチェルとふたり、どちらもレタスを派手に被った姿で、おずおずと目を合わせる。「なんてロマンチックなの」彼女は言った。「あなたこそ夢の王子様かもしれない——葉っぱを剝がして、どうか、お顔を見せて」おのが身の卑しさを思い出したプロフェインは、帽子をとるようにして、顔についたレタスを剝がした。

「ちがう、あなたじゃない」

「オレかもですよ」、とプロフェイン。「次はイチジクの葉っぱで試してみます？」

「あ・は・は」と一笑してレイチェルは去っていった。熊手を見つけて、散らかった葉っぱを集めながら、プロフェインは考えた。またもや命なき物体が自分を殺しそうになった——その物体というのがレイチェルなのか車なのかは、自分でも判然としなかったけれども。彼は集めたレタスの山をゴミ缶に移し、〈トロカデロ〉がゴミ捨て場にしている駐車場裏手の小さな谷に中身を空けた。厨房に戻ってきたところに、ちょうどまたレイチェルがやってきた。彼女のMGのアデノイド気味の排気騒音を、リバティの町まで聞こえるかと思うくらい轟かせて。「ほら、おデブちゃん、乗んなさいよー」と大声で呼んでいる。大丈夫、とプロフェインは踏んだ。ディナーのセッティングまで、まだ二時間はある。

だがその判断は凶と出た。17号線を五分ばかり走ったころには、はやくも彼は考えていた。もしも無傷で生還できたら、今後この手の娘とは関わるまい、静かに歩行する種族だけ相手にしようと。まさに、地獄落ちを覚悟した人間の休日の運転を思わせる。車の能力とドライバーの能力、その限界がわかっているのは確かだろうが、それにしても、片側一車線の見通しのきかないカーブへ対向車線をまたいで突っ込んでいき、前からきたミルク・トラックを見て急ハンドルを切り、あと数ミリのところで衝突を避ける技がどうして可能なのか、これはまったく不可解だった。

いつもはシャイなプロフェインも、命が縮む思いをしては、少しばかり大胆になる。勝手に彼女のバッグを開けて、タバコを取り出し、火をつけた。気づかれた様子はない。ドライバーの意識のすべては運転に注がれ、隣りに誰が座っているか、まるで頭にないらしい。一度だけ、後ろのビール、ケース丸ごと冷えてるわよ、と言った。話しかけてきたのはそれだけ。タバコの煙を吸い込めるだけ吸い込みながらプロフェインは、自分には自殺衝動があるんじゃないかと考えていた。危険なモノの通り道に自ら飛び込んでゆく性癖があるのは、自分の存在を抹殺されたがっている証拠ではないか。オレはなぜ今ここにいる？　こいつのケツが素敵だったから？　横目で見やると、革張りのシートの上に、車の振動に合わせて弾む尻があった。視線を上にもっていって、黒いセーターの中、より複雑なリズムを刻んでいる胸を見る。彼女がついに車を停めたのは、放棄された石切場だった。さまざまな形と大きさの石塊が辺りにごろごろ散らばっている。何という種類なのかは知らないが、命なき無機物であることにかわりはない。ふたりは舗装のない坂を上がり、採石場の底面から四十フィートばかり上の平らな場所に出た。

どうにも落ち着かない午後だった。雲ひとつない開けっぴろげな空から太陽が容赦なく照りつけ、太ったプロフェインの体に汗をにじませた。レイチェルは「誰ソレ知ってる」ゲームをはじめた。あなたと同じ高校に行った誰ソレ知ってる？　知らない。知らないプロフェインの負け。それから彼女は、この夏のデートの相手をひとりひとり説明した。みんなアイヴィー・リーグの大学に通う上流の子弟。へー、すごいね、とプロフェインも、ときどき相槌をうった。

レイチェルの母校ベニントンのことから、彼女自身のことに話は及んだ。

出身はロングアイランドの南岸、ファイブ・タウンズと呼ばれる地区である。マルヴァーン、ロレンス、シダーハースト、ヒューレット、ウッドミアのほか、ロング・ビーチとアトランティック・ビーチも含むのだが、誰もセブン・タウンズと呼んだりはしない。住民はイベリア系ユダヤ人《セファルディム》というわけではないのだが、その地域一帯には「族外結婚」をゆるさないインセスト的風習があって、娘たちは、いわば囚われのラプンツェル姫として、ダークな瞳を遠慮がちに伏せながら歩いている。中国風のレストラン、シーフードの宮殿、中二階つきのシナゴーグ、そんな妖精物語風の建物が、みんな海のような魔法の力を秘めているのだ。娘たちは、成長すると北東部の山中の名門大学に送られる。結婚相手を見つけるためじゃない。ファイブ・タウンズで育てば、将来の伴侶となるべき「ナイス・ボーイ」は、十六か十七のころには、すでに決まっているものなのだ。だから大学へ行くのは、箱入り娘に、外の空気を味わったという幻想だけは与えるため。感情面での成長には、これが欠かせないと考えられている。

そんな世界から抜け出せるのは勇者だけだ。日曜日の夕べ。ゴルフも終わり、黒人のメイドは昨晩のパーティで散らかりまくった家の片付けをすませてロレンスの親戚の家に行き、「エド・サリヴァン・ショー」まではまだまだたっぷり時間があるという夕刻時、この王国の王族たちは巨大な邸を後に、車に乗り込んで市街地へ繰り出す。小海老のひらき《バタフライ・シュリンプ》の衣揚げと芙蓉蟹《フーヨーハイ》の類が延々続く光景の中で楽しい時を過ごすためだ。オリエンタルなお辞儀とスマイル。抑揚激しい彼らのおしゃべりは、さながら夏の日の薄暮をいろどる小鳥の声だ。夜のとばりが降りた後は、プロムナードを散歩する。父親の胴周りはJプレスのトラッドなスーツに包まれて頼もしい。娘たちの目は、ラインストーンに縁取られたサングラスの陰に隠れている。母親の細身の下半身が纏ったスラックスの模様は、車の名前と同じ「ジャガー」。こんな暮らしから誰が抜け出せると思う？　誰が抜け出したいと思う？

　レイチェルは抜け出したかった。プロフェインもファイブ・タウンズ周辺で道路工事をした経験があったから、その理由は理解できる。

　日没までには、ふたりでほとんど一箱の缶ビールを飲み干していた。プロフェインはへろへろに酔っていた。車から出ると、立木の後ろに回って西を向いた。太陽に小便をかけて永遠に火を消してやろう。どういうわけか、それが必須の行動に思えたのだ。（命のないモノは、望みどおりに行動できる。望みどおりってのは違うか、モノは望んだりしないもんな。望むのは人間だけだ。とにかくモノはすることをするんであって、だからオレは太陽に小便をかけてやるんだ。）

沈んだ。本当にホースで消火したかのように消えた。太陽を殺したオレは不死身の神として、ダークな世界に君臨するのか。

　レイチェルは興味深そうにプロフェインを見ていた。ジッパーを上げ千鳥足でビール・ケースのところに戻る。まだ二缶残っていた。二缶とも開けて、一つをレイチェルに渡す。「おてんとさまを消したぞ、乾杯だ」プロフェインのビールはほとんどシャツにこぼれた。

石切場の底に、つぶした缶があと二つ投げ捨てられた。カラッポのケースも後に続いて落ちていった。

レイチェルは座席についたままだった。

「ベニー」指先の爪の一つが彼の顔面に触れる。

「なに」

「友達になってくれる?」

「きみにはたくさんいるじゃないか」

彼女は採石場を見下ろした。「あれもこれも、みんなリアルじゃないことにしちゃいましょ。ベニントン・カレッジもない、〈シュロザウワーズ〉もない、ファイブ・タウンズもない。この採石場だけ存在するって。わたしたちの生まれる前もこれはあったし、死んだ後もありつづける。命のない岩だけがリアルなのよ」

「なんで」

「それが世界なんじゃないの?」

「そういうこと、大学で地学の時間とかに教わるのか?」

レイチェルは傷ついた顔になった。「教わらなくても知ってるの、わたしは」そう言ってちょっとだけ、泣き顔になった。「友達になってって言ってるだけなのに」

彼は肩をすくめた。

「手紙、書いてね」

「おいおい――」

「ロードの世界を教えてほしいの。わたしなんか一生見ることのない、男の路上の世界のこと。ディーゼルと砂ぼこりと街道沿いや四つ辻《クロスロード》の酒場の話。それだけでいいの。コーネル大学の西向こうと、プリンストンの南向こうがどうなってるのか知りたいだけ」

プロフェインは腹を掻いて「いいよ」と言った。

レイチェルとの鉢合わせは、夏が終わるまで続いた。毎日、最低一回は出会った。話をするのはいつも車の中だった。彼の関心は、どんなキーを回したら彼女の曇った瞳がスパークするのかということなのだが、彼女のほうは、右ハンドルの運転席にもたれて、ノンストップでしゃべり続けるだけ。それもすべてがMG語だ。マシンの国の無機質の言葉に、返す言葉は見つからなかった。

やがて、恐れていたことがプロフェインの身に起こった。レイチェルが好きだという感情が、自分の中で製造されたのである。そのこと自体に驚きはなく、そうなるまでにずいぶんと時間がかかったことに驚いている始末であった。それは、簡易宿舎の暗闇でタバコを吸っていた夜のことだった。吸い込むたびに赤い光が闇にアポストロフィーのマークを描く。午前二時近く、二段ベッドの上の男が夜勤を終えて戻ってきた。デューク・ウェッジという、チェルシー地区出身のニキビ面の男で、こいつが話すのは、女とどこまでいったかという話だけ。女とすることが実にたくさんあるらしく、それを聞いているとプロフェインはいい具合に眠れるのだが、ある晩、目撃してしまった。レイチェルのキャビンの前に駐車したMGの車内に、そのイタチ野郎が一緒にいたのだ。プロフェインはかまわず自分のベッドに引き返した。特に裏切られた思いもしなかったのは、ウェッジのヤツならどうせ何もできないと分かっていたから。ウェッジがベッドに戻ってきて、事の次第を一歩一歩詳細に語り始めたけれども、今一歩までいったのに本当に惜しかったぜという嘆きに行き着く前に、いつもの通り寝てしまった。

レイチェルの住む世界についてのおしゃべりが始まるとプロフェインはお手上げだ。モノが求められ、モノの価値ばかりが口にされる。そんな雰囲気の中では呼吸もできなくなりそうだった。九月初めの勤労者の日《レイバー・デイ》の夜のこと。明日は彼女の出発の日というその晩、ディナータイムの直前に、誰かがダ・コーニョの機関銃を盗んだ。泣きわめきながら探し回っているダ・コーニョを見て、シェフ長がプロフェインに代理でサラダを作れと命じた。冷凍イチゴをどうにかこうにかフレンチ・ドレッシングでまぶしたプロフェインは、レバーを刻んでこれもなんとかウォルドルフ・サラダに混ぜこんだ。さらに、二ダースほどのラディッシュをポテトフライヤーに落としてしまったのだが、代わりを取りに行くのが面倒なので、それをそのまま客に出し、意外な絶賛を浴びる。そんななか、半狂乱になったブラジル人のサラダシェフが何分かに一度、厨房を駆け抜ける。

愛するマシンガンは、しかしどうしても見つからない。神経がずたずたになって使い物にならなくなったダ・コーニョは、翌日クビになったのだが、どのみちシーズンは終わりだった。その後の消息は分からない。船に乗ってイスラエルに行き、トラクターの内部《ガッツ》でもいじって暮らしたのだろうか。故国での恋の痛手を忘れるために、外国での労働に打ち込む者は多いのだ。

閉店後、プロフェインはレイチェルを探しに出た。得られた情報によると、ハーヴァードの弓術《クロスボウ》チームの主将と外出中らしい。飯場の前をうろうろしていたら、しょぼくれ顔のウェッジに出会った。珍しく女を連れていない。で、ブラックジャックが始まった。それが真夜中まで続く。賭けたのは、ウェッジが一夏のあいだ無駄買いを続けたコンドーム。それがなんと百個もあった。五十個を借りてゲームをはじめたプロフェインが一方的に勝ちまくり、スッカラカンになったウェッジはもっと借りてくると言って駆けていったが、五分後に戻ってきた。「誰もオレの言うことを信用してくれない」といって頭を振っている。午前零時、プロフェインが「三十個貸しだぞ」と伝えると、ウェッジはいかにもなコメントを返す。コンドームをかき集めるプロフェインを見て、ウェッジは頭をテーブルにぶつけはじめた。テーブルに向かって「あいつ、まるで使わないのに。頭にくるぜ、一生に一回もコンドームの用がない、そんなやつに持ってかれるなんてよう」。

プロフェインはふたたび坂を昇って、レイチェルのキャビンのところまで行ってみた。すると、バシャバシャゴボゴボ、水の音が聞こえてくる。裏手に回ってみたら、レイチェルが車を洗っていた。こんな夜中に。それも車に話しかけながら。

「あなたって美しいし、たくましいわね」聞こえたかぎり、そう言っていた。「あなたに触れると、気持ちいいわあ」おい、マジか？「ふたりだけでロードに出るときドキドキするの、わかってた？」そう言いながら、前のバンパーのところをやさしくスポンジでこすっている。「あなたも、いろいろおかしな反応するのよね、ダーリン。ブレーキはちょっと左寄りだし、五千回転ぐらいまで興奮が高まるとブルブルってなるでしょ。怒ってるときはオイルを焦がすよね？わたし知ってるんだから」狂気のトーンはない。女の子のお遊びに近い感じなのだが、それにしても変わっている。「いつも一緒にいようね」と、ボンネットをセーム革で磨きながら囁きつづける。「きょう追い抜いた黒のビュイックに嫉妬しないでいいのよ。冗談じゃないわ、あんなデブデブに脂ぎった、マフィア用の車。後ろのドアから死体が飛び出てくるかと思っちゃった。あなたも思わなかった？

それにひきかえ、あなたはほんとに筋肉質で、ツイードの似合う英国紳士そのもの——しかも、ああん、あなたったら超アイヴィーでしょ？　もう、ぜったい逃がさない」　プロフェインは胸が悪くなった。他人の見ている前で情を露わにされると、しばしば吐き気を催す。レイチェルは車に乗り込み、運転席のシートを倒して、夏の星座に喉をさらしている。近寄っていこうとしたら、彼女の左手が白いヘビのように伸びてシフトレバーを弄《もてあそ》ぶのが目に入った。眼をこらして撫で方を見ていると、ウェッジのやつと一緒にいた直後というせいもあって、ヘンな連想が止まらない。正視に耐えなくなったプロフェインは、丘を一つ越え、木立に迷い込み、〈トロカデロ〉に戻ったときにはどこを歩いてきたのか分からなくなっていた。キャビンはみんな灯りが消えていたが、管理人のオフィスはまだ開いていた。担当は散歩にでも出たのだろうか。机の引き出しをまさぐると画鋲の箱が出てきたので、プロフェインはそれを持ってキャビンのほうへ引き返し、星明りをたよりにキャビンのあいだの通路を行ったり来たり、午前三時までかけて、ウェッジのコンドームをすべてのドアに画鋲で貼って回った。邪魔する者はいなかった。翌日起こる血まみれの死を予告してまわる〈死の天使〉になったような気持ちだった。ダ・コーニョの戸口には羊皮紙のメズーサが掲げてあった。それには死の天使をごまかして通り過ぎさせる御利益がある。が、百ばかりあるキャビンのうち、メズーサを掲げているのはひとつもなかった。お気の毒さま。

　そんなふうに夏は終わり、手紙のやりとりが始まった。プロフェインの文面はぶっきらぼうで、単語も不適切なものだらけ。レイチェルからは、洒落《しゃれ》た手紙、必死の訴え、熱烈な言葉が、かわりばんこに来た。一年後、レイチェルはベニントンを卒業し、ニューヨークに来て民間職業紹介所の窓口嬢をはじめたので、プロフェインもニューヨークを通るときに一、二度会ったことがある。お互い、相手のことは気まぐれにしか思い出さなかったし、ヨーヨーを引く彼女の手も、たいていは別のことで忙しかった。でも、ときどき、今夜のように、ヘソを彼女にグイと引っぱられる感じになることがある。情欲を誘う記憶のひらめき。そんなときプロフェインは、自分がどこまで自分のものなのか分からなくなってしまう。ただ、ふたりのあいだのことを彼女がけっして「関係」と呼ばないのが救いだった。

「じゃ、何なんだい」とプロフェインは聞いてみた。

「わたしたちのヒミツ」と、まるで小さな女の子みたいな答え。それを聞いてプロフェインは、ロジャーズとハマースタインのワルツ・ナンバーを聴いたみたいな、ヒラヒラでフンニャリとした気分になった。

彼女の訪れは、ひょんなとき起こる。こんな深夜に、睡眠中の男を襲う夢魔サキュバスのように、雪と一緒に戸口の下から忍び込んできたりする。雪も、レイチェルも、プロフェインには防ぎようがない。

Ⅳ

結果から言うと、ニューイヤー・パーティのおかげでヨーヨー運動はすっかり——まあ当分のあいだは——終わったのだ。再会した仲間たちは、イタリア客船〈スザンナ・スクワドゥーチ号〉に降りていって、ワイン一本で警備員を買収し、乾ドックで点検修理中の別の駆逐艦の乗組員も（挨拶がわりのちょっとした喧嘩をしてから）迎え入れた。

パオラは最初プロフェインにくっついていたが、プロフェインの視線は、提督の妻を自称する、毛皮のコートにお色気たっぷりの体をつつんだ円熟女性のほうにばかり行っている。ポータブル・ラジオ、鳴り物、ワイン、そしてまたワイン。デューイ・グランドがマストに登りはじめた。マストはペンキが塗り立てで、登って行くにつれてデューイはシマウマの姿になっていく。ギターを提《さ》げたシマウマが、てっぺんの横木まで到達、そこに腰掛け、弦をボロロンと鳴らし、アメリカの南部訛りのフランス語で歌いだす。

デピュイー・カ・ジュ・スイネー　　Depuis que je suis né
ジェヴュー・ムーリア・デペーア　　J'ai vu mourir des pères,
ジェヴュー・パーティア・デフレーア　　J'ai vu partir des frères,
エ・デ・ゾンフォン・プラーレ　　Et des enfants pleurer…

またあの落下傘兵の歌だ。今週はアイツに憑かれてるな。——生まれてきてから私が見たのは／死んでいく父親たちと／出征する兄弟と／泣きわめいている子供たち……

「ソイツの考え、おかしいぜ」パオラがこの歌を訳してくれたときプロフェインは言った。「そんなことも分からないのかよ。戦争がなくても起こることだろ。なんで戦争のせいにするのさ。オレは戦争前の貧民タウン《フーバーヴィル》の生まれだぞ」

「それよ」パオラがいった。「ジュスュイネ。生まれるってこと。生まれさえすればいいの」

デューイの声は、あまりに高いところから聞こえてくるので人間のものとは思えない。命なき風の一部のような声だった。大晦日の定番、ガイ・ロンバード楽団が甘く奏でる「蛍の光」はどこへ行ったんだ？

一九五六年に突入して一分後、今度はデューイが甲板に立ち、プロフェインがマストの高みにいた。帆げたにまたがって真下を見下ろすと、交接中のピッグと提督夫人が見える。雪空からカモメが舞い降り、プロフェインの頭上をひと巡りしてから、手の先一フィートのところにとまった。「おい、カモメ」だがカモメは応えない。

闇夜に向かって大声で叫んでみる。「気持ちいいや、若いやつらが集まるのを見る気分はサイコーだぜ」メインデッキをなめるように見渡すが、パオラの姿は見えない。と、突然の異常事態。通りからサイレンがひとつ、そしてまたひとつ。サイレンはボリュームを上げ、唸りとなる。見れば埠頭に車が集結している。脇腹にU.S.Navyと書かれたグレイのシボレーだ。照射灯がついた。白帽をかぶり、海軍憲兵の黒と黄の腕章をつけた豆粒大の男たちが、埠頭の上を駆けずり回っている。パーティ仲間のうち、すばしこいのが三人、乗船用の踏み板をはずして海中に投げ込んだ。拡声器つきのトラックも到着した。埠頭の車数はますます膨れあがって、一群の公用車が勢揃いしたような景観となった。

「よーし、そこの者」五十ワットの音声が宙を漂う。「よーし、そこの者」メッセージはそれだけだ。提督の妻が、うちの人よ、今までバレずにいたのに、と金切声で叫びまくる。照射灯が二つ、三つ、罪な営みの真っ最中にある男女を照らす。ピッグはネイビーブルーの軍服の十三のボタンを正しい穴にはめようと奮闘するが、焦れば焦るほどうまくいかず、埠頭からの野次と笑いの標的となった。憲兵が数人、レンジャー部隊式に舫い綱を伝わってデッキに上がろうとしている。下の船室で眠っていた〈処刑台号〉の元乗員たちが目を覚まし、あたふたと階段を上がってきた。彼らに向かってデューイが「移乗阻止ヨオォォイ」と叫び、ギターを海賊刀のように振り回す。

プロフェインはひたすらそれを眺め、パオラは大丈夫かなと心の隅で思った。姿を探してみたが、サーチライトがせわしなく動き回るせいでメインデッキの見通しが利かない。また雪が降りだした。「そうだな」と、こっちに向かってまばたきをしているカモメにプロフェインは言った。「もしオレが神様なら」と言いながら、マスト中ほどのプラットフォームににじり寄り、プラットフォームに腹這いになって鼻と目とカウボーイ・ハットだけ縁から突き出す。その恰好は、さながら横倒しのキルロイだ。

「オレが神様なら……」　憲兵のひとりに狙いを定めて「ズバッ、憲兵よ、汝のケツがぶっとんだ」だが相手は手を休めることなく、体重百二十キロの射撃管制員パッツィ・パガーノの腹を警棒で打ちすえている。

埠頭上のモータープールに「家畜運搬車」が加わった。護送車の海軍俗語である。「ザバッ、家畜車よ、そのまま進んで海に落ちよ」あと一歩だったが、ぎりぎりのところでブレーキがかかった。「パッツィ・パガーノよ、羽を生やして飛んでいけー」だが最後の一撃が、パッツィを気絶させた。憲兵はそのまま歩み去る。彼を運び出すには、六人の男手が必要だろう。「どうしちまったんだよ」プロフェインは思う。事の成り行きに退屈したカモメは、海軍基地のほうに飛び去った。そうか、とプロフェインは考えた。神様ってのは、稲妻で破壊ばっかしてるわけじゃない。もっとポジティブなこともするんだ、きっと。今度は慎重に指を上げた。「デューイ・グランドよ、あのアルジェリアの反戦歌を歌いなさい」するとデューイは、艦橋《ブリッジ》の救命索にまたがり、ベース音のイントロから入って「ブルー・スエード・シューズ」をはじめた。プレスリー・スタイルである。プロフェインはゴロリと仰向けに寝返り、雪に向かってまばたきした。

「ちっと違うが、ま、いいか」飛んでいった鳥と、落ちてくる雪に向かって彼は言った。そして帽子を顔にかぶせ、目を閉じ、まもなく眠りに落ちた。

下界は徐々に静かになった。ぶちのめされた連中が運び出され、家畜運搬車に積み込まれる。拡声器つきトラックは、何度かハウリングの音を軋らせたあと、拡声器のスイッチを切って走り去った。サーチライトが消えたなか、サイレンはドップラー効果を聞かせながら憲兵司令部の方向に遠ざかっていった。

早朝に目覚めたプロフェインの体には、うすく雪が積もっていた。たちの悪い風邪をひいた予感とともに、氷に覆われた鉄の梯子を、二段に一度はスリップしながら下りていく。船内にはもう誰もいなかった。暖を取りにデッキの下へ降りていく。

ふたたび彼は、命なき世界の鉄のハラワタへ入りこんだ。何階か下の層から物音が聞こえる。おそらく警備員だろう。「ひとりぽっちにさせてもらえん」プロフェインはそう呟いて、抜き足差し足、通路を進んだ。デッキにネズミ捕りが仕掛けてあるのを見つけ、そっと拾い上げて、通路の向こうにふわりと投げてみたら、壁にぶつかってバチンと大きな音をたてて撥ねる。階下の足音が一瞬止まり、より慎重な足音が始まり、それが鉄梯子をのぼって、ネズミ捕りの音が聞こえた場所へ近づいてくる。

「そうか」プロフェインはこっそり角を曲がると、ネズミ捕りをもうひとつ見つけて、船室へ下る階段に落とした。バチン。足音が、こんどは梯子をスタスタ下りていく。

ネズミ捕りをさらに四つ投げたあと、プロフェインは湯沸かし室の前に出た。警備員のものらしい、粗末なコーヒー用品が並べてある。向こうがうろうろしているあいだに二、三分は大丈夫だろうと踏んで、プロフェインはやかんを電熱器にかけた。

「おい」警備員の声。二層上のデッキからだ。

「おっとっと」プロフェインは、忍び足で抜け出して、さらなるネズミ捕りを探した。上のデッキに一個あった。一歩踏み出し、闇に向かって適当に放り投げる。少なくとも、ネズミの命助けにはなるだろう。すると、バチンという音のかわりに、くぐもった音がした。とともに、男の叫び声。

「おっと、コーヒーコーヒー」階段を二段ずつ駆け下り、挽いた粉をひとつかみ、沸騰しているポットに投げ入れて、別の出口から出てみたら、警備員の男と鉢合わせしそうになった。左の袖にネズミ捕りをぶらさげて大股で歩いてくるその男の、迫害に耐えている殉教者ふうの表情を、近距離から捉えることができた。警備員が湯沸かし室に入ってくると同時に、プロフェインが出ていく。

三層目まで上がったとき、下から大きなうめき声が聞こえた。

「さあて、お次は――」プロフェインが迷い込んだ廊下には、無人の豪華個室が並んでいた。溶接工が残していったチョークを拾うと、プロフェインは隔壁に落書きをはじめる。「スザンナ・スクワドゥーチをレイプせよ」「くたばれ、金持ちども」そして「魔人ファントム」と署名する。すっと気分がよくなった。この客船に乗ってイタリアに帰るのはどんなやつらだろう。大会社の重役、映画スター、米国を追放になった大物ギャング。「今夜だけ、スザンナちゃんはオレのもの」――だから落書きするのも自由。ネズミ捕りを解除してあげるのも自由。運賃を払う客で、こんなイイことをしてくれるやつはいないだろ。プロフェインは通路を歩き回ってネズミ捕りを集めた。ふたたび湯沸かし室の外に立って、集めたネズミ捕りをあっちこっちに投げつける。「うははは」と警備員。「いくらでも音を立てるがいいわ。貴様のコーヒーはいただきだ」

ほんとだった。プロフェインがポカンと最後のネズミ捕りを持ち上げたら、バチンと撥ねて、指を三本挟まれた。第一関節と第二関節のあいだである。

えーと、こういう場合はどうするんだ。悲鳴か、違うな。憎たらしい警備員に大声で笑われている最中に、それはできん。歯をくいしばってネズミ捕りをこじあけ、指を抜き、バネを再度セットして、窓穴から湯沸かし室に投げ込んで逃げる。埠頭に駆け下りたとき、プロフェインの後頭部に雪玉が当たって、カウボーイ・ハットが落ちた。立ち止まって帽子を拾い、雪玉をぶつけ返そうか迷ったが、やめて走り続けた。

パオラがフェリー乗り場で待っていた。乗り込むとき、パオラはプロフェインの腕をとった。「このフェリーと縁が切れることはあるのかね」プロフェインがボソリと言った。

「雪がついてるわ」背伸びしてそれを払うパオラに、彼はもうすこしでキスするところだった。寒さのせいで、ネズミ捕りに嚙まれた痛みも麻痺している。風が出てきた。ノーフォークからの風。今度は渡り終えるまで、ふたりとも船室に座っていた。

ノーフォークのバス・ターミナルで、レイチェルに追いつかれた。長い年月にさらされ、幾世代もの尻にこすられ、色褪せ、油汚れのしみついたベンチに、パオラと並んでぐったり座っていたときのこと。目深にかぶったカウボーイ・ハットにニューヨーク州ニューヨーク市行きの切符を二枚挟んだ格好で居眠りをはじめたところに、呼び出しのスピーカーから彼の名が流れたのである。

意識が戻りきる前にレイチェルだと確信した。ちょうど彼女を思い出していたところだった。

「ベニー、よかったわ」レイチェルが言った、「アメリカ中のバス・ターミナルに電話かけまくったんだから」電話越しにパーティの騒音が聞こえた。元日の晩、彼のいる場所で時を告げるものは、古びた時計がひとつだけ。あとは、一ダースほどのホームレスが木製ベンチにダラリ身をもたれさせ、グレイハウンドでもトレイルウェイでもない長距離バスのお迎えを、まどろみながら待っている。その姿がレイチェルの声と重なり合う。「カム・ホーム」という言葉を彼女は発した。帰ってきて、などとプロフェインに言って許されるのは、世界中でこの女だけだろう。たまに自分の胸の内でそう呟くやつがいないわけでもなかったが、そいつにも耳を貸したことはない。そんなことを言うやつは出ていけ、と言いたかった。

「あのなー」説明しようとした。

「バス代なら送るわ」

そりゃ送るだろう。

うつろな金属弦の音が床を這ってくる。デューイ・グランドだった。陰気な顔をしたガリガリの体が、ギターを引きずって近づいてくる。プロフェインはしずかに電話の声を遮って言った。「オレの友だち、デューイ・グランドっていうんだ」ささやきかけるような声で、「一曲歌ってくれるってさ」

デューイは「放浪《ワンダリン》」という、大不況時代の歌を披露した。——ウナギが逃げた、大海原に逃げた。オレをだました赤毛の女……

レイチェルの赤毛の髪には、ところどころ若白髪が這っている。その髪はとても長く、片手でつかんで頭上に差し上げても、垂れた毛の先が切れ長の目を隠すほどだ。身長一四〇センチ台の大人の女性が、そんな仕草をして見せるのがおかしい。

例の、腹をグイと引っぱられる感覚が襲った。糸を引く長い指を彼は夢想した。指と指のあいだに、青空が透けて見えそうなときもある。

どこまで、おいらは、ワンダリン。——デューイの歌が終わった。

「オマエにいて欲しいってよ」デューイが言った。インフォメーション係の女の子が眉をひそめる。体格のいい、白い地肌に血色が透け出た、よその町から来た雰囲気の子である。その目が夢見ているのは、歯を剝いて笑うビュイックの鼻面だろうか。金曜の晩のロード沿いの遊戯場のシャッフルボードだろうか。

「あなたにいて欲しいの」レイチェルが言った。プロフェインの顎先が受話器をこする。三日剃っていない髭がジャリッと音を立てた。ここからレイチェルのいる北の地まで八百キロ、ケーブルが地中を這っているわけだ。途中で這い虫やら、目の退化したトロール族の連中が、きっと聞き耳を立てているだろう。トロールたちは魔法が使える。伝わる言葉をいじったり、変えたりすることもできるだろうか。人の声色を使ってしゃべることも。「なによ、ただ放浪していたいって?」彼女の背後で誰かが吐き戻し、まわりの連中が引きつったように笑うのが聞こえた。レコード・プレイヤーでジャズが流れている。

プロフェインは言いたかった。欲しい欲しいって、オレたち物欲まみれだよな、と。実際にはこう言った。「にぎやかだな」

「ラウールのところでパーティよ」彼女は言った。ラウール、スラッブ、メルヴィン、みな現状に不満をいだく仲間で、人呼んで「病んでる連《ヤンデルレン》」。おのおのは「ヤンデルノ」と呼ばれる。ヤンデルレンのお仲間は、一日の半分はローワー・ウェストサイドの〈錆びた《ラスティ・》スプーン〉という店に入り浸っている。〈マドロス墓場〉と結局たいして違わん、とプロフェインは思う。

「ベニー」レイチェルが泣いたのを見た記憶はないので、心配になったが、これは泣き真似かもしれなかった。「チャオ」と彼女は言った。グッバイを敬遠する、グリニッジ・ヴィレッジ特有のチャオである。彼は受話器を置いた。

「いい喧嘩やってるぜ」デューイは赤い目をして、ふさぎこんだ表情だ。「プロイのやつが、べろべろに酔って海兵隊のケツにガブリやっちまったんだと」

公転する惑星を真横から眺め、太陽を鏡で切り分け、太陽と惑星の間に糸を思い描いてみると、その動きはヨーヨーそっくりになる。惑星が太陽からもっとも離れた点を「遠日点《アフィリオン》」というのなら、ヨーヨーが手からもっとも離れた点は「遠手点《アポケイア》」と呼んでいい。

その晩プロフェインとパオラはニューヨークに向けて出発した。デューイ・グランドは艦に戻り、プロフェインは二度とデューイに会うことがなかった。ピッグはハーレーにまたがって、行方の知れぬところへ消えていった。グレイハウンド・バスの同乗者には、他の客が眠ったら後ろの席で愛を交わしたくてむずむずしている若いカップルや、国中をくまなく訪ねていて、乗客が向かうどんな街についても面白い情報を教えてくれる鉛筆削りのセールスマンがいた。子供はぜんぶで四人。みんな、それぞれに甲斐性なしの母親に付き添われて、バス内の戦略拠点に陣取り、拗ねる、甘える、吐き戻す、喉を詰まらせる、よだれをたらすの連続攻撃をしかけていた。そのうち約一名は、十二時間の旅程を通じて奇声を上げつづけた。

メリーランドに入るころ、プロフェインは物事にカタをつけようと決心した。「きみに一緒にいてほしくないってわけじゃないんだが」と、レイチェルのアドレスをバスチケットの封筒に鉛筆書きしてパオラに渡し、「オレ、いつまでニューヨークにいるか分からないから」。実際、それは分からなかった。

パオラはうなずいて「そのひとを愛しているのね」といった。

「いい人さ。きみの仕事の面倒もみてくれるだろう。住む場所もきっと探してくれるよ。愛してるのかって？　その質問はナシにしよう。そんな言葉、意味ないし。ほら、レイチェルの住所だ。ウエストサイドのIRTの地下鉄駅からすぐだよ」

「ねえ、何を怖がっているの？」

「いいから、眠れよ」パオラは眠った、プロフェインの肩にもたれて。

ニューヨーク34丁目のターミナル。プロフェインは手短に別れを告げる。「そのうち顔を出すかもしれない。出したくはないんだけど。いろいろ複雑でさ」

「それ、伝える……？」

「いや、通じるだろう。通じちゃうところが、問題なんで。言ってやらないと分からないということがないんだよ」

「電話ちょうだい、ベン。おねがい。気が向いたら」

「了解。気が向いたら」

V

というわけで一九五六年一月、ベニー・プロフェインはニューヨークに再来した。ひとしきり続いた春のような陽気も終わろうとする日に到着し、ダウンタウンの簡易宿泊所〈我らがホーム〉でマットレスだけ確保し、アップタウンの売店で新聞を求め、夜おそく通りを歩き回りながら街灯の下で求人欄を探してみたが、自分に向いていそうな仕事はない。いつものことだ。

むかしの知り合いが今のプロフェインとすれ違ったら、すぐに彼と判るだろう。容貌が全然変わっていないのだ。巨大アメーバのような、ぶよぶよに太った体型、短く刈った髪がまばらなパッチをなしている頭、豚のように小さくて左右に離れたふたつの眼。道路工事の日々は、彼の外形のみならず内面もまったく変えていなかった。ストリートとの生活はすでに人生のかなりの部分を占めているのに、ストリートとプロフェインは相変わらず他人同士の関係であった。呼び名は「ストリート」ばかりではない。ロード、サークル、スクウェア、プレイス、プロスペクト……といろいろなのだが、それらからプロフェインは何ひとつ学んでいない。いまだに彼は測量器《トランジット》も使えないし、クレーン操作も、パワーショベルもまるでダメ。煉瓦の積み方も知らないし、巻尺をちゃんと伸ばすことも目盛り付きの伸縮ポールをまっすぐ持っておくこともできない。車の運転さえできないから、ひたすら歩く。ときどき、自分が歩いているのは巨大な明るいスーパーマーケットの通路で、自分にできるのはモノを欲しがることだけじゃないかという気もした。

ある朝早く目を覚まして、眠ろうにも目が冴えてしまったプロフェインは、気まぐれに、こんなことを思いついた。42丁目の地下を、タイムズ・スクウェアからグランド・セントラル駅まで地下鉄シャトルに乗ったまま往復する。そんな具合に日がな一日ヨーヨー運動してみたらどうだろう。ベッドを抜けだし、〈我らがホーム〉の洗面所に行こうとして、その途中、もぬけのマットレスに二度ほどつまずき、髭を剃ったら傷を作り、刃を抜き取ろうとして指を切った。血を洗い流そうとシャワーに入ったらどれも栓が回らない。使えるシャワーがあったと思ったら、熱湯と冷水がランダムに交互に噴き出してきた。どっちが出てくるか、まるで見当がつかない。アッチーッ、ツメテー、と踊り回るうち、石鹸《せっけん》を踏んでステンと転び、首の骨が折れそうになった。体を拭いたボロのタオルはまっぷたつに裂け、長袖Tシャツは後ろ前に着てしまい、ズボンのジッパーも壊れていたので閉まるまで十分も格闘し、引っ張ったら切れてしまった靴紐を直すのには十五分かかった。午前中はずっとそんなぐあいで、まるで鼻歌でもうたっているように「こんちくしょう」が絶えなかった。特に疲れていたわけでもなく、とりわけ動作がぎこちないわけでもない。ただひたすら、命なき物質とは折り合いが悪いのだ。「木偶の不器男《シュレミール》」とはそういうもの、ずっと前から親しんでいた事実である。

レキシントン・アヴェニュー線の各駅停車でグランド・セントラルへ。たまたま乗り込んだ車輛は、輝くほどの別嬪さんでいっぱいだった。出勤途中のナイスバディ、登校途中のミス・グラマー。目に入りきらないほどのご馳走である。プロフェインは、吊革を握ったままヘンナリとした。月の満ち欠けとシンクロして、彼は大いなる情欲の波に襲われるのだ。一定の年齢枠内の女性のすべて、一定の体型枠内の女性すべてに対して、ひとめ見たとたん、ポワンとしてしまう。欲情の発作がおさまっても目玉はキョロキョロ、首を三六〇度フルに回したいという欲望も消えていない。

朝のラッシュが終わったあとの地下鉄シャトルはガランとしていた。どこかしら、観光客が消えたあとのゴミが散乱するビーチを思わせる。午前九時から正午までの時間帯には、地下に常駐する人々が浅瀬の満ち潮のように遠慮がちに戻ってくる。日の出からその時間帯までは、あらゆる富裕層の人たちが大挙して、夏の光と生の輝きを隅々まで行き渡らせる。そうしたなかで人知れず陰に寝ていた浮浪者や生活保護の老婆たちが、今この場所を再占拠し、翳りの季節感覚を漂わせるのだ。

西から東、また西へ、その往復が十一回目か十二回目にさしかかったところでプロフェインは眠りに落ち、夢を見た。そして正午近くにプエルトリコ人の少年であるトリート、ホセ、そしてクカラチート（略称クック）の三人組に起こされた。平日の午前中はダンスもボンゴもノ・エス・ブエノと知ってはいたが、稼ぐためには関係ない。ホセがコーヒー豆の空き缶を持って回る。その缶を逆さにすれば、メレンゲやバイオーンの激しいリズムが叩き出せる。缶の口を上にすれば、一セント玉や乗車トークン、チューインガム、または吐き捨てるツバの受け皿となる。

プロフェインは瞼をパチクリさせた。目の前で、跳ねるようなリズムに合わせ、トンボ返りや求愛の真似ごとが展開している。吊革に飛び上がっての吊り輪体操、踊りながらの支柱登り。まだ七歳のクックを、トリートがお手玉みたいに四方八方に投げる。その背後で、地下鉄のガタンガタンと一緒に多重拍《ポリリズム》をなすコーヒー缶のドラムビート。ホセが、手も前腕も視界から消えるほどの早打ちで叩きまくっているのだ。ニタッと横開きになったその口は異様に広く、ウェストサイドの幅くらいはありそうに感じられる。

シャトルがタイムズ・スクウェアに入構するタイミングで、三人はコーヒー缶を乗客に差し出した。プロフェインは寝たふりだ。子供たちは反対側の席に座って、足をぶらぶらさせながらアガリを数えている。真ん中に小さなクック。その頭を両脇の二人が床上まで押さえつけている。同じ区域《ネイバーフッド》に住むティーンエイジャーの少年が二人、入ってきた。黒のチノパンに黒のシャツ、黒のギャング・ジャケットの背中には赤いインクのしたたる字体でPLAYBOYSと書いてある。シートの三人の動きがピタリ止まった。目を大きく開いて、身を寄せ合っている。

幼いクックは抑えがきかずに「おかまだ《マリコン》！」と、嬉しそうにわめいた。プロフェインの目が開く。年上の少年たちが立てる靴音は三人とプロフェインのあいだを通り抜け、超然たるスタッカートで隣の車輛に向かう。トリートがクックの頭をむんずと摑んで、目の届かない床下にねじこもうとする。クックはスルリと身をかわした。ドアが締まり、車輛《シャトル》は再びグランド・セントラルを目指す。子供たちはプロフェインに目を留めた。

「よう、おいちゃん」クックが言った。プロフェインは、やや警戒気味に顔を上げる。

「なんで」ホセが言って、何の気なしに缶を頭に被ったら、耳の下までストンと落ちた。「なんでタイムズ・スクウェアで降りないんだよ」

「眠ってたんだ」トリートが言った。

「こいつヨーヨーなんだぜ」ホセが言った。「見ててみろ」と言って、さしあたりプロフェインのことは忘れ、ひとつ車輛を移って、さっきと同じ芸をはじめた。彼らが戻ってきたのは、グランド・セントラルを発車するときのこと。

「な？」ホセが言った。

「おいちゃんよう」とクック。「あんた、どしたの」

「仕事、ねえのか」トリートが言う。

「ワニ狩りやれよ、うちの兄ちゃんみたいに」とクック。

「クックの兄《あに》い、ショットガンでワニ撃ってんだぜ」とトリート。

「仕事さがしてんなら、ワニ狩りやんな」とホセ。

プロフェインはヘソを掻いて、床を見つめた。

「それ、ずっとある仕事か」

地下鉄はタイムズ・スクウェアに入構して乗客を吐き出すと、さらに多くの客を吸い込み、ドアを閉め、地下の洞穴の中、轟音を軋らせながら走り進む。別の番線にシャトルがもう一本入ってきた。褐色の光の中で身体が揉み合い、構内のスピーカーが折り返しをアナウンスする。ランチアワーだ。地下鉄の駅が活気づき、人のざわめき、動きが満ちてきた。観光客の集団も戻ってきた。さらにもう一本のシャトルが到着し、開き、閉じ、走り去った。木張りのプラットフォームは、群衆の重みに加えて、不快、空腹、膀胱圧、胸苦しさ、それらをみんな受け止めている。一本目のシャトルが駅に戻ってきた。

押し合いながら乗り込んできた中に、黒のコートの外に長い黒髪を垂らした娘がいた。彼女は四つの車輛を探し回ったあと、プロフェインの隣の席でその寝顔を眺めていたクックを見つけた。

「こいつ、アンヘルと一緒にワニを撃ちたいって言ってたよ」クックが伝えた。プロフェインは座席に斜めになって眠っている。

夢の中でプロフェインは、いつもながら独りだった。独りで夜道を歩いている。その夜道で動くものは、自分の流れる視界だけ。いつも必ず夜道なのだ。消火栓を照らす灯りはピクともしない。

路上のマンホールの蓋も同様。ネオンサインもちらほら見えるが、それが綴る言葉を、目覚めた世界に持ち込むことはできそうにない。

　奇妙な夢だった。ヘソのかわりに金色のネジが腹についている青年の話をどこかで聞いたことがあったが、その話に絡んだ夢だ。腹のネジを取ってしまいたくて、二十年もかけて世界中の医者やら技師やらを訪ねまわるのだが効果がない。最後にハイチでヴードゥー教の呪師から、鼻をつく匂いのする水薬を手に入れる。それを飲み、眠りに落ちて夢を見る。夢に出てくる道路は緑の光に照らされている。呪師に指示されたまま、出発点から右へ二度、左へ一度道を曲がると、そこから数えて七番目の街灯近くに木があって、その枝に色とりどりの風船がぶらさがっている。上から四番目の枝に下がっている赤い風船を割ると、中から黄色い柄《え》のドライバーが出てくる。そのドライバーでヘソのネジを回すとポロリと取れる——と同時に夢が覚めて、朝である。お腹を見るとネジはない。二十年の呪《のろ》いがついに解けて狂喜のあまりベッドを飛び出したら、床にゴトンと尻が落ちる。

　路上で独りで考えるとき、プロフェインはいつも思うのだ。オレもたぶん、自分が解体していってるのを機械と同じように納得したくて、何かきっかけになるものを探しているんじゃないかと。が、そう考えた瞬間に恐怖が襲う。ここからが悪夢なのだ。だって、そのまま歩き続けたら、尻はおろか、腕も、脚も、スポンジ製の脳も、時計仕掛けの心臓もバラバラになって、マンホールの蓋と一緒に舗道に転がることになってしまうではないか。

　ここが、水銀灯に照らされたストリートこそが、オレのホームなんであって、オレは死期を悟った象みたいに墓場に戻って来たってわけか。倒れ伏して、やがて象牙となって、微細に彫り刻んだ工芸品を——チェスの駒や、孫の手や、中国の透かし彫りの入れ子の球を——その身に秘めて眠るというのか。

夢に見るのは、いつもそのことだけ。ストリート以外のことが夢に出てきた例《ため》しがない。プロフェインはあたりを見回し、ドライバーも鍵もないのに気づいて目を覚ました。目の前に、女の顔があった。後景にクックが立っている。脚をひらいて、頭を垂れて。ふたつ先の車輛でトリートが叩くコーヒー缶の金属音が、ポイントを通過する地下鉄の轟音にも負けず響いている。

女の顔立ちは若々しく柔らかだった。一方の頬に褐色のほくろがある。プロフェインが気づいたとき、その口はもうしゃべっていた。一緒にわたしのうちに来て。わたし、ホセフィーネ・メンドーサ。クックの姉です。アップタウンに住んでるの。手助けさせて。——いったい何の話だろう。

「ホワ?」彼は言った、「ハア?」

「あんた、ここにいたいの」相当な大声である。

「いや、別に、いたくないけど」地下鉄はタイムズ・スクウェアのほうへ向かっていた。ブルーミングデールの買い物包みを抱えた年配の婦人がふたり、車輛の前のほうから、あからさまな嫌悪の表情を浮かべてこちらを見ていた。フィーナがわめきだした。トリートとホセが歌いながら駆け戻ってきた。「ヘルプ」とプロフェインは言ったものの、誰に助けを求めているのか自分でも分からない。目がさめて、ニューヨーク中の女に欲情するモードに戻ったプロフェインの前に、自分を連れて帰りたいと騒いでいる女がいるのだ。シャトルがタイムズ・スクウェアに入った。ドアが一斉に開く。なかば無意識のまま、プロフェインはクックを片腕にかかえてドアの外へ走り抜けた。フィーナとトリートとホセがひと連なりになってあとに続く。走るフィーナの黒のコートがめくれるたびに、緑のドレスに描かれた熱帯の鳥が姿をみせる。五人は駅を駆け抜けた。グリーンライトの列の下を。プロフェインの鈍い体はゴミ容器やらコークマシンやらにぶつかってばかりだが、それでも全力疾走だ。クックが先頭に出て、正午の雑踏をかき分ける。「ルイス・アパリシオー」と叫び、ホームベースに滑り込む。「ルイス・アパリシオー」とまた叫んで、今度はキャーキャーいうガールスカウトの一団を脇に蹴散らした。階段を駆けおり、アップタウン行きの路線に向かう。電車は彼らを待っていた。フィーナと子供たちが飛び込む。プロフェインも飛び込んだのだがドアに体がはさまった。弟の目玉と一緒に、フィーナの目玉が見開かれた。小さな恐怖の叫びとともに、フィーナの手がプロフェインの手をつかんでグイと引っぱる。すると奇跡が起こった。ふたたびドアが開いて、フィーナに導かれるまま、彼女の穏やかな引力圏に引き入れられたのである。とっさにプロフェインは理解した。ここでなら、不器男くんのおれにしても当面は、しなやかに軽快に、動き回ることができるだろうと。家に着くまでクックはずっと歌いつづける。「ティエネス・ミ・コラソン」——映画で聞き覚えたラヴソングだ。

彼らが住んでいる通りはアップタウンの80番台、アムステルダム・アヴェニューとブロードウェイのあいだだった。フィーナ、クック、おふくろさんに親父さん、そしてクックの兄のアンヘル。その友達のヘロニモがよく顔を出して、台所の床に寝ていく。親父さんは失業中で、生活保護を受けていた。おふくろさんは一目でプロフェインが気に入った。寝場所はバスタブに決まった。

バスタブで寝ているプロフェインを見たクックが、水の栓をひねった。「な、な、な、な」目を覚ましたプロフェインは水滴を飛ばしながら叫んだ。

「おいちゃん、仕事探しに行けよ」クックが言った。「フィーナが言ってるよ」跳ね起きたプロフェインは、水を後ろに滴らせながらクックを追いかけて小さなアパート中を駆け回った。リビングでは、アンヘルとヘロニモが、ワインを飲みながらこれからリヴァーサイド・パークでやるガール・ウォッチングのことをあれこれしゃべっていた。駆け込んできたプロフェインが二人につまずいて倒れた。クックは逃げて笑いながら「ルイス・アパリシオー」と叫ぶ。床にべったり鼻を押しつけたプロフェインに、アンヘルが尋ねた。「ワイン飲《や》るか？」

数時間後、泥酔した三人は、古ぼけた褐色砂岩《ブラウンストーン》のアパートの階段をふらつきながら下りてきた。今日は寒すぎるから女の子は公園に出てこないな、いや出てくるさと、アンヘルとヘロニモが言い争う。三人は道の真ん中を歩いて西に向かった。空には陰鬱な雲が垂れ込めている。プロフェインは路上の車にぶつかってばかりだ。角にホットドッグ・スタンドがあった。酔いざましのつもりでピニャ・コラーダをひっかけたが、効き目はない。リヴァーサイド・ドライブまで行き着いたところでヘロニモが酔いつぶれた。二人してつまみ上げて城攻めの大丸太のごとく抱きかかえ、そのまま走って道路はうまく横切ったが、公園の坂を駆け下りながらプロフェインが石に蹴つまずいた。三人、宙を舞う。着地したのは凍てついた草の上だった。毛糸のコートで着ぶくれた子供たちが三人をまたいで走っていっては戻ってくる。明るい黄色のお手玉で「ピッチ・アンド・キャッチ」をやっているのだ。ヘロニモが歌いだした。

「よお」アンヘルが言った。「ひとり来たぜ」　いかにも性格の悪そうな痩せたプードル犬を散歩させている若い女。長い髪がコートの襟のところで日差しを受けて揺らめいている。ヘロニモが歌うのをやめ、「コニョ」と呼びかけ（「コニョ」はスペイン語で女体の部分を表す卑語）、突き出した指を卑猥にまわし、今度は女を見つめながら歌った。女はこちらに目をくれることなく、まっすぐ北へ歩み去った。裸の木々ばかりにほほえみかけて行ってしまう彼女の姿を、三人は見えなくなるまで追った。気が滅入った。

アンヘルが溜息をついた。「女なんて、何百万っているのによ。ニューヨークにも。ボストンにも。オレ行ったことあるんだ。他にも何千って街に、女はいるのによ……まったく落ち込むぜ」

「ジャージーにもな」プロフェイン。「オレはジャージーで仕事した」

「ジャージーには、特上のがいっぱいだ」アンヘルが言った。

「みんなロードに出てるんだぜ」とプロフェイン。「車の中だけどさ」

「ヘロニモとオレの仕事場は下水道だからさ」アンヘルが言った。「ストリートの下。あすこじゃ、何も見えねえやい」

「ストリートの下か」一分後、プロフェインが繰り返した。「ストリートの下」

ヘロニモは唱うのをやめて、説明をはじめた。赤ん坊のワニ、おぼえてるか。去年かおととし流行して、ニューヨーク中の子供たちがペットにしてた。メイシー百貨店で一匹五十セントで売ってたよな。子供なら買わなきゃいけないくらい流行《はや》ってた。だがじきに子供たちは飽きてしまって、道ばたに放したりもしたが、ほとんどはトイレに流した。そいつらが成長して繁殖した。ネズミを食べ、台所ゴミを食べ、今や大きく成長した、目の見えない白子《アルビノ》のワニが下水道網のいたるところにいる。道路の下に、数知れずうようよしてるんだ。ネズミがみんな食い殺されたか、泡を吹いて逃げていってしまったんで、ワニの中には人食い化したのもいるらしい。

昨年の下水道スキャンダル以来、お役所が良心的になった。ボランティアを集めて送り込み、ショットガンで始末させている。だが志願する者は少数で、仕事に就いてもすぐにやめてしまう者が多い。ヘロニモは自慢げに言った――アンヘルとオレは、ほかに誰もいなくなってから三ヶ月も、仕事を続けてるんだぜ。

プロフェインの酔いは一気に醒めた。「駆除係って、まだ募集してるのか」ゆっくりと言った。

アンヘルが歌いはじめた。プロフェインは寝返りを打ち、ヘロニモと目を合わせた。「どうなんだ？」

「もちろんよ」ヘロニモが言った。「おまえ、ショットガン、撃ったことあるか？」

プロフェインはイエスと言った。実はなかったし、この先も撃とうという気はまるでなかったが、ストリートの下でなら、ひょっとして撃てるかもしれない。自分を撃って死んでしまう可能性はあるが、おおかた大丈夫だろう。やってみよう。

「ボスのザイツァスに話しておくから」ヘロニモが言った。

お手玉が一瞬、空中で陽気に輝いた。「ほーら、ほーら」子供らが叫ぶ。「落ちるぞー」

第二章

ヤンデル
レン
V

I

プロフェイン、アンヘル、ヘロニモがガール・ウォッチングに見切りをつけ、ワインを求めて公園から出て行ったのが正午頃のこと。それから一時間ほどして、帰宅途中のレイチェル・アウルグラスが、三人の寝転がっていた現場近くを通りかかった。プロフェインのレイチェルである。

彼女の歩く姿を表現するのは難しいが、強いていえば、勇ましくて色っぽいスロー・ステップといったところだろうか。まるで雪だまりの中に鼻までズッポリ埋まりながら、恋人のいるところへ進んでいくといったふうなのだ。舗装された遊歩道のド真ん中を、ハドソン河の向こう岸から吹いてくるそよ風にコートの裾を軽くたなびかせながら歩いてくる。遊歩道の真ん中はX字が織りなす鉄格子で、その下を地下鉄が通っているのだが、ハイヒールの踵がそのXの中心を、ひと足ひと足、正確にとらえて進むのだ。この街に来て半年、やっとコツをつかんだ。こんな歩き方をして、これまでにヒールも折ってきただろうし、心の平静も失っただろう。だが今はもう目をつぶっても平ちゃらだ。鉄格子を歩く目的は、それをひけらかすこと。誰にかといえば、自分にである。

民間の職業紹介所のスタッフとして窓口で質問するのがレイチェルの仕事だけれど、今はちょうど、イーストサイドの形成外科医シェイル・シェーンメイカーとの面会からの帰り道。シェーンメイカーは高邁な職人気質の医者で、二人いるアシスタントの一人は、秘書・受付・ナースを併せた仕事をしているが、その鼻は信じがたいくらい澄ましかえった反り鼻。肌は何千ものソバカスが覆っている。どちらも先生の製作品だ。このソバカスは刺青《タトゥー》であって彼女は先生の愛人である。いかなる連想の気まぐれか、アーヴィングという男性名で呼ばれている。もう一人のアシスタントはトレンチという。手が空くと、ユダヤ人連盟から先生がいただいた木製の表彰プレートめがけて「メス投げ」遊びを始める。クリニックの所在地は、一番街とヨーク・アヴェニューのあいだ。ジャーマンタウンの端の一角に、さまざまなテナントがファッショナブルな迷路をつくる集合ビルの中である。界隈にふさわしく、壁に埋め込まれたスピーカーから常時ドイツのビアホール音楽が流れている。

レイチェルはその朝十時に着いたのだが、お待ちくださいとアーヴィングに言われて待っていた。先生はてんてこまいの様子だった。なぜこんなに混んでいるのだろう。レイチェルは理由を考えた。鼻の整形は手術の傷が癒えるまでに四ヶ月かかる。四ヶ月先といえば夏の休みが始まる六月。この醜悪な鼻さえなければ、結婚相手などすぐ見つかるのにと考えているユダヤ系の美人さんたちが、新品の画一的な鼻中隔をたずさえて、夏の繁華街に繰り出すことができるという計算なのだろう。

そう思うと、レイチェルはやりきれない気持ちになった。彼女たちが鼻を整形するのは、もっと美しくなりたいからではなく、映画や宣伝で鉤鼻といえば伝統的にユダヤの印であり、上に反り返った鼻こそが、人種的・宗教的なアメリカの支配層であるＷＡＳＰの印であるからなのだ。

椅子に背をもたせかけ、診察室から患者が出てくるのを眺めているうちに、シェーンメイカーに会いたくなくなってくる。無地のカーペットを敷きつめた向こうに、貧弱な顎をごまかすためにしょぼしょぼ生やした顎髭がまったく役に立っていない青年が座っていて、目の潤みを見られていないか気にしてレイチェルのほうを窺っている。鼻に嘴のようなガーゼを詰めた女の子が目を閉じたままソファにぐったりもたれている脇で、両親がヒソヒソと費用のことを話している。

待合室の真向かいの壁には高く吊した鏡があって、その下に、世紀転換期の時計を収めた棚があった。裏表二面の文字盤が四本の飛梁から吊され、その下に迷路のような計時装置がスウェーデン製の鉛硝子のケースに収められている。振り子がスイングするのでなく、床と平行の円盤が、六時の針と平行のシャフトによって駆動される。片方に四分の一回転すると、逆方向に四分の一回転し、その軸の回転が脱進機に伝えられて歯車を一コマずつ進めるという仕組みだ。その円盤の上では、黄金の悪魔というか小鬼が二体、突飛なポーズをとっている。二匹の小鬼がクルックルッと回るさまが、レイチェルが背にしている壁一面《フロア・トゥ・シーリング》の窓ガラスを通した景色と一緒に、鏡に映っていた。庭の松の枝と緑の針葉が二月の強風に吹かれて揺れ動き、日差しを散乱させるその前で、二匹の小鬼がメトロノームのような踊りを披露する。その頭上では、黄金のギアとノコギリ歯車、レバーとスプリングが垂直方向に組み上がって、往年の舞踏会場のシャンデリアに劣らない、絢爛とした光彩を添えていた。

レイチェルは鏡に対して四五度の向きだったから、部屋に正対する文字盤とともに、鏡に映った裏の文字盤も見えた。時間と反時間との共存。互いを正確に打ち消し合っている。世界にはこうした鑑照《レフェレンス・ポイント》の場がいくつもあって、欠損を抱えた満たされざる者たちが束の間出会うこの待合室のような場所に真理が顔を覗かせるのだろうか。リアルな時間にヴァーチャルな鏡像時間をプラスすると結果はゼロになるのか。そうだとしたら、そのことはどんな教訓をぼんやりと示しているのか。それとも、反転した鏡の時間だけに意味がある？——鼻梁ラインを窪んだ弓線に変えたり、顎に軟骨を詰め込んで立派に見せたりする者たちには、以前の不遇な時間を逆転させる「鏡の時間」が待っているということ？　鏡の中の光の導くままに、働き、愛し、己《おの》が世紀のシャンデリアの下で小鬼のダンスを踊り続けよということ？　死が心臓の拍動（メトロノームの音楽）を止め、揺らめく光を止めるまで……。

「アウルグラスさん」アーヴィングがシェーンメイカーの聖域の入り口からほほえむ。レイチェルはハンドバッグを手にして立ちあがり、鏡の前を通りぎわ、鏡の国に住む自分の分身を横目でチラリと見やり、ドアを抜け、腎臓型のデスクを前にうんざりした顔を見せている医者と正対した。請求書がカーボン・コピーとともに机の上に出してある。「ハーヴィッツさんの支払いが溜まっててね」シェーンメイカーが切り出す。レイチェルはバッグを開けて丸まった二十ドルの束を出し、請求書の上に投げ出した。

「数えてください。残りはこれで全額のはずです」

「それはあとで」ドクターが言った。「まあ掛けてください、アウルグラスさん」

「エスターは文無しなんですよ。ひどい思いをしてるんです。あなたがここでやってらっしゃるのは——」

「——悪徳商売」こともなげに彼は言った。「タバコは？」

「自分のがあります」椅子の端にチョコンと腰かけ、額にかかる髪を押しやり、タバコを探す。

「人の虚栄心につけこんで儲けてる、とね」シェーンメイカーは続けた。「美とは内面的なものではなく金で買えるものだという誤謬を普及させている、と。ところがだね」、腕が伸びてきて、重い銀のライターから、か細い炎が上がった。急に声量が増す――「金で買えてしまうんですよ、実際。そうなんです、だからぼくは売っている。自分を必要悪だとすら思っていないんですな」

「必要？　不要なんじゃありません？」煙の光輪を通して彼女は言った。ふたつの目が、隣り合ったノコギリ刃の目のように鋭く光った。

「ユダヤ民族のアイデンティティを放棄させようとしてますよね」

レイチェルの鼻の煽情的な盛り上がりを見つめながら、医師は言った。「きみは正統派ですか。いや違う。じゃ、保守派？　若い人で保守派なんていないか。ぼくの両親は正統派でしてね、私が思うにこう考えている。つまり、父親は何であれ母親がユダヤ人ならきみもユダヤ人なのだと。なぜなら、人はみな母親の子宮から出てくるのだから。ユダヤの母の連鎖というのがあって、これは、遥かイヴの昔から途切れることなく続いている」

彼女の目が「偽善者」と言った。

「ちがう」彼が言った。「イヴは最初のユダヤの母として、パターンを決定したんだ。イヴがアダムに言ったことが、子孫の娘たちによって連綿と繰り返された。――お入り、アダム。リンゴはいかが？」

「あ、は、は」レイチェルが皮肉った。

「問題はこの連鎖なのだよ、継承される形質の連鎖。いいかね、時代とともに、われわれはしだいに知識を増やしてきた。もう誰も、地球が平らだとは思っていない。あ、イギリスに一人いたね。

〈平らな地球協会〉の会長さん。この人によると地球は平らで、周囲に氷のバリアができている。行方不明になった人は、みなその氷の世界に行って戻れなくなったんだと。ラマルクにしても同じ。母ネズミのしっぽを切ると、しっぽのない子ネズミが生まれるという説は正しくないわけだ。科学的証拠の重みというものがあってね、人工衛星から送られてくる写真がことごとく、平らな地球協会の主張を覆すんだよ。ぼくが鼻に対して何をしようとも、ユダヤ娘がいずれユダヤの母として産む子供の鼻は、手つかずなんです。だから、悪事とはいえないんじゃないかな。ぼくは、自然の道に逆らって、大いなる連鎖に変更を加えているだろうか。民族のアイデンティティを放棄させるだなんてとんでもない誤解ですよ。個人個人は好きなようにふるまっても、それで連鎖が動じたりはしないんだ。ぼくごときはね、自然に対して微力すぎて、逆らうなんて無理なんです。逆らうには、遺伝物質をいじるようなことをしないと。核を使うなら、それも可能でしょう。放射線には民族のアイデンティティを変える力がある。未来のユダヤ人に鼻をふたつ与えることもできるだろうし、鼻をなくしちゃうことも可能かもしれない。人類のアイデンティティを変えてしまうことだってね」

遠く離れたドアの向こうから、ストン、ストンと聞こえてくるのは、トレンチの「メス投げ」の練習だろうか。レイチェルは、足を堅くクロスさせた。

「心の中のことを言ってるんです。心への影響はどうなんですか。内側も変わっちゃうと思うんですよ。こういう手術をした人って、どんな母親になるかしら？　娘がいやがってるのに無理に手術を受けさせるような母親になりません？　先生は、いったい何世代の顔をいじってきたっていうの。何世代の家族の、おやさしいファミリー・ドクターをなさってきたの？」

「憎らしい子だねえ、きみは」シェーンメイカーは言った。「美人なのに、声を荒らげないでくれよ。ぼくは一介の形成医であって、分析医じゃないんだ。まあ、いつかは、脳の形成というのもできるようになって、小さい子をアインシュタインのようにしたり、女の子をエレノア・ルーズベルトのようにしたりということも可能になるかもしれないがね。ひょっとすると、憎らしい子を憎らしくなくすることだって。その日までは、心の中のことなんて、ぼくに分かりようがないだろ。内側の世界は、連鎖とはまるで関係しないんだ」

「あなたは、別な連鎖を起動させてるんですよ」声がまた荒くなりそうだ。「内側をいじることで、遺伝物質なんかとは関係ない別な連鎖がスタートするんです。性質の伝達って、外側でも起こるんですよ。生き方の姿勢《アティテュード》の継承ってあるじゃないですか」

「内側、外側」彼が言った。「きみ、一貫性が欠けちゃいないかい。ぼくにはついていけないな」

「ついてきてほしくないです」と言って彼女は立ち上がった。「あなたみたいな人が夢に出てくるのよ。悪夢に」

「分析医に、その夢の意味を教えてもらうといい」

「あなたこそ、勝手に夢を見てるといいわ」ドアのところで、半分彼のほうに顔を向けてそう言った。

「心配無用、ぼくには充分な預金があるからね、安心して幻想に浸っていられるわけだ」と彼が応じた。

　レイチェルは、立ち去り際の一発を決めずにはいられない性格だった。「幻想が破れて首を吊った形成外科医のこと、聞いたことありますけど」そう言って部屋を出て、鏡に映る時計の前を大股で通り過ぎ、吹き止まぬ風が松の枝を揺らしている戸外へ出た。ヤワな顎と、鉤鼻と、傷入りの顔を後に残して。みんなここに集まって、なにやら不気味な霊的交感《コミュニオン》でもやっているように思えた。

さて、鉄格子の道を後にしたレイチェルは今、リヴァーサイド・パークの冬枯れた芝生の上、裸になった木々の枝と道沿いに並ぶもっと裸で骨張った印象を与えるアパートの建物の下を歩いている。頭の中をかけめぐっているのはエスター・ハーヴィッツのことだ。借りたほうも貸したほうも額を覚えていられないほど援助をしているルームメイトである。道沿いに落ちていた錆びた缶を憎々しげに蹴り上げてレイチェルは思う。なんでなの、なんでN Y《ヌエバ・ジョルク》って街は、タカリとカモとに分かれる仕組みになってるわけ？　シェーンメイカーがわたしのルームメイトにたかって、彼女はわたしにたかる。犠牲を強いる側と犠牲になる側、ふんだくる側と吸いとられる側。その果てしない連鎖が世の仕組みなら、わたし自身がカモにしている相手は誰なのかしら。まず思い浮かんだのはスラッブだった。ラウール＝スラッブ＝メルヴィンの三人組のスラッブである。ニューヨークに来て以来彼女は、スラッブにくっつくか、それとも男というものには一切甘いところを見せないか、ふたつの存在モードを往復していた。

「あの子はいつも君から奪ってばかりじゃないか。なぜそれを止めないの」スラッブの一間《ひとま》のアパートでそう言われたのは、いつだったろう——スラッブとエスターが周期的にくっつく、その期間の前には、かならずレイチェルとスラッブとの仲が再燃するのだ。電気の止められたアパート、ガス台の青と黄色の炎の光で見る互いの顔が仮面のよう。相手の目は表情のない、うすっぺらな光の膜に見えた。

「だってエスターは文無しなんですもの。わたしに余裕があるんだったら面倒みたっていいでしょ」

「だめだね」彼の頬骨の上の筋肉がピクリとした——それとも、ガスの炎の反射なのか。「だめだ。ぼくに事態が見えてないとでも思ってるの？　エスターが君を必要としているのは、君がいれば好きなだけたかれるからじゃないか。君がエスターを必要としているのは母親気分になれるから。あの子のために出費を重ねる、そのたびに二人をつなぐヘソの緒がもう一回り太くなって、切れにくくなるわけだよ。そしてその分だけ、切れてしまったときに彼女が一人で生きていくのが大変になる。あいつ、借りたお金をいくら返したんだ」

「返す気持ちはあるの」

「そりゃあるだろ。ところがまた八百ドルだ、アレを変えるためにさ」彼が手を振って示したのは、ゴミ缶の近くの壁に立てかけた一枚の小さな肖像画だった。スラッブは手を伸ばしてそれを取ると、ブルーのガスの明かりにそれをかざした。『パーティの少女』と題するこの絵は、炭化水素のガスの炎で見るように意図して描かれたのかもしれない。壁にもたれているのはエスターだった。まっすぐ前を向いて、近づいてくる誰かを見ている。その、目つき——半分犠牲者で半分支配者の。「見ろよ、この鼻。これをどうして変えたいと思うんだろう。こいつがついていれば、人間でいられるのに」

「あなたにはアーティストとしての目しかないわけ？　審美的にどうか、社会的にどうかということは言うけど、もっと大事なことってないの？」

「エスターの稼ぎはさあ」大声で——「週五十ドルなんだぜ。そのうち二十五ドルが分析医に消えていく。部屋代が十二ドル。残りが十三ドル。それは何のためだよ。地下鉄の鉄格子にヒールをはさんで折っちゃうときのためだろ。口紅、イヤリング、衣服。ときには食費だって必要だ。てなわけで、お鼻の改築代八百ドルが君に回ってくる。次は何だよ。メルセデス・ベンツ300SLか？　ピカソのオリジナルか？　中絶の費用かよ？」

「生理は順調ですってよ」レイチェルが冷たく言った。「ご心配なら言っときますけど」

「ベイビー」突然、ロマンティックな少年のような声で、「君は善なる女性さ。消えゆく種族の一員だよ。薄幸の人たちを助ける。それは正しい。ただ、限界ってものもあるじゃないか」

議論の応酬は続く。どちらも爆発はしない。午前三時、さすがにもう打ち切るしかなくなってベッドへ向かい、抱え込んだストレスを愛撫によって蒸発させる。だが、問題は解消しないたためしなどない。あれが九月のことだった。エスターの顔の真ん中に突き出ていたガーゼは今は取れて、誇り高きシックル(半円形の刀剣)のように反り上がった鼻が、神の選民がみな召されるという空の彼方の高級住宅街《ウエストチェスター》を指している。

道を曲がって公園を出る。ハドソンを背に、112丁目を歩きながら考えた——タカリとカモ——やっちゃうワルとやられるトンマ。その基盤構造の上にマンハッタン島はできあがってるんだ。下水道の一番底から、地上の道路を経て、エンパイア・ステートのてっぺんのアンテナまで、それがこの街の仕組みなんだ。

建物のロビーを入る。年老いた守衛さんにスマイルし、エレベーターで七階へ。7Gが、オッホン、彼女のホームである。ドアをあけ、台所の壁の張り紙に目をやると、そこにはPARTYの文字があって、ヤンデルレンのメンバーの似顔絵が描き添えてあった。ハンドバッグをキッチン・テーブルに投げ出し、ドアを閉める。似顔絵はパオラの手描きだ。パオラとは、この部屋の三人目の住人の、パオラ・マイストラルのことである。テーブルの上に書き置きがあった。「ウィンサム、カリズマ、フウ、わたし、〈Vノート〉。マクリンティック・スフィア、パオラ・マイストラル」固有名詞しか書いていない。この子は固有名詞だけの世界を生きている。人と場所。モノはない。誰もモノについて教えてくれなかったのか。レイチェルはモノだけで手一杯だというのに。今は、エスターの鼻というモノで頭が一杯だった。

シャワーの中でレイチェルが歌う。貢ぐ女のブルースを歌う。スパイスの効いた黒人女性《レッド・ホット・ママ》の声色を、タイルの壁が拡声する。小柄な自分がこれを歌うと、みんなとても面白がるのだ。

男なんて、ろくでなしでさー
女と寝る《ジャズる》しか能がない
売春宿には入りびたる
街中ジャズりほうけてる
やりたいほうだいワルさして
グッド・ウーマン傷つける
あたしゃグッド・ウーマンよ
じぶんでいうんだ、まちがいないさ
踏んづけられてばっかしで
でもね、あたしゃ、かまわない
心やさしい男の人って
たやすく見つかるわけないもの

だって、やさしいやつに限って
人のこころを踏んづけるのさ……

やがてパオラの部屋の窓から灯りが漏れ、瓶のぶつかる音、蛇口の音、水洗トイレの流れる音とともに、通気口をのぼって空へ立ちのぼった。それに続いて、レイチェルが長い髪を整える、可聴域すれすれの音……。

部屋の灯りを全部消して彼女が部屋を出たとき、パオラの部屋の電光表示の時計の針は、ちょうど六時をさしていた。電動の時計なのでカチカチしない。分針が動くのも分からないのだが、まもなくそれは12をまたいで文字盤の対のエリアを下がりはじめた――まるで鏡の面をすり抜けたかのように。ここから先は鏡の時間？　リアルな時間の針の動きを、鏡の時間が繰り返すのか。

II

このパーティもやはり生気なきモノにすぎなかったのか、チョコレート色の部屋の四方に向かって、時計のゼンマイのように解《ほど》けていった。緊張が解け一定の均衡が得られるまで、緩みきろうとするかのように。そのほぼ中心に、パインウッドの床に腰を下ろして背を丸めているレイチェルの姿があった。黒いストッキングで包んだ脚が、かすかに白く透けて見える。

レイチェルの目には、無数の秘密の仕掛けが施されているように感じられる。タバコの煙もないのに、紫煙の与えるあの独特の謎めいた色気を醸し出しているのだ。ニューヨークはレイチェルにとって煙の都――地獄の辺土《リンボー》の街路が走る中を、もくもくと霊体が立ちのぼる街であったのか。自分自身の声にも動きにも煙が混在しているようで、煙がないと自身の存在をたしかなものとして感じられないといったふうなのだった。どんな言葉も目つきも色っぽい仕草も相手に届かず、自分の長い髪の中に煙のようにまとわりつくばかり。ある瞬間に、レイチェルの手が偶然、無意識に髪を振り払うと、それらはパッとあたりに散っていく……

世界を旅するヤング・ステンシルが、キッチンの流しに尻をのせ、肩胛骨を翼のように動かしていた。ドア越しにレイチェルの背中が見えた。背骨の窪んだところが、セーターの黒地の上に一本、蛇のように浮き立った真っ黒の線を走らせている。誰かの話を聞きながら首が揺れると、長い髪が一緒に揺れる。

この女に自分は嫌われている、とステンシルは決めつけていた。

「パオラを見る目つきがイヤラシイのよ」とレイチェルがエスターに言い、エスターがそれを正直にステンシルに伝えたのだ。

しかし、パオラを見るステンシルの目は欲情の目ではなかった。事はもっと深いのだ。パオラはマルタ島の出身だった。

一九〇一年、ちょうどヴィクトリア女王の没年に生まれたステンシルは、まさに新世紀の子《センチュリーズ・チャイルド》と呼ばれるにふさわしい。彼に母親はいなかった。父親のシドニー・ステンシルは、英国外務省の職を寡黙に有能に勤め上げた官吏であった。母親が失踪した経緯は知らない。お産で亡くなったのか、駆け落ちしたのか、自殺だったか。そのことに手紙で触れる機会は無数にあったはずのシドニーが、息子に宛てたどの手紙でもひと言も触れていないのは、なにかよほど痛ましい事情があったからに違いない。父は一九一九年、マルタでの六月騒乱を調査中に命を落とした。その状況もまた謎である。
一九四六年のとある夕暮れ時、石の欄干で地中海から隔てられたテラスに、息子のステンシルはヒアーヴェ・ローヴェンシュタイン辺境伯夫人と座っていた。ここはマジョルカ島西海岸にある夫人のヴィラである。太陽が厚い雲の中へ沈んでいくと、視界一面、真珠のグレイに輝く海だ。この水の惑星で最後に生き残った神々が、このふたりといった感じだ。それとも——いや、無為に想像を広げるのはフェアでない。理由はともあれ、このシーンは次のごとく展開した。

伯夫人：では、出発なさるのですね、どうしても。

ステン：ステンシルは、今週のうちにルツェルンに到着せねばならない。

伯夫人：前哨戦って……わたくしの好みではございませんわ。

ステン：これは諜報活動ではない。

伯夫人：では何ですの？

（ステンシルが笑う、夕闇を見つめて）

伯夫人：あなた、そっくりですわね。

ステン：誰にです、辺境伯夫人。自分自身にだって似ていないのに。この海、この島々。生まれてこのかた、ひとつの島から別の島へと飛び移るだけの人生だった。それは理由になるだろうか？理由がなくてはならないのか。お尋ねとあらば言いましょう。この男は政府《ホワイトホール》に仕える身ではない。もちろん、ハッ、ハッ、おのれの脳細胞がつくる白き通路《ホワイトホール》のネットワークに仕えていないとは言わぬにしても。その殺風景なホールを、いつも掃いて整えてはいるのだ。ときどきは使者が訪れるから。ヒューマンたちの磔刑の国、人間的な愛というものにあふるる世界からの特使。しかし、この仕事は誰のためか。自分自身のためではない。そうだったら狂気であろう。予言者が自分を予言者に任じるようなものだ……（長い間《ま》。雲を通して届く光がしだいに翳りを増し、力なく醜くふたりに覆い被さる）。

ステン：ステンシルが成年に達したのは、老ステンシルの死から三年後のこと。彼が継承することになった資産の中に、数冊の手書きの書があった。半牛革製の装幀、ヨーロッパの諸都市の湿り気を吸い込んで反り返った書物であった。それが父の日誌だ。諜報員のキャリアを綴った非公式の記録。「フィレンツェ、一八九九年四月」と書かれた下にあった一節を、若きステンシルは暗誦したものだ。「V.の背後と内奥には、人の想像を超えたものが潜んでいる。V.とは誰か、という問題ではない。V.とは何なのか。その問いに答えるのは恐ろしすぎる……神よ、どうぞ免じたまえ。私にその答えは書くことができない。このページだけでなく、いかなる公式報告書にも」

伯夫人：女でしょうか。

ステン：またしても。

伯夫人：その女の人を追ってらっしゃるの？　探し求めて？

ステン：貴女は次に、ステンシルが彼女を自分の母親と思っているのではないかと尋ねるのではあるまいか。それはバカげた質問である。

一九四五年以来、ハーバート・ステンシルはみずからに不眠を強いるよう努めている。一九四五年以前の彼は、睡眠を人生最大の恵みとなすような、まったく怠惰な男であった。両大戦間の時代を彼は気ままに放浪して暮らしていた。収入の口は、当時も今も不確かである。父の遺産は、ポンドとシリングの数値にしたら大した額ではなかったが、西洋世界のほとんどの都市で、同世代の人たちに好意の種が撒いてあった。父が交わったのはファミリーの価値を信じていた世代の人であったから、若きハーバートにとって、それらの伝手《つて》は文字通り財産となった。いや、居候暮らしばかりしていたわけではない。南仏では賭博場のゲーム進行補佐、東アフリカではプランテーションの作業監督員、ギリシャでは女郎屋の管理人もやり、本国イギリスでも数々の公務をこなしてきた。スタッド・ポーカーに頼って所得の谷が埋まったこともある代わり、ひと山ふた山崩したことも避けがたくあった。

二十世紀の二つの大きな死の王国に挟まれた時代を、ハーバートは父の日誌の精読に費やしたが、それは血のつながりを重視する「お得意さん」に取り入る作戦を考えるためであって、V.に関して書かれた部分に気づくことはなかった。

一九三九年、彼はロンドンにいて外務省に雇われていた。九月が来て、去っていった。対独開戦という出来事が、まるでベッドの脇から自分を揺り起こそうとする人のように感じられた。目を覚ますのは面倒臭かったが、いま目を覚まさなければ、自分一人だけが惰眠をむさぼることになってしまいそうな気がした。かくして、社交的な性格だった彼は軍務を志願、北アフリカに飛ばされて、スパイと通訳と通報係をまぜこぜにしたような任務を帯び、軍とともにリビアのトブルクからエル・アゲイラへ進み、そこからまたトブルクを経てエジプトのエル・アラメインまで戻され、今度はまたチュニジアまで進む——そんなシーソー運動に加わった。そして、もうこれ以上人が死ぬのは飽き飽きだと思うくらい多くの死に遭遇した。平和が勝ち取られ、また戦前の夢遊病のような暮らしに戻ることなど考えてアルジェリアのオランの町のカフェに座っていたときのことだった。本国へ帰るのをしばらく先延ばしにした元米兵が周りにたくさんいるそのカフェで、何気なくめくっていた例のフィレンツェ日誌のページに、V.のことを書いた一節がボッと明るく浮き立ったのである。

「勝利《ヴィクトリー》のV.ね」辺境伯夫人がたわむれて言った。

「否」ステンシルが頭《かぶり》を振った。「孤独の中にあったステンシルが、遊び相手を求めたのかもしれません」

いかなる理由であれ、ステンシルは気づきはじめたのだ。惰眠をむさぼることに費やす時間を、活動に向け直すことができるのではないかと。戦前のランダムだった運動に方向性を与えられ、生気のない弛みから、ヴァイタリティとはいえなくとも、少なくとも活動《アクティヴィティ》といえるものが始まっていた。仕事といっても、それはV.の足跡を追うだけのことであり、(神を讃え)ピューリタンが信じたような人みずからの神性を讃えるようなものでは全くなく、ステンシルの人生に輝きや喜びを与えるものではない。V.がそこにいるからというだけで、不快な仕事を引き受けるかのように腰を上げる。それだけのことだったのだ。

正体をつきとめたとして、どうなるのだろう。ステンシルなりに燃やしてきた愛はそのとき、自己の内側に向かう以外に行き先を失う。惰眠から動き出したおのれの活動感覚でも愛でるしかなくなってしまう。そのことに気付づいた彼にとって、探求はあまりにも貴重で、もはや手放せないものだった。動く生き物であり続けるためにはV.を探索せねばならないが、見つけてしまったら、以前の半分昏睡したような生活に戻らねばならない。ゆえに彼は、探求に終わりが来る可能性を頭の中から閉め出していた。追跡しつつ同時に避ける、アプローチ&アヴォイドの方法である。

袋小路の状況はここニューヨークで極まっていた。このパーティに現れたのはエスター・ハーヴィッツに招かれたからで、彼女の形成外科医がV.の謎の解明に重要なジグソーパズルのピースを持っている——にもかかわらず、知らぬと言って譲らないのだ。

ステンシルは待つことにした。イーストサイドの30番台のストリートにボンゴ＝シャフツベリーというエジプト学者の留守アパートがあり、そこを安く借り受けることができたのだ。彼の父がやはりエジプト学者で、シドニー・ステンシルの知り合いだった。といっても、第一次大戦前は敵同士だったという。ハーバートの頼る伝手には、そういう関係が多かった。不思議なことではあったが、それで頼れる人数が倍になるなら、自分の暮らしを立てていくのに有難いことである。このアパートはここ一ヶ月ほど、仮の宿《ピエダテール》として使っている。「伝手」のあいだを動き回る合間に、ちょっと戻って睡眠を取ったりするのに使っている。だが、面倒を見てくれる人たちも、今や当人ではなくその息子や友人が多くを占めるようになり、血縁感覚はだんだんと希薄になっていた。いずれ自分が単に容認されるだけの存在になり果てる日を、ステンシルは予見できた。そのあとはもう、自分とV.とふたりだけだ。どちらも社会の絆を失った者同士、孤独の中で向かい合う。

その地点までは、まだ行き着いていなかった。ステンシルにはまだ、シェーンメイカーを待って過ごす時間があったし、あるいは「爆薬王」チクリッツと「医師」アイゲンヴァリューに関わることで（両者とも父シドニーと個人的な接触はなかったとはいえ、ともにシドニーの時代から、そのピッタリな通称で通っていた男である）時間をかせぐこともできた。なんとも落ち着きの悪い時間の淀みに嵌り込んでいることは、ステンシル自身よくわかっていた。具体的な調査対象もないのにひとつの都市に留まる一ヶ月は、いかにも長い。偶然の出会いを求めて街をうろついても、そんな偶然はやってくるものではない。エスターに招待されたからパーティには来てみたが、ここの病《ヤ》ンデル連中から、手掛かり、足跡、ヒントを期待するのは無理のようだ。

このアパートの主人の行状には、ヤンデルレンのみんなに共通するユーモアのありようがよく現れていた。この男はステンシルに、まさに戦前のステンシルそのもののような惨状を見せてくれたのである。

ファーガス・ミクソリディアンは、ユダヤ系のアイルランド系アルメニア人であり、普遍的《ユニバーサル》な人間であり、かつニューヨークで一番の怠け者を自認していた。彼の創作は実験的で、すべてが未完成ながらきわめて幅広く、無韻詩の西部劇も書けば、かつてダダイストが「レディメイド」と呼んだ手法もこなす。一度など、ペン・ステーションの男性用トイレの大便用個室から取り外した壁をそのまま陳列した。批評家の評言は辛辣だった。ファーガスの怠惰ぶりは徹底していて、(生命維持活動以外の)唯一の活動といえるものは、週一度、乾電池と蒸留装置と塩の溶液をもって台所を動き回ることであった。これで何をしているのかというと、水素を発生させている。発生した水素ガスを緑の風船に詰めるのだが、そこには大きくZの文字が描いてあって、眠るときは、Z字のバルーンをベッドの脚に結んで寝る。これがないと、彼が本当に眠っているのか、寝ぼけて生きているだけなのか、区別がつかない――という冗談を演じているのだ。

この男のもう一つの楽しみがテレビ観賞だった。彼の発明した「自動睡眠スイッチ」はよくできたもので、受像機が前腕の内皮に差した二つの電極と結ばれている。ファーガスの意識活動が一定レベルを下回ると、皮膚の抵抗が設定した値を越えてスイッチが切れる。かくしてファーガスは、TVセットの一部と化したのである。

ヤンデルレンの仲間の暮らしはみな、似たような倦怠の中にあった。ラウールはテレビのシナリオ書きだが、この業界のスポンサー至上主義の慣行にひどく批判的な言葉を連ねながら、いちいちそれに従っている。スラッブは時たま、狂ったように絵を描き出すのだが、その画風は自称「緊張型表現主義《カタトニック・エクスプレショニズム》」、またその作品は「非コミュニケーションの極致」なのだそうである。メルヴィンはギターを弾いてリベラルなフォークソングを歌う。ボヘミアンで創作志向、芸術家気取りであるのはおなじみのパターンだが、リアリティからの逸脱の度が並大抵ではない。それはロマンティシズムが頽廃を極めた姿であり、貧困と反逆と芸術家〝魂〟を弱々しく装うだけのものでしかなかった。というのも現実には、不幸なことに彼らのほとんどが生計を考えて仕事を得ていたのであり、口にする言葉も『タイム』その他のジャーナルから得ていたのだ。

　連中がそれでも生きながらえている理由は、ステンシルの推論によると、独りじゃないからである。お仲間は、あとどれほどの数がいるのだろう。みな温室の時間感覚を持ち、生命の活力にはまるで無縁で、運命にあやつられるままを生きている。

　今夜のパーティは三つに分割されていた。ファーガスと連れの女性とは、もう一組のカップルとともにワインの特大ボトルを抱えてベッドルームにしけこみ、鍵をかけてしまっていた。アパートの残りの部分を、頽廃しきった連中のもたらすであろう混沌にまかせて。今ステンシルの座っているキッチンのシンクは、やがてメルヴィンの止まり木となり、深夜の零時が近づくころには、キッチンに集まったみんなが彼のギターに合わせてバルカンのホラ・ダンスやアフリカの豊穣祈願のダンスを踊っていることだろう。リビングルームの電灯はひとつずつ消え、チェンジャーつきレコード・プレイヤーの上でシェーンベルクのカルテット（全曲集）が永遠のリピート・モードで繰り返されるなか、火のついたタバコの先が、暗がりにかがり火のように明滅するだろう。そして、こういうことが大好きなデビー・センセイ（か誰か）が床に転がり、ラウールかスラッブの愛撫を受けながら、彼女のルームメイトと抱き合ったソファの男の脚に自分の手を這わせたりしているだろう。人の腕と脚がデイジー・チェーンのように絡み、ワインはこぼれるまま、家具は壊れるまま。翌朝ファーガスが少しのあいだ目を覚まして破壊のさまを目撃し、床に酔いつぶれたまま居残っているゲストらを見て怒鳴り、誰もいなくなったアパートで独り寝をきめこむのだろう。

ステンシルは苛立って肩をすくめ、シンクにのせた尻を下ろして床に立ち、コートを手に取った。出ていこうとして、絡み合った六人と接触する。ラウール、スラッブ、メルヴィンとその連れ合いだ。

「なんちゅう」ラウールが言った。

「光景《シーン》」スラッブが腕を水平に伸ばし、ゼンマイのほどけてきたパーティを指し示して言った。

「そいじゃ」ステンシルはそのままドアから出て行った。

女の子たちは突っ立ったまま。軍のキャンプに群れる女と変わらぬ彼女らは、使い捨てといえぬまでも、取り替え可能な存在だった。

「決まってるさ」とメルヴィン。

「黒人街《アップタウン》こそが」とスラッブ、「ジャズを制覇するんだ」。

「ハッ、ハッ」女たちの一人が笑う。

「うるさい」スラッブが自分の帽子を被り直した。部屋の中でも外でも、ベッドの中でも酔いつぶれても、彼はいつも帽子を離さない。そしていつも、ジョージ・ラフトみたいな巨大な尖ったラペルのスーツを着ている。ボタンダウンではないシャツの襟も、糊を効かせてキリッと尖らせ、パッド入りの肩ラインも尖らせている。どの部位も先が尖っている中にあって、顔だけは違っていた。顔のラインはむしろソフトで、堕《お》ちた天使のようだと彼女には感じられた。髪は巻き毛、目の下にも、二、三本ずつ、赤と紫の睫毛のループがクルッと輪を描いている。その睫毛のカールのひとつひとつに、その哀しみの円《サークル》に、今夜キスしてあげたい気持が湧き上がる。

「ちょっと失礼」彼女は小声で言って非常出口のほうへ歩いていった。窓から河を眺めてみるが、霧が見えるだけ。ふと誰かの手が、彼女の背骨の、ちょうどその点に触れた。彼女を知る男が、早晩見いだすことになるその一点に。瞬間、彼女の背筋が伸び、二枚の肩胛骨が引き寄せられた。胸のふくらみが窓に向かって押し出され、急に形をあらわにした。ガラスに映ったふたりを見つめる彼の姿が、窓ガラスに映っていた。振り向くと、きまり悪そうに紅潮した顔があった。髪はクルーカットで、着ているスーツはハリスツイード。「ここ初めてでしょ」彼女はほほえんだ。「あたし、エスター」

赤くなった顔がキュートだ。「ブラッドです。驚かしちゃったかな」

直感で分かった。この人はアイヴィー・リーグの大学を卒業したばかりのフラタニティ・ボーイ、一生その学生友愛会的メンタリティから自由になれないことは分かっていて、それでもなおどこか物足りない気がするせいでヤンデルノたちの周縁をうろうろしている。経営方面に進めれば小説など書き出し、工学や建築のほうに進めば絵か彫刻をはじめるというタイプだ。そんなことではどちらの世界でも最悪の結果になることは知っていても、境界線をまたぐことをやめられない。というか、なぜ線が引かれなくてはいけないのか、そもそも境界なんてものが存在するのかと疑っている。

そのうち、二重の存在であることに慣れていくだろう。しかし、そんな二股生活を続けていくうち、股が裂け破滅してしまうのだ。彼女はバレエの第四ポジションを取った。自分の胸のふくらみを彼の視線と四五度の角度に据え、鼻の先端を彼のハートに向け、睫毛越しに彼を見る。
「ニューヨークはもう、どのくらい?」

〈Vノート〉の、通りに面した窓から、浮浪者が数人覗き込んでいた。窓ガラスが彼らの息で曇っている。ときどき、大学生といった風貌の男が店のスイング・ドアからデートの連れと出てくると、彼らは鋪道に列をなし、タバコをくれ、地下鉄代を、ビール代をと、ひとりずつせがむのだ。二月の風は一晩中、三番街の大通りを吹きおろし、バワリー地区の小さな一角に並ぶ彼らの真上を吹きかかるのだろう。ニューヨークという旋盤から出てくる屑と油の混ぜものを吹き散らすかのように。

中では、マクリンティック・スフィアの演奏が佳境に入っていた。この男の肌は硬い。まるで頭蓋骨の一部をなしているかのようだ。小さなグリーンのスポットを浴びて、血管の筋も頬髯のラインも、鋭くクリアに浮き立っている。マウスピースに加える圧力が彼の下唇の両脇に刻む二本の線は、口髭の延長のようだ。

吹き鳴らしているのは、手彫りの象牙のアルトサックスだ。四インチ半のリードつきで、誰も聞いたことのないような音色を出す。いつものことだが、客の反応は割れていた。大学生の客は堪能《ディグ》できずに、平均してセット一回半くらいのところで店を出て行った。他のバンドの関係者で、街の西側《クロスタウン》や北側《アップタウン》の店でのギグを今夜は(あるいはしばらくのあいだ)たたんで聴きに来たプロ連中は、懸命に聴き込んでディグしようとしている。どうだと尋ねると「まだ考え中だ」と答えるだろう。バーカウンターのところで聴いている客は、ディグしているような顔はしている。つまり「理解し、肯定し、感情移入している」ようではあるのだが、それはきっと、カウンターで立ち飲みしたがるタイプの人間はどこでも謎めいた渋面をつくるからだろう。

〈Vノート〉のカウンターの端にテーブルがあって、それは飲み終えたビール瓶やグラスを置くためのものだったが、早く来た客がそれを占領しても誰も文句はいわなかったし、バーテンもいちいち大声を上げて退かせるほど暇ではなかった。今そのテーブルに、ウィンサム、カリズマ、フウの三人が座っている。パオラは化粧室。三人とも無言である。

バンドスタンドにピアノはなかった。ベース、ドラムス、マクリンティックのほかに、オザーク高原のド田舎から発掘してきた若いのが、Fのナチュラル・ホルンを吹いていた。ドラマーはグループを支えることに徹し、自分の見せ場は作らない。学生客には、そこが不満だったのかもしれない。ベースは小柄でバッドな目つきをしていた。黄色い目の真ん中に小さな点がある。なにやらしきりに楽器に語りかけていたが、彼より大柄なその相棒は、まったく聞いているそぶりを見せない。

ホルンとアルトサックスとは、好んで六度《シックスス》、ないし短四《マイナー・フォース》度の和音を醸し出した。これをやると、まるでナイフの決闘か、綱引きのようになる。いちおう協和音ではあるが、逆向きの意思が空《くう》を満たす感じなのだ。マクリンティックのソロはまた別物だ。聴衆の中には、「ダウンビート」誌やLPレコードのライナーノーツの書き手もいて、彼らの耳にはマクリンティックがコードチェンジを完全に無視していると感じられた。彼らが書く論評には、ソウル、反知性主義、アフリカンな民族主義のリズムの高揚、といった言葉が躍った。これは音楽概念の刷新である、と。"Bird Lives."と言う者もいた。

チャーリー・パーカーの魂《ソウル》が無慈悲な三月の風に散ってから、ほぼ一年になる。その間、彼を語るナンセンスな言葉が（会話にも論評にも）大量に出回った。この晩以降も多くのナンセンスが出回ったし、まさに今も書いている者がいるかもしれない。戦後のジャズシーン最大のアルト奏者である彼の死に際して、ファンのあいだに、一種不思議な拒絶の意思が湧き起こった。人が死ぬという最終的な冷徹な事実を受け入れるのを渋り、拒否する気持ちが、一部狂信的なファンを駆り立て、あらゆる地下鉄駅に、舗道に、公衆便所に、Bird Lives. の落書きを溢れさせた。今晩の〈Vノート〉の客層も、控えめに見積もって一割ほどは、バードの死をいまだ信じていない夢見がちな連中だったろう。バードは死なず、マクリンティックの姿で再来した、と。

「あいつ、バードが外した音をぜんぶ吹いてる」フウの前にいる誰かがささやいた。フウは黙ったまま、ビール瓶をテーブルの端でたたき割って前の男の背中にねじ込むジェスチャーをした。

最後のセットも、終わろうとしている。

「そろそろ引き上げよう」カリズマが言った。「パオラはどこよ」

「来た来た」とウィンサム。

外は風の演奏会だ。永遠に続くギグ。まだまだ吹き止みそうにない。

第三章

早変わり芸人ステンシル、八つの人格憑依を行うの巻 V

V字に開かれた女の股が色事師を誘い、V字を組んで飛んでゆく渡り鳥が鳥類学者を魅了し、工作機械のV字型可動部が機械工を熱中させるのと同じくらい、Vという文字はヤング・ステンシルに対して大きな意味を持っていた。週に一度くらいだろうか、ステンシルは、すべてが夢だったという夢を見る。こうして目が覚めてみると、V.の追跡も単なる学問的探求、精神の冒険に過ぎず、J・G・フレイザーの『金枝篇』やロバート・グレイヴズの『白い女神』の系譜に連なるものだと理解できた——と。

しかしやがて、その夢からも醒めて、うんざりするような現実にまた向かい合うことになる。これはかつても今も文字通りの一途な追跡行であって、そうでなかった例《ため》しはないのだ。V.の追跡とは、狩猟動物を追いかけるようなもの。牡鹿や牝鹿や野兎を追うごとく、はたまた、奇矯にして禁断なる古《いにしえ》の性的快楽を探り求めるごとくV.を追い回しているのがステンシルであって、その姿は道化にも譬《たと》えられよう。鈴をジャラジャラ鳴らし、木で作った玩具の牛追い棒を振り回している。それも、他ならぬ自分の楽しみのためだけに。

「これは諜報活動ではない」と、ステンシルはヒアーヴェ・ローヴェンシュタイン辺境伯夫人に向かって抗弁したものだ（包囲攻撃の場こそV.の自然生息地ではないかと思い立ってトレドからマジョルカへと包囲戦の地をまたいだステンシルは、トレドではスペイン市民戦争の舞台となった城砦《アルカサル》を一週間のあいだ夜な夜な歩き回り、人々に質問をしたり、役にも立たない記念品をかき集めたりした）。が、この抗弁は、動機の純粋さを明らかにするためというよりも腹立ちまぎれに発せられた言い分だったし、今でもそのことに変わりはなかった。ステンシルにしても、V.の追跡がスパイ活動と同じくらい真っ当かつ正統なるものであればよいと思うのは山々なのである。ところがどうしたことか、ステンシルの手にかかると、スパイ活動につきものの伝統的な道具も態度も、すべてが卑俗な目的に供せられてしまう。スパイのマントは洗濯物の袋になり、短剣はポテトの皮剝きと化し、ファイルの蓄積作業は無為なる日曜午後の暇つぶしという体たらく。わけても最悪なことには、変装そのものも職業上の必須事項から単なる方便に堕落してしまうのだ。彼が変装する目的たるや、追跡に対する自分の関わりを減らすこと、さまざまな「人格憑依」によって追跡のジレンマの苦しさを少しでもごまかすことでしかなかった。

ハーバート・ステンシルは、成長の一時期にある子供のように、『ヘンリー・アダムズの教育』におけるアダムズのように、かつまた大昔からさまざまな専制君主がそうしてきたように、常に自分を三人称で言い表している。こうすることで、「ステンシル」はアイデンティティのレパートリーのひとつに過ぎないように見えてくる。このテクニックを彼は「人格の強制転移」と総称していたが、それは必ずしも「他人の視点に立ってみる」ことと同一ではなかった。なにしろこの「強制転移」をするには、死んでも着たくない服を着るとか、嘔吐してしまいそうなものを食べるとか、自分の住処とも思えぬ宿で暮らすとか、およそステンシルらしくないバーやカフェに入り浸るとか、なにかと厄介を背負い込まねばならない。それも、何週間もぶっつづけで。いったいなぜ、と言えば、それはステンシルを己れの立ち位置、すなわち三人称に据え置くためなのだ。

そんな具合だから、わずかばかりの手がかりの周囲には、憶測と詩的想像がたっぷりと、まるで真珠層のようにまとわりついていた。人格を強制転移させてステンシルがもぐりこんでゆくのは、彼自身にはいかなる記憶も権利もない過去なのだった。権利があるとすれば、その権利はひたすら想像上の不安ないし歴史への念慮によって発生したのであって、そんなものを権利として承認する人間はいない。ステンシルは真珠養殖のために自分だけの生簀《いけす》を浅瀬に仕切り、貝のひとつひとつを分け隔てなく世話しようとぎこちなく動き回っているわけだが、おとなしく見える真珠貝の真ん中には小さな暗い穴があって、その底には何が潜んでいるか分かったものではない。彼が注意深く避け続けているその深みこそ、父の終焉の地であるマルタだった。ハーバートはマルタに行ったこともなければ、マルタについての知識もなかった。マルタの何かが自分を寄せつけず、怯えさせせたからである。

ある日の夕方、ボンゴ＝シャフツベリーのアパートのソファに沈み込んだステンシルは、マルタにおける父シドニーの謎めいた冒険を偲ばせる遺品のひとつを取り出した。派手な四色刷りの絵葉書で、図柄は「デイリー・メイル」紙に載った第一次世界大戦の戦場写真。キルトスカートを穿《は》いたスコットランド兵の小隊が、汗をかきながら車輪付きの担架を押している。担架に乗っているのは巨大な口髭を生やした巨漢のドイツ兵で、片脚に副木《そえぎ》があてがわれ、顔には満足しきったような笑みが浮かんでいる。シドニーのメッセージはこうだった。「わたしは老いを感じつつも、犠牲《いけにえ》にされる処女のような気分でいる。元気が出るよう、手紙をくれ。父より」

十八歳になるその時まで父に手紙を書いた経験がなかったヤング・ステンシルは、ついに返事を書かなかった。そのことも、現在の探求を駆り立てる要因だった。あれから半年後、シドニーが死んだと聞いたときの思い。その時になってやっと、絵葉書をもらってから先は親子の連絡が途絶えていたのに気付いたのだ。

父の同僚で名をポーペンタインという男が、かつてエジプトで決闘相手のエリック・ボンゴ＝シャフツベリーに殺されていた。殺したほうの男の息子のアパートに、現在ステンシルは身を寄せている。ポーペンタインがエジプトに行ったのも、ステンシルがマルタへ行ったのと似たような事情だったのだろうか？　ひょっとするとポーペンタインも、息子に弱音を吐く手紙を送っていたのだろうか？　シュレスヴィヒ＝ホルシュタインとかトリエステとかソフィアとかに飛ばされて命を落としたスパイたちと同じ気分だと？　かくして、使徒は次々と使命に斃れてゆく。自分の番が回ってきたときに彼らはそれと悟ったに違いない、とステンシルはしばしば思うのだが、死が聖霊による末期《まつご》の恩寵のように訪れたのだとしても、それを確かめる術はステンシルにはない。手許にあるのは、父の日誌の中に現れるポーペンタインへの曖昧な言及だけだ。あとはすべて、人格憑依と夢見のなせる業だった。

I

午後の時間が進むにつれて、リビア砂漠の方角から集まった黄色い雲がムハンマド・アリー広場に垂れこめてきた。無音の風がイブラヒム通りをやってきて広場を横切り、街に砂漠の冷気をもたらす。

カフェのウェイターにしてアマチュア色事師であるP・アイユールは、この雲に雨の兆しを見た。たった一人の客はイギリス人で、手ひどく日焼けした顔からするとツーリストらしく、ツイードとアルスターコートに埋もれた恰好で座ったまま、やけに期待がこもった視線で広場の外を見やっている。コーヒーを前に座っている時間は十五分くらいだろうが、この客はすでに、ムハンマド・アリーの騎馬像と同じくらい風景の一要素と化して見えた。一部のイギリス人にそういう才能があることをアイユールは知っていた。ただし、普通そんな連中はツーリストではない。

カフェの入口近くに陣取ったアイユールの外見は不活発だったが、内面では物悲しい哲学的思考が沸き返っていた。この客は女を待っているんだろうか？　アレクサンドリアにロマンスや突然の恋を期待するのは、見当違いもいいところだ。観光都市はめったにそんな贈り物をしてくれない。俺の場合、それが分かるのに——ええと、俺は南仏を離れて何年だっけ？　十二年？——少なくとも十二年はかかったわけだ。ツーリストどもよ、幻想を抱くがいい。この街はベデカーのガイドブックに載っている以上のものだと。世界の七不思議に数えられたが昔の地震で海に没した大灯台、エキゾチックながらみな同じに見える風貌のアラブ人、遺跡と墓と近代的ホテル――それらに止まらぬものが、この街にはあるのだと。だがおあいにくさま、ここは嘘で固めた贋物の街だ。「連中」にとっては、およそ動きのない街――それを言えば、俺だって似たような存在だろうが。

太陽が光を弱め、ムハンマド・アリー広場を囲むアカシアの葉を風がそよがせるのをアイユールは眺めた。遠くで、誰かの名を怒鳴る者がいる。ポーペンタイン、ポーペンタイン。広場の空虚の隅々まで、その名は子供時代からの呼び声のように響いた。どこにでもいるような、太って、金髪で、血色のいいイギリス人――北国の人間はみんな似て見えやしないか――が、シェリフ・パシャ通りをやってきた。礼装に身を包み、ぶかぶかの日除け帽をかぶっている。アイユールの客に近寄りつつ、二十ヤードも離れているうちから早口の英語で話しだした。どこかの女のこと、領事館のこと。ウェイターは肩をすくめた。もう何年も前に、イギリス人の会話には何の面白味もないことを学んでいたのだ。しかし、悪い癖はなかなか直らない。

降り始めた雨は細かく、ほとんど霧に等しかった。「ハート・フィンガン(カップを持って来い)」太ったほうがアラビア語で叫んだ。「ハート・フィンガン・カハワ・ビスッカル・ヤー・ウエレド(砂糖入りのコーヒーだ、ボーイ)」燃えるような赤ら顔がふたつ、テーブルを挟んで睨みあった。

くそ《メルド》、とアイユールは思った。テーブルに寄って、「ムッシュー?」

「なんだ、そうか」太っちょが笑みを浮かべた。「コーヒーだ。Café――分かるな」

アイユールが戻ってみると、二人はけだるそうな口調で、領事館で今夜開かれる大パーティのことを話していた。どこの領事館だ? アイユールが聞き分けられたのは人名だけだった。ヴィクトリア・レン。サー・アラスター・レン（父親か？　夫か？）。ボンゴ＝シャフツベリー。イギリスという場所は、なんと妙な名前で溢れ返っているのだろう。コーヒーをテーブルに置いたアイユールは持ち場に戻った。

でぶのほうがヴィクトリア・レンを口説こうとしたのかな。ヴィクトリアはツーリストで、同じくツーリストの父親に連れられているのだろう。だが、すでにヴィクトリアと付き合っているボンゴ＝シャフツベリーがでぶを邪魔したわけか。ひょっとすると、ツイードを着た年配の男――ポーペンタイン――は女衒《ぜげん》なのかも。あるいは、俺が見ている二人はアナキストで、イギリス議会の大物サー・アラスター・レンを暗殺しようとしているのだ。同時に、サー・アラスターの妻ヴィクトリアは、アナキストにひそかな共感を抱いていることをボンゴ＝シャフツベリーに知られて脅迫を受けているという寸法。はたまた、二人は寄席芸人で、ボンゴ＝シャフツベリーがプロデューサーをしている大掛かりなヴォードヴィルの仕事を得たがっており、ボンゴ＝シャフツベリーはアレクサンドリアの街で頭の弱い貴族レンに資金を出させようとしているのだろうか。レンに近付くための伝手が美人女優のヴィクトリア。レンはヴィクトリアを愛人にしつつ、イギリス人特有の体面好みを満足させるために正妻のふりをさせている。でぶとツイードは今夜、英国領事館に登場、手に手を取って、陽気な歌を歌いつつ、ステップを踏んで目玉をぐるぐるさせるんだろう……。

雨足が強まっていた。垂れ蓋に金色の紋章が入った白い封筒が、テーブルの二人の手から手に渡った。と、ツイードのほうがゼンマイ仕掛けの人形のように飛び立ち、イタリア語で喋り始めた。狂ったか？　太陽も出ていないのに。ツイードは歌い始めた。

パッツォ・ソン！

グヮルダーテ・コメ・イオ・ピアンゴ・エディンブローロ……

イタリアのオペラだ。アイユールは吐き気がした。引きつった笑みを顔に張り付かせて二人を眺めた。変てこなイギリス人は空中に飛び上がって踵を打ち合わせたと思うと、片方の拳を胸に当て、もう一方の腕を伸ばしたポーズで憐《ピエタ》れみを請う、と歌った。

コメ・イオ・キエード・ピエタ！

雨が二人をずぶ濡れにした。日焼けした顔が風船のように上下し、広場で唯一の彩りとなった。でぶは雨の中で座ったままコーヒーを飲み、連れがはしゃぐのをぼんやり眺めている。日除け帽を叩く雨の音がアイユールにも聞こえた。とうとう、でぶも我に返ったようだ。立ち上がり、一ピアストルと一ミリエームをテーブルに置き（ケチめ！）、すでに歌いやめて突っ立っている相棒にうなずいた。広場にいるのはムハンマド・アリーと馬だけになった。

（あの二人がこんなふうに立っていたのは何度目だろう。街の広場で、あるいは夕方の光の中で、縦にも横にも縮小されて？　もし、いまこの瞬間の図柄のみから大きな企図を推し測ることが許されるならば、二人は下っ端のチェスの駒として、ヨーロッパという盤面のどこにでも置かれ得た存在に違いない。二人とも同じ色の駒だが、ただし一人はもう一人に敬意を表して斜め後ろのマス目に位置している。ともに領事館の床の寄せ木細工に目を落とせばそこに〝相手側《オポジション》〟のしるし――愛人、金づる、政治的暗殺の目標——を探り、偉人の影像の顔を眺め回しては、我が行為の主体はたしかに自分であり、自分はまだ人間性をたずさえているという確証を得ようとする。ヨーロッパのいかなる広場も、横切れば命なき無機質の空間に思われるのだが、彼らはその印象を忘れようと躍起になっているのではないか？）

二人は儀式ばった様子で向きを変え、正反対の方向に別れていった。でぶはホテル・ケディヴァルの方向へ、ツイードはラスエッティン通りとトルコ人地区の方向へ。

幸運を、とアイユールは考えた。今晩何があるにせよ、とりあえず幸運を。俺はあんたがたのどっちにも二度と会わないんだから、それくらいは祈ってやろう。雨音のせいで眠たくなったアイユールはついに壁にもたれて眠り込み、夢を見始めた。マリヤムと今夜、アラブ人街で……。

広場の低いところに水が溜まり、いつも通り、同心円があちこちで広がって不規則に重なり合った。八時近くになって、雨は弱まって止んだ。

II

ホテル・ケディヴァルから臨時で貸し出された下働きのユセフは、弱まってきた雨の中、通り向かいのオーストリア領事館へ駆け出した。使用人入口から飛び込む。

「遅いぞ！」料理人頭のメクネスが怒鳴った。「おのれのオカンは、オカマのラクダか。パンチ・テーブルにでも行ってろ」

悪くないぞ。白いジャケットを着込み、口髭をなでつけながらユセフは考えた。中二階のパンチ・テーブルからは、すべてが見える。美人の胸元をのぞきこみ（おっぱいならイタリア製が一番――うぅっ！）、星と飾緒と物珍しい勲章のきらびやかな大群を見渡せるわけだ。

ややあって中二階の高みに陣取ったユセフは、訳知り顔の口元に今晩初めてのほくそ笑みが広がるのを許した。連中も、楽しめるうちに楽しんでおくがいいさ。近いうちに、おまえらの夜会服はズタズタに引き裂かれ、広間の優雅な寄せ木細工に血が飛び散ってこびりつくんだ。ユセフはアナキストだった。

抜け目ないアナキストらしく、ユセフは最新情報の収集を怠らず、少しでも動乱《カオス》を引き起こせそうなニュースなら決して見逃さなかった。今夜の政治状況は有望だ。最近ハルトゥームで勝利をおさめて英領植民地のヒーローに加わったキッチナー司令官は、今しも白ナイル河の下流四百マイルに駐屯してジャングルを掃討中だ。噂では、マルシャンなるフランス軍指揮官も近くにいるという。イギリスは、ナイル峡谷にフランスが入り込むのを許す気はない。先の内閣改造で新たにフランス外相となったムッシュー・デルカセは、分遣隊のあいだにいざこざでも起きようものなら英仏開戦も辞さないつもりでいる。両国勢がぶつかるであろうことは、今や誰の目にも明らかだ。ロシアはフランスを支援するだろうし、イギリスは現在ドイツと――ということは、イタリアおよびオーストリアとも――友好関係を結んでいる。

バーンと行こうぜ、とイギリス人が言っている。バルーンが上がるぞ、と。このバルーンというやつが、ユセフのお気に入りだった。抹殺破壊に邁進するアナキストたるもの、精神のバランスを保つために子供時代の懐かしい思い出が必要だと信じていたのだ。夜な夜な、夢の淵でこの男は、陽気な色に染めた豚の腸を自分の温かい息で膨らませ、そのバルーンの周りを月のように巡るのだった。と、視界の片隅で奇跡が起こった。神の業を信じないアナキスト、さて、これにどう説明をつけたものか……

バルーン・ガールだ。バルーン・ガールがやってきた。磨き上げられた床から浮き上がっているような足取りだ。空になったパンチのカップをユセフに差し出して。メシークム・ビルケール、今晩は、ご機嫌いかが。パンチカップの他に満たしてほしいくぼみはありませんか、イギリスのお嬢さん？　こんな若い娘まで、本当に犠牲にできるだろうか？　朝が来て——イスラム寺院の祈りも沈黙し、鳩たちが地下墓地《カタコンベ》に身を隠すとき、この自分は虚無の夜明けにすっくと立ち上がり、為すべきことを為せるだろうか？　良心にかけて為すべきことを？

「Oh《オー》」と娘はほほえんだ。「どうもありがとう。レールタク・レベン」その挨拶、昼と夜とがごちゃまぜだよ。あなたの夜がミルクのように白くありますように、だってさ。

それなら、あんたの腹のように白くってのはどうだ……いや、よしておこう。娘がついと立ち去った様子は、下の大広間から立ちのぼってくる葉巻の煙のように軽やかだった。あの「Oh」ときたら、吐息まじりで、愛の歓びに気絶するときのようだった。年長の、がっしりとした白髪の男——夜会服こそ着ているが、街場《ストリート》では腕っぷしの強さを知られていそうな——が、階段のところで娘に合流した。「ヴィクトリア」と、よく響く低音だ。

ヴィクトリア。女王の名か。抑えがたい笑いが突き上げてくる。何がこのユセフをおかしがらせるか、分かったものではない。

ひと晩じゅう、ユセフの視線はややもすると娘のほうに流れていった。何もかもぎらついているパーティ会場で、じっと見続けていられる対象があるのは心休まることだ。たしかに、特筆すべき娘ではあった。肌や髪の色――いや、声さえもが、彼女の属する世界よりもひときわ軽やかで、葉巻の煙と一緒にこちらへ立ちのぼってくる。今ではユセフの手はシャブリのパンチでべたつき、口髭はみっともなくほつれている――ついつい、口髭の端を歯で噛んでしまうのだ。

三十分ごとにメクネスが立ち寄って悪態を浴びせかけた。聞きつけそうな人間が近くにいないとき、二人は侮辱の言葉を応酬する。粗野な罵倒もあれば手の込んだ悪口《あっこう》もあり、そのすべてがレヴァント地方のやり方に従って相手の家系をさかのぼってゆき、代々の結婚についての罵詈雑言がどんどん奇想天外の度を増すのだ。

オーストリア領事のケヴェンヒューラー＝メッチュ伯爵は、ほとんどの時間をロシア領事のムッシュー・ドゥ・ヴィリエールと話し込んで過ごしている。あんなふうに冗談を言い合った人間が、明日は敵同士になれるんだからな。ひょっとすると、昨日だって敵同士だったのかも。どうも、公僕というやつは、ユセフには人間と思えなかった。

立ち去るメクネスの背中に向けて、ユセフはパンチの柄杓《レードル》を振り回してみせた。何が公僕だろう。このユセフこそ、公《おおやけ》の僕《しもべ》でなくて何だ？　俺は人間だろうか？　そりゃあ、政治的ニヒリズムを信奉する前はな。だが、今晩この場所に集まった「連中」にとって、俺は何だ？　壁際の家具みたいなものじゃないか。

だがそれも今だけさ、とユセフは暗い笑いを浮かべた。やがてまた、風船の白昼夢を見始めた。

階段の下で、ヴィクトリアが奇妙な図の中心となって座っている。隣に腰かけているのは、雨で縮んだような寸詰まりの夜会服を着た肉付きのいい金髪の男だ。その二人に向かい合って、押しつぶした二等辺三角形をなして立っている三人組がいる。さっきヴィクトリアの名を呼んだ白髪の男と、不恰好な白のワンピースを着た十一歳くらいの女の子、そしてもう一人、ひどく日焼けした顔の男だ。ユセフに聞こえるのはヴィクトリアの声だけだった。「妹は石や化石が大好きなんですよ、ミスター・グッドフェロー」 ヴィクトリアの隣の金髪頭が、熱心にうなずいた。「見せてあげなさいよ、ミルドレッド」 少女は小さなバッグから石を取り出し、向きを変えて、まずヴィクトリアの連れに石を持ち上げてみせ、それから隣の顔を赤らめた男に見せた。その男は、困惑して身を引くような仕草をした。あいつは赤面するのも意のままなんだろう、わざとやってるとは誰にも気付かせずに、とユセフは考えた。二言三言のやりとりの後、赤ら顔はグループを離れ、勢いよく階段を駆け上がってきた。

ユセフに向かって、指を五本立ててみせる。「五つ《ハムサ》」 ユセフがせっせとカップを満たしているあいだに、誰かがイギリス人に背後から近寄って、軽く肩を叩いた。くるりと振り向いたイギリス人は、瞬間、拳を握り締めて闘いの構えを取っていた。ユセフの眉がわずかに上がった。こいつも街の腕っぷし屋か。あんなに敏捷な反応を見たのは、いつ以来だろう？ 墓石彫りの見習いをやっている十八歳の刺客、あのタウフィークが最後か——おそらく。

だがこいつは、四十か四十五はいってる。プロでもなけりゃ、そんな歳まであの身のこなしは保てまい。殺しの才能、領事館パーティへの出席、その両方の要件を満たすのは、いったい何のプロなんだ？ それも、オーストリアの領事館だぜ。

すでに拳をゆるめたイギリス人は、愛想よく会釈している。

「きれいな娘《こ》ですな」と、相手が言った。青みがかった眼鏡をかけ、付け鼻をしている。

イギリス人はほほえんで向きを変え、パンチのカップを五つ持って階段を下りはじめたが、二段目で足を踏み外してつんのめった。もんどり打って階段下に転げ落ちる男の後から、ガラスの割れる音とぶちまけられたシャブリ・パンチが続く。男の受け身が堂に入っているのにユセフは気付いた。下にいたもうひとりの腕っぷし屋が、一面に広がった気まずさを覆い隠すように笑い声を上げた。「その階段落ち、ミュージック・ホールでも見たがな」と、例の響く低音だ。「君のほうがずっとうまいぞ、ポーペンタイン。いや、本当に」

ポーペンタインは煙草を一本引っぱり出し、転げ落ちた場所で横になったまま吸った。

中二階では、青眼鏡の男がいたずらっぽく柱の後ろからのぞきこみ、付け鼻をはずすと、ポケットに収めて姿を消した。

妙な取り合わせだ。こいつは訳があるぞ、とユセフは見当をつけた。キッチナーやマルシャンと関係があるのだろうか？　そうに違いない。しかし――と、そこで、ユセフの推理を断ち切るかのようにメクネスが戻ってきて、また悪態を浴びせかける。お前のひいひいひいひいじいさんはロバの糞を食って生きていた一本足の野良犬で、ひいひいひいひいばあさんは瘡《かさ》っかきの象だろうが。

III

レストラン〈フィンク〉は静かだった。あまり人の動きもない。イギリスとドイツのツーリスト――小銭さえ出し惜しむ、声を掛けるだけ無駄なタイプ――が、何組かにばらけて座っているだけ。

昼どきのムハンマド・アリー広場には、彼らの立てる音だけでも充分だった。

一隅で壁を背にして座ったマクスウェル・ラウリー＝ビューギ、髪にはきっちり櫛が入り、口髭にはカールがかかり、衣服も折り目と縫い目の隅々まで端正そのものだ。ところがこの男、実は今しも、差し込むようなパニックの痛みが腹の中で躍りだすのを感じていたのである。というのも、頭髪も皮膚も上衣の布地も完璧に仕上げたマックスの内側にあったのは、穴が開いて変色したシャツとろくでなしの心だったからだ。マックスは放浪者、それも文無しの放浪者であった。

あと十五分、とマックスは決めた。それでも有望な相手が来なければ、河岸を変えて〈ユニヴェール〉に行ってみよう。

八年前——一八九〇年——にマックスがベデカー・ガイドブックの領域へと足を踏み入れたのは、ヨークシャーでトラブルを起こした後だ。当時の名前はラルフ・マクバージェス——イギリスの巡業ヴォードヴィル界で前途洋々の、騎士ロキンヴァーのごとく眉目秀麗なる若者だった。歌も唄い、ステップも踏み、舞台で使える下ネタのジョークのレパートリーもあった。だが、ラルフことマックスにはひとつ問題があった。幼い女の子に抑えがたい興味を覚えてしまうのだ。災難の元になったアリスは、十歳にして、それまでの女の子たちと少しも変わらぬ、気を持たせるような反応を見せた（たのしい、このゲーム、と歌うように言うのだ）。だが少女たちは分かってやっているんだ、と、マックスは心の中で言い放った。いくら幼くても、男と女のことをしているのが分かっているのさ。もっとも、幼いうちはそのことで思いわずらったりしない。だから、マックスは十六歳あたりを目処に線引きをしていた——それより歳が上の娘だと、ロマンスだの宗教だの後悔だのがへまな裏方のように舞台に迷い込んできて、純粋無垢な対舞踊《パ・ド・ドゥ》を台無しにしてしまう。

ところが、このアリスが友達にしゃべってしまった。友達がやっかんだ——そのうち少なくとも一人が、やっかみのあまり牧師や両親や警察に話した——まったく、何ということだろう。あっという間にスキャンダルの渦中だ。もっとも、マックスはあの日の情景を忘れようと努めたことはない——ラードウィック＝イン＝ザ＝フェンという中くらいの大きさの町の、アシーニアム劇場の楽屋でのことだった。剝き出しの配管。片隅にひっかけた着古しのスパンコール・ガウン。マックスたちのヴォードヴィルの前に演《や》っていたロマンティックな悲劇のセットの、はりぼての柱。ベッドがわりの衣装箱。足音と人声が聞こえ、ドアノブがおそろしくゆっくり回って……

アリスは欲しかったのだ。事にけりが付いたあとでさえ、憎悪をたたえた人垣の視線のあいだから、涙ひとつ浮かんでいない目が言っていた。「今も欲しいの」アリス。ラルフ・マクバージェスを破滅させたアリス。少女らの欲しいものは得体が知れない。

ラルフがいかにしてアレクサンドリアまで流れ着いたか、この先はどこへ行くのか、そんなことを気にかけるツーリストがいるはずもない。今のラルフは、自分から望まぬままベデカーの世界にそっくり取り込まれた放浪者だ。この地に彩りを添えるからくり人形のひとつである点は、他の住人と変わらない。ウェイター、ポーター、御者、フロント係、みんなそうだ。食事、酒、あるいは宿泊の場所を求めて仕事にかかるとき、マックスと「お得意さん」のあいだには一時的な黙契が成立する。そしてマックスは、トーマス・クック社の不手際で一時だけ手許不如意となった裕福なツーリストという役割におさまるのだ。

ツーリストなら誰しも知っているゲームである。マックスの正体は実はみんなお見通しなのだが、それでもゲームに乗ってくるわけは、現地の店で値切ったり物乞いに施してやったりするのと同じだ。これは、ベデカー世界の不文律のようなもの。マックスのような存在は、ほとんど完璧に整えられたツーリストの国の、ささいな厄介に過ぎない。その厄介も「旅気分」だと思えば、かえってお釣りが来ようというものだ。

〈フィンク〉に、いきなり賑わいが訪れた。何だろうと思って、マックスは顔を上げた。ロゼット通りの向こうにある大使館か領事館のような建物から、陽気な様子の一団がこっちにやって来る。パーティが終わったばかりなのだろう。レストランは急に混雑してきた。マックスは新しい客の一人一人を観察し、目に見えぬ微妙な合意のサインが発せられるのを待った。

こうして、四人組が選ばれた。男が二人、小さな少女、そして若い女。女の外見は、身につけているドレスと同じく妙にほんわかとして田舎くさい。まぎれもなくイギリス人だ。マックスにはマックスなりの基準があった。

だが、マックスには鑑識眼もあったから、このグループの何かが彼を不安にさせた。この国なき国で八年も暮らしていると、ツーリストは一発で見分けられた。娘たちはまず間違いない――だが、連れの男たちの様子はしっくりこなかった。ツーリストというものは初めての外出でさえ、アレクサンドリアのいかにもツーリスト向けの地区、他の観光都市と同質な場所に迷いなくおさまる本能を見せるものだ。この男たちにはそれがない。だが、もうこんな時間だ。マックスは今晩泊まる場所もなく、腹には何も入っていなかった。

皮切りの文句は重要でない。お決まりの中から適当に選べばいいのであり、ツーリストがゲームに乗ってくれるかぎりどれでも役に立つ。重要なのは向こうの反応だ。今回は、ほぼマックスの予想通りだった。二人の男たちの片方は金髪で太っており、もう片方は黒髪の赤ら顔で骨ばっている。

寄席芸人みたいなコンビだが、どちらも陽気にゲームに乗ってきそうな様子だった。結構結構、やってもらおう。マックスも、陽気さを演じるのは得意だった。一同に紹介されたとき、ミルドレッド・レンに彼の視線が半秒ほど余計に注がれたようでもあるが、ミルドレッドはずんぐりした眼鏡の少女で、アリスの面影などかけらもなかった。

完璧だ。全員、まるで大昔からの知り合いのように振舞ってくれた。だが、なぜか気になる。噂が広まっていくのではないか。噂とは、恐るべき浸透作用を見せるもの。言葉に羽根が生えて風に乗り、アレクサンドリアのあらゆる物乞い、浮浪者、国外逃亡者や風来坊たちに、ポーペンタイン&グッドフェローの二人組とレン姉妹が〈フィンク〉のテーブルについているという話が伝わっていく。アレクサンドリアの食い詰め者たちが、一人また一人とやってくる。それがみんな迎え入れられ、同じ仲間うちのテーブルに案内される。ほんの十五分前までここにいたかのような自然さで。マックスは幻影《ヴィジョン》に引き込まれやすいたちだった。これが明日も、明後日《あさって》も、その次の日も続く。彼らはまったく変わらぬ陽気な声でウェイターを呼び、椅子や料理やワインを持ってこさせる。やがて他の客たちは追い出され、〈フィンク〉所有の椅子がすべて駆り出されて、ひとつのテーブルを中心に、切り株の年輪、水たまりの波紋が広がっていく。〈フィンク〉の椅子が足りなくなったら、困惑顔のウェイターたちは隣の店から椅子を借り、その隣からも椅子を借り、借りる先は隣のブロック、隣の街区へと広がっていくだろう。椅子に座った物乞いたちが通りに溢れ出し、さらに引きも切らず……会話はとてつもないボリュームにふくらむ。なにしろ集まった数千人のそれぞれが思い出、ジョーク、夢、戯れ言、警句を喋りまくっているのだ。エンターテインメント！　なんと巨大なヴォードヴィル！　全員が椅子に陣取って、腹が減ったら食らい、酒に酔い、眠っては酔いをさまし、そしてまた酔っ払う。どうやって終わるというのか？　終わりようがないではないか？

さっきから、年上の娘が喋っていた。ヴィクトリアか――ひょっとすると、オーストリアのスパークリング・ワインが回ったのかもしれない。十八か、とマックスは察し、浮浪者大饗宴の幻影をゆっくり手放した。アリスも、ちょうどこのくらいの歳だろう。

彼女にアリスらしいところは？　言うまでもなく、マックスの持ち出すもう一つの基準はアリスだった。そうだな、少なくとも、無邪気なまま性に溺れる、その奇妙な混淆のぐあいは共通している。弾むような、じつに青々しい……

ヴィクトリアはカトリックらしい。自宅の近くの修道院に付属する学校に通い、今回が初めての海外旅行。その話しぶりは、宗教のことになるといささか熱が入りすぎていたかもしれない。それもそのはず、しばらく彼女は神のひとり子イエスに対して若い娘が独身男に寄せるような思いを抱いていたのだ。結局、それは間違いで、イエス様はむしろ巨大なハーレムの持ち主なんだと分かったけれど。女がみんな黒服を着て、ロザリオだけで身を飾って集まる場で過ごしたヴィクトリアは、そんな過当競争に耐える気がせず数週間で修練生活を去ったのだが、教会を捨てることはなかった。悲しげな顔をした彫像が配置され、蠟燭やお香の匂いが漂う教会は、ヴィクトリアの静かな生活の二つの焦点のひとつをなしていた。もうひとつの焦点はイーヴリン叔父さん。この人は神をも恐れぬ野生の放浪者で、二、三年に一度オーストラリアから訪ねてくるのだが、手土産はひとつもないかわりに素晴らしい冒険談をたずさえていた。ヴィクトリアが思い出せるかぎり、ひとつとして同じ話はなかったが、おそらくより重要なのは、聞かされた物語があまりに豊かで、叔父さんの不在のあいだも消え去ることのない想像の辺境地が少女の心の中に形成されたことだろう。他の女の子が人形で遊ぶように、ヴィクトリアはいつでもままごとの植民地をおもちゃにしたり、その植民地に入り込んだりで、開発・探検・支配というごっこ遊びに興じることができた。特に、教会のミサの途中はそうだった。ドラマの舞台が最初からあるのだから、想像の種が花開くのはたやすかった。ミサが進行する中で、神は開拓者風の鍔広帽子をかぶり、地球の裏側オーストラリアで、アボリジニの風貌をした悪魔と戦った――女王なのか少女自身か、ともかくもヴィクトリアの名のもとで、ヴィクトリアを扶《たす》けるために。

で、アリスだが――告げ口を聞いたのはあの子の牧師だった――アリスは国教会に属する芯からのイングランド人、将来はどっしりしたイングリッシュ・マザーにおさまるべき、リンゴ色の頬の少女だ。おいおい、何考えてるんだマックス、と自分に突っ込みが入る。いい加減にあの衣装箱から出てこいよ、あの暗い過去から。目の前にいるのはヴィクトリアだろ、ヴィクトリア。しかし、この娘のどこがこんなに俺を？

　こうした席では、マックスは口のよく回る楽しい人間になる。食事代や宿代を求めてというより、運動神経を維持して勘を研ぎすまし、話の間《ま》を測り、聞き手をどれだけ釣り込めているかを摑むためだ。なぜって、もしかしたら……。

　芸能の世界に復帰できるかもしれないじゃないか。国外を巡業する一座に出会う可能性だって。今でも、すでに大丈夫かもしれない。八年の時間が過ぎている。眉毛の形も変えた。髪も染めたし、口髭も生やした――誰が気付くというんだ？　外国で身をひそめる必要などあるのか？　かつてのスキャンダルが一座の座員に知られ、彼らの口を通してイギリス中の地方都市や田舎町に知れ渡ったとしても、もともとみんなこの自分を、ハンサムで陽気なラルフを好いていたじゃないか。そうとも、八年も経てば、たとえ面《めん》が割れたとしても……。

だが今日は、マックスの出る幕がなかった。ヴィクトリアが会話の主導権をにぎっていたし、内容もマックスには不向きだった。きょう一日の観光を振り返るのでも——あの景色！　お墓！　変な物もらい！——店やバザールで掘り出してきたささやかな戦利品を持ち出すのでも、明日の予定を検討するのでもない。今夜、オーストリア領事館で開かれたパーティのことが軽く触れられるくらいのものだ。話の大部分はヴィクトリアの一方的な身の上話であり、そのあいだミルドレッドは、ファロスの大灯台遺跡近くで見つけた三葉虫の化石の入った石にじっと見入っているだけ。二人の男はヴィクトリアの話を聞きながらも心ここにあらずの様子で、互いを見やったり、戸口を見たり、室内を見回したりしているのだった。夕食が運ばれてきて平らげられ、そして片付けられた。けれども、腹が満ちたからといって意気が上がったわけではない。この四人組には何か周囲を落ち込ませるところがある。マックスも落ち着かなくなってきた。俺はいったい、何に足を踏み入れてしまったのか？　こんな連中を選んでしまったのは、判断力が狂っている証拠だ。

「や、こいつは」とグッドフェローが言った。一同が目を上げて見ると、いつの間にか背後に忍び寄っていたらしく、夜会服を着た痩せ型の男が立っている。その頭部は、苛立った顔のハヤブサだった。獰猛な表情のまま、ハヤブサの頭が大笑いした。ヴィクトリアも笑い出し、笑いながら言葉を継いだ。

「ヒューよ！」嬉しそうな叫び声だ。

「ご明察」ハヤブサの頭のどこかから、こもった声がした。

「ヒュー・ボンゴ＝シャフツベリーか」グッドフェローが迷惑そうに言った。

「ハルマキスといってね」ボンゴ＝シャフツベリーは陶製のハヤブサの頭を指差して言った。「古代都市ヘリオポリスの神、下《しも》エジプトの主神だ。こいつは紛れもない本物ですよ。古代の儀式で使われた仮面さ」ボンゴ＝シャフツベリーはヴィクトリアの隣に腰を下ろした。グッドフェローが顔を歪める。「ハルマキスというのは、字義通りには『地平線のホルス神』という意味でね、人間の頭と獅子の身体という形でも表される。スフィンクスのようにだ」

「Oh《オー》」ヴィクトリアが言った（あのけだるい「Oh」）。「スフィンクスね」

「ナイル河は、どのへんまで遡っていくんですか」とポーペンタインが言った。「ミスター・グッドフェローから、あなたがルクソールに興味をお持ちだと聞きましたが」

「あの辺りはまだ手つかずでフレッシュなんでね」ボンゴ＝シャフツベリーが答えた。「九一年にグレボーがテーベの神官たちの墓を発見して以来、あの周辺で第一級の仕事はなされていない。もちろん、ギゼーのピラミッド群も見ておくべきなんでしょうが、十六、七年前にミスター・フリンダーズ・ペトリーが徹底調査を行なったおかげで、今じゃ新味がありませんよ」

　今度は何だ、とマックスは思った。こいつはエジプト学者なのか、それともベデカーの受け売りをしているだけか？　ヴィクトリアはグッドフェローとボンゴ＝シャフツベリーの中間でうまくバランスを取り、どちらに傾くでもなくあでやかさを振りまいている。

　表面的には何の変哲もない。男二人が若い娘の注目を求めて争っている図だ。ミルドレッドは彼女の妹で、ポーペンタインは秘書といった格か。グッドフェローは金持ちそうだから、これで辻褄が合う。しかし、皮を一枚剝ぐとどうだろう？

　マックスはしぶしぶ可能性を認めた。観光の国《ベデカー・ランド》では、正体を騙《かた》る人間に出くわすことは多くない。

「裏がある」ということはベデカーの法に背く行い、「悪いやつ《バッドフェロー》」である証しなのだ。もっとも、この二人組はツーリストのふりをしているに過ぎない。とはいえ、こっちとは別のゲームをプレイしているわけだ。そのことがマックスを怯えさせた。

テーブルの会話が止んだ。三人の男の顔からあらゆる興味の色が抜け落ちた。その原因となった人間がテーブルに近づいてくる。ケープをはおり、青い色の眼鏡をかけたパッとしない男だ。

「レプシウスさんでしょう」グッドフェローが言った。「ブリンディシの気候に厭《あ》きましたかね」

「急用でエジプトに呼び出されたんだ」

これでもう、グループは四人から七人に増えたわけだ。マックスはさっきの幻影を思い出した。何と奇妙な風来坊だろう、この二人は。新参者同士がちらりと目を合わせた。その素早い目くばせは、ポーペンタインとグッドフェローが一瞬見交わしたのとほとんど同時だった。

今のは、敵味方の別を告げているのか？ それともここに対立などないのか？

グッドフェローがワインの香りを嗅いだ。ややあって、「お連れさんはどうしました。また会えればと思ってたんだが」。

「スイスへ行った」レプシウスが答えた。「澄んだ風、綺麗な山を求めてね。我々もいずれ、この汚れきった南の国に厭《あ》き果ててもおかしくない」

「思い切り南下すれば、別でしょうがね。ナイル河を充分にのぼれば、一種の原始的な清潔さにも還《かえ》っていけるんじゃないかな」

台詞の間合が抜群だな、とマックスは思った。ジェスチャーも、ぴったり台詞に先行している。どんな筋の連中か知れんが、とにかく今晩はアマチュアの出る幕じゃなさそうだ。

レプシウスは考え込んだ。「その原始の国じゃ、野獣の掟が支配しているのでは？　総ては戦いに委ねられて、勝者のものになる。栄光も生命も権力も財産も、全部ですよ」

「かもしれんですな。しかしヨーロッパで、われわれは文明化されていますから。幸いなことにね、ジャングルの掟に従おうったって無理です」

妙だ。ポーペンタインも、ボンゴ＝シャフツベリーもしばらく口をきいていない。それぞれがパートナーに目を据えたまま、無表情に押し黙っている。

「なら、またカイロでお会いできたら」とレプシウスが言った。

「もちろん」とグッドフェローがうなずく。

じゃあ失礼、とレプシウスは別れを告げた。

「変わったかたね」ヴィクトリアがほほえみながら、去ってゆくレプシウスにミルドレッドが例の石を投げつけようと腕を構えたのを押さえつけた。

ボンゴ＝シャフツベリーがポーペンタインのほうを向いた。「変わってますかね、不潔より清潔をよしとするのが」

「それは、仕事によりけりじゃありませんかな」というのがポーペンタインの返答だった。「雇い主の性質にも」

〈フィンク〉の営業時間が終わった。ボンゴ＝シャフツベリーが抜く手も見せず勘定書をつかんだので、みんなが笑った。目当ての半分をいただいたマックスは、通りに出ると、ポーペンタインの袖を引いて、どうもトーマス・クックには弱りましたと弁解がましい非難を始めた。先に立ったヴィクトリアは、弾むような足取りでシェリフ・パシャ通りを横切ってホテルに向かっていた。一同の背後、オーストリア領事館脇の横道から、窓を閉ざした馬車が車輪の音も高く出てきたと思うと、恐ろしいスピードでロゼット通りを走っていった。

ポーペンタインが振り返って馬車を見送った。「えらく急いでるな」とボンゴ＝シャフツベリーが言った。

「ほんとだね」とグッドフェロー。三人が見上げる領事館の上階に、灯は数少ない。「しかし、静かだ」

ボンゴ＝シャフツベリーが短い笑い声を上げたのは、多少の疑いを表すためだったろうか。

「うん、ここは静かだ。しかし、街路では……」

「五ポンドあれば何とか……」マックスは、ポーペンタインの注意を引き留めるべく喋り続けていた。

相手はほとんど上の空だ。「ああ、そのくらいの余裕は」と言い、純朴な顔をして財布をまさぐっている。

ヴィクトリアが通りの向こうの歩道ぎわからこちらを見ていた。「早くいらっしゃいよ」

グッドフェローがにっこりした。「よしよし、分かった」そう言って、ボンゴ＝シャフツベリーと一緒に通りを渡り始めた。

ヴィクトリアは足を踏み鳴らした。「ミスター・ポーペンタイン」五ポンド札を指のあいだにはさんだまま、ポーペンタインが振り返った。「そんなびっこに構わないの。一シリングやって、こっちにいらっしゃい。もう遅いのよ」

白のスパークリング・ワイン。アリスの霊。ポーペンタインには裏があるのでは、という疑いのきざし。それらのどれも、マックスの行動原則を破る力となりえた。これまではずっと、「与えられるものをそのまま受け取る」ことを鉄則にしてきたのだが。通りを吹き過ぎる風にはためいている紙幣からいち早く顔をそむけたマックスは、風に向かって歩き出した。次の明るい場所に向かって足を引きずりながら、マックスはポーペンタインがまだ自分を眺めているのを意識した。向こうの目に、自分がどんな姿に映っているかも意識した――おのれの記憶ももはやおぼつかないまま、この先いくつ当てにできるかわからないストリートの灯火を求めて片足を引きずってゆく小男。

Ⅳ

アレクサンドリアからカイロへ向かう朝の急行は遅れていた。喘ぎつつ、のっそりと、しかも騒々しい音を立ててケール駅に入ってきた汽車の吐き出す黒い煙と白い蒸気が、線路をまたいだ向こう側にある公園の棕櫚とアカシアのあいだで入り混じった。

そりゃあ、遅れているともさ。車掌のワルデタールは、プラットフォームの人々に向かって無邪気に鼻を鳴らした。ツーリストに商売人、トーマス・クックやゲイズのポーターたち。三等の客が引きずっている大荷物――まるでバザールだ。彼らにしても、列車が時間通りに出るなどと思ってはいまい？　ワルデタールはもう七年間もこののんびりした路線に乗務しつづけているが、列車が定刻に出たことなど一度もなかった。時刻表などというものは、路線の経営者たちのため、利害損得を勘定する連中のためにある。列車そのものは、別の時計に従って動いていた。列車自身のものであるこの時計を読める人間は、ひとりもいない。

ワルデタールはアレクサンドリアの産ではなかった。ポルトガル生まれで、今は妻や三人の子供と一緒にカイロの操車場近くに住んでいる。ワルデタールの人生は、西から東へ、不可避の一本道を進んできた。イベリア系ユダヤ人《セファルディム》の同胞の〝温室〟を抜け出して、地中海の向こうの端へ。その旅は、民族のルーツに対するオブセッションを育んだ。勝利の地にして神の地、かつまた受難の地。ユダヤ人迫害の現場に引き合わされるたび、心は乱れた。

中でも、アレクサンドリアは特別だった。ユダヤ暦三五五四年、エルサレムのユダヤ教寺院に入場することを拒まれたエジプト王プトレマイオス四世フィロパトルは、アレクサンドリアに帰還するとユダヤ・コロニーの人間を大量に投獄したのだ。大衆を楽しませるために晒し者にされて片っ端からぶち殺されるのは、何もキリスト教徒が初めてではなかった。プトレマイオスはアレクサンドリアのユダヤ人たちを闘技場に閉じ込めるよう命令しておいて、二日間ぶっ通しの狂宴にとりかかった。王と客たちに、そして一群の凶暴な象にも、ワインと催淫剤がふんだんに振舞われ、人も獣も血を求める欲求が適度なレベルに高まったところで、象たちが闘技場に放たれ、囚われ人たちにけしかけられた。ところが、象たちは護衛兵と観客をめがけて突進し、その多くを踏み殺してしまう。この出来事に畏れを抱いたプトレマイオスは囚われ人たちを解放した上、彼らの特権を旧に復し、敵を殺す許可を与えたのだ――と伝説は言う。

ワルデタールは信心深い男だったが、父からこの話を聞かされたときは、ごく常識的に解釈しようと思った。酔った人間が何をするか分からないなら、酔った象の群れがなにをしでかすかなど一層分かるまい。神が干渉した証拠などないではないか？　それでなくても、歴史には神の力が現れた例が山ほどあって、そのどれもがワルデタールを怯えさせ、人間の小ささを意識させた。ノアへの洪水のお告げ、左右に割れた紅海、滅ぼされたソドムの街からたったひとり逃れるロト。人間というものはきっと、選ばれたユダヤ人ですら、大地と海に弄ばれる存在なのだろう。天変地異を起こすのが偶然か神意かはともかくとして、神に頼らなければ災いを逃れることはできない。嵐や地震は意思《マインド》を持たない。魂なきものは魂の支配を受け付けない。魂なきものを支配できるのは神だけだ。

しかし、象には魂がある。酔っ払うことができるなら、何らかの魂があるはずではないか。「魂」とは、それ以上のものではないのかもしれない。魂と魂のあいだの出来事を神は直接に支配しないのだ。それは運《フォーチュン》か実力《ヴァーチュー》か、いずれかの影響下にある。競技場でユダヤ人を救ったのは「フォーチュン」すなわち〈運命の輪〉を司る女神のほうだったのだ。

ぱっと見には列車の付属品と変わらぬようなワルデタールだが、その内面には、哲学や想像力や終わりのない心配がこのようにもやもやと入り混じっていた。心配なのは、いくつかの関係だ——神との関係だけではなく、ニータとの関係、子供たちとの関係、自分自身の過去との関係も。別に組織的なたくらみがあるわけではないが、ベデカー・ランドの訪問者は、とてつもない規模で常にコケにされている。この国に永住するモノたちは、実のところ人間が化けたものなのだ。このほかにも暴かれずにいる秘密があって、たとえば銅像たちが実は喋れるとか（もっとも、テーベのメムノン像は、何度か日の出にうっかり声を聞かれていた）、政府の建物が狂乱したり、モスクが性交したりするとか。

乗客と荷物のすべてを乗せた列車は無気力を克服し、上る太陽の方向にたった十五分遅れで走り出した。アレクサンドリアからカイロへの線路はほぼ弓形を描き、その弓は南東に狙いをつけている。だが、列車はいったん北上してマレオティス湖を迂回しないといけない。ワルデタールが一等のコンパートメントを回って切符を集めているあいだに、列車は裕福そうな村や棕櫚とオレンジの緑豊かな庭のあいだを抜けていった。と、いきなりそれらは途切れる。青いレンズの眼鏡をかけたドイツ人がアラブ人の男と熱心に話しこんでいるそばをすり抜けたワルデタールがコンパートメントに入ると、ちょうどそのタイミングで窓外に一時《いっとき》の死が見えた。砂漠だ。古《いにしえ》の街エレウシスの址《あと》が――この地上でただひとつ豊饒の女神《デーメテール》の息のかかったことのない、巨大な禿山が――南へ流れ去っていった。

シディ・ガベルで列車はやっと南東に向きを変え、太陽が空を動くのと同じ緩慢さで進んでいった。この調子だと、天頂到達とカイロ到着は同時だろう。マフムディヤー運河を渡ると、あたりはゆったりと緑色に潤ってくる。ナイル・デルタだ。列車の音に驚いた鴨やペリカンが、雲のような群をなしてマレオティス湖の岸辺から飛び立つ。湖の底には百五十の村がある。一八〇一年に、人間が引き起こした洪水によって沈んだのだ。アレクサンドリア包囲のさなかに、イギリス人たちが砂漠の帯を突っ切って地中海を導き入れた。この辺りの空を染める無数の水鳥は沈んだ村の農夫たちの亡霊じゃないか、と、ワルデタールはいつも考える。マレオティスの湖底には、なんという不思議な世界が広がっていることか！　もはや失われた国が、家も家畜小屋も農場も水車もそっくりそのままで。

鋤を引っ張るのはイッカク鯨か？　水車を回すのはタコか？

土手の下にはアラブ人の一団がおり、塩湖の水を干して塩ができるのをのんびり待っている。運河の先には小舟がいくつも浮かび、日を浴びた帆が鮮やかに白い。

この同じ太陽の下で、ニータは狭い庭を動き回っているだろう。妻は身重だ。そのお腹の子は、今度は男の子であってほしい。男の子なら釣り合いが取れる、二対二だ。世の中、すでに女の数が多いのに、俺がこれ以上女を増やすこともあるまい？

「女が多いのが悪いとは言ってないさ」ワルデタールはかつて求愛中にニータに言った（エジプトへの道すがら――バルセロナで港の荷役をやっていた頃だ）。「だって、それが神様の思し召しだろ？　ソロモンがそうだ。他の大王たちも。男が一人、妻がたくさん」

「大王？」とニータが叫ぶ。「誰が？」二人とも、子供のように笑い出した。「百姓の娘ひとり養えないくせに」目をつけた男に取り入りたい女は、こういうことを言わないものだ。ワルデタールが間もなくニータに恋した理由、二人が七年近くもお互いだけを愛してきた理由のひとつがそれだった。

ニータ、ニータ……いつでも心に浮かぶのは、黄昏時に裏庭に座っている彼女の姿だ。子供たちの声はスエズ行きの夜汽車の汽笛にかき消され、心模様から生じるストレスで粗くなりかかっている毛穴に汽車の煤《すす》が入り込む。（「お前の顔色、悪くなる一方だぞ」とワルデタールは言うのだった。「可愛いフランス娘たちが俺に気があるみたいなんだ。もっと構ってやることにしようかな」「あらそう」とニータがやり返す。「あした、パン屋の若旦那が来たときに、抱かれながら教えてあげようっと。そしたら彼も気が楽になるもの」。）イベリア半島の海沿いの町を懐かしむ手がかりは、すべて失われてゆく。干したイカも、朝な夕な輝く空をバックに所狭しと広げた魚網も、眼前にそびえる倉庫の後ろから聞こえてくる船員や漁師の歌声や酔った叫び声も、すべては現実味を失って

（どこだ、どこへ行ったのだ！　世界中の夜を哀愁で染め上げるあの声は）、ポイントを通過する車輪の音や、命なき汽罐が吐き出す蒸気のシュッシュッという音の中に象徴として感じられるだけになっていた。裏庭の光景に重なって見えたかと思えても、それはただ、カボチャやスベリヒユやキュウリや一本だけのナツメヤシやバラやポインセチアのあいだからのぞいた幻影に過ぎなかった。ダマンフールまで半分進んだころ、近くのコンパートメントで子供の悲鳴が聞こえた。どうしたのだろうと、ワルデタールは中をのぞいてみた。十一歳かそこらのイギリス人の少女だった。近眼用の分厚いレンズの後ろで、涙の溜まった目がゆがんで震えている。向かい側には、三十がらみの男が座って弁舌を振るっている。もう一人の男は黙って見ている。こいつの顔は赤い。怒っているのか、日焼けして赤くなった顔がそう思わせるのか。少女は平たい胸に石を押し当てていた。

「でもそれは本当かい、本当にゼンマイ仕掛けの人形で遊んだことがないの？」男が言いつのる声が、ドアの向こうからくぐもって聞こえてくる。「ゼンマイ人形は何でも完璧にできるんだ、中に機械が入っているからね。歩いたり、歌ったり、縄跳びしたり。本物の男の子や女の子じゃ、泣いたり拗ねたり行儀が悪かったりで大変なんだ」　長くて神経質に痩せ細った男の手は、両膝に片方ずつ置かれてピクリとも動かない。

「ボンゴ＝シャフツベリー」もう一人が言いかけるのを、ボンゴ＝シャフツベリーが手でさえぎる。苛立った様子で。

「さあて。機械人形を見たくないかな。電気仕掛けの人形だぞ」

「いま持ってるの？」娘は怖がっていた。ワルデタールはその姿に自分の娘たちを重ね、たちまち胸に痛みを覚えた。まったく、イギリス人には何てやつが――「人形、持ってるの？」

「僕が人形さ」ボンゴ＝シャフツベリーは笑みを浮かべた。上着の袖を押し上げてシャツのカフスボタンを外し、袖口をまくり上げると、剝き出しになった前腕の裏側を娘のほうに突き出した。肉に埋め込んだミニチュアの電気スイッチが黒く光っていた。単極双投。ワルデタールはビクリと後《あと》退《ずさ》って、まばたきをした。電極から銀色のコードが二本伸び、袖の中に消えている。

「いいかい、ミルドレッド。この二本のコードは、僕の脳につながっているんだ。スイッチがこっち側だと、今みたいに普通に振る舞える。ところがだな、いったんスイッチを――」

「やめて！」娘が叫んだ。

「スイッチを入れると、すべてが電気で動くんだよ。単純明快だろ」

「よさんか」と、もう一人のイギリス人が言った。

「なぜだね、ポーペンタイン」邪気のこもった声だ。「なぜだね。この子のため？　この子が怖がるからか。それとも、君自身が怖いのかな」

ポーペンタインは痛いところを衝かれた様子だった。「とにかく、子供を怖がらせたりはしないもんだ」

「ようよう。またしても普遍道徳論と来ますかね」生気の抜け落ちた指が空《くう》を衝く。「しかしだ、ポーペンタイン、いずれは僕か誰かが、君の隙を襲うよ。うっかり他人を愛したり、憎んだりしている現場を押さえる。ポカンとして誰かに同情してるところでもいい。しっかり見張っててやるよ。君がつい我を忘れて他人に人間性を認め、そいつを記号じゃなく一個の人間として感じたりすると――そのときたちまち――」

「何だ、人間性とは」

「分かりきったことを聞くね、ハハッ。人間性とは壊れゆくものさ」

ワルデタールの後ろ、後尾の車輛から物音がした。ポーペンタインが飛び出してきたので、二人はぶつかった。ミルドレッドは石を握ったまま、隣のコンパートメントに逃げ込んだ。

後部デッキに出るドアが開いていた。その前で、太って血色のいいイギリス人が、さっきドイツ人と話していたアラブ人と取っ組み合っている。アラブ人はピストルを持っていた。ポーペンタインは注意深く間合を測り、攻撃のチャンスをうかがいながら近寄っていった。ぶつかられた衝撃からようやく回復したワルデタールは、喧嘩を仲裁しようと急いで行った。が、ワルデタールが着く前にポーペンタインがアラブ人の喉を蹴り上げた。キックはもろに気管に命中した。崩れ落ちるアラブ人の喉が鳴った。

「さてと」と、ポーペンタインは考え込む。ピストルは太ったイギリス人が取り上げていた。

「どうしました」できる限りの役人口調でワルデタールが問いかける。

「いや、何も」ポーペンタインはソヴリン金貨を出してみせた。「この至高《ソヴリン》の治療薬が効かないようなことは、何も起こってない」

ワルデタールは肩をすくめてみせた。ワルデタールとポーペンタインが二人がかりでアラブ人を三等のコンパートメントに運び、その場にいた係の者に、この人の面倒を見てくれ――病気なんだ――ダマンフールに着いたら降ろしてくれと頼んだ。アラブ人の喉に、青あざが浮かびつつあった。何度か喋ろうとしたが、駄目だった。本物の病人の資格は充分だ。

イギリス人たちがようやくコンパートメントの席におさまると、ワルデタールの夢想が始まった。ダマンフール（そのあたりで、アラブ人と青眼鏡のドイツ人がまた話しているのが見えた）を過ぎても、夢想は続いた。そのうちに列車は狭まりゆくデルタを走り、天頂に達せんとする太陽の下をカイロ中央駅めざして這い進む。その脇を何十人もの小さな子供が走り、小銭をくれと叫ぶ。青いコットンのスカートにヴェールをかぶり、つややかな褐色に日焼けした乳房をのぞかせた娘たちがけだるげな足取りでナイル河に下りて壺に水を汲み、水車が回り、灌漑用の運河がキラキラ光りながら交錯して地平線へと延び、農夫たちが棕櫚の木陰で休み、水牛が水揚げ車の周りをいつに変わらずぐるぐると歩み続けている。カイロの街は、緑なすデルタの頂点。つまり、列車が走るかわりに下の地面が流れ去っていくのだと考えてみれば、リビア砂漠とアラビア砂漠が両側から容赦なくはさみ撃ちをかけて緑豊かな生きた世界をしだいに狭め、ついには君の陣地がほとんど線路の幅だけになったその先に、大都市カイロが待ち構えているわけだ。温和なワルデタールの心にも、砂漠のような疑念が同様に迫ってくる。

あいつらが、俺の考えているような人間だとしよう。そんな連中が子供を苦しめなきゃならないなんて、世界は一体どうなってるんだ?

彼の思いは、もちろんマノエルとアントニアとマリアにある。我が子たち。

V

砂漠が男の土地に忍び込む。男は百姓ではないが、多少の土地を持っている。いや、持っていた。子供時分から、壁を直したりモルタルを塗ったり、自分の体重ほどもある石を運んで持ち上げて据えつけたりしてきた。それでも砂漠はやってくる。壁が裏切って砂漠を中に通すのか？　少年に精霊が取り憑いていて、仕事の手を狂わせるのか？　砂漠の攻勢が強すぎて、少年の力、壁の力、死んだ父母をもってしても敵わないというのか？

そうではない。砂漠はただ浸透する。ただそうなるのであって、少年に精霊が憑いているのでも、壁が裏切るのでも、砂漠が悪意を持っているのでもない。理由はない。皆無である。

やがて、虚無が訪れる。砂漠だけが残る。二匹のヤギはシロツメクサを鼻で掘り出そうとして砂で窒息する。ヤギたちの乳で作った酸乳は二度と味わえなくなる。メロンは砂に埋もれて枯れ果てる。天使の喇叭のようなアブデラウィの冷えた実よ、お前が夏の喉をうるおしてくれることももはやない！　トウモロコシが枯れ、パンがなくなる。妻と子供は健康を蝕まれ、気立てのよさも失われる。男はある晩、壁のあった場所に走り出て、ありもしない大石をいくつも持ち上げては投げ出し、アラーを呪い、預言者ムハンマドの許しを乞い、それから、侮辱すべくもない砂漠を侮辱しようとして砂に小便をする。

朝になって、男は家から一マイル離れたところで見つかる。青く変色した肌は死に隣接した眠りの中で震え、砂に落ちた涙の粒が霜に変わっている。

そして今度は、家に砂漠が満ちる。家は、二度とひっくり返されることのない砂時計の下半分のようになる。

男は何をしてるのかって？　ゲブライルは素早く振り返って乗客を見た。ここ、真昼時のエズベキエフ公園でさえ、馬の蹄の響きはうつろだ。そうともさ、イギリス人のお客さんよ。男は街に出てきて、あんたみたいな、帰るべき国のある欧州人を片っ端から馬車で運ぶのさ。男の家族は、あんたの家の便所ほどの部屋でひしめきあって暮らしているのさ。部屋があるのはカイロのアラブ地区だが、汚なすぎるうえに「興味深く」ないから、あんたは見に行きたいとも思わんだろう。そこの道は、人の影さえ通れないほど狭い。ガイドブックに載っていない、そういう道が無数にあるんだ。家が段々状に積み重なってる。その高さときたら、道を挟んだ建物の窓と窓がくっつくほどだ。だから、日の光も差し込まない。ゴミ溜めのような仕事場に住む鍛冶屋が、小さな炎を使って、あんたらの連れのイギリス女たちが買う飾り物を作っている。

五年のあいだ、ゲブライルは彼女らを憎んだ。石造りの建物、砂利敷きの道路、鉄の橋とシェパード・ホテルのガラス窓を憎んだ。それらは、自分から家を取り上げた命のない砂が形を変えたものにしか思えなかった。「この街はな」とゲブライルは、酒を飲んで帰ってきたことを妻に認めた後、子供たちに怒鳴りはじめる前によく言ったものだ――五人の子供は、散髪屋の二階の窓のない部屋の暗闇で、五匹の子犬のように丸まって寝ている――「この街はな、砂漠《ゲベル》が変装してるだけなんだ」。ゲベル、ゲブライル。俺だって砂漠の名を名乗っていいだろうが？　悪いってのか？

アラーの天使ゲブライルは、預言者ムハンマドにコーランを語り聞かせた。もしそうではなく、聖なるコーランもムハンマドが二十三年のあいだ砂漠に耳を傾けて書いたものだとしたら、これこそ大笑いだ。砂漠に声などありはしない。コーランが無となれば、イスラムも無だ。それならアラーもただのお話、アラーの説く天国は希望的観測ってやつに過ぎない。

「よし」ゲブライルの肩先に顔を近づけた客は、イタリア人のようにニンニクの匂いがした。「ここで待っててくれ」しかし、服装はイギリス人のようだ。何とひどい顔だろう。日に焼かれた顔から死んだ皮膚が剝けて、ぼろきれのように白く垂れ下がっている。二人はシェパード・ホテルの前にいた。

昼以来、馬車はカイロの表の顔をくまなく巡ってきた。ホテル・ヴィクトリア（妙なことに、この客は使用人の通用口から出てきた）から、まずはロセッティ広場へ、それからムスキ市場の通り沿いの店を二つ三つ、坂を上がってロン・ポワンに出ると、イギリス人はゲブライルを待たせておいて、香料の匂いが立ち込めるバザールの迷宮に三十分ばかり姿を消した。誰かを訪ねていったのだろう。はて、あの娘は確かに見たことがあるぞ。ロセッティ広場にいた娘。コプト人だろうか。マスカラでとてつもなく強調された目と、やや鉤の手になった垂れ鼻、口の両脇にえくぼが二つ縦に走る。かぎ針編みのショールが髪と背中を覆い、頬骨は高く、肌は温かみのある褐色だ。

そう、間違いなく乗せた。顔に見覚えがある。英国領事館の書記官か何かの愛人だった。女と会いに行くその若い書記官を、通り向かいのホテル・ヴィクトリアの前で乗せたこともある。別の時は、女の部屋まで送っていった。ゲブライルにとって、客の顔を覚えるのは大切だった。二度目に乗せて送り出すときのチップが違ってくる。客は人間なんかじゃない、金だ。イギリス人の恋愛なんぞ、こっちの知ったことじゃない。愛などというものは——慈愛にしても、性愛にしても——コーランと同じくらい嘘っぱちだ。愛なんてものは存在しない。

ムスキ市場の商人のひとりにも見覚えがあった。宝石商でマフディー派に金を貸しており、マフディー運動が壊滅させられた今では、シンパだった過去がバレるのではないかと恐れている。イギリス人がそんな男に何の用だろう？　宝石を買った様子もないが、店には一時間近くもいた。ゲブライルは肩をすくめた。あいつら、どっちも馬鹿だぜ。本物の救世主《マフディー》は砂漠だけなのに。

八三年にマフディーを名乗ったムハンマド・アフマドは死んでおらず、バグダードの近くの洞窟で眠っているのだと信じている者もいる。世の終わりの日、預言者キリストがイスラムを世界の宗教としてふたたび制覇せしめるその日に、ムハンマド・アフマドも生き返り、パレスティナのどこかにある教会の門で反キリスト《デジャル》を殺戮するという。天使イスラフェルの喇叭を合図に地上のあらゆるものは殺され、次の喇叭で全ての死者が甦るというのだ。

だが、砂漠の天使ゲブライル／ゲベルが、すべての喇叭を砂の下に隠してしまった。世の終わりの予言は、砂漠がやってくれる。

疲れきったゲブライルは、白黒まだらに塗った二頭立て四輪馬車《フェートン》の御者席にぐったり身を預け、痩せ馬の後半身を眺めた。哀れな痩せ馬の尻の穴だ。思わず笑いそうになった。これは、神からの啓示だろうか？　街には霞がかかっている。

今夜は、屋台でエジプトイチジクの実を商っている知り合いと一緒に酔っ払おう。その男の名前をゲブライルは知らなかった。イチジク売りは世の終わりを信じていた。それがもう間近だと確証があるというのだ。

「噂を聞いた」男は陰鬱な声で言い、ぼろぼろの歯をした女に笑ってみせた。女は赤ん坊を片方の肩に乗せ、女に餓えた欧州人を探してアラブ地区のカフェを流している。「政治の話だ」

「政治なんて嘘っぱちさ」

「白ナイル《バハル＝エル＝アビヤド》のずっと上流、異教徒のジャングルの中に、ファショダって場所がある。欧州人どもが――イギリス人とフランス人が――そこで大戦争をやらかすのさ。それが四方八方に広がって、世界を呑み込む」

「で、イスラフェルが戦いの喇叭を吹くって寸法か」ゲブライルは鼻を鳴らした。「ありえねえ。

イスラフェルも嘘なら、イスラフェルの喇叭も嘘だ。ただひとつ本当なのは――」

「砂漠、砂漠か。罰当たりめ《ワハヤート・アブーク》！」

イチジク売りはブランディをもう一杯注文しようと、煙草の煙の中に姿を消した。

何も来るもんか。もう、すでに無が支配しているんだ。

顔がぼろぼろ剝げ落ちているイギリス人が戻ってきた。太った連れが一人、後についてホテルから出てきた。

「まあ、チャンスを待つんだな」と、ぼろぼろ顔の客が陽気な声を出した。

「ふふふ、それがさ。あしたの晩、ヴィクトリアをオペラに連れて行くんだよ」

馬車に戻ると、客は言った。「リヨン銀行の近くに薬屋があったな」不承不承、ゲブライルは手綱をとった。

急に夜になりつつあった。霞のせいで、星が隠れてくれるだろう。ブランディがあれば一層いい。ゲブライルは星のない夜が好きだった。人々が信じてきた巨大な嘘が、ついに暴かれるような気がして……。

VI

午前三時、街路はほとんど物音絶えて、軽業師のガーギスが仕事にかかる。ホテルの部屋に忍び込むのが夜の仕事だ。

アカシアの枝を渡る風だけが聞こえる。ガーギスは、シェパード・ホテルの裏手の茂みに身を潜めていた。昼の仕事はシリア人のアクロバット団と組み、ポート・サイードから来た三人楽隊のダルシマー、ヌビアン・ドラム、リード・パイプに合わせて行なう。郊外のアッバシエの屠畜場の近く、イスマイリヤー運河のそばに立った市《バザール》でだ。子供たちの遊ぶブランコがあり、蒸気式回転木馬がけたたましく回り、蛇使いがいて、露店が立ち並んでいる。炒った瓜の種、ライム、油で揚げた糖蜜菓子、リコリスやオレンジの花で香りを付けた水、肉入りプディング。ガーギスたちが芸を見せる相手はカイロの子供たちと、ヨーロッパから観光に来た歳食った子供たちだ。

　連中からは、昼もいただき、夜もいただく。もっとも、そういう生活が骨身にこたえ始めたところではある。手品の実演には、シルクのハンカチに折り畳みの箱を使う。隠しポケット付きのマントには、鋤、杖、餌をついばむトキ、ユリの花、そして太陽をかたどった象形文字。それを着込んで行なう奇術《スライト・オブ・ハンド》も、はたまた夜の泥棒稼業も、器用な手先と柔軟な骨格が命だ。しかし、道化を演じるとこれが台なしになる。道化の演技は身体を硬くするのだ。積み重なる体重を支えるうちに、しなやかでなくてはならない身体が石柱になってくる。シリア人たちの色とりどりな人間ピラミッドのてっぺんから墜落してみせる、死のスリルどころか本当に死と隣り合わせの芸。あるいは、下段の男にちょっかいを出して演じる、筋書の決まった悪ふざけ《スラップスティック》。ピラミッド全体が危なっかしく揺れ、他の連中の顔に滑稽な恐怖の表情が浮かぶ。すると見ている「子供たち」は笑い、金切り声を立てて目をつぶり、サスペンスを満喫するのだ。この仕事、割が合うのはそういう時だけだとガーギスは思うのだった——金じゃない、子供たちに受けることだけが道化の宝物だ。

　愚痴を言っても始まらん。さっさと終わらせて、早く寝よう。いずれ精根尽きるまでだ。反射神経ゼロの状態であのピラミッドに登り、首の骨を折るのが演技でなくて本当になってしまう日が巡ってくるまでのことだ。アカシアを涼しく冷やす風の中で、ガーギスは身震いした。登るぞ、と体に命令する。さあ、立ち上がれ。あの窓だ。

中腰になったとき、商売敵がいるのに気付いた。もうひとりの滑稽な軽業師が、ガーギスの潜んでいる茂みの十フィートばかり上の窓から出てきたのだ。

ここは気長に行こう。テクニックを拝見。人生、どこでも勉強だからな。横向きになった顔の具合がどうも変だが、街灯の光のせいだろう。両足を幅の狭い出っ張りに載せたその男は、蟹の横這いのように少しずつ建物の角へ進みだした。何歩か動いて止まり、顔から何かつまみ取った。白くてとても薄いものが、ひらひらと茂みに落ちる。

皮膚か？　ガーギスはふたたび身震いした。病気に関する事柄は、いつも頭から追い払おうとしているのだ。

どうやら、角に近付くほど出っ張りは狭くなっているようで、侵入者はさっきよりぴったりと壁にへばりついている。角にたどりついた。一本の足が角の向こうへ。建物の角の直線が男の顔から腹まで二分したその瞬間、バランスが崩れて落下。途中で英語の悪態が聞こえた。ドサッという大きな音とともに植え込みの上に落ち、転がり、横になったまま動かない。が、やがてマッチの火が燃え上がって消え、あとには石炭のような煙草の火だけが闇に明滅した。

ガーギスには、まるで他人事《ひとごと》と思えなかった。いずれ「子供たち」、小さいのと大きいのがずらり並んだその前で、こうなってしまう自分が想像できた。ガーギスが縁起をかつぐ男なら、今夜はあきらめ、屠畜場近くの一座が雑魚寝しているテントに戻っただろう。だが、昼間ありついた数ミリエームの投げ銭でどうやって命がつなげる？「大道の軽業師は消えゆくのみさ」と、陽気なときのガーギスはよく思う。「出来のいいやつは、みんな政治の世界を飛び回ってる」

墜落したイギリス人は煙草を消して立ち上がり、近くの木に登り始めた。這いつくばったガーギスは、古風な呪いの言葉を吐いた。イギリス人はあえぐ息で何やら呟きながらよじ登り、大枝にそろりと足をかけ、またがって窓をのぞいた。

十五秒ばかり後、木の上で「恐れ入るよ、まったく」という声がするのをガーギスははっきり聞いた。ふたたび煙草の火。と、その火が素早い弧を描いて大枝の二フィート下へ移動した。よく見ると、イギリス人は片手で大枝にぶら下がって揺れている。

話にならん、とガーギスは思った。

ドサッ。イギリス人はまた植え込みの上に落ちた。ガーギスはそっと立ち上がり、男に近づいた。「ボンゴ＝シャフツベリーか？」ガーギスの足音を聞いたイギリス人が言った。星のない天頂を見上げつつ、顔から垂れる死んだ皮膚をむしっている。ガーギスは数歩前で足を止めた。「まだだ」と相手は続けた。「君にはまだ、わたしの隙は衝かせん。二人はわたしのベッドにいるよ、グッドフェローとあの娘は。相棒を組んでかれこれ二年だが、その間あいつは数えきれんくらいの女とあいうふうにデキてきた。やつにかかれば、ヨーロッパの首都はどこもマーゲイトなみの海岸保養地、あいだをつなぐ遊歩道《プロムナード》が大陸じゅうに延びてるってわけだ」男は歌いだした。

ブライトンの娘《こ》とは別口かよ、
誰、誰、誰だいお連れさんは？

狂人だ、とガーギスは憐れんだ。太陽に顔が焼かれただけでは済まず、頭にまで来てしまったらしい。

「女がやつに恋をする――恋とは何か、それはさておいてな。すると、やつは女を捨てる。わたしは構わんさ。相棒ってのは与えられた道具と同じ、癖があっても受け入れるもんだ。グッドフェローについてはファイルを一式読んだんだから、こういう破目になることは分かってた……。だがその上に、陽射しに顔をやられてしまう、ナイルの奥で緊張が高まる。君の腕にはナイフスイッチなんてとんでもないものが付いてて、それを見た子供がおびえる。おまけにこれだ――」男は上の窓を指してみせた――「さすがに参るよ。人間には限界があるんだ。リボルバーはしまえ、ボンゴ＝シャフツベリー――そうだ、よしよし――とにかく待つんだ、ひたすら待つ。彼女はまだ顔がない、まだ替えがきく。いやはや、この先一週間で我々の何人が犠牲になるか知れたもんじゃないんだからな。娘のことなんか、構ってられるか。そんな情事のことなんか」

ガーギスにどんな慰めが与えられよう？　英語はうまく喋れない。向こうが言っていることも、半分しか分からない。目の前の頭のおかしい男は身じろぎもせず、じっと夜空を見上げている。ガーギスは何か言おうと口を開き、考え直して後退《あとじさ》りを始めた。どっと疲れが襲ってきたのだ。アクロバットの日々によってどれほど消耗しているか、急に実感された。地面に横たわる孤独な姿は、未来の自分だろうか？

俺も歳だ、とガーギスは思う。自分の幽霊を見ちまったか。しかし、ともかくオテル・デュ・ニルはのぞいてみよう。あそこの客はちょっと格下だが、人間、やれることをやるしかない。

Ⅶ

エズベキエフ公園の北にあるビアホールは、北ヨーロッパのツーリストが自分たちのイメージで作り上げたものだった。肌黒き人間が住まう南国で故郷を偲ぶ場所を、というわけだ。もっとも、ドイツらしさの演出にあんまり御念が入って、とどのつまりは故郷のパロディになっていた。

ハンネがビアホールの仕事を長年やっていられるのは、早い話が金髪で大柄だからだ。南ドイツ出身でちょっと細めのブルネット娘がしばらくいたことがあるが、結局、あまりドイツらしくないという理由でお払い箱になってしまった。バイエルンの農家の娘が充分にドイツ的でない！ 店主ベーブリッヒのそんな気まぐれも、ハンネにはどこ吹く風。十三歳から女給ひとすじのハンネにとって、生きるとは何事にも動ぜずに忍んでゆくことだ。牝牛のようにどっしりした落ち着きがすっかり板についているから、ビアホールの酔態も、売り買いされるセックスも、場の全体を支配する愚かしさも、どうということはなかった。

牛のように生きる彼女ら――少なくとも、ツーリスト相手の女給たち――にとって、愛とは、「来る、受ける、去る」ものに他ならない。ハンネと行商人のレプシウスの関係も、それ以上のものではなかった。この男、本人の弁によれば、女性に宝石を売っているという。それを疑って何になろう？ そういうことは、ハンネ自身がよく言うように「卒業した」のだ。感傷無用の世界に慣れ親しんだ彼女は、政治に対する男たちの入れ込みを、女たちが結婚に執着するのと同じだとわきまえていた。男たちがこのビアホールに来る目的は、酔っ払うこと、女を連れ帰ることだけではない。常連の中に、カール・ベデカー流の生活になじまない連中がいることもハンネは承知していた。ハンネの恋人に会ったりしたら、ベーブリッヒはどれだけ驚くだろう。今はディナーが終わったあと、本格的な飲みが始まる前の締まらない時間で、ハンネは泡立った水に肘まで浸かりながら厨房で働いていた。レプシウスは、どう見ても「ドイツ人らしさ」に欠けていた。ハンネより頭半分低く、目があまりにデリケートなのでベーブリッヒの店の薄明かりでさえ色の付いた眼鏡をかけるほど、腕や脚は哀れなほどにかぼそい。

「商売敵がいてさ」と、レプシウスは打ち明けたものだ。「粗悪品に安値をつけて売りさばいてる――それって仁義にもとるよな。分かるだろ?」ハンネはうなずいた。

だから、もしやつが店に来たら頼むよ……そいつの口から聞こえてきたことなら何でもさ……こんな汚れ仕事に女のあんたを巻き込みたくはないんだが……しかし……。

レプシウスのかわいそうな弱い目、大きないびき、乗っかってくるときの少年のようにぎこちない動作、あたしのたっぷり太い脚にからめ取られるまでの手間ひま。いいの、そうしてくれるだけで、「商売敵」の見張りでも何でもしましょう。で、相手はイギリス人、手ひどく太陽に焼かれている。

その日一日、ゆったりした午前の時間を通してハンネの耳はだんだん鋭敏になってゆくようだった。そこで、厨房が軽い混乱に陥った昼ごろには――混乱といっても、注文に応えるのがいくつか遅れ、落とした皿が一枚砕け散って、鋭敏な鼓膜をつんざいたくらいのものだが――必要以上に多くのことを聞いてしまったようである。ファショダ、ファショダ……毒を帯びた雨のように、この言葉がベーブリッヒの店を飛び交った。「ファショダ」と聞いて、みんなの顔つきが変わった。ヘッドウェイターのグリューネも、バーテンダーのヴェルナーも、床掃除の少年ムーザも、それにロッテやエヴァといった女給たちも、どこかそわそわして、まるで秘密を隠し持っているような感じだった。通りすがったハンネの尻をいつも通りに叩いたベーブリッヒの手つきにさえ、不吉な何かが感じられた。

気のせいよ、とハンネは自分に言い聞かせた。いつも実際的で、妄想には無縁なはずなのに。恋したことの副作用なんだろうか？　幻が見えたり、ありもしない声が聞こえたりして、情報を咀嚼するのも、牛の胃で反芻するのもうまくいかない。色恋の裏表を知っているつもりのハンネにとって、この状態は気がかりだった。レプシウスのどこが特別だというのだろう。むしろ、のろまで弱々しいくちだ。恋の手管がどうのという柄でもなし。周りに座っている十人ほどと比べたって、ミステリアスなところも際立った特徴もありはしない。

それにしても、男の政治好きは度しがたい。ひょっとすると、政治は男にとってセックスと同様の行為なのかもしれない。そういえば政治の方面でも、女にすることと同じ言葉をよく使う。勝ったほうが負けたほうを××××したとか。ファショダ、ファショダって何なのさ。マルシャンとかキッチナーとかいう名の二人が出会ったって？　何のためよ。ハンネは笑ってかぶりを振った。二人が出会ってやることといったら、××××しかないでしょ。

額に垂れた黄色の髪をかき上げたハンネの手は、洗い水で白くなっていた。皮膚が死んで、ふやけた白色に転じるさまは妙なもの。まるで癩病だ。昼どきから、なにかしら病気っぽい旋律《ライトモチーフ》がカイロの午後のミュージックに埋もれながら、頭角を突き出すようになってきた。ファショダ、ファショダ。その言葉に人々の顔は青ざめ、何とはない頭痛を覚える。この言葉は、ジャングルと熱帯の病原菌と熱病を思わせた。熱病と言っても、恋の病（健康なハンネは、もとよりそれ以外の熱病を知らなかった）ではない。灯りの具合のせいだろうか、周りの人間たちの皮膚に病斑が浮き出してきたように見えるのは？

ハンネは最後の皿を洗って積み重ねた。だめ。汚れがある。洗い水に皿を戻してこすり直し、灯りの方向に傾けて検査した。汚れは落ちていなかった。はっきり見えるわけではないが、皿の中心近くを頂点に、縁まで一インチばかりの辺りまでほのかな三角形が広がっている。茶色っぽいしみが表面の鈍い白にかぶさっているようでいて、皿を光線に対してほんの何度か傾けると、もう見えなくなってしまう。変だと思ったハンネは、別の角度から見ようと頭を動かした。汚れは二度ばかり現れたり消えたりした。皿の向こう側、縁の外側に目の焦点を合わせると、汚れは消えずに残るのだが、今度は輪郭が変化する。三日月形になったかと思えば、次の瞬間には台形だ。苛立ったハンネは皿を洗い水に突っ込んでおいて、流しの下の道具からもっと硬いブラシを探し出した。

本当に、皿に汚れがついているの？　どうも色がいやらしい。自分の頭痛の色と同じ色、白っぽい茶色だ。こんなのただの汚れよ、落ちにくいだけなんだわ、と、猛烈な勢いでこすってみた。外の通りから、ビールを飲みに客が続々と入ってきていた。「ハンネ」ベーブリッヒが声をかける。

この汚れ、どうしても消えないつもり？　ついにハンネはあきらめ、他の皿と一緒に積み重ねた。すると、今度は汚れが微生物のように分裂し、その薄膜が自分の両眼の網膜に転移したようになった。

流しの上の小さい鏡で、髪の毛を一瞥。ハンネは営業用の笑みを浮かべ、祖国からのツーリストのお相手に出て行った。

真っ先に目についたのが例の「商売敵」の顔だったのは言うまでもない。気分の悪くなる顔だった。赤と白がまだらになり、細く剝がれた皮膚が垂れ下がって……。男が熱心に話し込んでいる相手は、ハンネも知っているポン引きのファルクミアンだ。ハンネは愛想を振りまき始めた。

「……クローマー卿は、暴走を防げる立場にいるのに……」

「……しかしカイロじゃ、売春婦も刺客もみんな……」

片隅で誰かが嘔吐した。ハンネは片付けに走る。

「……クローマーの暗殺という……」

「……ヤバいぞ、総領事がいなくなると……」

「……政治的頽廃という事態に……」

客が抱きついてきた。ベーブリッヒが警告を愛想にくるんで近づいてくる。

「……ともかくも、身の安全は確保……」

「……この汚れちまった世界で、有能なやつといえば……」

「……ボンゴ＝シャフツベリーがやる気だぞ……」

「……オペラで……」

「……どこだって？　オペラ座って、まさか……」

「……エズベキエフ公園の……」

「……そっちのオペラか……『マノン・レスコー』……」

「……誰が言ってた？　ああ、彼女なら知ってる……コプト人のゼノビアだ……」

「……大使館のケネス・スライムの愛人……」

色恋沙汰か。ハンネは聞き耳を立てた。

「……スライムの話では、クローマーは何ら手を打っていないらしい。どうなってるんだ。グッドフェローとわたしは今朝、アイルランド人のツーリストに化けて飛び込んでみた。グッドフェローはかびくさい山高帽にクローバーを挿して、わたしは赤い付け髭で。通りに放り出されたよ……」

「……何の手も打たずか……何てことだ……」

「……まったく、クローバーまで挿してだ……グッドフェローなんか、爆弾を投げ込んでやりたいと……」

「……この一大事にのほほんと……やつは新聞も読まんのか……」

ヴェルナーとムーザが新しい樽を開けるあいだ、カウンターで長い待ちが続く。三角形の汚れは、人込みの上を漂っている。聖書にあるペンテコステの舌のように。

「……すでに出会いが起こってしまったからには……」

「……おそらく、あそこの周りに留まる……」

「……周囲のジャングル……」

「……いよいよか……」

「……起こるとすれば、場所は……」

どこだろう?

「ファショダ」

「ファショダ」

ハンネはそのままドアをくぐり、通りに出た。十分後にウェイターのグリューネが見に行ってみると、ハンネは近くの商店の壁にもたれ、穏やかな目で夜の公園を眺めていた。

「来てくれ」

「ファショダって何なのよ、グリューネ？」

グリューネは肩をすくめた。「場所の名前だよ。ミュンヘンとかワイマールとかキールとかと同じさ。町なんだが、場所はジャングルの中だ」

「そこ、女の装身具と何か関係ある？」

「いいから来てくれよ。あの込みようだ、俺と女の子だけじゃ回しきれん」

「ちょっと、あれ見える？　公園の上に浮かんでる、あれ」　運河の向こうから、アレクサンドリア行きの夜行急行の汽笛が聞こえてきた。

「ねえ《ビッテ》……」　共通のノスタルジアが——その対象はドイツの街か、列車か、それともただ汽笛に対してか——二人を一瞬引き留めたのかもしれない。それからハンネが肩をすくめ、二人はビアホールに戻った。

ファルクミアンは姿を消し、花柄ドレスの娘が「商売敵」と話していた。癩病にかかったみたいな顔のイギリス商人は、狼狽のさまだった。反芻動物にも機転はある。ハンネは目をくるりと動かし、隣のテーブルに仲間たちと座っていた中年銀行員の目の前に豊かな胸を突き出してみせた。座らないかと誘われたので、有難く受ける。

「あなたを尾《つ》けてきたの」と娘が言った。「パパが知ったら大変。きっと死んじゃうわ」　半ば影になった顔がハンネにも見えた。「グッドフェローさんのことが分かったら」

沈黙が流れた。「お父上は今日の午後、ドイツ系の教会におられたよ。我々がこうしてドイツ系のビアホールにいるようにね。サー・アラスターは、誰かがバッハを弾くのに聴き入っていた。この世にはバッハしか残っていないような様子でね」また沈黙。「ということは、もうご存じなのかもしれん」

うなだれた娘の上唇で、ビールの泡が髭になっている。騒がしい部屋が一瞬静まり返るときのような、そんな沈黙がビアホールに訪れた。ふたたび、アレクサンドリア行きの急行の汽笛。

「グッドフェローに恋したのか」

「ええ」ほとんど息だけ。

「こうなることは分かっていたの」娘が言った。「信じられないかもしれないけど、それだけは言わせて。本当にそうなの」

「で、わたしに何をしろと？」

巻き毛を指で弄びながら、「何も。ただ、理解してほしいの」。

「まったく、あなたという人間は――」と、怒気を含んで――「分からないのかね、他人を『理解した』ために命を落とす人間もいるんだ。あなたの望む『理解』とやらのためにだ。あなたの一家は、みんな頭がおかしいのか？　こっちが全身全霊を捧げないことには満足しないのか？」

色恋沙汰ではないらしい。ハンネは口実を設けて立ち去った。男と女の話ではないのだ。あの汚れはまだハンネのもとを去らなかった。今晩、レプシウスに何て言ってやろう。あいつの眼鏡を剝ぎ取り、二つに折って踏み潰そうか。さぞおろおろするだろう。その様子を、たっぷり楽しんでやりたい。

穏やかなハンネ・エヒェルツェにしてこれである。世界は狂ってしまったのだろうか、ファショダと共に？

Ⅷ

廊下の片側に、カーテンの垂れた入口が四つ。エズベキエフ公園に設営された夏季劇場の最上階、舞台右手のボックス席だ。

青い眼鏡をかけた男が廊下の舞台側の端《はし》から姿を現し、二つ目のボックスへ急ぐ。赤いヴェルヴェットの分厚いカーテンが二枚、男の通った後で不規則に揺れる。カーテンの重さで揺れはすぐにおさまる。カーテンがじっと垂れたまま、十分間が過ぎる。

廊下の角《かど》には悲劇の寓意像。二人組の男が、その角を曲がる。カーペットに並んだユニコーンとクジャクの菱形模様を、両人の足が踏みつけてゆく。片方の男の顔は、皮膚全体がボロボロに白く剝けて目鼻立ちも見分けがたく、輪郭さえ少し変化している。もう一人の男は太っている。二人は青眼鏡の隣のボックスに入る。ひとつだけの窓を通して晩夏の夕日が射しこみ、寓意像と模様入りカーペットをモノクロームのオレンジ色に染め上げる。影の部分が濁りを増す。中間の空気は曖昧な色によどんで見えるが、おそらくこれもオレンジ色なのだろう。と、花柄のドレスの娘が廊下をやってきて、二人の男と同じボックスに入る。数分経って出てきた娘は、頰に涙を流している。続いて、太った男が出てくる。二人、視界から消える。

全き沈黙。何の前触れもなく、赤白まだらの顔の男がピストルを握ってカーテンの向こうから出てくる。銃口から煙が出ている。男は隣のボックスに入る。間もなく、この男と青眼鏡の男が取っ組み合いながらカーテンから上体を突き出し、カーペットの上に倒れ込む。二人の下半身はまだカーテンの向こうだ。白く剝けた顔の男が相手の青眼鏡をむしり取り、二つにへし折って床に投げる。相手は目を固くつぶり、光から顔をそむけようとしている。

もう一人の男が、いつの間にか廊下の端に立っていたようだ。この角度で見ると、夕日が逆光になって黒い影にしか見えない。眼鏡をむしり取った男はしゃがみ込んで、ぐったり横たわった相手の顔を光に向けようとしている。廊下の端の男が右手を小さく動かす。しゃがんでいた男は、そちらを向いて立ち上がりかける。向こうの男の右手のあたりで火花が散る。また火花。さらにまた火花。太陽より明るいオレンジ色だ。

いちばん後まで失われないのは視力だろう。受け取る眼球が反射するだけの眼球に変わる境界線も、感知できないほど微妙なものに違いない。

中腰の体がくずおれる。その顔と白い皮膚の集まりが、ぐっと近寄ってくる。動かなくなった体は、視界の枠にきっちり収まっている。

第四章

エスター嬢が鉤鼻を付け替えるの巻

V

次の晩、マンハッタンの東西路線《クロスタウン》のバスの後部座席に、おすまし顔のエスターが、太腿をモジモジさせながら座っていた。視線の行き先は、半分が窓の外、不良たちが跳梁する無法地帯で、あと半分が手にしたペーパーバック版の『前世を語る女 ブライディ・マーフィ』のページであった。コロラドのビジネスマンの手になるこの本には、死後の生の話が盛りだくさん。魂の輪廻、信仰療法《フェイス・ヒーリング》、感覚外知覚《ESP》その他二十世紀形而上学における怪しき規範――ロサンジェルスなどいくつかの地域と結びつくようになった精神世界のあれこれ――に触れた本である。

運転席には、いかにもクロスタウンという感じのおっとりタイプの運転手が座っていた。この路線は信号もバス停も少ないから、街を南北に走るバスに比べて運転手も穏やかな性格でいられる。ハンドルの脇にはポータブル・ラジオがぶらさがっていて、クラシック局にダイヤルを合わせた。それから、チャイコフスキーの幻想序曲「ロメオとジュリエット」のとろり甘いメロディが、運転手のまわりを包み、乗客のほうへと流れていた。九番街《コロンバス・アヴェニュー》を横切るとき、闇からの投石がバスの車体にぶつかり、スペイン語の歓声が上がった。やや南に下ったあたりからは、車の排気爆音《バックファイア》とも銃声ともつかない音。そんな場所のそんな夜とはまるで無縁の音楽を流しながらバスは行く。五線譜に捕囚された芸術がストリングスと空気柱を震わせて生き返り、トランス、コイル、コンデンサー、真空管を経由してスピーカーの紙製コーンを震わせ、愛と死の不滅のドラマを展開する。

　突然、バスは荒涼たる無法の国に突入した。セントラル・パークを突っ切る道の北でも南でも、今この瞬間に灌木の下で強奪とレイプと殺人が始まろうとしている。日没後、この長方形の囲いの中で何が起こっているのか、エスターの住む世界にはまるで知られていない。警官と犯罪者とあらゆる種類の変質者が、まるで独占契約でもしたかのように、この場所を独り占めしているのだ。

　仮に自分にテレパシーの能力があって、外で起こっていることを密かに察知できたとしたらどうだろう。いやだ、考えたくない、とエスターは思った。テレパシーってすごい力だけど、痛みも伴うに違いない。それに、知らないうちに心にしまった情報を盗み出されてしまうかもしれないし。

（レイチェルも内線の受話器で、彼女の電話に聞き耳を立てているかもしれないし……。）

　エスターは新品の鼻先を、そっと指で触れてみた。ごく最近、くせになった仕草である。いや、こちらをたまたま見ていた人に注意を喚起しようというのではない。むしろ、新しい鼻の存在を自分で確かめたかったのだ。バスは公園を出て、イーストサイドの明るみへ。安全な五番街の街灯の中へ。そうだ、明日は以前に見たドレスを買いに出かけよう。ロード&テイラー百貨店にあった三十九ドル九十五セントのドレス。彼、きっとああいうの、好みだから……

　わたしって勇敢ねと、小鳥のようにさえずる。あれだけの闇と無法地帯を突っ切って彼氏に会いにいくだなんて。

一番街でバスを降りたエスターは、北に向かって、夢に向かって、カツカツと鋪道にヒールを響かせる。やがて右折して、バッグから鍵を取り出し、ドアを見つけ、ドアを開け、中へ踏み入った。ガランとした待合室。鏡の下の時計の中で金の小鬼が二体、いつも通り、シンコペーションしないリズムでタンゴを踊っている。家に帰ってきたような気分になった。手術室の向こうには(横を向くと、開いたドアの向こうに、自分の顔を作り変えてもらった時の手術台があって、エスターはそれを感慨深げに一瞥した)小部屋とベッド。そこに彼が横たわっていた。放射柱状にふりかかる、強烈なリーディング・ランプの光輪に頭と肩を包まれて。男の目が開いた。女の腕が開いた。

「早かったね」男が言った。

「遅かったわ、わたしには」スカートから足を踏み出しながら女が言った。

I

保守派をもって任ずるシェーンメイカーは、みずからの医術を、仰々しくもタリアコッツィの術と呼んでいる。といって、十六世紀イタリアの外科医の初歩的な技をそのまま使うわけでは勿論ない。しかし彼は、過去の時代に対する感傷を保持することで、時の進歩に合わせることに抵抗するタイプだった。風貌も、念の入ったタリアコッツィ風。細い半円形の眉、こんもり蓄えた口髭、先の尖った顎髭。スカルキャップまで被ろうとして、ユダヤ人学校に通っていたころの丸帽《ヤムルカ》を持ち出したこともあった。

シェーンメイカーを奮い立たせたのも、今の商売に導いたのも、第一次大戦であった。世紀と共に生まれた彼は十七歳で口髭を生やし（以来一度も剃り落としていない）、氏名・年齢を偽って、悪臭漂う輸送船に揺られて海を渡った。フランスに行って、耳なしのアライグマのような恰好で戦闘機に乗り込み、廃墟と化したシャトーや塹壕で傷だらけの野原の上を空高く舞い上がって、フン族のように押し寄せるドイツの蛮人と一戦を構えることを夢想した。勇猛なるイカルスになることを夢見たのである。


結局、空を舞うことは叶わなかったが、整備士の仕事にはありついた。それでも、少年にしてみれば期待以上だったといえる。それで満足だった。ブルゲイ偵察機、ブリストル戦闘機、ジェニー複葉機、みなその内部構造《ガッツ》を知る機会を得たわけだし、それればかりか、それらを操縦する憧れの英雄たちの根性《ガッツ》についても学ぶ機会に恵まれたのだ。操縦士と整備士という分業の形には、封建時代の匂いを残した同性愛的な要素があった。シェーンメイカーは若殿に仕える小姓の気分だった。時代が下ると、みなご存じの民主主義というやつが進展する。そして初期の武骨な「ヒコーキ」は、当時の空想をも超えるほどの複雑な「兵器システム」へと進化する。今日の整備士は、当然のこととして、自分が支えるフライト・クルーと同等の誇り高いプロフェッショナルでないと勤まらない。

だが、当時は違った。純粋で抽象的な情熱がすべてであって、少なくともシェーンメイカーの場合、情熱は「顔」に向けられていた。彼自身が口髭を生やしていたことも助けになったのだろう、彼はしばしば操縦士に間違われた。非番の時には、絹のスカーフ（パリで仕入れた）を首に巻き、操縦士を気取ってみることもあった。

戦争のさなかであるからして、顔の中には、出発したきり戻ってこない顔もあった。ゴツゴツした顔もスベスベ顔も、ツヤツヤの整髪の顔もハゲ頭の顔も、みな平等にそうだった。そんな悲劇に若きシェーンメイカーは、いかにも思春期の恋にふさわしい変わり身の早さをもってこたえた。当初はやり場を失った思いにむせぶのだが、若く流動的なその心は、やがておのずと新たな顔に執着を示している。だがどのケースも、喪失感が後に尾を引くことはなかった。それぞれの別れは「愛は死ぬ」という命題と同程度に非具体的だった。愛した彼らはみな、飛んでいって空に呑み込まれたのである。

だがエヴァン・ゴドルフィンが現れて、事態は一変した。この飛行士は、三十代なかばの連絡将校《リエゾン》で、アルゴン高原で偵察活動を行うために一時的に米軍配属となっていた。初期の飛行機乗りはみな伊達者ぶりが身についていたが、ゴドルフィンはそれがまたひときわ強烈だった。時代そのものの狂おしさにピタリはまっていたというべきか。空の上に、忌まわしい塹壕はない。ひとたび飛び上がれば毒ガスからも自由だし、周囲の堕落にも関わらずに済む。空の戦士たる者、敵だろうが味方だろうが、徴用された壮麗なる田舎屋敷で一緒にシャンパンを飲み干し、グラスを思い切り暖炉に投げつけて粉砕するくらいは当たり前。捕虜に対して最高の礼儀を尽くし、空中戦となれば決闘にまつわる紳士的な細則をきっちり守るのも自由だった。要するに、十九世紀のジェントルメンが戦場で固守した礼儀正しきふるまいの数々を、細大漏らさず実行する余裕があったのである。ボンド・ストリートの仕立屋で新調した飛行服に身を包んだエヴァン・ゴドルフィンが、手当の追いつかない傷だらけの発着場を、愛機のスパッドめがけてしゃにむに駆ける。その途中、一輪の花が目にとまる。秋の冷気にも、独軍の機銃にもめげず、凜と立つケシの花。『パンチ』誌に載った詩

「フランダースの戦場にて」（三年前には、塹壕戦にも理想主義的な人間味が残っていたのだ）をもちろん意識してのことだろう、ゴドルフィンは手を伸ばし、その花を手折《たお》って、非の打ち所のない上着の折襟に挿すのだった。

　ゴドルフィンはシェーンメイカーの英雄となった。憧れのひとに自分はどう映っているのだろう。時折返ってくる敬礼、自分の任務となった離陸前の整備に対するねぎらいのひと言、頰をよぎる硬質の笑み——少年整備士は、それらの徴《しるし》を胸にしまいこんだ。一方通行の熱い思い、その終わりを少年は最初から予期していたのだろうか。死の魔手を密かに感じることで、「関わり」の悦びはいやが上にも高ぶるものだから？

　終わりは、ほどなくやってきた。ムース＝アルゴンの戦いも終盤にさしかかったある日のこと、ゴドルフィンの手負いの飛行機がグレイ一色の空に突如現れ、弱々しく旋回したかと思うと、片翼をグラリ地面に向けて落とした。風に運ばれるタコのように蛇行しながら滑走路に向かったが、狙いを百ヤードも外している。機体が叩きつけられたときには、すでに衛生兵や担架を持った救護班が走り出していた。その場に居合わせていたシェーンメイカーも、何がなんだかわからぬままに走り出した。起こった事態を知ったのは、メチャクチャになった機体の、はやくも雨に濡れそぼった破片の山から男が立ち上がり、救護班に向かってよろよろと歩きだしたときのこと。動く屍のような身体の上にのっていたのは、人の顔とはここまで変形可能なのかと戦慄させる、骨と肉の塊だった。鼻のてっぺんは銃弾に持っていかれている。片方の頰の一部は榴散弾にめくられ、顎も半分砕け散っている。目は潰れていなかったが、瞳に生気は宿っていなかった。

　シェーンメイカーはショックで我を失ったのだろう。つぎに記憶があるのは、救護所の中。軍医たちに、どうか自分の軟骨を使ってくださいと必死になって訴えている場面だ。ゴドルフィンは一命をとりとめるだろうが、顔は造り直すほかない、というのが医師団の判断だった。とにかくこの顔のままでは、若き将校の今後の人生はありえない。

さて、ある者たちにとっては幸いなことに、形成外科の領域では、すでに需要と供給の原理が働いていた。一九一八年ともなると、ゴドルフィンのケースは数あるうちの一例にすぎなくなっていたのだ。鼻の再建術については、紀元前五世紀からさまざまな方法が採られていたし、ティエルシュの植皮法も四十年ほど前から存在した。大戦に入ると、需要が新技術の開発を進め、一般開業医や眼・耳・鼻・咽喉の専門医、ときには急遽駆り出された婦人科医までもが形成医療を担当するという状況になる。新技術のうち効果のあったものは、後輩の医者たちへ迅速に伝えられた。失敗に終わったものは、一世代分の奇人怪人《フリークス》と放逐者の群れを生み出した。かくして、拙い医療で顔の潰れた者と、そもそも何の医療も受けられなかった者とが、戦後、暗澹たる悲運によって結ばれた不可視の共同体を形作ることになる。彼らはどこに行ったのだろう？　一般社会に収まる場所はあるまいに。

（そのうちの何人かを、プロフェインは道路の下で見いだすことがあった。アメリカの田舎の四つ辻などにも、その種の人間がよく出没するらしい。プロフェインも見たことがある。トボトボと歩いてきた道に直交する別の田舎道。だいぶ前に走り去ったトラックのディーゼルの匂いがいまだ残っている。そんな場所を、幽霊の体を通り抜けるように歩いていくと、彼らのひとりがポツリと一里塚のように立っている。足の動きが不自由なのは、古傷が綾織りになったり浮彫りになったりして片脚を覆っているためだろうか。これまでに、何人の女がそれを見て顔をそむけたのか。喉に残った瘢痕は、ケバケバしい勲章を隠すかのごとく、襟の中に謙虚にしまわれている。頬の穴から突き出た舌は、たとえそこにどんな口をあてがったにせよ、深遠な秘密を漏らすことはないだろう）
エヴァン・ゴドルフィンも、その種のひとりになった。担当医は若く、戦場に来て試してみるのは危険すぎる我流の考えを持っていた。名をハリダムというその医師が好んだやり方はアログラフト、すなわち生きている顔面に無機物質を接ぎ木する方法だった。患者本人の皮膚や軟骨を使用するのでないかぎり、生体移植は危険であると考えられていた時代のことである。医学の知識もないままに自分の軟骨を提供しようとしたシェーンメイカーの申し出は却下された。ハリダムはアログラフトでいけると考えたのだ。一人の施術ですむのであれば、二名を入院させる理由はない。
こうしてゴドルフィンは、象牙の鼻梁と銀の頬骨、パラフィンとセルロイドの顎を得た。一ヶ月後、シェーンメイカーは病院にゴドルフィンを見舞った。それが最後の出会いとなった。顔の再建は完璧だった。ロンドンに召還され、なんらかのデスクワークにつくのだというゴドルフィンの口調には、捨て鉢な陽気さが漂っていた。
「とっくり拝んどけよ、この顔。六ヶ月はもたんだろうから」シェーンメイカーは次の言葉が出ない。ゴドルフィンが続けた。「あの男、見えるか？」二つ先の寝台に寝ている男も、やはり墜落事故だったのだろう。顔面は全体をつややかな肌が覆っているが、その下の頭蓋が奇妙に変形している。「抗異物反応というらしい。感染症や炎症を伴う場合もあるし、痛みだけという場合もある。たとえばこのパラフィンってやつは、同じ形を長く保ってくれない。ある日気がつきゃ、ぐんにゃり、元のモクアミってわけだ」死刑を宣告された人間のような語り口だった。「頬骨は質屋に持っていけば、けっこうな額になるぞ。溶かす前は、こいつ、銀でできた牧歌風人形セットの、ニンフだか羊飼いの娘だかだったそうだ。ドイツ軍が戦闘指令所《CP》として使ってた城から持ち出したもんだってさ。もともとの出自なんか、分かったもんじゃない――」

「もう一度――」シェーンメイカーの喉は渇いて張り付きそうだ、「直して……やり直してもらうわけには……」

「待ってる患者が多すぎる。これだけやってもらっただけでも、運がよかったと思わなきゃいかん。六ヶ月も、この顔して飛び回れるんだ。それすらできないやつらのことを思えば、文句は言えんよ」

「どうするんですか、そのあと……」

「それは考えんことにしよう。六ヶ月、人生を満喫するさ」

感情の辺獄《リンボ》という場所があるとすれば、若き整備士の心は、そこに引きこもったまま何週間も出てこなかった。それでも仕事の手が鈍ることはなく、握ったスパナやドライバー以上に生きているとは思えない手が、機械的に仕事をこなした。外出許可書が配られても他人に譲り、日に四時間くらいの睡眠で働き続けた。そんな鉱物的な時間に終止符を打ったのは、ある軍医将校との偶然の出会いであった。シェーンメイカーは、その人に、心のうちをナイーブにぶつけてみた。

「どうしたら医者になれますか」

医者になりたいと思ったのは、もちろん、まっすぐな理想主義からである。ゴドルフィンのような人に対して何かできたらいい、ハリダムのような、自然に背き人を裏切る輩《やから》の手から医術を守る助けになれたらいい、と。十年の苦学を要した。最初の専門である機械工の仕事を続けながら、同時に市場や倉庫での力仕事、集金業務、あるときはイリノイ州デカターに本部をもつ密造酒のシンジケートでも帳簿の仕事を手伝った。その一方で夜間のクラスに通い、ときどきは昼間の授業にも正規登録したが、それも最長で連続三学期（デカターでの仕事のあとは、少々懐に余裕ができたのだ）。それからインターンを経て、医術の特殊結社《フリーメイソンリー》に混ざることができたのが、ちょうど大恐慌の前夜のこと。

命なき物質との結託はワル《バッドガイ》の印とされるけれども、シェーンメイカーの場合、少なくともその始まりは人間的な情に満ちていたのだ。だが、徐々に展望に変化が生じた。それはきわめて微妙な――こういうことには異様な感受性を持つプロフェインでさえ察知できないだろうほど微妙な――変化だった。最初のうちは、ハリダムへの憎しみとゴドルフィンへの愛の名残に動機づけられていた。次に生じたのが「使命感」だったが、こちらは愛や憎しみに比べて脆弱なものだから、堅固な支えをあてがわなくてはならない。そこに割り込んできたのが、形成外科医学の「あるべき姿」をめぐる醒めた諸理論であった。もっともな話である。わが天職を告げる声を戦場の嵐の中で聞いたシェーンメイカーは、手の届かぬ世界で破壊のエージェントらがもたらした惨禍を修復することに意を注いだ。世の中を見れば、政治と機械が結託して戦争を遂行している。機械と化した医療に見捨てられ、後天的な梅毒の症状を悪化させていく者もいる。平和時のハイウェイにも走る凶器があり、工場には圧搾する凶器がある。自然の造形である人体を潰して、元へ戻していく機械ども――しかし、それらを取り除くことができるだろうか。その存在は、すでにありのままの現実の一部を成しているのだ。現状を肯定する怠惰な思いが、シェーンメイカーの精神を冒すようになった。これを一種の社会的意識の成熟と見ることはできるだろう。だが、その意識があちらこちらで社会と結託するうちに、あの兵舎の晩、軍医に向かって思いの丈をぶつけたときの壮大な怒りは後退を余儀なくされた。目的の瓦解――これもひとつの腐敗である。

II

エスターが彼と会ったのは、意外なことにステンシルを通じてだった。彼がヤンデルレンの仲間入りをしてまだ日の浅いときのことである。ステンシルは、別の追跡をしていたとき、たまたま独自の理由によってエヴァン・ゴドルフィンという男の経歴に関心を寄せた。ムース＝アルゴンまで辿っていって、そしてついに、米軍の派兵リストによってシェーンメイカーが入隊時に使った名前を入手した。だが、彼の跡をたどって有線音楽配信《ミューザク》のサウンドに満ちたアッパー・イーストサイドの形成外科医院に到達するまで、さらなる数ヶ月を要したのである。にもかかわらず、この医者先生、何を聞いても知らんの一点張り。甘言のかぎりを尽くして攻めても何ひとつ口を割ってはくれず、またしても行き止まりとあいなった。

フラストレーションのまっただ中にあるとき、人は案外、他人に親切にしたりするものだ。それはちょうど、顔の真ん中に6の字型の鼻をぶら下げたエスターが、それへの憎しみをたぎらせ、また「ブスの女ほどやりたがる」というガキ好みの無思慮なことわざを地でいくかのように熟れた身体とホットな眼をして、もの欲しそうに〈ラスティ・スプーン〉の店内をぶらぶらしていたときのことだった。今日も成果の出なかったステンシルの、気晴らしを求める目が、エスターの自制をなくした表情に注がれたのである。こうして始まったふたりの関わりは、じきに悲しき夏のアフタヌーンの散策に発展する。干上がった噴水と陽射しを照り返すショー・ウィンドーの脇を、コールタールがじくじく溶け出す道を踏みしめて歩くうち、いつしかふたりのあいだには、かりそめの父娘関係のようなものが成立していた。どちらかが望めば、それだけで、理由も聞かれずご破算にできるほどカジュアルな関わり。ステンシルはこのとき、この子をシェーンメイカーに紹介してあげよう、こいつは夏の日の感傷にぴったりのプレゼントじゃないかという、皮肉な考えに行き当たった。かくして九月にふたりは接触。エスターは医師のメスと、いじりまわす指の下に、すんなり自分を差し出すことになったのである。

その日の待合室は、デフォルメ人間の展示会のようであった。頭髪のない、耳もない女が、両のこめかみから後頭部をほんのり赤くテカらせて、時計の中の金色の小鬼の旋回を見ている。その隣りに座った若い女の頭蓋骨は三つに割れ、頭髪から放物線状の突起が三つ飛び出し、両サイドのふくらみはそのまま頬を下っている。頬には面皰《ニキビ》がびっしりで、さながら船長の頬髯だ。部屋の向こう側で『リーダーズ・ダイジェスト』を読みふける灰緑色のギャバジン・スーツの老紳士は、鼻孔が三つある代わり上唇がなくなっていて、てんでばらばらなサイズの歯が傾き重り合う惨状は、竜巻に襲われた田舎町の墓地の墓石を思わせる。もう一人、部屋の隅で虚空を見つめている患者は、男だろうか女だろうか、遺伝性梅毒症のせいで骨が変形してあちこちが崩れており、その灰色をした横顔の輪郭もほとんど直線、鼻の代わりにたるんだ皮膚がベロリと垂れて、口の大部分を覆っている。顎の側面も大きく窪んで、そのクレーターの上に皮膚の皺が放射線状に走る。ぎゅっと閉じたその目は、顔全体を押し潰したのと同じ非自然的な重力を受けているかのように思われた。まだ若く動揺しやすいエスターは、自分も彼らの同族なのだと思い込んだ。ヤンデルノの男友達と簡単にベッドに入ってしまうのも、自分をこの世の異物と思う感情に発していた。

　初診の時間すべてを、医者は作戦遂行《オペレーション》に先立つ地形偵察に費やした。エスターの顔と鼻をあらゆるアングルから写真に収め、上部呼吸器系に感染症がないかをチェックし、ワッセルマン反応をみる。アーヴィングとトレンチの手伝いで、石膏型《デスマスク》の顔を二つ取る。呼吸のため二本の紙ストローを与えられたエスターは、少女の心をふくらませ、ソーダショップとチェリーコークと『トゥルー・コンフェッションズ』誌のことを思った。

　エスターは翌日クリニックを再訪し、医者の机に、石膏製の自分の顔が二つ並べて置いてあるのを見てクスクス笑った。「あたし双子ね」二個の石膏マスクの鼻のうち一つを、シェーンメイカーがつまんでボキッと折った。

「さあて」ニコヤカな奇術師の手さばきで一塊の粘土を取りだし、いま折った鼻の代わりにのせる。

「どんな鼻を思い描いていたんだね」

　きまってるじゃない、アイリッシュの鼻に。プリッと反り返った鼻になりたい気持は誰でもみんな一緒でしょ――。手術をしたがる女たちは一人としてわかっていない。反り鼻というものは単にユダヤの鉤鼻を逆転させただけであって、これまた美の基準からは逸脱した代物だということが。「完璧」に均整のとれた鼻を欲しがる娘に彼はほとんど出会ったことがない――すらりと伸びた鼻梁、傾いても屈曲してもいない鼻先、（鼻孔を分かつ）軸柱が上唇と九〇度の角度をなす鼻をつけてくださいという者に。その経験は、「矯正」ということに関する彼独自の理論を支えるものとなった。すなわち、社会的・政治的・感情的、あらゆる次元において矯正とは、黄金の中庸を理性的に模索することではなく、現状の正反対に、対角線を横切った向こうの隅に、引きこもることだと考えるに至ったのだ。

指先が躍り、手首が軽くひねられた。

「こんなやつがご所望かね？」ポッと目を光らせて、彼女はうなずく。「顔全体との均整がとれていないと困るがね」もちろん、とれてはいなかった。生まれついた造作こそ、その顔にもっともよくマッチするものなのである――人間中心的に考えるならば。

「まあ、均整といっても種類があるからね」こういう理屈なら、ずっと前に練り上げていた。エスターの鼻も、「文化的に均整のとれた」ものにしてあげる。映画・広告・雑誌のイラスト、それらが確立した理想の鼻のイメージにぴたり一致させるのは、文化的な仕事なのだ。

「じゃ、来週だな」シェーンメイカーは日時を約束した。エスターは有頂天になった。自分が生まれ変わるのを待つような気分。神様と一対一で向かい合って、冷静に、ビジネスライクに、どんなふうにして世に出て行きたいのか交渉している気分だった。


翌週、エスターは定刻にやってきた――強い意志と感じやすい肌をたずさえて。「おいで」シェーンメイカーがやさしく彼女の手をとる。言われるまま、性的な高揚感さえ（いささかならず）覚えつつ、歯科医用の椅子に身をあずける。侍女のように周囲を飛び交うアーヴィングが、椅子を倒して手術の下準備をした。

鼻の回りが緑のソープと、ヨウ素と、アルコールで洗浄される。鼻毛が切られ、左右の鼻孔が消毒液でやさしく拭われ、しかるのち、ネンブタールが投与される。

このクスリは鎮静剤ではあるが、バルビツール系の薬物は作用に個人差がある。服用時に性的興奮があったりするとまた違ってくるようで、手術室に入るときのエスターは、今にも叫び出しそうなハイな気分だった。「ヒヨスチンにしておくんでしたね」とトレンチ。「あれなら記憶も失《な》くせるもの」

「だまれ、役立たず《シュレップ》」蛇口で手をこすりながら医者が言った。アーヴィングは手術のお道具一式を並べ、トレンチはエスターを手術台にくくりつける。エスターは野性の目をして、無言のまま泣きじゃくっているよう。決心が揺らいでいるのは明らかだ。「今さら遅いんだから」とトレンチがニタリ顔で慰める。「しずかにおネンネしてなさい」

手術用マスクの上からのぞいた六つの目の奥に、突然エスターは悪意を感じ、頭を振った。「トレンチ、頭を押さえて」マスク越しのくぐもった声でシェーンメイカーの指示が飛ぶ。「麻酔はアーヴィングに頼む。せいぜい修練を積んでくれ。ノヴォケインの瓶を取って」

滅菌したタオルが頭の下に敷かれ、両目にヒマシ油が注がれた。ふたたび顔面洗浄。今度はメタフェンのアルコール溶液で。そして、ガーゼの詰め物がグイと鼻孔の奥まで突っ込まれた。血と消毒液が咽頭や喉のほうへ行かないようにするためだ。

ノヴォケインと注射筒と針を手に持って、アーヴィングが戻ってきた。まずエスターの鼻の先端に麻酔注射。左右に一本ずつ射つ。そして鼻翼を麻酔するため、鼻孔のまわりに放射状に注射針を刺していく。注射器の円筒の底に当てられたアーヴィングの親指がグイと沈むと、すぐに注射針が抜かれる。その繰り返しのあと、シェーンメイカーが穏やかな声で言った。「大針に替えてくれ」

煮沸器を漁ってアーヴィングが長さ五センチの針を手に取った。この注射は、皮下すれすれのところに針を入れて、鼻全体に刺し通す——鼻孔から、鼻と額との境目のところまでだ。その処置を左右二回行う。

手術の痛みに関して誰もエスターに教えていなかったが、この注射は痛かった。かつて味わったどんな痛みより強烈だった。だがいくら痛くても、体のうちで動かすことができるのはお尻だけだから、手術台に縛られたままお尻で身悶えするしかない。その頭を押さえつけながらトレンチが、ニタリと目を輝かせた。

鼻の中へ、次の注射が射ち込まれる。針は上下の軟骨のちょうど狭間に差し込まれ、そこから両眼のあいだの窪みまで、一気に押し上げられた。

鼻中隔――鼻を左右に二分する骨と軟骨による壁――への一連の注射をもって、麻酔処置は終わった。これ全体、見ようによってはセックスそのもの、ということがトレンチには明白である。ニヤニヤしながらエスターを見下ろし、こんなお囃子を入れていた――「やーれ、あ、突っ込め……抜いたら……突っ込め……あ、あ、あ、いー……ほーら抜いて……」。そんなトレンチの「ガキンチョ」ぶりをなじるアーヴィングの溜息が、合いの手のようにこれに加わる。

ややあって、シェーンメイカーがエスターの鼻をつねったり捻ったりしながら尋ねた。「どうだい、痛むかね」声にならない声が「ノー」と言った。次はもっと力を入れて。「痛いかね?」ノー。「よし、目を覆って」

「この人、見ていたいんじゃないですか?」とトレンチ。

「見ていたいかね、エスター。ぼくらがきみに何をするのか、見たいかね」

「わかりません」弱々しい、正気とヒステリーの間をシーソーしているかのような声。

「じゃ、見てなさい。何事も勉強だ。最初にきみの鼻のこぶを取ってしまうから。メスを渡して」

ルーティンの処置である。作業はテキパキ、シェーンメイカーもナースも、もたつくところはまるでなかった。血は流れるが、スポンジによるやさしい愛撫が漏らさず受け止め、たまに受け損ねた一筋がタオルに滴りそうになるものの、それも道なかばでキャッチされる。

最初に二つの切れ目を入れる。鼻孔にメスを入れて、鼻中隔の近く、外側鼻軟骨の下辺部の近くを左右両方切っておくのだ。そしたら次に、長柄の湾曲したハサミの尖った先を鼻孔に入れて、軟骨などはものともせずに、鼻骨まで切り進む。このハサミは、開くときも閉じるときも切り進めるようにできている。それをシェーンメイカーは、まるで高額のチップを得ている理髪師のように捌いて、鼻骨を、骨膜とそれを覆う皮膚から難なく切り分けた。「こうすることを、われわれは〝崩す〟と言うんだよ」もう一つの鼻孔にハサミが入った。「鼻骨というのは二つあってね、そのあいだを鼻中隔が通っている。両方とも下のところは外側鼻軟骨につながっているから、そこから切り入って、上まで——鼻が額についているところまで——崩していこう」

アーヴィングがノミのような器具を手渡した。「マッケンティの梃子ってやつだよ」その梃子であちこち探りを入れるようにして、シェーンメイカーは〝崩し〟の工程を完了した。

「さあて」と、恋人に話すようなやさしい声で——「君の鼻のこぶを切り落とそう」エスターは必死に彼の目の中を覗き込み、そこに人間的な表情を探し求めたが無駄だった。これほどの無力感というのも初めてだった。そのときの状態を、彼女はのちに次のように語っている——「ちょっとした神秘体験だったわよ。あの宗教、何て言うんでしたっけ、なにか東洋の教えで、人間が到達できる最高の状態は、モノになること、岩石になっちゃうことだっていうの。実際そんな感じだったのよ。波にさらわれていくと、気持よく自分が消えてくっていうか、境界のない、心配もトラウマも何もない、純粋な存在としてただそこにある、それだけ」

脇の小さいテーブルには、粘土の鼻がついた石膏人面。それを横目でチラッと見てから、シェーンメイカーはあらかじめ切ってあった溝の一つにノコ歯を差し入れ、骨のところまで押し上げた。新しい鼻の〝トゲ《スパイン》〟の線に合わせて、片側の鼻骨を、慎重にノコギリで切りはじめる。「骨ってのは、ノコギリでズンズン切れるんだね。人間なんてもろいものだ」歯先が鼻中隔の軟骨に達したところでノコギリを引っ込めて、「さあ、ここからが腕の見せどころだよ。反対側をピッタリ同じに切り落とさないといけない。そうじゃないときみの鼻が左右チグハグになってしまうから」反対側にも同様にノコ歯を差し入れてから、人面模型をしげしげと――エスターには十五分にも感じられる長いあいだ――眺め、いくつか微調整を行い、それから骨を一気に直線引きにした。

「さて、君の嫌いなこぶだがね、今や、鼻中隔にぷらぷら付いてる二つの骨とあいなった。今度はその鼻中隔を切らんとね、他の切面と平行にだ」その仕事には、斜め刃つきの引き切りナイフを使う。これをスパッとやり終え、スポンジを優美にふるえば、一過程の完了だ。

「きみのこぶは、今や鼻中に浮いてるだけだ」シェーンメイカーは開創器《リトラクター》で片方の鼻孔をめくりあげ、そこにピンセットを差し入れて骨を探った。「おっと、発言取り消し」と言ってニコリ。「まだ出てきたくないってさ」外側鼻軟骨に接合していた部分をハサミでパチンと切り離す。そして、骨用の鉗子で黒々とした軟骨塊を取り出し、勝ち誇るようにエスターの前にかざして見せる。「二十二年間の社会的不幸の源が、これだったんだろ？　第一幕、終了かな。こいつはホルムアルデヒドに浸けておこう。よければ、お土産に持ってお帰り」切断面を小さなヤスリでならしながら、シェーンメイカーのおしゃべりが続いた。

鼻のコブは取れたわけだが、コブのあったところを真っ平らにはしておけない。それに、もともと鼻梁が広すぎたわけだ。これを狭めなくてはならない。

鼻骨の〝崩し〟がふたたび始まった。今回は頬骨と接するところを越えて切り進む。手にしたハサミを、今度は柄と歯の角度九〇度のノコギリに持ち替えて、彼は言った。「きみの鼻骨は、横は頬骨、上部は額にしっかり埋め込まれている。一度それを切り離してしまえば、好きな形に動かせる――あの粘土と同じだよ」

鼻骨の両側からノコギリを入れて頬骨から切り離すと、今度はノミを取って鼻孔の一つに差し込み、骨にぶつかるところまで押し入れた。

「痛かったりしたら言いなさい」彼は小槌でノミをコンコン叩いた。手を緩め、首をかしげ、今度はもっと強く叩く。「こりゃしぶといな」さっきまでの冗談口調は消えた。カン、カン、カン。「いけ、コノヤロウ」ノミの先が、一ミリまた一ミリと、エスターの眉間を進んでいく。「クソ《シャイス》！」ボキッという音がして彼女の鼻が眉間から外れた。両側から親指で押し込んで、分断完了である。

「ほうら、もうグラグラだ。第二幕終了。次は鼻中隔を短かくするぞ」

鼻中隔の外縁、両側の外側鼻軟骨との境にメスを当てて切ってゆき、次に鼻中隔の前面を、鼻孔に入ってすぐのところの裏に位置する〝トゲ〟と呼ばれるところまで切った。

「これで鼻中隔も自由な動きが可能になった。あとはハサミで片付ければいい」取り出した解剖バサミで鼻中隔を両サイドに沿って切り崩し、骨の上に被さっている部分も眉間の骨のところまで切り進んだ。

鼻中隔の下部を切断するには、鼻の穴に入ってすぐのところの切れ込みの一つからメスを差して反対側に刺し通し、刃をグイグイと食い込ませていく。それが済んだら開創器で一方の鼻孔をめくり上げてアリス鉗子を挿入、浮いた鼻中隔の一部をつまみ出す。測径具《カリパス》が石膏の鼻から生身の鼻へサッと移動したかと思うと、シェーンメイカーの握った直線バサミが鼻中隔を三角形のくさび形に切り取った。「さあて、これから全部はめ直すぞ」

片目を石膏マスクに据えたまま、鼻骨を組み上げて、細身の鼻梁をつくり、隆起切断によってできた平面をなだらかに盛り上げる。鼻の左右がきっちり真ん中に揃うよう、じっくりと入念に。骨はいじるたびにゴリゴリと奇妙な音を立てた。「二ヶ所縫合が必要だ。それで、お望みの反り鼻のできあがり」

今切ったばかりの鼻中隔の先端を、鼻尖《びせん》と上唇をつなぐ小柱《コラメラ》と縫い合わせるのである。針と針ホルダーによって、二本の絹糸がコラメラと鼻中隔の端から端まで斜めに縫い合わせていく。

手術は全体で一時間とかからなかった。最後にエスターの顔がきれいに拭われ、ガーゼの詰め物も引き抜かれて、サルファ軟膏を塗布した別のガーゼが詰められた。粘着テープが鼻孔の上に一本、新しい鼻の鼻橋の上に一本。この上に真鍮のステントを被せ、さらに絆創膏が貼られる。呼吸のためのゴム管も、左右の鼻孔に挿し込まれた。

二日後に詰め物が除去された。絆創膏がとれたのは五日後。抜糸が七日後。できた鼻は滑稽なほど天高く反り返っていたが、シェーンメイカーは数ヶ月後には少々ずり落ちてくるから大丈夫と請け合った。その通りだった。

III

それでおしまい、とはいかなかった。エスターがおかしなことになってしまったのだ。いや、単に、鉤鼻時代の習慣が、惰性で残ってしまっただけかもしれない。しかし、あれほど男のなすがままになったのも初めてのことであり、この娘の場合、受身になることは一つの意味しか持たなかった。シェーンメイカーが指示した一泊二日の静養入院から出てきた彼女は、イーストサイドを朦朧としてうろつき回り、白いガーゼの嘴と、いまだショック覚めやらぬ目で人々を気味悪がらせた。つまりは発情のスイッチが入ってしまったのだろう。鼻孔の奥に潜む秘密のクリトリスをシェーンメイカーが探し当て、そこを刺激してしまったのか。孔《あな》ってやっぱり穴ですから――というトレンチ流の卑猥な隠喩は、感染性があったのだろうか。

翌週、抜糸のため再訪したとき、彼女はしきりに足を組み替えたり、睫毛をしばたたいたり、ハスキーな声を出したりと、知っているかぎりの初歩的な技を披露した。シェーンメイカーのほうは、当初から、この女は楽に落ちると思っていた。

「じゃ、明日また来てごらん」明日はアーヴィングがお休みなのだ。翌日、エスターは、あらんかぎりのレーシーな下着とフェチ対象を身につけてやってきた。顔中央のガーゼに、ゲランの香水〈シャリマール〉もつけていただろうか。

奥の部屋で――「どんなふうに感じるんだね?」

彼女の笑いは、ちょっと大声過ぎた。「痛いわー、でも」

「そーお、でも。痛みを忘れる方法は、いろいろとあるんだよ」

おばかなスマイル、半分ゴメンナサイしているような笑みを、彼女は払拭することができない。その笑みで顔面がつって、ただでさえ痛い鼻がさらにヒリヒリ感じられる。

「われわれが……というか、ぼくがきみに何をしようとしているのか、わかっているよね、もちろん」

エスターは脱がされるに任せた。シェーンメイカーがコメントしたのは一度だけ、黒のガーターベルトを見たときだった。

「あっ、あらいけない」一瞬良心がうずいた。それはスラップからの、おそらくは愛のこもったプレゼントだったのだ。

「や、やめなさい、ストリップの振り付けは。きみはヴァージンじゃなかったのか……」

ふたたび自嘲の笑い声。「お見通しね。これをくれた男がいたの。わたしが愛したひと」

この娘はショック状態にある、と彼は考え、軽い驚きを覚えた。

「おいで、手術ごっこをしよう。このあいだの手術、よかったろ?」

向かいのカーテンの隙間から、トレンチが覗いている。

「ほら、横になりなさい。これが手術台だよ。これから筋肉間注射をするからね」

「ノー」彼女は叫んだ。

「ノー の言い方もいろいろ練習したんだな。イエスを意味するノーも言えるだろ? 今のノーは好きじゃないから、別な言い方をしてごらん」

「ノー」小さなうめき声。

「違う」

「ノー」今度は、上まぶたを半分落としてスマイルしながら。

「もう一度」

「ノー」

「なかなか、いいぞ」ネクタイをはずし、脱ぎ落ちたズボンを両足にからめたまま、シェーンメイカーはセレナーデを歌いはじめた。

おいでみなさん、聞いてくれ
この娘《こ》のコラメラ世界一
びっくらたまげた鼻中隔
軟骨切断、いままでは
儲けのためにやってきたが
この娘に会って目が覚めた

［リフレイン］
一度エスタァに切り込まなけりゃ
その悦びは分からない
一度エスタァに切り込んだらば
その恍惚はわすれない

だまって静かに横たわり
受身なること岩のよう
ぼくの手術を愛《いと》しがり
ほかのやつには肘鉄砲

されるがまんま、デンとして
臀部どーんと揺るがない
そんなエスタァに手もつけず
男がたつか、アホッケツ

アイルランドも真っ青な
空を眺める二つの鼻孔
ぼくのプライド、ぼくの孔《あな》
その名はエスタァ、讃えあれ

最後の八小節は、各小節の一拍目と三拍目に、エスターによる「ノー」が入った。

エスターはその後キューバに旅立つことになるのだが（乞うご期待）、その原因を記すジェイムズ朝的残酷趣味の物語は、これにて幕。

第五章

ワニと一緒にステンシル、すんでのところでおだぶつの巻

V

I

このワニはブチだった。くすんだ白と、海草のような黒のまだら模様。のろくはないが、動きがぎこちない。怠惰なのか、老齢なのか、頭が鈍いのか。生きるのに飽きたんだろうとプロフェインは思った。

日が落ちてから始まった追跡が、まだ続いている。いま、プロフェインと仲間たちは48インチ径の下水管エリアを捜索中だ。背中が痛くて仕方ない。こっちの体が入っていけないくらい狭い通路へワニが入ってしまわないことを願うしかない。なぜって、そうなったら、ヌルヌルの下水の底に膝をついて、敵が射程外に出てしまう前に大慌てで、ヤマ勘による発砲をしなくちゃならんから。

照明係はアンヘルだが、こいつは相変わらずの飲んだくれで、後から膝歩きしてついてはくるものの、手にした懐中電灯はフラフラだ。たまに運良く目当ての獲物を照らしてくれる。

　ワニはときどき後ろを振り返って、はずかしそうな、誘うようなそぶりをする。すこし悲しそうだ。地上は雨なのだろう。ついさっき通り過ぎた開口部から、よだれのような雨水がショボリショボリ垂れ続けているのが背後に聞こえる。行く手は真っ暗だ。このあたりの下水渠は曲がりくねっている。何十年も前のものだ。まっすぐな通路に出てほしかった。そうなれば仕留めるのは簡単。少し進むとすぐ曲がるこんな通路で発砲したら、跳ね返ってきた弾に自分がやられかねない。

　初めての殺しというわけではなかった。仕事をはじめて二週間、プロフェインも、すでに四頭のワニと一匹のネズミを始末した。毎日、朝と夕方の二回、コロンバス・アヴェニューのキャンディ・ショップの前で日雇いの選定がある。シャークスキンのスーツを着込み角縁《ホーンリム》メガネをかけた隊長ザイツァスには、組合《オルグ》を組織する野望があった。市全域は言うに及ばず、プエルトリコ系の居住地区をカバーするほどの志願者も集まらないというのに、けっして夢を手放すことなく、朝六時に彼らの前を往き来する。お役所勤めをしていようと、夢は未来のウォルター・ルーサーなのだ。

「オーケー、ロドリゲス、きみは合格にしてよさそうだ」人手が足りていないというのに、この発言である。それでも、少数の志願者は集まってくるのだ――パラパラと、いかにもやる気のなさそうな、たいていは一日でいなくなってしまう手合いが。それにしてもヘンテコな集まりである。「浮浪」という言葉が、たいていの者にはやっぱり似合う。ユニオン・スクウェアの冬の日だまりと、寂しさから寄ってくる数羽の鳩にサヨナラしてやってきた者もいる。チェルシー地区や北ハーレムの丘《ヒルズ》からきた者も、ハドソン河岸の海抜ゼロメートルの日だまりで、錆色の水の上をタグボートや砂利船が行き交うのを橋脚の陰からこっそり見ていた者もいる（ここニューヨークで「森の精《ドライアド》」といえば彼らのことだ。コンクリートからそっと生えて出るように橋脚の一部と化して風から守られ、流れの絶えない河に向かって、おまえホントはどこへ流れていくんだ！　と大声で叫び出してしまいたくなる衝動――我々自身も抱えている衝動？――からも守られている。冬の日に橋の下に行くことがあったら見てみるといい）。東西の河の向こうから来た者もいた（さらに遠く、中西部から流れ着いたのは、昔から他人に騙され、罵られ、代々くっつきくっつかれを繰り返し、若き日はお人好しの田舎者、老いては哀れな死体と化す連中）。なかに一人、乞食だった（少なくともそう語った）者がいた。ヒッキー・フリーマンから何から高級紳士服を押し入れいっぱい持っていると。仕事が終わればピカピカの白いリンカーンを乗り回し、ルート40を我が物顔で東進しながら妻を三人四人と作っては捨ててきたんだと。ミシシッピーという名の男はポーランドのキェルツェからきたのだが、誰も本名を発音できないのでこう呼ばれる。こいつはオシフィエンチム《アウシュヴィッツ》収容所に妻をとられ、貨物船〈ミコライ・レイ号〉の巻き上げケーブルの先で片目を潰され、四九年にサンディエゴから不法入国しようとして警官に指紋を採られた。あるいは、どこかエキゾチックな地方で豆摘みの季節労働を終えてまっすぐやってきたという者たち――その「どこか」は非現実的なほどにエキゾチックなので、実はロングアイランドのバビロンのことかもしれず、季節も去年の夏だったのかもしれないのだが、彼ら自身の記憶の中では、それは今終わったばかりの、まだ名残りが漂う季節でなければならなかった。他にもちろん、ホームレスの古典的な根城であるバワリー地区、三番街の南端の古着屋や理容スクールからタイムワープしてきた者たちもいた。

　仕事はふたり一組で行う。ひとりが懐中電灯を、もうひとりが12口径の連発式散弾銃《ショットガン》を持つ。たいていの志願者がこれを軽蔑して、魚の捕獲にダイナマイトを渡された一本釣りの漁師のような顔をすることをザイツァスは知っていたが、彼にしても釣りと狩猟の専門誌のお褒めにあずかるのが目的ではない。連発銃は速くて確実なのだ。一九五五年の下水道大汚職の発覚以来、水道局はなによりも正直な結果を求めていた。はっきりと死んでいるワニの実物が必要で、巻き添えをくらって死んだネズミもいればなおよかった。

　ザイツァスのアイディアで、ハンターはみなALLIGATOR PATROLという緑のレタリング入りの腕章をつける。今回の作戦を練るにあたって、ザイツァス隊長はプレキシグラス製の座標ボードをオフィスに用意した。ボードにはニューヨークの地図が彫り込まれ、その上に方眼のシートがかぶせられる。ザイツァスがボードの前に座り、V・A・スプーゴなるプロッター、渾名を「鉈《ナタ》」という男が、目撃頭数、推定生存頭数、現在追跡中の数、射留めた頭数を黄色の油脂鉛筆で書き込んでいく（この老人は自称八十七歳で、一九二二年八月十三日に、真夏のブラウンズヴィルの下水路で四十七匹のドブネズミを鉈で退治したと吹聴する）。経過の把握には専門の連絡員を充てる。担当区域を巡回しながらマンホールを覗き、下に向かって調子はどうだとわめく。報告員の無線通信機はすべてネットワークに組み入れてあり、ザイツァスのオフィスに電波が届くと壁にとりつけた15インチのロー・ファイのスピーカーから声が聞こえるという仕組みだ。当初は楽しい仕事だった。成果を示すボードと卓上の読み書き用以外のライトは全部消して、さながら戦闘司令室の趣きがあった。部屋には緊張感と目的意識がみなぎって、入ってくる者にその空気がすぐに伝わった。ここを中心として、市の僻地まで網の目が張り巡らされているのだ。俺のいるここが中枢、ここが脳髄――という高揚感も、しかし、飛び込んできたメッセージによってしぼんでいった。

「おいしいプロヴォローネ・チーズを一つ、と言ってます」

「あいつのプロヴォローネは買ったよ。なんで自分で買い物できないんだよ。ミセス・グロセリアの家で一日テレビ見てるじゃないか」

「おい、アンディ、ゆうべのエド・サリヴァン見たかよ。猿がいっぱい出てきてピアノ弾いてたよな。体のどこ使って弾いてたかって……」

別の地区から——「で、早撃ちゴンザレスが言うにはさ、『セニョール、お手をケツからどけてください』」

「うはっ」

さらに——「イーストサイドへ来てみろよ。モノであふれかえってるぜ」

「しかしイーストサイドじゃ、どんなモノにもジッパーがついてるっていうじゃん」

「だからかよ。おまえのモノが、いつも足りないのは」

「大きさじゃないだろ、どう使うかが問題だろ」

当然ながら、これらのメッセージに不快感をいだいた連邦通信委員会《FCC》のおでましとなった。いつも方向探知のアンテナつきの車で巡回して、まさにこういう通信を監視している手合いである。警告の手紙につづいて電話が鳴りはじめ、とうとう（ザイツァスのスーツも負けそうなほど）テカテカしたシャークスキンで身を包んだ委員が訪ねてきた。これで無線機はパーとなった。その後まもなく、ザイツァスが上司から呼び出され、すまんが、今の調子で警備を続けてもらう予算が出なくなった、とお為ごかしに諭された。そんな次第で、〈アリゲーター撃滅隊本部〉は人事課給与掛の担当となり、鉈《なた》爺さんのスプーゴは、クイーンズのアストリアにある養老院、野生のマリワナが育つ墓地の一歩手前の花園へと送られることになった。

このごろザイツァスは、集合場所のキャンディ屋の前で激励演説をぶつことがあった。銃の弾薬割り当てを減らされたのは、みぞれ降る二月のことだった。みんなの前に立ってそれを告げるザイツァスの頬を伝っていたのは、解けた雪片だけだったろうか。

「諸君、諸君の中には〈パトロール隊〉発足以来の隊員もいる。二、三人、いつも同じシケタ顔と毎朝出会うのに俺は気づいておる。一日だけで去っていく者も多いが、それはいいとしよう。もっと実入りのいい仕事があるなら、行って幸運をつかみたまえ。われわれのところは資金的に最悪である。組合組織であるならば、諸君の多くが不細工ヅラをひっさげて毎朝きてくれるにちがいない。だが、この職場に戻ってくれれば、一日八時間、人間のクソとワニの血にまみれる仕事が待っているわけだ。それでも文句一つ言わず来てくれる諸君を、俺は誇りに思う。隊が発足してまだ日は浅く、予算は削減に次ぐ削減だ。なのに諸君は、クソより嘆かわしいこの事態に対して文句も言わず、ほんとうによくやってくれている。

「さて本日、またしても削減の斧がふるわれた。各チームの一日の割り当てが十発から五発に減ってしまった。当局は諸君が無駄撃ちをしていると思っているんだ。そんなことはありえんと、俺は確信しているぞ。だが、百ドルするスーツが汚れるとかで下水道に下りてこようともしないやつらに、どうしたら分かってもらえよう。だから諸君に言わなくちゃならん。確実なやつだけ狙いたまえ。見込みがあるというくらいじゃ撃たんことだ。

「要するに、いままで通りに、気合いを入れてやってくれ。諸君は俺の誇りである、以上！」

みな、困ったような顔をして整列を解いた。ザイツァスも、それ以上なにも言わずに体をそむけ、買い物籠を手にしたプエルトリコ系の老女がコロンバス・アヴェニューの反対側の鋪道を北方向へと足を引きずっていくのを見つめていた。ザイツァスはいつも「誇り」を語った。大口をたたき、労働総同盟《AFL》ふうに事を処し、大きな目的の幻影に捕らわれている男ではあったが、日雇いたちはこの大将が好きだった。というのも、シャークスキンと色つき眼鏡を外してみれば、彼もまたひとりの浮浪する人間にすぎなかったからである。一緒に安ワインをあおるわけではないが、それはたまたま時空の折り合いがつかないというだけの話。だから、その大好きな隊長殿が「我らのパトロール」にまぎれもない誇りを抱いていることは、彼らの居心地を悪くした。自分たちは幻影に向けて（酔いと孤独が生み出すまぼろしに向けて）発砲したこともあるし、勤務時間中、河への出口付近にあるフラッシュ・タンクに寄りかかって居眠りをしたこともある。パートナーに聞こえぬ小声で「やってらんねえぜ」とこぼしたことも、かわいそうになってネズミを逃がしてしまったこともある。隊長の「誇り」を共有するのは無理としても、心からの気持を裏切ってきたのは申し訳ない気がした。このパトロール隊への、ひいては自分自身への誇り——それが七つの大罪の一つかどうかはさておき、「誇り《プライド》」というものは、雇われた側にしてみれば、ビールの空瓶が存在するようには存在しない。そんなことを学ぶのに、学校で小難しい授業を受ける必要はなかった。ビール瓶を三本拾えば、その金で地下鉄に乗り、ちょっとのあいだ暖かい場所で寝ることもできる。誇りなど持っていても、何の足しにもなりはしない。哀れにも純真なザイツァスのおっさんは、「誇り」と引き替えに何を得ているというのだろう？　予算削減だけじゃないか。とはいえ、こんな人のいい大将の目を覚まさせてやろうなどと残酷なことを思う者はいなかった。

　プロフェインの見るところ、ザイツァスはこっちの素性を知らず、気に掛けてもいない。「不細工ヅラをひっさげて毎朝きてくれる」やつのひとりだったらいいのだが、実のところまだ新顔にすぎない。今の演説を聴いてプロフェインは、ザイツァスについて自分があれこれ言う資格はないと知った。とにかく、プライドのこもった仲間意識なんてものは持てないのだから。これはただの仕事であって、「パトロール」などといえるものではなかった。仕事をはじめて二週間、連発銃の使い方を覚え、銃の分解掃除の仕方さえ覚えた今では、自分がそのぶんドジの程度が減ったような感じもした。自分の足や、もっとヤバいところを撃ってしまいそうな気もしなくなっていた。

アンヘルが歌っている――ミ・コラソン、エス・タン・ソロ、ミ・コラソン……。孤独な心を歌うその歌のビートとシンクロして、自分の腰履きゴム長が動く。懐中電灯の光が水面に揺れ、前方でワニの尾の向きがそっと左右に切り替わるのが見える。ふたりはマンホールに近づいていた。ランデヴー・ポイントだ。ケッパレ、アリゲーター・パトロール。歌うアンヘルはすっかり涙声だ。

「やめろよ」プロフェインが言った。「作業長のバングが上にいたら、ひどいことになるぜ。酔ってないふりをしろ」

「バングの野郎なんかクソクラエ」アンヘルが笑い出した。

「シーッ」作業長のバングは、連邦の委員会が調査に来るまでは無線機を持っていたが、今はクリップボードを手に、毎日の成果を隊長に報告している。指示を出す以外は無口な男だ。よく使うフレーズが「オレが作業長だ」。ときに「オレが作業長のバングだ」と言うこともあった。そう言い続けていないと自分が誰だか忘れちまうんだぜ、とアンヘルは言っていた。

行く手には、ワニが重い図体を佗しそうに引きずっている。追いつかせて、もう終わりにしてもらいたいと思っているのか、ずいぶん遅い動きだ。彼らはマンホールの下に出た。アンヘルが梯子をのぼって蓋の下側をバールで叩く。プロフェインは懐中電灯を手にワニを見張っている。上からガリガリという音がしてマンホールの蓋が持ち上がり、三日月形のピンクネオンの空が現れた。雨のしぶきがアンヘルの目に当たった。三日月の中から、作業長のバングの頭がのぞく。

「チンガ《ファック》・トゥ《ユア》・マドレ《マザー》」アンヘルが気分よさそうに言った。

「報告は」バングが言った。

「逃げてくぞ」プロフェインが下で呼んだ。

「いま一頭追ってるところだ」とアンヘル。

「貴様、酔っとるな」とバング。

「酔ってねえ」

「酔っとる」バングが叫んだ。「オレが作業長だ」

「アンヘル」プロフェインが呼ぶ。「早くしろ、逃げちゃうぞ」

「オレは素面《しらふ》だ」ここで一発バングの顔を殴ってやったら、どんなに気分がいいだろうとアンヘルは思う。

「報告してやるからな。息が酒臭いぞ」

アンヘルはマンホールの上へ這い上がろうとしている。「話、つけようぜ」

「おふたりさん、何するって？」プロフェインが声を掛けた。「石蹴り遊びか」

「おまえは任務を続行しろ、相棒は懲罰のため連れていく」ここで、地上に半分乗り出していたアンヘルがバングの足に噛みついた。仰天したバングの声。アンヘルの姿がプロフェインの頭上から消えるとともに、ピンクの三日月がまた現れた。天からバシャバシャ雨が降り込み、古いレンガの壁をよだれのように伝った。路面から取っ組み合いの音が届く。

「なんてこった」プロフェインが懐中電灯を向け直すと、ビームはちょうど、ワニの尻尾が次の角にひょいと消えるのを捉えた。肩をすくめて、「なにが任務続行だ、ばかやろ」。

マンホールを離れて進んでいく。安全装置をかけた銃を脇の下にしっかり挟み、もう一方の手に光源を握りしめて。ソロでやるワニ狩りなんて初めてだ。しかし怖くはなかった。撃つ時がきたら、ライトはどこかに置いとけばいい。

勘によると、ここはイーストサイドのアップタウン。自分のテリトリーではない。西から東へ、こいつを追ってマンハッタンを横断してしまったようだ。道が折れ曲がるところを過ぎると、ピンク色の空から届いていた光は消えた。ここにあるのは、プロフェインとワニの二点を焦点とする楕円と、その二点を結ぶ細い光の楕円軸だけである。

一頭と一人は左方向へ折れ、アップタウンの方角へ向かう。下水の水深がやや深くなった。この先は〝フェアリングの教区〟と呼ばれる区画である。フェアリングというのは、むかしこのあたりの地表に住んだ神父の名前だ。三〇年代の大不況時にアポカリプスの啓示を得た神父さんは、幸福な光に包まれながら、ニューヨークが死滅した後はネズミたちの天下になると確信した。一日十八時間、街を回り、食事配給の列やミッションを巡って慰めを与え、ぼろぼろになった魂の修繕をしていた神父は、街の未来を思い描くとき、飢え死にした屍が鋪道にも公園の芝生にも散乱している風景しか浮かんでこなかった。さもなくば、噴水に仰向けになって浮いているか、街灯から首を吊って垂れていたり。この街は——米国は、というべきかもしれないが、神父の思考はそこまで拡がらなかった——今年が終わる前にネズミの世界と化すだろう。だとすれば、早々と始めておくのがよい。つまり、ネズミたちをローマ・カトリックの教えに改宗させる仕事をだ。ルーズヴェルト新大統領の政権始動からまもないころ、神父は、ボルティモア教理問答集と聖務日課書、そしてなぜか、ナイツ著『現代版 船員の心得』を持って最寄りのマンホールを下りていった。死後数ヶ月して発見された彼自身の日誌によれば、下水に降り立った神父は最初に、レキシントン・アヴェニューとイースト・リヴァー、86丁目と79丁目に囲まれた一画の下水すべてに永遠の祝福を与え、数ヶ所で悪魔祓いを行なった。この一画がのちに〝フェアリングの教区〟と呼ばれる。この儀式のおかげで、聖水の供給が充分に確保されたのみならず、教区内のネズミを最終的に改宗するにあたって個別に洗礼を行う手間が省けることになった。他の地区のネズミたちがアッパー・イーストサイドの出来事を噂に聞いて、改宗しにやってくるだろうとも神父は考えていた。やがて自分は、地を嗣《つ》ぐ者たちの精神的な指導者となる身だ。だとしたら、心の糧を与えられているネズミたちが、その返礼として毎日三匹の生け贄を神父に差し出すくらいは当然だろう。

　こうして神父は下水の岸辺に仮の宿を設け、法衣をベッドに、日課書を枕にして休んだ。朝は、前夜に集めて乾かしておいた流木で火をおこした。雨水が縦樋をほとばしり落ちる下にコンクリートの窪みができていたので、ここが水飲み兼洗濯場となった。ロースト・ラットの朝食のあと（日誌には「肝臓がことにジューシーである」と記されている）、一日の仕事がはじまる。すなわちネズミとのコミュニケーション。これに成功した様子も綴られている。一九三四年十一月二十三日の日誌には――

　イグナチウスには本当に手を焼かされる。今日は免罪符というものの性質について私と言い争った。バルトロメオとテレサも口を入れてきたから、教理問答の一節を読んで聞かせてやった。

「免罪符により、ローマ教会は、その霊的宝庫からイエス・キリストの無限の贖いと、聖母マリアおよび聖人たちのあふるるばかりの贖いを引き出し、つみびとに対する煉獄での懲罰を免除するものなり」

「その〝あふるるばかりの贖い〟とは何なのですか」と聞いてくるので、私は読み聞かせた。

「聖人らが天に積み上げたる功徳の余剰分は、教会が聖者のコミュニオンの参加者に分かち与うを得《う》」

するとイグナチウスは「ヘエー」と雄鶏の鳴き声のような声を立てた。

「だとすると、マルクスの共産主義と、どこが違うんですかね。あっちは無神論なのに、やっぱり『各人はその能力に応じて、各人へはその必要に応じて』とか云ってるでしょ」私は説明してやった。共産主義にも色々ある。初期キリスト教会は確かに善意を分かち合い、物品を共有していたと。するとバルトロメオが割って入って、この霊的宝庫なる教義は〈教会〉揺籃期の経済社会的状況から生まれたのではないかと云い出し、これに対してテレサが、そういう考えこそマルキシズムだと非難をはじめた。忽ちにして酷い喧嘩となり、テレサは片目を抉り取られてしまった。痛みに苦しむ彼女を見かねて私は、六時課が終わるとすぐ彼女を眠りに就かせ、その亡骸を美味しく食した。鼠の尻尾も、充分煮込めばなかなかの味が出るものである。

少なくとも、同期に誕生したネズミ集団をまるごとひとつ改宗させたのは間違いない。信仰心うすきイグナチウスに関する記述は、以降のページに見られなかった。喧嘩で命を落としたのか、それとも教区を離れて移民地区《ダウンタウン》の異教世界へ向かったのか。最初の改宗活動が終了してから、日誌の書き込みは途切れがちになったが、楽天的な、ときに異様な幸福感に満ちた言葉は相変わらず。無知と野蛮の猛り狂う暗黒の時代にあって、光明の砦でありつづける彼の教区を力強く讃えるのであった。

ネズミの肉は、結局は神父の体に合わなかったようだ。なにか感染症でも出たのだろうか。あるいは、集まってくるネズミたちがみなマルクス主義的思想傾向が強くて、痛ましい地上の情景——スープを求める労働者の列で、病人や産婦のベッドで、教会の告解室で見聞きしたこと——を忘れさせてくれなかったのか。幸福な幻想に浸ってそれを紛らわそうにも、ドブネズミ色をしてチョロチョロと動き回る信徒たちの姿を見れば、しょせん、破滅前の世界に住んでいた汚らわしき生き物と変わらない……そんな苦渋の思いが、日誌の最後のほうのページからにじんでくるようだ——

オーガスティンが長になったら（この鼠は行動も立派で、他からの信頼もあつい）、彼は、または彼が率いる議会は、この老神父のことを忘れずにいてくれるだろうか。いや、何も実入りのいい名誉職を用意しろだの、手厚い恩給を与えろだのというわけではない。いったい彼らは、心からの慈しみで報いてくれるであろうか。神への献身は天で報われるものであり、地上ではむしろ報われずにいるのが通例であるとはいえ、なにかしらの霊的な贖いが、我らが礎《いしずえ》を築ける〈ニュー・シティ〉で見いだされてもよいではないか——ここ、旧来の礎の下に我らが築ける信仰《アイオウナ》の基地で。しかし、たとえそれは叶わずとも、私は安らかに神の下へと発つであろう。そのことが、なによりの報酬であることは言を俟たない。私は典型的な老司祭であった。一生の殆ど

を、とくに頑強でもなければ裕福でもなく過ごした。おそらく

ここでぷつりと終わっている。日誌は今もヴァチカンの蔵書として厳重に保管され、その内容は、発見時に現物を手にしたニューヨーク市水道局の二、三の老職員の記憶の中に残っているだけだ。日誌が見つかったのは、煉瓦と石と棒きれを積み上げた塚の上だった。人の屍体を覆うに充分な大きさのある塚が、教区の最前線《フロンティア》付近の36インチ径の下水管の中に置かれていた。その隣には聖務日課書。教理問答と『船員の心得』は影も形もなくなっていた。

「たぶんこいつらは」と、日誌を読み終えたザイツァスの前任者マンフレッド・キャッツは言ったものだ。「沈んでいく船から脱出する方法を知りたがっていたんじゃないかね」

伝承の物語は、プロフェインの耳に届くまでに、日誌に記録されたテクストから逸脱した幻想風の物語に変質していた。ただし、二十余年にわたって口から口へ伝えられるどの時点でも、神父が正気であったという前提は崩されなかった。下水道ストーリーとはそういうものである。物語として存在するだけ。真実か幻想かの区別は受け付けない。

プロフェインは、フロンティアを越えて進むワニを追った。壁のところどころに、福音書から引用したラテン語のフレーズが走り書きされている。Agnus Dei, qui tollis peccata mundi, dona nobis pacem――神の子羊よ、世の罪を救いたもう主よ、我らに平安《ピース》を与えたまえ。かつて、ここに平安があった。大不況の時代、おのれを覆う空《そら》の重みに拉がれ、飢えた腹とぎょろつく目をしてストリートへ押し出されていった平安《ピース》が、ここに居場所を見いだしていたのだ。プロフェインの耳に届いたフェアリング神父の物語には、時の流れによってずいぶん歪《ひず》みが掛かっていたが、大づかみに

理解することはできた。きっと破門されたのだろう。こんな場所で布教していればそれが道理だ。スキャンダルはヴァチカンの秘密の部屋に隠蔽され、老神父はベッドをも兼ねる法衣という隠れ家にこもって、聖人の名を持つネズミたちの会衆を相手に説教を続けたのだ。ただひたすら、魂の安らぎのために。

光《ビーム》を振り上げ、壁に刻み込まれた古い文字を照らすと、十字架の形をした黒いシミが目に入った。プロフェインは恐怖のあまり鳥肌が立った。それまで意識していなかったが、あのマンホールの後、自分は完全に独りなのだ。前方にワニがいるといって、それが何の慰めになろう。そいつはもうじき撃たれて、他の亡霊に加わるだけだ。

彼の関心を最も強く引いたのは、ヴェロニカという、哀れな運命をたどったテレサ以外で唯一のメスネズミの話である。下水道の労働者とは世評どおりの連中で（「下水並みに下種な」というフレーズもあるくらい）、彼らが伝えたフェアリング伝説の「外伝」のひとつに、色香あふれるマグダラのマリアのごとく記述されるこのメスと神父様との間に生じた不道徳な関係を語るものがあった。プロフェインが聞き知った範囲では、ヴェロニカこそ、フェアリング神父が救うに値する魂の持ち主と見なした唯一のネズミであった。夜な夜な彼女は、夢魔サキュバスとしてではなく教えを求めるものとして神父を訪ね、キリストへの信仰へ導いてくれようとする師の熱い気持ちを形にしたもの——聖職のメダルや暗誦した新訳聖書の一節を、一囓りの免罪を、一個の贖罪を——どこやら自分の住処へ持ち帰ったのである。お宝として取っておくために。ヴェロニカはみんなの言う商売鼠《おんな》などではけっしてなかった。

私の些細な冗談が、大真面目な結果を生むことになるのか。鼠たちが堅固に信仰を確立し、聖者まで出るという展開になったとしたら、第一の候補は間違いなくヴェロニカであろう。審査の席で検事役の「悪魔の代弁人」をつとめるのは、イグナチウスの子孫か。

今晩やってきたときのV.は、すっかり平静を失っていた。またパウロと激論してきた様子だ。あの子には罪の重みが本当に辛いらしい。まるで白い巨大な動物が、自分を食べてしまおうと追い回しているかのように反応する。今夜は、サタンとその巧妙な誘いについて何時間も話し合った。

V.は修道女になりたいと云う。その気持ちを伝えられたとき、私は、現時点では彼女が所属できるような公式の女子修道会がないと云った。彼女は、他の女性鼠と相談してみると云った。みんなの関心が強ければ、私に行動をとるよう促すつもりであると。ということは、司教に嘆願状を書くことになるのか。困ったな、私のラテン語はひどいものだし……

神の子羊か、プロフェインは唸った。この神父さんは「神の子鼠」とは教えなかったのだろうか。日に三匹を犠牲にすることをどうやって正当化していたのだろう。オレのこと、〈アリゲーター・パトロール〉のことはどう思うだろう。プロフェインは銃の具合をたしかめた。この教区の通路は複雑に捻れていて、まるで初期教会の地下墓地《カタコンベ》のようだ。あえて発砲しても結果は出るまい。いや、そのせいだけだろうか、撃つ気にならないのは。

背中がズキズキした。疲労もたまってきた。あとどのくらい続くのだろう、一頭のワニをこんなに長く追うのは初めてだ。ちょっと立ち止まって、後ろのようすに耳を傾ける。鈍重な水音以外はなにも聞こえない。アンヘルは戻ってこないようだ。溜息をついて、河へ出る方角へとふたたび足を引きずって進む。ワニのほうは、下水の中でゴボゴボ泡を立て、低い声を発している。何かオレに言っているんだろうか、とプロフェインは思った。曲がりくねった下水路をなおも進む。この分じゃ、じきに妄想が始まりそうだ。このままぶっ倒れて、下水の流れに運ばれていくんじゃないかと。猥褻な写真、コーヒーの挽き滓、使用済みや未使用のコンドーム、人糞、そういうものと一緒にフラッシング・タンクを通ってイースト・リヴァーへ、そのまま潮流にのって、対岸のクイーンズのコンクリートの森へ。両壁にチョークで書き込まれた聖句が続くこんな場所でワニを追跡するだなんて、そもそもが間違いなんだ。ここは殺生の場か。違うだろう。ネズミの亡霊が自分を見つめているのが感じられた。視線を前方遠くに固定する。そうしていないと、フェアリング神父の墓所となった36インチ管を見てしまいそうで怖かった。神父が愛したヴェロニカのキーキー鳴く声が聞こえてきそうで、それを振り払うのに懸命だった。

突然、あまりにも突然だった。恐ろしいことに、目の前、角を折れたところから光がこぼれているのだ。雨の晩の街の灯ではない。もっと淡い、漂うような光。ワニが角を曲がる。プロフェインも続いた。手にした懐中電灯の光が点滅をはじめた。一瞬、ワニの姿を見失った。次の角を曲がると、そこは教会の身廊のような空間だった。頭上はアーチになっている。壁はボーッと燐光を発するばかりで、その造りはよく見えない。

「何《ホワッ》だよ」大声が出てしまった。河の潮が逆流したのか？　海水は暗闇で光ることがある。船の航跡にこんな落ち着かない光が現れるというなら、別に不思議でもない。しかし、これは……。ワニは身体を回してプロフェインと正対していた。くっきりとした、イージーな標的である。

彼は待った。何かが起こるのを。起こるとすれば、それは当然、この世ならざることだろう。彼の心は、ある懐かしい迷信深さに浸っていた。このワニは、当然、炎の舌の奇跡を演じるだろうし、フェアリング神父の身体は甦り、セクシーなV.ネズミがこっちを誘惑してワニ殺しから解放することになるだろう。プロフェインは自分の体が浮き上がるのを感じた。ここはどこだ。分からない。すでに自分は、地下の納骨所の中にいるのだろうか。

「なんちゅう無器用、なんちゅうシュレミールぶりだ」――燐光に向かってポツリ呟く。不慮の出来事ばかりにたかられる。まさに不運の男《シュリマッツェル》。この鉄砲もいずれ暴発するんだろう。ワニの心臓は打ち続けているのに自分の心臓が飛び散って、そのゼンマイも脱進機も、下水と薄気味悪い光の中で錆びゆくままに放置される……。

「おまえを逃がすことって、できるのかな?」 作業長のバングには、絶対確実な獲物を追っているという情報が伝わっている。彼のクリップボードにはもう記載済みだろう。おまけに、見ればここは通路の行き止まり。もう進めないと観念したワニが、尻を下ろして、ズドンと撃ち抜かれるのを待っている。

フィラデルフィアの独立記念館では、床を張り替えたとき、一フィート四方ほどのオリジナル材を観光客用に残した。「もしかしたら」とガイドが説明する、「ベンジャミン・フランクリンがそこに立っていたかもしれない。ジョージ・ワシントンもね」。中学二年の修学旅行でそう言われて、プロフェインはすごいと思った。その感覚が戻ってきた。この部屋で、ひとりの老人がネズミ相手に教理問答を教え、その生徒を煮て食べた。ネズミのアナルを犯し、V.という名のネズミを相手に尼僧ネズミの心得を論じ、「聖鼠」の誕生を思い描いた……どの伝説を信じるかで話が違ってくるとはいえ。

「すまん《アイム・ソーリー》」「すまん」というのは、プロフェインがしょっちゅう口にしてばかりいる十八番《おはこ》のセリフだ。連発銃を肩にあてがい、安全装置を外す。「すまん」——また口をついて出た。フェアリング神父はここでネズミと話した。自分はワニと話す。ズドン。ワニはガバリ持ち上がり、バク転し、しばしのたうって静かになった。血がアメーバ状に染み出し、水面の弱々しい光の紋様と混じって複雑なパターンを描いた。そのときプツリ、懐中電灯が切れた。

II

グーヴヌール(〝ルーニー〟)・ウィンサムは、ご愛用のグロテスクなエスプレッソ・マシンに腰を下ろして、火をつけた紐から出る煙を吸い、隣室の女に悪意のまなざしを投げかけている。ここはリヴァーサイド・ドライブ沿いの高層アパートの最上階。部屋の数が十三で、そのすべてに「初期同性愛風」ともいうべき装飾がほどこしてあり、今のようにドアを開け放っておくと、前世紀の作家らが好んで「通景《ヴィスタ》」と呼んだ趣《おもむき》そのままである。

妻のマフィアは、ベッドの上で猫のキバ《ファング》ちゃんと遊んでいる。一糸まとわぬ姿で、エア・パッドつきブラジャーをキバちゃんの爪の前で揺らして焦らせている。この猫は灰色《グレイ》のシャムで、心を病んでいた。「ピョーンしても届かない、届かない。ブラちゃんとお遊びできなくて、不機嫌ちゃんでしゅか？　もお！　かわいーんだからー」

うっへえ、とウィンサムは思った。オレ、インテリ女でないとダメだったのに。その成れの果てが、これかい。

燃やして煙を吸っているこの紐は、ブルーミングデール百貨店の高級品である。数ヶ月前、気まぐれな労働意欲に燃えてデパートの発送係の仕事をしていたカリズマが、店のものをせしめてきてくれたのだ。だがデパートの包装といえば、ロード＆テイラーで使っている紐の右に出るものはない。スコッチでいえばシーバス・リーガル、マリワナでいえばパナマの黒に相当する。その高級紐をヤミで売っている女店員がいるそうだ。いつかはアクセサリー売り場のハンドバッグコーナーに立ちたいと願っている細身の子。そのうち会ってみよう、とウィンサムは思った。

彼はアウトランディッシュ・レコード社の重役として、『ハイファイで聴くフォルクスワーゲン』『レベンワース刑務所グリークラブ　懐かしのメロディを歌う』等のレコードを出している。珍妙なサウンドを求めて歩き回るのが彼の仕事だった。ペン・ステーションの婦人用トイレに、生理用ナプキンの自販機に見せかけたテープレコーダーを仕掛けたこともある。ジーパンと付け髭でビート族に変装してワシントン・スクウェアの噴水に潜み、マイクを構えたこともある。ハーレムの125丁目の売春宿から放り出されたことも、メジャーリーグの開幕日にヤンキー・スタジアムのブルペンに忍び込んだこともある。神出鬼没の仕事ぶり。なかでもヤバかったのは、ウィンサムが長年温めてきた最大の夢を打ち砕くべく、フル武装したＣＩＡ係官ふたりがオフィスに急襲をかけたときだ。その夢とは、チャイコフスキーの序曲『一八一二年』のバージョン乱立にケリをつける、決定的最終バージョンを発売すること。鐘、管楽器、弦楽器の代わりに一体何を使う計画だったかは、神（とウィンサム）のみぞ知る。ＣＩＡが反応したのはそれではなく、クライマックスで入る大砲の音に関することだった。ウィンサムが空軍の戦略部隊の高官と接触していたという情報を得たのである。

「なぜだ」グレイのスーツを着たＣＩＡエージェントが言う。

「当然でしょう」ウィンサムが言う。

「わからん」ブルーのスーツを着たＣＩＡエージェントが言う。

ウィンサムが説明をはじめた。

「なんということを……」二人の顔がそろって青ざめた。

「モスクワにぶっぱなしたのと、きっちり同じものが必要なんです」ルーニーが言った。「歴史的考証の正確さが、わが社の売りですから」

猫が神経を逆なでするような金切り声を立てる。隣室の一つから、緑色をしたハドソンズ・ベイ社の大型毛布をかぶったカリズマが這ってきた。「グッ・モーニング」毛布の中からくぐもった声。

「ちがうよ」とウィンサム。「当てずっぽうで言うな。まだ真夜中だ、妻のマフィアが猫と遊んでいる。行ってみてごらん、拝観料は次回からでいいから」

「フウはどこ?」毛布の中から質問がきた。

「派手に遊んでるんじゃないのかい、ダウンタウンあたりで」

「ルーン」女の声が耳をつんざいた。「見にきてよ、キバちゃんがすごいの。仰向けになって、足がぜんぶ浮いてて。この表情、まさに死の笑い《デス・グリン》だわ」

ウィンサムは応えなかった。こんもりした緑の毛布が、エスプレッソ・マシンを越えて進み、マフィアの部屋へ入っていった。ベッドを過ぎるところで毛布はいったんストップし、中から伸びてきた一本の手が、マフィアの腿をペチャリと叩いた。そしてまた動き出し、バスルームへ入っていった。

ふむ、ウィンサムは考えた。エスキモーの男は、客人を迎えると、宿と食事に加えて自分の妻を差し出すことを善きもてなしと考える。はてカリズマは、隣室でマフィアをお楽しみになっているのかな。

「マクルック」彼は言った。エスキモー語を話しているつもりだった。まあ、違っていてもしかたない。他にエスキモー語は知らなかったのだし、どのみち誰も聞いていないのだ。

猫が宙をすっ飛んで、エスプレッソ・マシンの部屋へ着地した。妻はペニョワール、キモノ、ハウスコート、ネグリジェのうちのいずれかに腕を通している。それらの違いについては定期的に説明を受けてはいるが、ウィンサムはいまだに区別がつかない。理解できたのは、どれもみな脱がすべきものだということだけ。「ちょっと仕事するわね」マフィアが言った。

彼女は女流作家である。今までに三冊出ている小説は、どれも一千ページの長さがある。大勢の忠実な女性購読者がそれに群れるさまは、信頼する生理用ナプキンを思わせるものがあった。信心会というのかファン・クラブというのか、女性たちが集まって彼女の小説の一節を読み、彼女の「理論」について議論する光景も見られた。

わざわざ離婚するまでもない二人だが、もし本当に離婚したとなると、原因はきっとその「理論」に求められるだろう。厄介なことに、マフィア本人もフォロワーたちに劣らずその理論を信奉しているのだった。理論といっても、実はマフィアの側の個人的願望というほうが近い。命題は一つ──世界は崩壊しつつあり、それを救うのは〝英雄的愛《ヒロイック・ラヴ》〟だけだというものである。

〝ヒロイック〟な愛の内実は、アスレチックな、またはレスリングのホールドのように加虐趣味的な体位を駆使して一晩に五、六回の性交を毎晩行うということであった。ウィンサムは一度だけ怒りをぶちまけたことがあって、そのとき叫んだ言葉が、「きみは結婚生活をトランポリン競技に変える気か！」だった。ところがマフィアは、いい台詞をいただいたとばかり、それをそのまま次作で使った。それもシュワルツという、作中もっとも軽蔑すべき弱々しいユダヤ系の精神病質者に言わせたのである。

小説を彩る登場人物はみな、あからさまな人種的偏見にそって造形されていた。好感を持って描かれる、神々しい、疲れ知らずのセックス競技のヒーローとヒロインは（ヘロインもお仲間かな、とウィンサムは思う）どれもみな長身で剛健、「白」人とは名ばかりに一面こんがり日焼けしたアングロサクソン、チュートン、スカンジナビア系の人間である。道化役および悪役はきまって黒人、ユダヤ人、南欧からの移民だ。ノース・カロライナ州出身の南部人ウィンサムは、妻の北部人《ヤンキー》的で都会人的な黒人蔑視のありかたに憤りを感じていた。結婚前のつきあいでは、マフィアの黒人ネタ・ジョークのレパートリーの広さに感心したものだが、結婚後、彼女の胸のふくらみが実は「エアー・ブラ」であったという発見にも匹敵する恐ろしい真実を知ったのである。この女には黒人に対する南部の感情というものがまったく分かっていなかった。「ニガー」という単語が、憎悪の言葉だと思っている。まあ、何につけ、削岩ハンマーのような感情を振り回すしかない精神に、そんな細やかなことを言っても理解するのは無理だろう。動転したウィンサムは、南部人の心情を伝えることはしなかった。それは好きとか嫌いとかいう問題ではなく、昔から受け継がれてきたもの、人がその中に生まれ落ちる現実なのだ。だが、どうにもしようのないことだ。何であれ、放っておくしかなかった。

妻の信奉する愛のヒロイズムが、結局は単位時間当たりの回数の問題なのだとすれば、ウィンサム自身は、彼女が求める二極世界の「男」の側にいないことはあきらかである。五年にわたる結婚生活の中で、彼はいつも気づかされてきた。妻も自分も、それぞれに自足した全体であって、両者間の融合は起こりえないと。ふたりの感情が触れ合ってならないのは、ふたりの液をコンドームやペッサリーで隔絶していなくてはならないのと同じだと。

ウィンサムが育ったところでは『ザ・ファミリー・サークル』誌に代表される白人プロテスタントの結婚観が支配的で、「子供が結婚を神聖にする」のだと、繰り返し聞かされていた。マフィアも当初は子供をつくることに異様に燃えていた。一連のスーパーチルドレンを得て、新たな人種を打ち立てる計画があったのかもしれない。なにかの具合で、ウィンサムが遺伝的・優生学的に理想の相手に見えたのだろうか。しかし何事も計算高い彼女は、子づくりを待った。結婚一年目はヒロイックな愛の行為にともなう避妊のケアで明け暮れた。だが関係自体が崩れ出すと、遺伝子融合の相手としてウィンサムを選んだことへの悔いも強まる。なぜまだ妻は自分と一緒にいるのか、ウィンサムには不思議だった。文学的名声というやつに傷をつけないためか。それとも、自己宣伝の切り札として離婚を使うタイミングを計っているのか。法廷ではきっと、亭主がどれほどの不能であったか、人々が信じうる限界まで言い立てるのだろう。タブロイド新聞はもちろん、たぶん『コンフィデンシャル』誌までもが、自分が宦官《タマナシ》であると全米に向けて書き立てるのだ。

ニューヨーク州で離婚が成立するには、根拠として姦通が必要である。機先を制することをぼんやり夢見るウィンサムは、通常の女好きの範囲を超える下心を、レイチェルの同居人パオラに向けていた。この子は美人で情が深く、不幸な目に遭わされている。聞くところでは、パピー・ホッドという合衆国海軍甲板三等兵曹《BM3》と別居中とのことだ。しかし、だからといってウィンサムに好意を寄せるとは限らない。

カリズマはシャワー室でパチャパチャ音を立てている。今も毛布をかぶったままなのだろうか。この男、毛布の中を棲息の場とする生き物みたいな気がしてならなかった。

「ねえ」マフィアが書き物机から呼んでいる。「誰か、プロメテウスのスペル知らない？」ウィンサムが「プロフィラクティック（避妊ゴム）とよく似たスペルだ」と応えようとしたところで電話が鳴った。腰掛けていたエスプレッソ・マシンからピョンと下りて、受話器まで駆けていく。マフィアはまともな英語が綴れない。編集者に知られても知ったことか。

「ルーニー、わたしのルームメイト、見かけた？」見かけていなかった。

「じゃ、ステンシルは？」

「今週は一度も来てないな。手掛かりを追っているってよ。まったく謎めいた、ダシール・ハメットみたいなやつだ」

レイチェルは動転しているようだった。電話口の息づかいから、それが窺える。「ふたり一緒にいるってこと、あるかしらね」ウィンサムは両手を広げて肩をすくめた。受話器を肩と首のあいだにはさんで。「あの子、ゆうべ帰ってこなかったのよ」

「ステンシルの行状はまったくわからんが、カリズマに聞いてみよう」

カリズマは毛布を被ったまま洗面台の鏡の前に立ち、自分の歯を観察していた。「アイゲンヴァリュー、アイゲンヴァリュー」とブックサ言っている。「根管治療なら、オレのほうがマシな仕事ができそうだぜ。ウィンサムのやつ、いったいいくら払ってるんだ」

「ステンシルはどこだ」ウィンサムが言った。

「きのうメモをよこした。一八九八年ころの戦闘帽をかぶったヘンな風来坊が持ってきたんだ。なんでも、下水道で手掛かりを追っているらしい。帰還の時期は不明だと」

「あなた、猫背はだめよ」吸っている紐の煙をポッポと吐き出しながら電話に向かうウィンサムに、妻が言った。「背筋はいつも伸ばしておくのよ」

「アイ……ゲン……ヴァリュー」カリズマが呻いた。バスルームでは、声にエコーがかかる。

「何ですって?」レイチェルが言った。

「われわれはね、誰もアイツのやってることに口出ししないの。下水道網をうろつきたいというのなら、誰も止めない。パオラが一緒だということはないと思うよ」

「パオラはね、とても病《ヤ》ンデルの」レイチェルは怒りを覚えながら電話を切った。ウィンサムに腹を立てたわけではない。そして振り向くと、レイチェルの白の革製レインコートを着てエスターがこっそり外出しようとしているところだった。

「借りていくときはちゃんと断ってよね」レイチェルが言った。エスターは、人のものを失敬しては、バレると子猫みたいにニャーニャー甘えるのだ。

「こんな時間にどこに行くの」レイチェルが質問した。

「え、外よ」と、逃げの答え。もしエスターが勇気のある子だったら、あなた何様のつもりよ、いちいち行き先を言わなくちゃいけないの、と言うだろう。するとレイチェルは、自分こそ誰に千ドル以上も借金してると思ってるのよ、文句ある？　と答えるだろう。すると今度はエスターがヒステリー調子で、そう、そうですか、そういうことなら、わたし出てくわ、借りたお金は売春でもなんでもやって送りつけてやる、と言うだろう。そしてレイチェルは、相手が床を踏み鳴らして戸口まで進むのを待って、去り際の瞬間にこのセリフを決めるのだ——一文無しになるといいわ。でもお金は返してもらうわよ。出てって、破滅しなさい。ドアが叩きつけられるように閉まり、ハイヒールの怒りの靴音が響き、エレベーターのドアがシュルシュル、ドンと閉まって、晴れてエスターはいなくなる。そして、翌日の新聞にこんな記事が載るのだ——エスター・ハーヴィッツ（二二）、ニューヨーク市立大学を優等で卒業した女性が、橋から（陸橋？　それともビルの屋上？）飛び降り自殺。それを読んで、レイチェルはショックのあまり涙も出ない状態となる。

「え、私がそんな！」大きな声が出てしまった。エスターはもうアパートの外。フロイト流のウィーン訛りでレイチェルは続けた。「そういうものを、われわれは抑圧された敵意と呼ぶのである。あなたは心の底で、ルームメイトを殺害したいと望んでいるのです」

誰かがドアを叩く。開けるとそこにフウと、もうひとり、USネイビーの甲板三等兵曹の制服を着たネアンデルタール人が立っていた。

「こちら、ピッグ・ボーディーン」フウが言った。

「世間は狭いねえ」ピッグ・ボーディーンが言った。「オレ、パピー・ホッドの女を探してるのさ」

「あら、あたしもよ」レイチェルが言った。「でもあなた、なに？　パピーのためにキューピッドやってらっしゃるの？　パオラはもう会いたくないって言ってるのよ」

ピッグは机の上のランプを狙って白帽を放り上げた。輪投げ成功。「冷蔵庫にビールあるかい？」

ニコニコ顔のフウが言った。ヤンデルノとその連れが、こうしていきなり押しかけてくることにはもう慣れっこである。「ドゾーラ」とレイチェルは言った。「ドーゾ、オラクニ」のヤンデルネン風省略形だ。

「パピーはいま、チッチュにいるんだぜ」カウチに寝そべってピッグが言った。身長が低いので足がぶらぶらはみ出たりはしないが、毛むくじゃらの腕が一本、床にドスンと落ちた。ラグが敷いてなければもっと乾いた音がしただろう、とレイチェルは思う。「オレたち、艦《ふね》が一緒なもんで」

「じゃあなんであなたも一緒に、そのチッチュってところにいないの」地中海のことを指しているのはわかっていたが、付き合ってやる気分ではなかった。「サボッてんだ。AWOLってやつよ」ピッグが目を閉じているところに、フウがビールを運んできた。「こりゃまたいい香りだねえ。バランタインだろ」

「ピッグってやつは、すばらしく鼻が効くのさ」フウが、栓を抜いたバランタインのクォート瓶をピッグに握らせた。握ったその手は、下垂体のトラブルで肥大したアナグマの手のようである。

「いつもブランドを正確に言い当てる」

「この人と、どこで知り合ったの」レイチェルは床に腰を下ろした。ピッグの目は相変わらず閉じたままだ。口の脇からこぼれたビールが、毛の生い茂る耳の洞窟に水溜まりを形成してから、ソファにしみ込む。

「たまには〈スプーン〉にも顔を出しなよ」フウが言った。〈スプーン〉とは、グリニッジ・ヴィレッジの西端にある〈ラスティ・スプーン〉のことである。一九二〇年代当時、名声を誇った無頼詩人のひとりが泥酔死したという伝説のバーだ。以来、ヤンデルノ風の連中のあいだで評判が高い。

「ピッグは店の名士だぜ」

「でしょうね。どんなビールも嗅ぎ分けられる才能があるんですもの、あそこじゃモテモテでしょ」

口にさしこまれたまま奇跡的にバランスを保っていたボトルを引き抜いて、ピッグが言った。

「ゲボッ、ウーッ」

レイチェルはにこやかに——「おともだちにミュージックはいかがかしら」手を伸ばしてＦＭのスイッチを入れる。大音量で鳴りだしたチューナーのダイヤルをくるくる捻ると、カントリーの専門局に行き着いた。むせび泣くフィドルの調べ、ギターとバンジョーと嘆きのボーカル。

ゆうべスピード・レースをしたんだ
相手はハイウェイ・パトロール
そのポンティアックにゃガッツがあって
おいら、電柱に激突さ
あの娘《こ》がしゃがんで泣いている
ダーリン、オレは天国だから
涙をふいて、元気を出して
親父のポンコツ・フォードに乗って
警察《サツ》の車に挑んでくれ
そうすりゃおまえも昇天できる
昇っておいで、はやく、はやく

ピッグの右足が音楽とゆるくシンクロしながら動き出し、ビール瓶がうまくバランスをとって乗っている腹も、じきに同じリズムで上下運動をはじめた。フウが困ったような顔をしてレイチェルを見つめる。

「オレ、生きてる気がしねえんだ」そりゃそうでしょ、とレイチェルは思ったが、ピッグのセリフには後があった。「こういうクソを蹴っとばすみてえな根性ある歌がねえとさ」

「あらー」レイチェルは大声を出した。この話題に乗りたいわけではないのだが、なにぶんにも詮索好きな性分の悲しさ、つんと無視することができない。「あなたもパピー・ホッドと陸《おか》に上がるたびに、ずいぶんクソを蹴っとばして回ったんでしょう」

「海兵隊《ジャーヘッド》のヤツらなら蹴っとばしてやったさ。ま、クソって言やあ、アイツらもクソだわな。パオラちゃんはどこだって言った?」

「言ってないわよ。あなた、あの子への関心は純粋にプラトニックなものなんでしょうね」

「はあん?」とピッグ。

「やらない、ってこと」フウが解説した。

「オレがやったるのは、士官だけよ。いつも泡をふかしてやってるぜ。オレにだって仁義はあるさ。あの子に会いたいってのは、船出前にパピーに言われたからだ。ニューヨークに行ったら捜してみてくれって」

「どこにいるか分からないのよ」レイチェルが声を張り上げ、「わたしも知りたいの」と、静かに付け加えた。FM局から、朝鮮の戦線に出た悲しきGIの嘆き節が流れてくる——レッド・ホワイト&ブルーのために戦っているうち、恋人のベリンダ・スー（嘆き《ブルー》と韻を踏む名前だ）が、精力剤を売り歩くセールスマンと駆け落ちしてしまったという歌詞だ。突然ピッグが首を回し、目を開いて「人間はみなアイデンティティを偽装しているとサルトルは言うが、どう思うね」と聞いてきた。

レイチェルは驚かなかった。ピッグだって〈スプーン〉の出入り客であることに変わりはないのだ。それからの一時間、二人の会話は固有名詞だらけとなった。ボリューム全開のカントリー局はいよいよ快調。レイチェルもビールのクォート瓶を開け、部屋の空気はじきにうちとけたものになった。フウも調子にのってきて、無尽蔵のレパートリーからチャイニーズ・ジョークを一席披露する——

「琵琶《ピパ》を手に持ち吟遊をする林《リン》が、大物の老官吏にうまく取り入って信用を得た。だがある晩、千元の金貨と、天下に二つとなき翡翠の獅子像を盗んで行方をくらませおった。騙されたお役人、ショックのあまり一晩で髪の毛が真っ白になったが、それからというもの、来る日も来る日もただほこりの積もる床に座っておった。そして、けだるくピパをかきならしては『げに不可解なる旅芸人』と唸るばかりであったとな」

一時半に電話が鳴った。ステンシルからだった。

「ステンシルはたった今、銃撃された」

とんだ探偵ごっこだこと。「大丈夫？　どこにいるの？」　住所が述べられる。イーストサイド80番台のストリート。「座って待ってなさいね。迎えに行きますから」

「ステンシルは座れない」という声とともに電話が切れた。

「一緒にいらっしゃいよ」コートを引っかけながら、レイチェルが言った。「手に汗握る、本物のサスペンスよ。ステンシルがね、手掛かりを追っていって負傷したんですって」

フウが口笛を鳴らして笑った。「手掛かりの逆襲か？」

ステンシルの電話はヨーク・アヴェニューにあるハンガリー風コーヒー店から。〈ハンガリアン・コーヒー・ショップ〉の名で通っている店だ。時間が時間なので、客は老婦人がふたりと、勤務を終えた警官がひとりだけだった。ペイストリー・カウンターの向こうには、トマトの頰をしたニコヤカな女性。育ち盛りの貧しい子にはおまけをつけ、浮浪の民には母性的な愛情から無料のコーヒーを注ぎ足してあげそうなタイプだったが、ここは金持ち階級の一画である。たまに迷い込んできたルンペンも、その空気を感じると、そそくさと出て行ってしまうのだ。

ステンシルは、かっこ悪いだけでなく、身の安全からしてもだいぶヤバい状況にあった。最初の銃撃で、散弾がいくつか返り玉になって左の尻に当たったのだ（二回目は、すばやく下水に身を浸して逃れたが）。椅子に腰掛けるのが実につらい。防水スーツと潜水マスクはイースト・リヴァー沿いの遊歩道の橋脚台のところに隠して、水銀灯の灯りと水溜まりの鏡をたよりに頭髪に櫛を入れ、衣服の乱れを直しはしたが、それでもまともな恰好に見えるかどうか。ここにおまわりが来ているということは、怪しく見える証拠ではないか。

電話ボックスを離れたステンシルは、顔をしかめぬよう注意しながら、カウンターのスツールの座面にゆっくり右の尻を滑り込ませた。動きのぎこちなさは年のせいだと思ってもらえるとありがたい。コーヒーを注文し、タバコを出してマッチに火をつけた。手は震えていないようだ。炎はきれいな円錐形を作り、微動だにしない。ステンシル、おまえはクールガイだな。だが、敵はどうやっておまえの情報をつかんだんだろう。

そこが一番不安なところだった。ザイツァスと出会ったのは偶然である。レイチェルの家に向かう途中、コロンバス・アヴェニューを横切る途中でふと見ると、数人の作業員が向こう側の鋪道にぼさっと並んで、ザイツァスの演説を聞かされていた。人間が組織される姿というのは、いつもステンシルの気を惹いた。特にそれが日雇いだと、どこか革命的な雰囲気がある。

ステンシルは通りを横断した。集団がばらけて散っていくのを立ったまま眺めていたザイツァスが振り向くと、そこにステンシルがいた。朝日の直射のまぶしさにはザイツァスの色つきレンズもかなわず、はっきり見えなかった。「遅いぞー」ザイツァスが声をかける。そりゃそうかも、とステンシルは思った。何年も前に来るべきだった。「作業長のバングに会ってこい。あそこのチェックのシャツを着た男だ」ステンシルは、ああそうかと合点した。三日間、髭を剃っていなかったし、同じ服を着たまま寝起きしていたのだ。しかし、こいつは面白いかもしれない。体制転覆の匂いがすればどんなものにも惹きつけられるステンシルは、父譲りの外交官スマイルを浮かべてザイツァスに近寄っていった。「仕事は間に合ってますがね」

「イギリス人か」ザイツァスが言った。「前に雇ったイギリス人は、ワニと格闘して絞め殺したぞ。イギリス人てのは好きだな。一日やってみたらどうだ」

当然ながらステンシルは「何を」やるのかたずねた。契約成立。ふたりはザイツァスの職場に――正体のよくわからない統計班と相部屋である――戻り、下水道の話をした。パリ関係の資料ファイルのどこかに、むかしサン・ミシェル通りの地下の下水本管を管轄していた主税官への聞き取り結果が入っていたはず。その男は相当な年でありながら明晰な記憶力の持ち主で、第一次大戦の直前の時期に、隔週水曜の巡回をしていた折りV.らしき女を目撃したと話していた。下水道には、なにかしらV.とのつながりがある。ならばこの仕事は受けて損はなかろうとステンシルは思った。そこで、ザイツァスとランチを食べる。雨のそぼ降る昼下がり、会話は下水道伝説に及ぶ。時々、居合わせた老人たちが話に加わって、自分の知っている話を混ぜこんでいく。一時間後、ある神父の情婦のことに話が及んだ。尼僧になりたがったこの女は、名をヴェロニカといい、神父の日誌にはイニシャルのV.で記されているという。

しわくちゃスーツと無精髭でも魅力と説得力を失わないステンシルは、興奮を抑えてしゃべり続け、巧みに話をつけて下水道へ下りていったという次第。そこで、待ち伏せされたように銃弾をくらったわけだ。さて、ここからどう動くべきか。フェアリング神父の教区に関して、探りたいことは探り尽くしていた。

コーヒー二杯ぶん粘っていると警官は去ってゆき、その五分後、レイチェルとフウとピッグ・ボーディーンが入ってきて、ステンシルを含む四人が、フウのプリマスに乗り込む。フウは〈スプーン〉に行こうと言い、ピッグ・ボーディーンがオーと応え、レイチェルはありがたいことに、がみがみ怒り出したり質問を浴びせたりはしなかった。アパートの二ブロック手前でふたりを降ろすと、フウは急発進でイースト・リヴァー・ドライブの彼方に消えていった。雨はまた降り出していた。帰り道、レイチェルがステンシルにかけた言葉は一つだけ。「お尻、痛むんでしょうね」長い睫毛を通し、小さな少女の笑みとともにこのセリフが出てきたもので、ステンシルは、自分は愚痴こぼし屋の年寄りと思われているのかと十秒ほどは落ち込んだ。

第六章

プロフェインが路上の暮らしに戻るの巻 V

I

木偶《シュレミール》の不器男であるプロフェインにとって「女」はいつも偶発事故《アクシデント》のようなものだった。靴紐が切れる、皿が落ちる、ピンがついたまま新しいシャツを着てしまう、そんな感じで、女という出来事が「身に降りかかる」。フィーナも例外ではなかった。当初プロフェインは、肉体から分離《ディスエンボディ》された自分が実体的ないたわりの対象にされているような気がした。つまり無数の傷ついた小動物や、神に見放されて死を待つ路上のホームレスと同じで、フィーナが神の恩寵と赦しを得るための手段に、自分がなっているのではないかと。

だがその考えは、例によって、間違いだった。間違いだと気づいた最初は、プロフェイン初の八時間アリゲーター・ハンティングを貫徹した夜明けに、それを祝してアンヘルとヘロニモがやってくれた、しけたパーティでのことだった。三人が夜勤を終えて朝五時にメンドーサ家に戻ったところ、「スーツ着ろよ」とアンヘルが言う。

「持ってないよ」とプロフェイン。

アンヘルのスーツが渡された。小さすぎて滑稽な感じがする。「オレ、寝たいだけなんだけど。マジ眠いんだ」

「昼間寝ろ」ヘロニモが言った。「スケ漁《コニョ》りに出るってのに、眠いなんていうやつがあるかい」

フィーナが入ってきた。ぬくぬくとして眠たそうな目をしているが、パーティと聞いてついて行きたいと言う。朝の八時から四時半まで秘書の仕事をしているが、明日は生理休暇だからいいのだと。アンヘルは困った。連れていけば、妹をスケの仲間に入れることになる。だったらドロレスとピラーを呼び出せよ、とヘロニモが持ちかけた。友達であるこのふたりは「ガール」であって「スケ」ではない。アンヘルの顔が輝いた。

その六人が最初に入ったのは、ハーレムは125丁目近くの深夜営業バー。フランス産ワイン「ガロ」の氷割りで祝宴が始まる。店の隅では、リズムセクションにビブラフォンというミニ・コンボが、しみったれた演奏をしていた。演奏しているのはみなアンヘル、フィーナ、ヘロニモが行った学校の卒業生で、休憩タイムになるとやってきて一緒のテーブルでワイワイやる。みんな酔っているから、氷をぶつけあったりもする。会話がスペイン語なので、プロフェインは子供のころ近所で聞いたイタリアン・イングリッシュで応じた。言うことの一割ほどしか通じなかったが、だれも気にしない。所詮、プロフェインはパーティの主賓《だし》にすぎないのだ。

やがて、眠そうだったフィーナの目がワインのせいで輝いてきた。しゃべる時間が減り、それに応じて、ニッコリこちらを見つめる時間が増えた。プロフェインは落ち着かなくなった。ビブラフォンのデルガードは、明日が結婚式なのに、今になって取りやめを考えているという。さっそく激論が起こった。結婚は良い、いや悪い、みんなが意味もなく叫び合っているさなかに、フィーナの体が前に傾き、おでことおでこが触れた。「ベニート」自分の名前がスペイン語でささやかれる。息は軽く、ワインの酸っぱさを漂わせていた。

「ホセフィーネ」愛想よくうなずくが、頭痛がした。次の演奏が始まってヘロニモがその腕をとり踊りに行くまでフィーナの頭はプロフェインにくっついたままだった。ニコニコ顔の太ったドロレスがプロフェインを踊りに誘った。「ノン・ポッソ・バッラーレ」イタリア調で踊れないと言うと、「ノ・プエド・バイラール」とドロレスはスペイン語で言い直し、腕を引っぱって彼を立たせた。世界を生命なき物たちの音が満たした。死んで角質化した手のマメが、死体から剝いだ山羊革のボンゴを叩き、フェルトが真鍮を打ち、二本のドラム・スティックがぶつかりあう。もちろん彼は踊れなかった。靴がブカブカで歩くにもヨロヨロだ。ドロレスは部屋の向こう側まで踊り進んでいって、気づいてもくれない。突然戸口で騒ぎが始まった。プレイボーイ団のジャケットを着たティーンエイジャーが乱入してきたのだ。バンドはけたたましく演奏しつづけた。プロフェインはヘロニモの黒いローファーを脱ぎ捨て、ソックス足で懸命に踊ることに集中した。やがて目の前にドロレスが戻ってきた。五秒後、彼女のスパイクヒールが足の甲を思い切り踏みつける。プロフェインには叫ぶ元気もなく、足を引きずって隅のテーブルまで行くと、その下に潜って眠ってしまった。意識が戻ったとき、目に日光が射していた。みんな彼を、棺のようにかついで、アムステルダム・アヴェニューを行く途中――口々に「ミエルダ《うんこ》、ミエルダ、ミエルダ」と歌いながら。

バーをいくつ回ったのか、もうわからない。プロフェインはへろへろだった。どこかの電話ボックスの中で、フィーナとふたり、愛を論じた記憶があって、これは最悪だった。何を言ったのか、思い出せない。次に意識が戻ったのは日没時のユニオン・スクウェア。強烈な悪酔いで視界がクラクラした。何やらヒンヤリする上掛けがかかっていると思ったら、ハゲタカのような顔つきの鳩たちだった。そのとき思い出せたのは、不愉快な出来事ひとつだけ。二番街のどこかのバーの便器を解体したパーツを、アンヘルとヘロニモがコートに抱えて歩いていたところを警官が近づいてきて始まったやりとりのことである。

続く数日間、プロフェインの一日にある逆転が生じる。シュレミールというものは、そもそもそういうものなのか。勤務時間が苦痛からの解放となり、フィーナと顔を合わせる可能性のある時間は、過酷な無給労働のように感じられた。

電話ボックスの中で自分は何を言ったのだろう？　仕事のシフトが昼だろうと夜だろうと半夜勤だろうと、それが終わると必ず彼を待っているのがこの疑問だった。まるで、マンホールの蓋を開けて外に出るとそこに邪悪な霧が渦巻いているかのようだ。マンハッタンの広域を泥酔して動き回った二月のあの日のほとんどすべてがまっしろだった。フィーナとのあいだには、なにか一緒に寝たかのようなバツの悪さが生まれていた。

「ベニート」ある晩彼女が言った。「なんであたしたち、話をしないの」

「ホワッ」プロフェインはテレビでランドルフ・スコットの映画を見ている。「してるじゃないか。話しかけてるよ」

「うん、そのドレスいいね、コーヒーはどうだい、今日またワニをしとめたよ……って。あたしの言ってること分かるでしょ？」

それは分かった。目の前のチラチラの画面には、ランドルフ・スコットがいる。こいつはクールだ。動じない。無駄口はひとつもたたかず、いざ喋らなくてはならないときになると、的確な言葉だけを喋り、その場のデマカセやムダ口はいっさい吐かない。それにひきかえ、プロフェインのほうは、ひとつ言葉を間違えるたびに、ホームレスの路上暮らしを意識しなくてはならない状況でありながら、持ち合わせているボキャブラリーは、言ったらまずい言葉ばかりなのだ。

「映画とか、行きましょうよ」

「これねえ」彼は応える。「いい映画だぜ。ランドルフ・スコットが連邦保安官でさ、あのシェリフ、ほらいま出てきたの、こいつが悪漢どもに買収されていて、丘の上に住んでいる未亡人と一日中、七並べをやってるんだ」

フィーナはまもなく出て行った。悲しそうに口元をとがらせて。

どうしてだ。どうしてあの子は自分のことを人間のように扱うんだ。ただの慈善の対象として扱ってくれればいいのに、どうしてプッシュしてくるんだ。いったい何が欲しい？――というのも、馬鹿げた疑問だった。このホセフィーネってのは、じっとしてられないたちの女なのだ。温かくて滑りがよくて、飛行機の中でもどこでも我慢できずにイッてしまう。

だが、実のところが気になって、アンヘルに聞いてみた。

「オレにはわからんよ」とアンヘル。「あいつ自身の問題さ。勤め先の男はみんな嫌いなんだと。みんなホモなんだとよ。ボスのウィンサムってのは違うらしいけど、結婚してるから対象外だ」

「フィーナ自身は何になりたいの」プロフェインが言った。「キャリア・ガール？　お母さんはどう思ってんの」

「おふくろに言わせりゃ、みんな結婚すべきってことになる。オレもフィーナもヘロニモもさ。きっとオマエも、早く身を固めなさいって説教されるぜ。フィーナはだれにも関心がない。オマエも、ヘロニモも、プレイボーイ団の連中も。あいつが何を望んでるか、だれにも分からんさ」

「プレイボーイ団?」プロフェインが言った。「ホワッ」

そのときまで知らなかったが、フィーナはこの少年ギャング団の精神的指導者、ないしはボーイスカウトにおけるデン・マザー的存在なのだった。学校でジャンヌ・ダルクのことを習ったが、かの聖女も、臆病者の集まりだった軍隊にカツを入れたわけで、状況はプレイボーイ団の場合と変わらない、とアンヘルは説明した。

体のほうの慰安も与えているのか、とは、さすがに聞けなかった。聞く必要もなかった。こちらのほうも慈善の仕事であることは明白だった。女とは――と、女のことにまったく無知なプロフェインは思う――どのみち兵隊になびくものなんであって、軍の「花」として兵士を慰安する代わりに、フィーナはガキッチョ軍団のマザー役を引き受けているのだ。それなら軍に従うのじゃなく、軍を率いることができるから。で、プレイボーイ団には何人いるんだろう。そんなのはわからん、とアンヘルが応える。何百人もいるんだろうよ。みんなフィーナに夢中だ、精神的な意味でな。慕われている見返りに、フィーナは慈善と慰安だけを与える。悪くない取り決めだろ、もともと恩寵《グレイス》が体にみなぎってるんだから。

プレイボーイ団は妙に沈滞した連中だった。みんな移民の、いわば傭兵で、たいていはフィーナと同じ地区に住んでいたが、他のギャングとは違って本拠地というものを持っていない。ニューヨーク全体に広がって、地理的・文化的な共通項がないせいで、ひと騒動たくらんでいるどの軍団とも組んで、ストリート・ファイトの武器と腕っぷしを提供する。市当局の青少年課は、実数を把握しようともしない。どこにでもいるのだ。といっても、アンヘルが言ったように、実は臆病《チキン》なのであるから、味方につけて得になるのは、主に心理的な効果であった。彼らの創り出す不吉さのイメージは、手が込んでいた。真っ黒なビロード地のジャケットの背中に、血のしたたるような小さな文字で、族の名が綴られている。みな青白い顔で、夜の彼方の世界のように魂が欠けていた（実際、夜の彼方に住んでいるのかと思わせた。通りの向こう側に急に姿を見せたかと思うとしばらく君を尾《つ》けて歩き、また一瞬のうちに、まるで見えないカーテンの向こうに入ってしまったかのように姿をくらませてしまうのだ）。みなネコ科の動物の足取りを装い、飢えた目つきと、野獣のような口をしていた。

　プロフェインが、彼らと最初に、きちんとした出会いをしたのは、三月十五日の祭りの日のこと。ダウンタウンのリトル・イタリー地区では「サン・エルコール・デイ・リノチェロンティ」の祭りが開かれ、その晩のマルベリー通りは、光の渦巻きとなって通りをまたぐ電球、その空高くそびえるアーチが地平線の彼方までくっきりと（そう、風のない晩だった）続いていた。その下では、急造された屋台のなかで、コイン投げ、ビンゴ、おもちゃのアヒル釣りで景品がもらえるゲームが進行中。揚げパン《ゼッポレ》とビールとソーセージとパプリカをはさんだドッグを売っている屋台が、何歩か進むと必ずあった。屋外ステージが二つ、一つは通りの南端、もう一つが中程にあって、流行歌とオペラの歌声が、冷気のたちこめる夜に、大きすぎず、ちょうど灯りの下だけ鳴っているという感じに聞こえていた。界隈の中国人とイタリア人の住民がまるで夏の夜さながらに、玄関口の石段に腰を下ろし、群衆を、光を、ゼッポレを焼く屋台の窯から立ち上る煙を眺めていた。無風の晩の煙はゆったりと、揺らぐことなく灯りのほうへ上がっていって、電球に届かぬうちに消散した。

　プロフェイン、アンヘル、ヘロニモの三人は女《コニョ》を求めてうろついている。いまは木曜の晩だから、明日は——ヘロニモのすばしこい計算によれば——ザイツァスのためではなく合衆国政府のために働く日だ。というのも、金曜は週の五分の一を占め、合衆国は給料の五分の一を源泉徴収するから。このヘロニモの考えのよくできたところは、金曜にかぎらずどの曜日も、合衆国に捧げられるというところだ。あんまり落ち込む仕事をやらされるときは、あんなに人のいい上司に使われているとは考えたくない。それではザイツァスに対する親愛の気持を裏切ることになってしまう。この考えはプロフェインの気持になじんだ。が、これに昼間のパーティが加わり、作業長のバングが工夫した、前日まで翌日の勤務時間がわからないというローテーション・システムが加わって、プロフェインのスケジュール表は、規則的な四角形の連続というものではなくなってしまった。いわば、傾いたデコボコの路面。しかも太陽の光を受けるか、街の灯か、月の光か、闇の光かで凹凸の具合が変化する……。

　今夜のストリートはプロフェインにとって気の休まるものではなかった。屋台と屋台のあいだは人で埋め尽くされているが、みんな夢に出てくる群衆のようで、論理的でない。「こいつら、顔がない」とアンヘルに言ってみた。

「しかし、ケツは立派だ」

「ヘイ、ルック！」ヘロニモが言った。口紅べっとり、胸と尻は機械で磨いたかのような未成年の女子が三人、〈運命の輪〉の前に立っていた。うつろな目、ピクピク動く肢体。

「ベニート、おまえギニア語《イタリア》できるんだろ。カノジョたち誘ってこいよ」

女の子たちの背後から「マダム・バタフライ」の演奏が聞こえた。音合わせもしていなさそうな素人の音楽。

「外国って気分、出ないなあ」プロフェインが言った。

「ヘロニモは、いつも旅行者気分だぜ」とアンヘル。「サンホアンへ行ってカリブ・ヒルトンに泊まって、車の中から街中のプエルトリコ娘を眺めて暮らしたいってさ」

〈運命の輪〉のところにいる少女たちを詮索しながら、三人の男はおもむろに歩を進めた。プロフェインの足がビールの空き缶の上に乗った。もんどり打って倒れるところを、両脇からアンヘルとヘロニモが、宙に浮いたプロフェインの腕をキャッチ。少女たちはクスクス声を立てるけれども、黒い影に縁取られたその目は笑っていない。

アンヘルが手を振ってみせた。「こいつ、膝、ガクガクするんだ」ヘロニモが甘い言葉をかける。「美人さんを見るとよ」

クスクス笑いが大きくなった。どこかでアメリカ人の海軍少尉ピンカートンと日本の芸者マダム・バタフライが、バックの伴奏に合わせてイタリア語で歌っていた。ツーリストの言語混乱としては、上出来なほうじゃないか？　少女たちが歩き出し、男たちが脇に寄って歩を合わせた。ビールを買って誰かの家の空いていたポーチの階段に腰を下ろす。

「このベニーってやつはギニア語しゃべるんだ」アンヘルが言った。「おい、なんか、ギニア語で言えよ」

「スファチム」プロフェインが言った。ザーメンの意味だ。少女らの顔にショックの表情が走った。

「ずいぶんひどい言葉を吐く人ね」一人が言った。

「そんな口汚い人と一緒にいたくないわ」プロフェインの隣に座っている子が言った。そして立ち上がると、タバコの吸いさしを指ではじいて飛ばし、片方の尻をプリッと引き上げた姿勢で路上に立ち、その暗い眼孔からプロフェインを見つめた。

「自分の名前を言っただけよ」ヘロニモが言った。「そいつの名前はザーメンコってんだ。オレはピーター・オリアリー。で、こいつがチェイン・ファーガソン」ピーター・オリアリーというアイルランド系のやつは昔の同級生で、今はニューヨーク州北部の学校で神父になる勉強をしている。高校でも目立つ堅物の男だったので、ヘロニモたちは事がヤバくなってくると、いつもこの名前を使っていた。この名前の陰で、どれだけの少女が汚され、どれだけのビール代がせびり取られ、どれだけの少年が殴られたか。一方のチェイン・ファーガソンは、昨晩メンドーサ家のテレビで見た西部劇で見たヒーローの名前である。

「ベニー・スファチムって、ほんとにそんな名前?」路上の少女がたずねた。

「スファチメント」プロフェインが言い直した。これはイタリア語で破壊とか、腐敗とかいう意味である。「最後まで言わせてもらえなかったよ」

「だったらいいわ。ぜんぜん悪い言葉じゃないから」そうさ。きみのピカピカでヒクヒクしたおケツを賭けるかい——そう思うと、ベニーは悲しくなった。もし本物のスファチム野郎に出会ったら、この子は、思いっきり妊娠しちゃうかもしれない。十四を過ぎてるとは思えないのに、男というのは相手を渡り歩くものだと知っている。おめでとさんよ。一緒に寝る男も、その男が出さずにはいられない液も、どちらも「流れもの」だ。流れ続ける。なかには、留まって膨れていくものがあろうけれども、そうやって出てきた子は結局また流れもの、いつか出て行ってしまうのだとしたら、留まるものを望んだりはしないだろう。そうプロフェインは思った。怒りの気持はなかった。その気持ちを込めて彼女を見つめたが、その暗黒の目の動きは捉えようもない。その目は通りの灯りをすべて吸い込んでしまうようだ——ソーセージを焼く火のゆらめきも、太鼓橋をなす電球の光も、近隣のアパートの窓の灯も、デノビリ葉巻に点いた火も、屋外ステージの上で金銀にきらめく楽器も、旅行者の顔にたまに見られるイノセントな目の輝きさえも。ベニーは歌う——

NYウーマン
瞳はいつもトワイライト
たそがれ時の月の面
覗き込んでも何も見えん

故郷《ふるさと》の光を離れ
ブロードウェイの光を浴びる
キャンディ・バーの笑みをたたえた
クローム・メッキのハートの娘《こ》
浮浪の輩《やから》が見えるかい
行く当てのない男らが

バッファローで別れたままの
醜女《しこめ》の名を呼ぶ流離人が

ユニオン・スクウェアの落ち葉のような
一面墓場の海のような
死んだ目をしたNYウーマン
オレのために泣いてはくれん
オレのために泣いてはくれん

舗道に立った少女の体がピクリとした。「そのうた、まるでビートがないわ」それは大不況期の歌だった。プロフェインが生まれた一九三二年にはみんな歌っていた。どこで覚えたのかは知らない。これにビートがあるとすれば、どこかジャージーの農園で古いバケツに転がり落ちる豆のビートだろう。雇用対策局《WPA》のツルハシが舗道を掘り返すビートだろう。ただ乗りの浮浪者を乗せて下り坂をゆく貨物列車が三十九フィートのレールの継ぎ目でガタゴトたてるビートだろう。この子の生年は一九四二年か。戦争のビートはオレにはない。戦争はオレにはノイズだ。

道路の向こう側でゼッポレ売りが歌い出した。アンヘルとヘロニモも歌い始めた。向こう側のバンドは、ご近所のテノール歌手をリクルートしたようである。

ノン・ディメンティカール、ケ・ティ・オ・ヴォルート・タント・ベーネ、オ・サプート・アマール、ノン・ディメンティカール……

冷え冷えとした通りに、一斉に歌の花が開いたようになった。プロフェインは思った。この少女の指先をつかみ、どこでもいい、寒風の当たらないところへ連れて行って、ボールベアリングでもついていそうなそのヒールを軸に彼女をこちらにクルリと向かせて、そうだよ、オレの名前はスファチムだというところを示してやりたい。そういう衝動に彼はときどき捉えられる。残酷な仕打ちをしながら、とてつもない哀しみを抱え込むのだ。そしてその哀しみが自分の目から溢れ、靴の穴からこぼれ出して、ストリートに大きな哀しみの水たまりを作るに任せる。ビールも血もふんだんにこぼれるこの通りに、思いやりが溢れることはあまりに稀だ。「あたしルシール」プロフェインに少女が言った。ほかの二人もそれぞれの名を告げた。ルシールは戻ってきて、プロフェインの隣に腰を下ろし、ヘロニモはビールを買い足しに行った。アンヘルは歌い続けている。「みんな何の仕事してるの」とルシールが言った。

オレって、やりたい女には法螺を吹くんだよな、とプロフェインは思う。脇の下を掻いて、「ワニを殺す」

「エエッ？」

ワニ狩りの話が始まった。想像力ではひけをとらないアンヘルも加わって、細部の色づけをする。ポーチの階段でふたりは神話を練りあげていった。雷への恐怖や、夢や、収穫の後死んでいた穀物が春になると再び芽を吹くことの驚きから生まれた神話とは違う。永続する出来事ではなく、一時の関心から生まれる神話は、その晩のマルベリー通りの屋外ステージやソーセージ炒めの屋台と同じく、ガタついた、その夜かぎりのものだった。

ビールを手にしたヘロニモが帰ってきた。みんなして座ってビールを飲んで通りの人々を眺めながら下水道の話をする。少女たちの口から、しばしば歌がこぼれるようになり、そのうちにふるまいも子猫のようになる。ルシールが飛び上がってピョンピョンと跳ねていった。「捕まえて」

「おいおい」とプロフェイン。

「追っかけてかないとダメ」少女の一人が言った。アンヘルとヘロニモが笑っている。

「ダメってなにがだよ」プロフェインが言った。少女ふたりはアンヘルとヘロニモが笑ってばかりいるので面白くない。立ち上がってルシールの後を追っていった。

「追っかけるか？」とヘロニモ。

アンヘルがゲップをした。「ひと汗かいて、ビールの酔いをさまそうか」 三人はヨタヨタと段を下り、ふたり並んでヒョコヒョコと走り出した。「あの子たち、みんなどこへ行ったんだ？」プロフェインが探している。

「あっちだぞ」 ややあって、気がつけば三人は、群れなす歩行者に体当たりをかましているみたいだった。誰かがヘロニモめがけて殴りかかり、これが空《くう》を切った。プロフェインたちは、縦一列になってバンドの去ったステージの下に飛び込み、そこを抜けて舗道に出た。少女たちは行く手遠く、軽々と跳ねている。ヘロニモの息が切れた。路地を曲がった彼女らを追っていったが、角にいきつくと、一人の姿も見えない。わけがわからないまま次の十五分ほどは、マルベリーに接する路を行ったり来たり、車の下、電柱の向こう側、玄関階段《ステップ》の裏側を覗き込んだり。

「消えたぜ」アンヘルが言った。

モット・ストリートで音楽が聞こえた。地下から聞こえてくる。チェックしてみよう。看板にはSOCIAL CLUB. BEER. DANCINGと書いてあった。階段を下りてドアをあけると、予想した通り、片隅にビールの飲めるカウンター、その対面にジュークボックスがあって、特異な恰好をした不良少年少女らが十五人か二十人ほど踊っていた。男子はアイヴィー・リーグ風、女子はカクテルドレスである。ジュークボックスはロックンロールを鳴らしていた。ポマード頭と肩紐のないブラは相変わらずだが、粗野な感じはまるでなく、カントリー・クラブのダンスパーティみたいな風情である。

つっ立って眺めていると、フロアの中央にルシールの姿があった。ビートに合わせて一緒に踊っているやつは、まるで不良少年株式会社の取締役みたいな恰好をしている。その肩越しに、ルシールがこちらに向かってペロリと舌を出した。プロフェインは横を向いた。「おい、あんなの入店させていいのかよ」と誰かの声。「未成年はおまわりがうるさいぜ。セントラル・パークにでも送ってレイプしてもらったらいいんじゃねえか」

プロフェインが目をそむけた左方向に、クロークがあって、コート掛けには二ダースほどの、背中に赤い文字の入った黒いビロード地のジャケットが並んでいる。どれも肩パッドを左右対称に垂らし、列を乱さず並んでいる。うほっ、ここはプレイボーイ団の王国だぜ。

アンヘルとヘロニモも同じ方向を見ていた。「あのさ、ひょっとしてオレたち……」アンヘルが呟く。フロアの向こうの戸口で、プロフェインに手招きしているルシールの姿が見えた。

「ちょっと待って」踊っている少年少女のあいだを縫って進む。誰もふりむいたりはしない。

「ずいぶん手間をとらせるのねえ」ルシールが彼の手を取った。部屋は暗い。玉突き台にぶち当たった。「ほら」ルシールがささやいた。そして緑のフェルトに寝そべって脚を広げた。コーナーの穴、サイドの穴、そしてルシール……「ジョーク思いついたよ」。
「そんなの聞きあきたわよ」とささやく声。戸口から入ってくる微量な光を頼りに見るルシールの目は、黒い縁取りがフェルトに溶け込んでいるかのよう。がらんどうの目を抜けて玉突き台の表面を直視しているかのようだ。スカートがたくし上げられ、口が開く。その白く鋭い歯は、プロフェインの体の柔らかい部分が目の前に来ればすぐに噛みつきそうな構えである。この子のことは、いつまでも脳裏から消えないだろう。ズボンのジッパーを下ろして玉突き台に這い上がろうとした瞬間――

隣の部屋で叫び声がした。誰かがジュークボックスを倒し、電気が消えた。「なによ？」ルシールが体を起こす。
「ギャング団の抗争か」と言った瞬間、跳ね起きたルシールに突き飛ばされ、床に転がったプロフェイン。頭はキュー・ラックにもたれかかり、腹の上には、ルシールの突然の動きで崩れた玉突きの球がなだれ落ちてきた。「何てこった《ディア・ガッド》」と言いながら、頭を手でプロテクトする。空になったフロアの上をヒールの音が遠ざかり消えていくのを耳にしながらプロフェインは目を開けた。目のすぐ前、同じ高さのところに、球がひとつ。白い丸のなかに、黒地の8の字――それ以外は暗闇だ。表の通りで助けを求めて叫んでいるアンヘルの声が聞こえたような気がした。のそのそと立ち上がり、ジッパーを上げ、闇の中をよろよろと外へ向かう。折りたたみの椅子二脚と、ジュークボックスの電源コードに蹴つまずいたが、なんとか店の外に出られた。

プレイボーイ団の大集団が路上で激しく揉み合うのを、プロフェインは褐色砂岩《ブラウンストーン》の手すりの背後で身をかがめて眺めていた。少女たちは階段に腰掛け、あるいは舗道に列をなして、応援《チアー》。さっきルシールと一緒に踊っていた「取締役」が、BOP KINGSの文字をあしらったジャケットを着たデカい黒人と組み合ったまま、ぐるぐる回っている。乱闘の周縁には他に数組か、プレイボーイ団とバップ・キング団との取っ組み合いが見られた。縄張り争いか、とプロフェインは思った。アンヘルとヘロニモの姿は見えなかった。プロフェインのほとんど真上の階段にいる子が「ほらそこ、やっちゃいなさいよ」と言った。

クリスマス・ツリーの上にサッと金属箔を振りかけたみたいだった。路上に群れる軍団から、飛び出しナイフ、タイヤ用のバール、ヤスリをかけたベルトが現れ、キラリ陽気に輝いた。見物の女の子は、剝き出しの歯のあいだから、一斉に息を吸い込んだ。みんな熱心に見守っている。誰が最初に相手の血を流させるのか、賭けをしているかのようだ。

いや、起こりはしない。少女たちが待ち望んでいることは。今夜は起こりはしない。どこからともなく、プレイボーイ団の聖《セント》フィーナが登場、セクシーな足どりで、牙と爪を剝く野獣たちのあいだへ進み出てきたのだ。あたりは穏やかな夏の空気に転じ、カナル・ストリートのほうから、明るい藤色の雲に乗って、聖歌少年団の歌う「おお、救いの主《オー・サルタリス・ホスティア》」が漂ってきた。するとさっきの「取締役」とバップ団のキングが、友情の印にがっしり腕を組み合い、手下の連中も武器を置いて抱き合った。そしてフィーナは、空気膨れしたかのような太っちょ天使の少年らに担ぎ上げられ、自分が生み出した平穏さの中を、おごそかに、輝くように浮遊した。

プロフェインはあんぐり口を開け、鼻をクンクンいわせて歩み去った。そして丸々一週間、フィーナとプレイボーイ団のことに思いをめぐらせ、やがて本気で心配し始めた。この不良団に特別なところはない。不良は不良である。彼女とプレイボーイ団員とのあいだに交わされる愛は、その瞬間には、キリスト教的で世俗を超越した、純潔なものであることは間違いない。しかしそれはどれほど持続可能なのか。フィーナだって、そうは持ちこたえられないだろう。性欲モリモリの少年たちが、聖女の背後に性的放縦さを感じた瞬間、聖衣の下に黒いレースのスリップを見た瞬間、集団レイプの対象にだってなりえてしまう、いや、とうにそうなっていておかしくない、それは自業自得ではないか。

ある晩プロフェインが、トム・ミックスの古い映画をテレビで見たあと、マットレスを背負ってバスルームに入っていくと、バスタブにフィーナが寝ていた。水も張っていなければ、服も着ていない。丸裸のフィーナが自分を求めている。

「だめだよ」

「ベニー、あたし処女なの。あなたに捧げたいのよ」挑むように彼女は言った。一瞬、納得できそうだった。だって自分が受け取らなくては、狼の集団に奪われてしまうだろうから。鏡でチラリ自分の姿を見る。デブである。目のまわりが豚みたいにたるんでる。なんでこんな男に？

「なんでオレなんだ、結婚相手にとっておけよ」

「結婚なんてしたくない」フィーナが言った。

「お告げの聖母《マリア・アヌンツィアータ》が聞いたら、どう思うだろう？　これまでずっとオレに優しくしてくれたし、街の不良連中にもたくさん恵みをかけてきたじゃないか。それをみんなご破算にしようっていうのか」

プロフェインがこんなふうに他人に意見をするだなんて、まったくの驚きである。フィーナは燃える目で、ゆっくりとセクシーに身をよじった。黄褐色の肌が揺れ動く流砂のよう。

「だめだ。そこから出てってくれ。オレはそこで寝たいんだ。オレがレイプしようとしたとか、わめきたてるなよ。兄さんは、きみがセックスしてまわるのはいかんと強く思ってるけど、けっこう分かってるんだ」

彼女はバスタブから出てくると、ローブを羽織って「ごめんなさい」と言った。彼はマットレスを投げ入れ、その上に身を投じてタバコに火をつけた。彼女は灯りを消し、後ろ手にドアを閉めた。

II

フィーナに対するプロフェインの心配はまもなく、みにくい現実となった。すでに春だった。春は音もなく、目立たず、何度も始動に失敗したのち、雹《ひょう》をともなう突風が吹き荒れたあとの穏やかな日々に、みずからを滑り込ませた。下水道のワニも残りわずかとなり、ザイツァスは必要以上の働き手を抱えていた。プロフェインとアンヘルとヘロニモの仕事はパートタイムとなった。

プロフェインは地下世界で、徐々に疎外感をつのらせていた。ワニの個体数が減っていくのと同じくらいの目立たなさで、自分がしだいに友だちの輪から締め出されていくような、そんな気がした。オレって何だよ、ワニにとっての聖フランチェスコか？　オレはワニと話なんかできないし、好いてさえいないんだぞ。撃ち殺してるんだ。

何をほざくか――心のなかの反論者が言った。ワニさんたちはな、何度も何度も、おまえに撃たれたがっていたって、思ったことはないのか？

フェアリング神父の教区を抜けてイースト・リヴァー近くまで、独りで追っていったワニのことを、プロフェインは振り返ってみた。そいつは、みずから歩をゆるめて追いつかせ、自分から求めるように撃たれていった。なにか取り決めでもあったのか。プロフェインが酔っぱらってか欲情してか、頭がポワンとしていたとき、ワニの足跡だらけの泥の上で、契約を交わしたのか？　プロフェインはワニに死を与える、ワニは彼に職を与える。それでイーヴン、恨みっこなしと。プロフェインにワニは必要だが、ワニはなぜプロフェインが必要だったのか。その原始的な脳の回路に、記憶と理解が生じていたのか。子供のころ自分たちはただの消費財で、財布やハンドバッグになった両親や親戚のおじさん、おばさんたちと一緒に、世界中のデパートで、あらゆるガラクタと一緒に陳列されていたことを覚えていたのか。トイレを通って、地下の世界に流れてきたのは緊張の中の束の間の平和に――いずれは子供の、見かけだけ動きのある《アニメート》オモチャに戻っていくしかない、それまでの借り物の時間に――すぎなかったのだろうか？　もちろん自分から望んでのことではない。望みは、元の自分たちの暮らしにある。それを叶える完璧な形は死ぬことだ。死んで、ネズミ職人の歯によってロココ様式の死骸になることしかない。そしてそのまま、教区の聖なる水に浸食され、あの日、あのワニの墓場を明るく満たした光のような燐光を発する、アンティークな骨細工になっていくしかない。

日に四時間となった仕事に出ると、プロフェインはワニに話しかけた。ペアを組む相棒は嫌な顔をした。ある晩、ワニが向き直って攻撃してきた。照明係の男の左脚をワニの尾の一打が斜めに捕らえるという、マジに危険な状況だった。プロフェインは相棒に、どいてろ、と叫ぶと、五回分の弾丸を一度にワニの顔面に撃ち込んだ。連射の轟音が四方の壁にこだました。「大丈夫だ、オレは歩ける」　相棒の男が言ったがプロフェインは聞いていない。頭のとれた死体の脇に立ち、下水の安定した流れがそいつの血を、命もろともさらって河へ運んでいくのを見つめていた。行き先がどちらの河か分からないほど、動転していた。「おい」死体に向かって話しかける。「話が違うぞ。おまえは反撃しないんだ、そんなの契約にない」ワニに話しかけるなと、作業長のバングに一、二度、注意されたことがある。パトロール隊の士気にかかわるような真似はやめろ、と。プロフェインは、はい、わかりました、と答え、それ以後、ワニに対して湧き起こる思いは、ヒソヒソ声で言うようにした。

四月半ばのある晩、一週間のあいだ考えずにいようとしたことを、ついに認めざるをえなくなった。彼のいるパトロール隊は、もはや下水道課の係《ユニット》として機能していない。おしまいだ。三人の男を養っていくのに充分な数のワニはもういない、みな職を失うしかない。それはフィーナにもわかっていて、ある晩、テレビの前で『大列車強盗』の再放送を見ていたプロフェインのところにやってきた。

「ベニートの新しい仕事を探さなくちゃだめね」

そうだなと同意するとフィーナは、アウトランディッシュ・レコード社で事務職の求人があるので、ボスのウィンサムに口利きをしてあげると言った。

「事務の仕事なんてオレにはできないよ。だいたい能力がたりないし、社内事情を知ったりとか、そういうの苦手だし」あなたより頭の悪い人が事務の仕事してるわよとフィーナは言った。ランクアップして、自分を何者かにしていくチャンスよ。

シュレミールはシュレミールであって、それ以外の「何者か」にするのは無理である。どれだけのことができて、どこからはできないのか、長年シュレミールをやってきた自分には分かっている。

分かっているのにときどき、急性のオプティミズムが突き上げてくることがあるのだ。「うん、やってみるよ、ありがとう」こいつ、慈悲の施しにハマッてる。バスタブから蹴りだされたのに、「もう一方の頬っぺた」を差し出している。プロフェインの想像の中で淫らな考えが始まった。

次の日、フィーナから電話があった。アンヘルとヘロニモはその日の昼間がワニ狩り、プロフェインのほうは金曜までオフだった。床に寝そべって、学校をサボッて家にいたクックとピノクルをやっていたときのことだった。

「スーツを探すのよ。面接は一時から」とフィーナが言った。

「ホワッ」ミセス・メンドーサの手料理を三週間いただいてプロフェインは体重を増していた。

「パパのをひとつ借りてきなさい」とフィーナは言って電話を切った。

メンドーサの親父さんは快く貸してくれた。クローゼットにあった一番大きいのは、ギャング役で鳴らしたジョージ・ラフトを思わせるスタイル。一九三〇年代なかばの製品だろう、ダークブルーのサージのダブルで、肩パッド入りだった。それを着込んでアンヘルの靴に足をつっこむ。ダウンタウンへ向かう地下鉄の中で彼は思った。人はみな生まれた時代に対して大いなるホームシックを患っている。オレだってほら、こんな服を着て、せいぜい二週間しかもたない仕事にありつこうとして、これはまさに私家版の不況時代《ディプレッション》だぜ。まわりはみんな新式のスーツを着込んでいる。命なきモノは毎週毎週、何百万という単位で造り出される。通りには車があふれ、郊外は何千もの新式の家で覆われていく。その郊外を後にして早くも数ヶ月、不況風が吹いているのは、どこなんだ？ベニー・プロフェインの腹《ガッツ》と頭の中じゃないか。きつすぎるサージの背広と、シュレミールのトンマな希望の表情でごまかしているにせよ。

アウトランディッシュ・レコード社のオフィスは、グランド・セントラル駅の近くのビルの十七階だった。控室では熱帯風の温室植物が、窓の外を吹きすさぶ寒風をよそに、緑に生い茂っている。受付嬢が用紙を手渡した。フィーナの姿はない。

用紙に必要事項を書き入れて彼女に渡したとき、メッセージ配達人がやってきた。古いスエードのジャケットを着た黒人である。ひと山の社内便をデスクの上にぶちまけたとき、一瞬、プロフェインと目が合った。

下水道の中か、点呼のときに、この男に会っているかもしれない。微笑みともつかない、かすかな表情の変化が、テレパシーのようなものをもたらしたように思われた。この配達人《メッセンジャー》はプロフェインにも報せを持ってきたのか。視線のビームがふれあい、二人だけの閉じた伝達世界で相手の目が告げた――じたばたするな。風の声を聴け。

プロフェインは風に聴き耳を立てた。メッセンジャーは去った。「ウィンサム社長が面会いたします」と受付嬢が言った。プロフェインは窓辺に立って42丁目を見下ろした。風の姿までも見えそうな気がした。このスーツを着ているのが間違いだという感覚が生じた。結局のところ、自分ひとりの妙ちきりんな大不況《ディプレッション》をこれで隠そうとしても無理ということだ。オレの不景気は、株価や決算報告の数字では計れない。「もしもし、どこへ行くんですか」受付嬢が言った。「気が変わったんで」と言うとプロフェインは通路に出て、エレベーターで一階に降り、ロビーを抜けて表の通りまでメッセンジャーを捜したが見つからない。メンドーサの親父さんのダブルの背広のボタンを外して42丁目を歩いた。まっすぐ風に向かって、頭を垂らして歩いた。

金曜日の点呼でザイツァスは、泣きそうな声で事実を告げた。これからは週二日だけ、五組のチームで、ブルックリンで最後の掃討作戦を行う。その帰り路、プロフェイン、アンヘル、ヘロニモの三人は、ブロードウェイに面したご近所《ネイバーフッド》相手のバーに立ち寄った。

　ラストオーダー近くまで飲んでいると、女たちがふらりと入ってきた。ブロードウェイといっても、ストリートの番号は80番台。照明きらめくショービズの街とは違うし、その灯りの数ほどのハートが日夜壊れる街とも違う。アメリカ中の荒んだ街のどれとも変わらないストリートが延びるだけ。この区域では人のハートは壊れない。そんな過激で最終的なことは起こらない。ハートに加わるのは日々の張力であり、圧迫であって、やがてその累積と、ハート自体の震動によって疲弊していくだけである。

　夜中の十二時頃、夜の客向けに変身するために、一団の女たちが入ってきた。美人は一人もいないが、バーテンはいつも冷やかしの声をかけていた。彼女たちの中には、「商売」をゲットしてもしなくても、閉店間際に戻ってきて寝際の一杯《ナイトキャップ》をひっかけていく者もいる。客と一緒に——「客」といっても、ふつうは近所のチンピラ連中だが——入ってきた者に対して、バーテンは、若い恋人同士が来たかのような配慮をもってあたたかく接する。まあ、ある意味で、恋人ではあるのだろう。一晩の努力もむなしく客のつかなかった女が入ってきたときには、ブランディのたっぷり入ったコーヒーを出し、雨だからねえとか、この寒さじゃねえとか、やさしい言葉をかけてあげる。その女はたいてい、店の中の誰かさんを捕まえようと、最後の奮闘をする。

　プロフェイン、アンヘル、ヘロニモの三人が女たちと話し、ボウリング・マシンで何ゲームか遊んで店を出たところで、通りかかったメンドーサのおふくろさんと鉢合わせした。

「あの子、見かけてないかい?」おふくろさんがアンヘルに言った。「仕事が終わったらあたしの買い物を手伝うことになってたんだよ。すっぽかしたことなんて一度もない子だからね、母さんは心配だよ」

クックが駆け寄ってきた。「ドロレスが言ってたよ。プレイボーイ団と一緒に出かけたって。どこだかはわからないって。ちょうどフィーナからドロレスに電話がかかってきたんだって。なんか、ようすがヘンだったって」おふくろさんに頭を摑まれて、その電話はどこからかかってきたのか問い詰められたクックは、言っただろ、わかんないの、と言った。プロフェインがアンヘルに目をやると、相手はこっちをうかがっていた。おふくろさんがいなくなるとアンヘルは口を開いた。

「こんなこと考えたくないんだけどよ、オレの妹だし。でも、もし、チンポコ野郎がひとり、ヘンな気を起こしやがったら……」

オレも同じことを考えていたよ、とプロフェインは言わなかった。アンヘルの心は煮えくりかえっていたし、プロフェインが同じ気持でいることは伝わっていた。フィーナの性格ならどちらもよく知っている。「探しにいこう」プロフェインが言った。

「あいつら街じゅうにいるぜ」とヘロニモ。「連中の溜まり場なら、いくつか知ってるから」手始めに、モット・ストリートのクラブハウスへ行ってみた。捜索は真夜中まで続いた。地下鉄に乗り、次のクラブハウスへ行ってみると、そこはカラッポだったり、ドアが閉まっていたり。だが、アムステルダム・アヴェニューの60番台を歩いているとき、角を折れた向こうから騒動が聞こえてきた。

「こりゃすげえ」ヘロニモが言った。最大規模の乱闘である。銃も何挺か確認できたが、手に握られているのはほとんどがナイフや鉄パイプやガリソン・ベルトだった。三人が乱闘の縁を、車が駐《と》めてある側にそって進んでいくと、ツイードのスーツを着た男がひとり、新車のリンカーンの背後に隠れてテープレコーダーのつまみをいじっている。音声係の男は、最寄りの木に登ってマイクを垂らしている。風が出て、寒い夜になった。

「やあ、どうも」ツイードのスーツの男が言った。「わたしはウィンサムです」

「妹の上司だ」とアンヘルがささやいた。通りの向こうから金切り声が響いた。フィーナの悲鳴かもしれない。プロフェインは走り出した。発砲の音。怒声。十フィート先の路地からバップ・キング団の五人がストリートに飛び出てきた。アンヘルとヘロニモはプロフェインのすぐ後ろにつけている。路上の真ん中に車が停めてあって、WLIB局にチューニングしたラジオから、ジャズがトップ・ボリュームで鳴っていた。近くでベルトが空を切る音と、人間の苦痛の叫び声が上がった。だが大きな木の陰で、出来事を目にすることはできない。

クラブハウスを探して、三人は走った。まもなく見つかったのは、路上にチョークで書かれたPBという文字と矢印。その矢印は一軒の褐色砂岩《ブラウンストーン》の家を指していた。ステップを駆け上がるとドアにもPBの文字。だがドアは開かない。アンヘルが二度ほど蹴りを入れたら、錠が壊れた。背後のストリートはカオス状態。アンヘルが先頭を切り、プロフェインとヘロニモが後に続いて通路を駆けた。マンハッタンを縦横に走るパトカーのサイレンが、ここの乱闘騒ぎに向かって収斂してくる。

通路の突き当たりのドアをアンヘルが開けた。ドアの隙間から一瞬、フィーナの姿がプロフェインの目に入った。古びた軍用簡易ベッドの上に裸で寝ている。髪の毛を乱し、口元に笑みを浮かべ、いつかの晩に玉突き台の上で見たルシールと同じカラッポの目をして。アンヘルが振り向いた。歯が剝き出しになっている。「入ってくるなよ。そこで待ってろよ」そう言うと、彼はドアを閉めた。パンチの音が聞こえてきた。

殺すまで殴らないと満足しないのだろうか。家の掟がどのくらい強いものなのか、プロフェインにはわからない。中に入って止めることはできなかったし、そうしたいのかどうかもわからなかった。サイレンの音がクレッシェンドし、ぴたりと止まった。乱闘は終わった。乱闘以上のものが終わったように、プロフェインには思えた。ヘロニモにおやすみを告げると、ブラウンストーンの家を出て、路上の出来事には振り向かず、歩み去った。

メンドーサ家に戻るのはよそう。道路の下にもはや仕事はない。わずかばかりの平和も終わりを告げたのだ。路上に、夢に出てくるいつものストリートに復帰せねばならない。まもなく地下鉄の駅が見えた。二十分後、彼はダウンタウンで木賃宿を探していた。

第七章

彼女は西の壁に掛かっているV

歯学博士ダドリー・アイゲンヴァリューは、パーク・アヴェニューのクリニック兼住居で自分の宝物をあれこれ眺めていた。鍵のかかったマホガニーのケースの中で黒いヴェルヴェットに鎮座しているのは、診察室の展示品である上下揃いの義歯セット。すべての歯が異なった貴金属でできているという珍品である。右上の犬歯は純チタニウムで、アイゲンヴァリューにとってのセットの目玉はこれだった。その材料になった海綿状金属をアイゲンヴァリューが見たのは一年前、コロラド・スプリングス近郊の鋳造所で、そこにはクレイトン・〝ブラディ〟・チクリッツなる人物の自家用機で飛んだ。チクリッツはヨーヨーダイン社の社長である。東海岸における防衛産業の最大手のひとつで、米国全土に子会社を持つ大企業だ。チクリッツとアイゲンヴァリューは同じ〝お仲間〟に属している——と、探索者ステンシルは言う。実際、そう信じてもいたのである。

その方面に関心のある人間の眼には、アイゼンハワー大統領の一期目が終わる頃、灰色に渦巻く歴史の気流のさなかに明るい色の小さな旗が現れ、華やかにはためき始めるのが見えたものだ。その旗が示しているのは、ひとつの意外な新職業が世間の精神的支持を獲得し始めたということだった。昔を振り返ってみれば、二十世紀の初めには、精神分析が宗教に成り代わって「告解を聞く神父」の役割を担っていた。ところが今、精神分析医の地位を奪おうとしているのは、よりによって歯科医なのである。

もっとも、変わったのは呼び名だけのような感じもあった。かつて「アポイントメント」と言っていたものが「セッション」に変わり、自分について何か深いことを語る場合は「わたしの歯医者が言うには……」というのが枕詞になったわけだ。精神歯科学《サイコドンシャ》は、先達と同じように専門用語を生んでいった。神経症は「不正咬合」と呼ばれ、口唇期・肛門期・性器期の移行は「生えかわり」、イドは「歯髄」、超自我が「エナメル質」といった具合である。

歯髄は軟らかく、微細な血管や神経が張り巡らされている。エナメル質はほとんどがカルシウムで、命を持たない。それらが精神歯科学の扱う「イド」と「自我」なのだ。硬くて非生命的な「自我」が、温かく脈打つ「イド」を包み、保護しているのである。

チタニウムの鈍い輝きに魅了されながら、アイゲンヴァリューはステンシルの空想について思い巡らした（ステンシルの空想は歯科修復用の合金《アマルガム》のようなものだと、努めて考えるようにしながら。つまり、幻想という水銀と、純粋な真実という金ないし銀が混ぜ合わされてエナメル層の穴を埋めるわけだが、その穴は歯根よりずっと浅いところにあるのだ）。

歯に穴が開くのにはそれなりの理由がある、とアイゲンヴァリューは考えた。だが、一本の歯にいくつも穴が開いているとしても、それらの穴は歯髄の生命を脅やかそうと意図的に連合しているわけではない。陰謀などというものは存在しないのだ。しかし、ステンシルのような人間は、世界のあちこちに偶然開いた穴を陰謀へとまとめ上げないことには気が済まないのである。

インターコムが穏やかに点滅した。「ミスター・ステンシルです」やれやれ、今度はどんな口実を見つけたのだろう。ここ三回の治療は、歯石を除去するためということになっていた。流れるように優雅な動作で、アイゲンヴァリュー博士は個室のウェイティング・ルームに入った。立ち上がったステンシルの挨拶は、舌がもつれていた。「歯が痛みますか?」と、歯科医は慇懃に尋ねた。

「歯は何ともない」ステンシルはやっとのことで言った。「お話し願いたいのだ。あなたがたも、とぼけるのはやめにしてもらわねば」

診察室のデスクについたアイゲンヴァリューは言った。「あなたは探偵の才能がない。スパイとしてはなお無能ですな」

「これはスパイ活動ではない」ステンシルは抗議した。「しかし、〈シチュエーション〉が耐えがたいものになりつつあるのだ」〈シチュエーション〉というのは父親の日誌で覚えた言葉だ。「連中《かれら》はアリゲーター・パトロールを廃止するつもりでいる。それも、目立たぬように少しずつ」

「あなたのせいで怖気づいたとでも?」

「やめていただきたい」ステンシルは蒼白だった。パイプと煙草入れを取り出し、部屋全体に敷き詰められたカーペットに刻み煙草をまき散らし始めた。

「先日アリゲーター・パトロールのことを伺ったときは、あなたも冗談めかした話しぶりでしたがね。歯科衛生士が口の中を掃除するあいだの、ちょっと面白い話題とでもいうような。彼女の手が震えだすと期待していたんですか？　わたしが真っ青になるとでも？　ドリルを使っている最中のわたしの手が後ろめたさで震えたりしてごらんなさい、痛いどころじゃ済みませんよ」　パイプに煙草を詰め終えたステンシルは、火をつけようとしていた。「あなたは、わたしがある陰謀に深く関わっているという妄想にどこかで取り憑かれたんですな。あなたが暮らしておられるような世界ではね、ミスター・ステンシル、出来事をどのように寄せ集めたって陰謀になりうるんです。その意味では、あなたの疑いも正しいのかもしれない。しかし、なぜわたしに相談するんです？　ブリタニカ百科事典を調べるなり、何なりすればいいじゃありませんか？　あなたが興味をお持ちになるような事柄でしたら、あの本のほうがわたしよりずっと詳しいですよ。もちろん、歯科学に興味がおありになるなら話は別ですが」　こうやって座っているところを見ると、ステンシルはいかにも弱々しげだ。何歳だっけ――五十五か――なのに、もう七十にも見える。一方、ほぼ同年輩のアイゲンヴァリューは三十五歳に見えた。気の持ちようで、いくらでも若くいられるのだ。「どの分野です？」アイゲンヴァリューはふざけて尋ねた。「歯周病学、口腔外科、それとも歯科矯正術？あるいは、補綴処理《プロテーゼ》ですかな？」

「プロテーゼではいかがかな」と、アイゲンヴァリューの驚く答えが返ってきた。ステンシルはきつい匂いのパイプの煙で煙幕を張り、韜晦を決め込んでいた。声はある程度の落ち着きを取り戻している。

「こちらへ」とアイゲンヴァリュー。二人が入った奥のオフィスは、ミュージアムも兼ねている。ここに飾られているのは、かつて歯科医の先駆者フォシャールが使ったピンセット、パリで一七二八年に出版されたフォシャールの『歯科外科学』初版、米国の歯科医の大先達チェイピン・アーロン・ハリスの患者たちが座った椅子、ハリスが創設したボルティモア歯科大学で一番古い建物の煉瓦、といった品々だ。アイゲンヴァリューはステンシルを例のマホガニーのケースへと導いた。

「誰のものか」と、入れ歯を眺めながらステンシルが言った。

「シンデレラに出てくる王子と同じですな。わたしは、これに合う顎をまだ探しているところなんです」

「ステンシルも探しているかもしれない。彼女が身につけそうな品物だ」

「このセットを作ったのはわたしですよ」とアイゲンヴァリュー。「あなたが探している人は、これを見る機会などなかったんです。あなたとわたし、あと数人の特別な人が見ただけですから」

「どうしてステンシルに分かろうか」

「わたしが本当のことを言っているかどうか？　困りますね、ミスター・ステンシル」

ケースにおさまった義歯も微笑を浮かべ、叱責するようなきらめきを放っていた。

診察室に戻ったアイゲンヴァリューは、とりあえず知るべきことを知っておこうという考えで訊ねてみた。「で、そのV.というのは何者なんです？」

だが、この切り出しにもステンシルは不意を衝かれず、歯科医が自分のオブセッションを知っていることにも驚いた様子はなかった。「精神歯科学に独自の秘密があるように、V.にも秘密がある」とステンシルは答えた。「だが、それより大事なのは、ステンシルにも秘密があるということだ。彼女についてステンシルが得た情報は、ごく貧弱なものに過ぎない。ステンシルの手元にあるもののほとんどは推測なのだ。彼女が誰なのか、何者なのかをステンシルは知らない。彼は探索の途中なのだ。父親からの遺産として」

窓外では、午後が穏やかに身を丸めている。その背中を微風が撫でてゆく。ステンシルの言葉は、アイゲンヴァリューのデスク分の幅しかない小部屋の中で、実質を伴わず床に落ちてゆくように思われた。父親がV.という女の名前を耳にするようになったいきさつをステンシルが語るあいだ、歯科医は静かに耳を傾けていた。ステンシルが語り終えると、アイゲンヴァリューは言った。「もちろん、あなたは追跡調査をなさったんでしょうな。実地検分を」

「した。しかし、分かったのはステンシルが今話したことだけだ」それは事実だった。ほんの二、三年前に訪れたフィレンツェは、世紀の変わり目と同じツーリストたちでごった返しているようだった。しかしステンシルがどう見ても、V.は――それが誰であるにせよ――このルネッサンス都市の優美な空間に呑み込まれたか、何千という名画のどれかに溶け込みでもしたようだった。もっとも、ステンシルの目的にかなう発見もあった。V.は、おそらく間接的にではあれ、第一次世界大戦前の外交にたずさわっていた人間すべてが固唾を飲んで見守った大陰謀、あるいは終末決戦《アルマゲドン》の序曲のひとつに関わっていたらしいのだ。V.と陰謀。その陰謀が時々に取る形は、歴史の表面に浮上した偶然事のみによって決定されている。

今世紀の歴史とは――と、アイゲンヴァリューは考えた――たくさんギャザーの入った布みたいなものじゃないだろうか。ステンシルのような人間は、ギャザーの奥底に位置しているがゆえに、他の場所で縦横の糸があやなす模様など皆目分からないでいるのだ。もっとも、ギャザーの内側に閉じこめられた自分の立場をかえりみれば、連綿と繰り返す他のギャザーの中にも囚われの人々がいるのだろうという見当はつくはず。だが、ギャザーの内側の人間は自分のギャザーが布全体よりも大事になり、時の連なりを見失ってしまう。だからこそ我々は、三〇年代の変てこな外見の自動車とか、二〇年代の奇妙な服装とか、祖父たちが信奉していた不可解な道徳律とかいったものに魅了されるのだろう。我々はそうした物事を題材にミュージカルを作ったりそれを見に行ったりして偽りの記憶にどっぷり浸かり、時代の姿について贋物のノスタルジアを感じるようになる。かくして我々は、一つの事態が時を超えて続いているという感覚を失ってしまうわけだ。もっとも、我々がギャザーの頂点にいたとしたら、話は違ってくるだろう。少なくとも、ギャザーの山脈を見渡すことはできる。

I

時は一八九九年の四月、若いエヴァン・ゴドルフィンは春に浮かれ、丸々と太った体型にそぐわぬ耽美派ふうの衣装に身を包んで、フィレンツェの街に乗り込んだ。午後三時に街を襲った日照り雨に迷彩を施された顔は焼きたてのポークパイの色で、表情もポークパイ並みにぽかんとしている。中央駅で汽車を降りたエヴァンは真っ赤なシルクの傘を振ってオープン型の馬車を呼び止め、トーマス・クックの手荷物エージェントにホテルのアドレスを怒鳴ると、誰に聞かせるわけでもなく「えいやっ」と気合ひとつ、空中で踵を二度打ち鳴らすジャンプを不恰好に決めて馬車に飛び乗り、大声で歌いながらパンツァーニ通りを揺られていった。フィレンツェにやって来たのは、父親にして王立地理学会会員、南極探検家なるヒュー・ゴドルフィン大佐に会うため――少なくとも、それが表向きの理由だった。もっともエヴァンは、表向きだろうと何だろうと行動に理由など必要ない種類のごくつぶしだった。一族での通り名は「エヴァンの頓馬」。お返しにエヴァンは、軽薄な気分の折には自分以外のゴドルフィン一族を「偉いさん」と呼んでいた。ただし、エヴァンが吐く言葉の例に洩れず、この言い方にも悪気はなかった。少年時代、エヴァンはディケンズの『ピクウィック・ペイパーズ』に出てくる「太った少年」の描き方に愕然としたことがある。太っちょはみんないいやつであるという自分の信念に、こいつは真っ向から挑戦していたのだ。それ以来エヴァンは、太った少年に対するこのような侮辱を粉砕せんと努力を重ねつつ、ごくつぶし道に精進してきたのである。これを見るにつけ、「偉いさん」たちの非難とは裏腹に、エヴァンが怠惰に流されてばかりの男とは違っていたのが分かる。父親のことは好きだったけれども、自分自身はあまり保守的にはなれなかった。物心ついてこのかた帝国の英雄ヒュー大佐の影のもとで呻吟してきたエヴァンは、ゴドルフィンという名前に引っ張られて栄光を目指しそうになる衝動に抵抗しつづけてきたのだ。もっともこれは、世紀末という時代のせいで得た性格である。人のいいエヴァンは、ついつい世紀の動向に付き合ってしまいがちだった。一時は士官になって海に出ようという考えを弄んでいたが、これは父親に倣ったわけではなく、単に「偉いさん」たちから逃げ出したかったからだ。一族との関係が息苦しくなった思春期のエヴァンが呟いたのは、バーレーンやダルエスサラームやスマランといった、あこがれに満ちたエキゾチックな地名ばかりだった。が、ダートマスの海軍兵学校は二年目で退学になってしまった。「赤い夜明け同盟」なるニヒリストのグループを率いたという罪状だが、このグループが革命を煽動するために採用した手法たるや、提督居室の窓の下で酒びたりの乱痴気パーティを繰り広げるというものだった。ついにお手上げとなった親族一同がエヴァンをヨーロッパ大陸に放逐したのは、大それたいたずらでもしでかして国外の監獄に閉じ込められてくれないかと期待したためである。

パリで二ヶ月のあいだ漁色にうつつを抜かした後の骨休めにドーヴィルを訪れたエヴァンは、ある晩、「大事な気球《シェール・バロン》」なる鹿毛の馬に賭けて儲けた一万七千フランを懐にホテルへ帰ってきた。そこで彼を待っていたのは、ヒュー大佐からの電報である。「退学の由聞く。相談あらば、余はシニョリーア広場の五番地八階に滞在。ぜひ会いたし。電報では多くを言うを憚る。ヴィーシュー。了解されたし。父」

ヴィーシュー、了解ですとも。無視できない呼び出しだ、ヴィーシューとあるからには。これだけでエヴァンには分かった。なにしろ、覚えていないほどの昔から、ヴィーシューは父との唯一の接点であり、「偉いさん」たちの手が届かない夢想の地の中でも特別な場所だったのだ。エヴァンが知るかぎり、この地のことは父と自分だけの秘密だったが、エヴァン本人は十六歳ごろにヴィーシューの実在を信じなくなっていた。電報を読んだときの第一印象――ヒュー大佐がついに耄碌したか、譫言《うわごと》を言っているか、それとも両方かな――は、やがて、より好意的な思いに取って代わられた。親父のやつ、この前の南極探検がこたえたんだろう、と。だが、ピサに向かう船中、エヴァンはついに電文のトーンが気にかかり始めた。最近エヴァンは、印刷物とみれば何でも――メニューでも、時刻表でも、広告郵便でも――文学的価値を判定したくなる癖がついていた。エヴァンの前の世代は「親父」の意味で「pater《ペイター》」というラテン語由来の言葉を好んで使ったものだが、エヴァンの属する世代は、美学のバイブル『ルネッサンス』の著者ウォルター・ペイターと自分の父親が取り違えられるという無理からぬ事態を避けるためにこの俗語を使わなくなっていた。従って、ペイターお得意の「トーン」というやつにエヴァンも敏感だったのである。この電文には何かしら不気味なるもの《ジュ・ヌ・セ・クワ・ド・シニストル》があって、エヴァンは興味津々、背筋がぞくぞくした。想像力が暴走した。電報では多くを言うを憚る、だぞ——陰謀だとか、壮大にして謎めいた秘密結社だとかの匂いがするじゃないか。しかも、自分と父が共有する唯一のものが言及されている。もし、どちらか片方だけしかなかったら、エヴァンは恥じ入っていただろう。スパイ小説もどきの妄想は恥ずかしいものだし、はるか昔に父と子がベッドサイドで共有しただけの、理想の中でしか存在しないものに手を伸ばすのはなお恥ずかしい。だが、両者同時に来たとなると、これは競馬で有り金全部賭けを繰り返して連戦連勝するようなもの。その全体は、部分の単純和とは別物の不可思議な算術によって大きくふくれ上がるのだ。

もちろん、父には会いに行こう。わが漂泊の心や、真っ赤な傘や、素っ頓狂な服装にもかかわらず。はて、本当にこの身体には反逆の血が流れているのだろうか？　それを真剣に考えてみるほどの動揺を、エヴァンは経験したことがなかった。「赤い夜明け同盟」はどう見てもおふざけの域を出なかったし、今もまだ、政治に真剣にはなれない。けれども、年上の世代には途方もない苛立ちを感じていた。公然たる反逆に等しいほどの反感を。思春期というぬかるみから頭が突き出してくるにつれ、大英帝国がどうのこうのという話には我慢がならなくなり、少しでも栄光を思わせるものは昔の癩病患者が振り歩いていたガラガラの音のごとく忌避するようになっていた。中国、スーダン、インド、それにヴィーシューといった場所がそこで役に立った。つまり、頭蓋骨の大きさいっぱいに空想の領土を広げてくれたのである。エヴァンの想像する植民地は、「偉いさん」たちによる侵入や掠奪を防ぐべく、強固に武装されていた。誰からも干渉されず、ごくつぶしの我が道を往き、怠惰なる心臓が最後の一打ちを終えるまで頓馬の一本気を貫く——それこそが、エヴァンの望みだったのである。

左に折れた馬車は、骨に響く二回の揺れとともに路面電車の軌道をまたぎ、右折してヴェッキエッティ通りに入った。エヴァンは四本の指を振って御者を罵ったが、御者は暢気に笑っただけだ。路面電車が後ろから騒音とともにやってきて、馬車に並んだ。エヴァンが振り返ると、畝織りのドレスを着た若い娘が大きな目をこちらに向かってぱちくりさせていた。

「シニョリーナ」エヴァンは叫んだ。「ああ、やさしいお嬢さん、あなたはイギリスのかたですか?《アー・ブラーヴァ・ファンチュッラ・セイ・トゥ・イングレーゼ》」

娘は赤くなって、日傘の刺繍をひたすら眺めだした。エヴァンは馬車の座席で立ち上がり、ポーズを取り、ウィンクして、『ドン・ジョヴァンニ』の「ああ、窓辺に来たれ《デー・ヴィエーニ・アッラ・フィネストラ》」を歌い始めた。歌詞のイタリア語が通じたかどうかはともかく、歌それ自体がマイナス効果だった。娘は窓辺から身を引き、通路に立っているイタリア人たちのあいだに隠れてしまったのだ。エヴァンの馬車の御者がこの機を捉えて馬たちに鞭をくれ、馬車はギャロップの勢いをかって電車の鼻先でふたたび軌道を越える。まだ歌っていたエヴァンはバランスを崩し、馬車の後部から転げ落ちそうになった。片手を振り回して幌のてっぺんをなんとか摑み、みっともなくじたばたした末にやっと座席へ戻った。そのころには馬車はペコリ通りに入っていた。振り返ると、娘は路面電車から降りるところだった。ジョットの鐘楼の前をガタゴト通り過ぎる馬車の中で溜息をついたエヴァンは、あの娘はイギリス人なのだろうかとなおも考えていた。

アルノ河にかかったヴェッキオ橋の上にある酒屋の前に座っているのは、シニョール・マンティッサと彼の相棒、チェーザレという名前でむさくるしいなりをしたカラブリア州出身の男だった。二人とも、ブローリオのワインを飲みながら気を腐らせていた。さっきからの雨の途中、チェーザレの頭に自分は蒸気船だという考えが浮かんでいた。ほんの小雨になっていたから、橋の上に立ち並ぶ店からイギリス人ツーリストたちの姿がふたたび現れ始め、チェーザレは声の届く範囲に居合わせた人々に自分の思いつきを述べ立てる。気分を出すために、ワインのボトルの口を吹いて音を立てていた。「ボーッ、ボーッ。蒸気船《ヴァポレット・イオ》だよう」

シニョール・マンティッサは構っていなかった。折り畳み椅子の上で威儀を正した五フィート三インチの身体は、小さくて形が良くてどこか高価そうで、何となく、どこかの細工師――ひょっとするとチェリーニか――に作られたまま世に忘れられた彫像が、ダークサージの布に包まれて競売を待っている様子を思わせた。目は血走っており、何十年にも及ぶ嘆きのゆえか、ピンク色に縁取られている。アルノ河や商店の壁から照り返す日光が降る雨によって七色に分光し、ブロンドの髪、眉、口髭にからみついて、シニョール・マンティッサの顔は恍惚の中を遠くさまようかのよう。だが、目のくぼみに表れた悲哀と疲れが、それとは矛盾した印象を作り出している。彼の顔に向けられた視線は、他の造作をさまよったとしても、結局は目に惹きつけられることになる。もしシニョール・マンティッサに関する観光ガイド本が出るとなれば、この目は「特級名所」として星印をつけておかねばなるまい。もっとも、いかなるガイド本も、シニョール・マンティッサの目の謎について手がかりを提供することはあるまい。その目が映し出している悲哀はあてどなく漂い、ぼんやりと正体が定まらない。通りすがりのツーリストには、女のせいだな、と映るだろう。そう納得して通りすぎようとすると、しかし、毛細血管の浮き出た眼球を出入りする光の具合が確信を揺るがすのだ。では何なのだ？　政治か？　観察者が革命家マッツィーニを連想し、夢想が陽炎のようにゆらめいているあの優しい目を思い出したら、シニョール・マンティッサにも同様の繊弱さ、詩人肌の自由主義者の眼差しを感じることだろう。けれども、長く見つめるうちにその目には、背後の血漿の流れの変化によって、当世の悲哀のすべてが順繰りに映し出されてくるのだ――経済的困窮、健康の不安、信念の崩壊、裏切り、不能、喪失と。ついには我らがツーリストも、自分が目にしているのがお通夜ではないことに薄々気付き始めるだろう。むしろそれは、通りを埋め尽くす小屋に選り取りみどりの悲哀が並べられたお祭りである。ただしどの展示品も、じっくり眺めて報われるほどの実体を持っていない。

その目の秘密は、明かしてみれば気が抜けるほど明白なものだった。早い話が、シニョール・マンティッサは悲哀の幾山河《いくやまかわ》を越えてきた人間であって、見世物小屋のそれぞれは人生の各段階を記念する常設展示なのである。リヨンの金髪のお針子、不発に終わったピレネー越えの煙草密輸、ベルグラードでのささやかな暗殺計画。あらゆる企ては失敗し、心に溜め込まれていった。シニョール・マンティッサはそれらの挫折のすべてに均等な重みを与え、どうせまた起こることなのだという悲観論の他は何も学ばなかった。マキャヴェッリと同じく彼も流謫の身の上で、あてなき繰り返しと頽廃の翳りに覆われていた。イタリア流の厭世という静かな河のそばでただひとり沈思するシニョール・マンティッサにとって、人間とは例外なく腐敗したもの、歴史とは飽きもせず同じパターンを繰り返すものだった。彼の小さく敏捷な足はさまざまな場所を歩いてきたが、どの場所でも、彼についての記録はほとんどなかった。どこの当局者も、彼に食指を動かさなかったのである。彼が属しているのは、デラシネの観察者たち――ときどき流す涙以外には清澄な目を曇らされることのない観察者たち――が形作る集団の中心部だった。この集団を囲う円周は、英仏のデカダン集団を括る円とも、米西戦争敗戦後のスペインに現れた「九八年世代」の集合とも接していた。彼らにとって、ヨーロッパ大陸とは親しみすぎてとっくに飽き果てた美術館のようなもので、今となっては雨宿りか、ちょっとした流行病を避けるのにでも使うしかなくなっていた。

チェーザレがワインをらっぱ飲みして、雨と涙の恋唄を歌う。

イル・ピオーヴェ、ドロール・ミオ　　心の痛みは雨と降り
エダンキオ・イオ・ピアンゴ……　　我はなお涙にくれて……

「要らん」と、シニョール・マンティッサは差し出されたワインボトルに手を振った。「あの男が来るまではもう飲まない」
「イギリス女が二人来た」とチェーザレ。「いいところを聞かせてやろう」
「やめろ――」

ヴェーディ、ドンナ・ヴェッツオーザ、クエスト・ポヴェレット
　麗しの君、哀れな男に目を留めてくれ
センプレ・カンタンテ・ダモーレ・コメ……
　我が歌うは愛のみ、あたかも――

「静かにしろったら」

「……蒸気船《ウン・ヴァポレット》」唄の続きと見せかけてオチをつけたチェーザレは得意顔で、毎秒一〇〇サイクルの汽笛をポンテ・ヴェッキオに響かせた。二人連れの女はぎょっとした様子で通り過ぎていった。

ややあって、シニョール・マンティッサは椅子の下に手を伸ばし、藁で巻いた新しいワインを一本取り出した。

「ガウチョが来たぞ」 鍔広帽子をかぶった背の高い男が足音も高く近づいてきたと思うと、ぬっと立ち止まって二人を見下ろし、興味深げにまばたきをした。

気の利かないチェーザレに苛立ちながら、シニョール・マンティッサはコルク抜きを見つけ、ボトルを膝のあいだに挟んで栓を抜いた。ガウチョは背を前にした椅子に馬乗りになって、ボトルからたっぷり飲んだ。

「ブローリオですよ」とシニョール・マンティッサ。「極上のね」

ガウチョは心ここにない様子で帽子の鍔をいじくり回した。それから、いきなり堰を切って話し始めた。「わたしは行動派なんだ、シニョール。時間を無駄にしたくない。それで《アローラ》だ。さっさと本題に入ろう。君の計画は検討してみた。ゆうべ細部まで教えろと言わなかったのは、ディテールというやつが嫌いでな。実のところ、聞かせてくれたいくつかのことも余分だと思っている。悪いが、この計画はまずいところだらけだ。なにしろ、手が込みすぎとる。つまずきの石があまりに多い。仲間が何人いる？ 君とわたしと、このろくでなしか」 チェーザレが嬉しそうに笑ってみせた。

「二人余計だ。こういうことは、君が独力でやらんといかん。館内の係員をひとり買収したいと言ってたが、そうなると四人。あと何人に金をつかませて、良心を麻痺させてやらんといかんのだ。このろくでもない仕事が終わる前に、誰かが守衛に密告せんとも限らんだろう?」

　シニョール・マンティッサはワインを飲み、口髭をぬぐって、無理に笑みを浮かべてみせた。

「チェーザレはいろいろ役に立つ伝手《つて》がありましてね。しかも、疑いをかけられることがない。そもそも、注目されませんから。ピサまで行くはしけにしても、ピサからニースに渡る船にしても、チェーザレがいなければ誰が――」

「君さ」ガウチョは脅しつけるように言いながら、シニョール・マンティッサの胸のあたりをコルク抜きで突いた。「君しかおらん。船頭や船長と値段を言い争ったりする必要があるかね? ない。船というやつは、乗り込んで荷を積めばいいんだ。そこから先も、とにかく突っ走る。男らしくな。当局の手が追ってきたら――」ガウチョがコルク抜きを手ひどくねじったので、シニョール・マンティッサの白麻のシャツが何平方インチか巻き込まれた。「分かったな?《カピッシ》」

　標本の蝶のように串刺しになったシニョール・マンティッサは両腕をばたつかせ、顔をゆがめ、金色の頭を揺すぶった。

「分かりますとも《チェルト・イオ》」と、やっとのことで言った。「司令官殿《シニョール・コメンダトーレ》、軍人的な精神の持ち主にとっては、もちろん……直接行動あるのみで……しかし、このように入り組んだ問題となると……」

「だまれ!」ガウチョはコルク抜きを相手のシャツから外し、腰を下ろしてシニョール・マンティッサを睨みつけた。雨はすでに止み、太陽が沈まんとしている。ポンテ・ヴェッキオは、河岸のホテルに戻ろうとするツーリストでいっぱいだ。チェーザレは泰然とした目で二人を見やっていた。

三人はしばらく無言で座っていたが、ややあってガウチョが口を切った。平静だが、底に激情を秘めた口調である。

「去年わたしがいたヴェネズエラは、こうじゃなかった。アメリカ大陸じゃ、こんなのは通用せんぞ。物事をこねくりまわしたり、ややこしい回り道をしたりな。争点は単純明快、我々は自由を求め、連中は拒んだ。自由、しからずんば隷属。親愛なる策略家さんよ、この二語で事足りたのさ。余分なフレーズも、くだくだしい説明も、お説教も、道徳的飾りつけも一切なし。守るべき立場を守り、行くべき場所へ突き進んだ。戦う段になっても、我々は真正面から戦った。君らは、小手先の戦術を弄してマキャヴェッリ気取りでいる。『獅子と狐』の話にかぶれたはいいが、心がねじけているから狐の姿しか見えとらん。獅子の強さ、猛々しさ、生まれついての高貴さはどこへ行った？　敵の背中を撃つことしかできんのでは、世も末だ」

シニョール・マンティッサは、いくぶん落ち着きを取り戻していた。「獅子と狐の両方が必要なんですよ、当然ながら」と、なだめるように言った。「だからこそあなたに協力を願ったんです、コメンダトーレ。あなたは獅子で、わたしは──」と、へりくだった声で──「ごくちっぽけな狐」

「なら、こいつは豚か」ガウチョはわめいて、チェーザレの肩を叩いた。「恐れ入ったよ！　最高のチームだ」

「豚ですとも」チェーザレは嬉しそうに言って、ワインのボトルに手を伸ばした。

「飲むな」ガウチョが言った。「こちらのかたは、我々のために苦労してトランプカードのお家《うち》を作ってくれたんだぞ。わたしはそんな所に住みたくないが、貴様が口を滑らせて、アルコール漬けの息で家を吹き飛ばすのは許さん」そう言って、シニョール・マンティッサに向き直った。「そもそも、君はマキャヴェッリを理解しておらん。あの男は、万人に自由が与えられねばならんと信じておったのだ。『君主論』の最終章を読んだか。マキャヴェッリが統一共和国の樹立を望んでいたのは明らかだ。見ろ、すぐそこで――」と、日が沈みつつある左岸を指さす――「マキャヴェッリはメディチ家の陰謀に苦しめられながら暮らしていたんだ。メディチ家という狐をマキャヴェッリは憎んでいた。あの男はつまるところ、獅子の到来を訴えておるんだ。狐どもが一匹残らず巣穴に逃げ帰るような巨大な力がイタリアに現れることを。やつの道徳観は、わたしや南米の同志たちと同じく単純率直だったんだ。しかるに君は、マキャヴェッリに倣うと称して、メディチ家の憎むべき狡猾さを今の世に伝えんとしておる。メディチ家こそ、この街で長きにわたって自由を抑圧してきた張本人じゃないか。うっかり君らと関わりを持ったせいで、わたしの面目は丸つぶれだ」

「もし――」ふたたび、シニョール・マンティッサは無理のある笑みを浮かべた――「コメンダトーレが何か別のプランをお持ちなら、喜んで……」

「持っとるに決まっとる」ガウチョはぴしゃりと言った。「このプランしかありえん。地図はお持ちか？」シニョール・マンティッサは、折り畳んだ鉛筆書きの図面をいそいそと内ポケットから取り出した。ガウチョは苦い顔で図面を睨んだ。「これがウフィツィ美術館だな。わたしは入ったことがない。偵察に行って、空間を把握しておかんとな。で、目指す品はどこだ？」

シニョール・マンティッサは左下の隅を指差した。「ここがロレンツォ・モナコの間《ま》です。正面口の合鍵はもう作らせてある。主な回廊は三本。西回廊、東回廊、その二つをつなぐ短い南回廊。三本目の回廊である西回廊から、『さまざまな肖像画』という札の出ているこの小さな回廊に出る。その突き当たりの右側に、ギャラリーへの入口があります。入口はこれだけだ。彼女は西の壁に掛かっている」

「入口がひとつということは、出口もひとつ」とガウチョ。「気に入らんな。袋小路だ。美術館から出るには、東回廊をずうっと戻って階段を下り、シニョリーア広場に出なきゃならん」

「エレベーターを使えば、パラッツォ・ヴェッキオに抜けられる通路に出ますよ」とシニョール・マンティッサ。

「エレベーターか」ガウチョは鼻で笑った。「君の考えそうなことだ」そう言って歯を剝き出し、身を乗り出した。「回廊を一本歩き切り、もう一本歩き切り、さらにもう一本を半分進み、お次は四本目から袋小路に出て、帰りは全く同じ経路を逆にたどる、それだけでも充分馬鹿げているんだ。距離にして――」と素早く計算し、「約六百メートル。しかも、ギャラリーの前や回廊の角々には警備員が手ぐすね引いている。それだけ囲まれていても、君はまだ足りんのだな。エレベーターときたか」

「それに」とチェーザレが割り込んだ。「彼女《あれ》はひどく大きいんで」

ガウチョは拳を握り締めた。「どのくらい」

「一七五×二七九センチ」シニョール・マンティッサが言った。

「チンポ頭《カーポ・ディ・ミンケ》め！」ガウチョは乗り出していた上体を戻し、首を振った。癇癪を押さえ込んでいる様子をありありと窺わせつつ、シニョール・マンティッサに向き合う。「わたしは小柄じゃないだろう」と、我慢強く説いた。「実のところ大柄だ。肩幅もある。獅子のような体つきだ。人種のせいかもしれん。わたしは北部の出だから、ドイツ人の血が入っていてもおかしくない。ドイツ人はラテン民族より背が高いからな。背丈も、肩幅も大きい。いずれはこの身体もぶくぶく太るのかもしれんが、今のところは全身が筋肉だ。ともかくも、わたしが大柄なのは間違いないな？　結構。

そこで申し上げるが——」と、声を荒らげて——「君が盗み出すと言っとるボッティチェリのろくでもない絵は、わたしとフィレンツェ一のでぶ娼婦を一緒に覆い隠して余りある。それどころか、その娼婦の象みたいに太った母親がお目付けについてきても大丈夫だ！　一体全体、そんなものを抱えて、どうやって三百メートルも歩くおつもりか？　ポケットにでも隠すというのかね？」

「まあ落ち着いて、コメンダトーレ」シニョール・マンティッサが懇願した。「誰が聞いているか分からないんですから。今おっしゃったことは、細工で何とかなるのです。ちゃんと手配してあります。チェーザレがゆうべ花屋に行って——」

「花屋。花屋ときた。花屋にも話してしまったんだな。いっそ、夕刊で計画を宣伝したほうがすっきりせんか？」

「あの男なら大丈夫。木を売ってくれるだけですから」

「木だと」

「ユダの木です。ごく小型のやつですよ。たったの四メートル。チェーザレが今日の午前いっぱいかけて、幹を中空にしましてね。ですから、紫の花が枯れてしまう前にさっさと計画を実行しないと」

「この上なく馬鹿げたことを言うようで恐縮だが、わたしの理解ではこうなる。君らは、『ヴィーナスの誕生』のキャンバスを巻いてユダの木の中空の幹に隠し、あっという間に盗難に気付くはずの警備員たちの前を通って三百メートルばかり運び、シニョリーア広場に出たら、都合よく群衆にまぎれこもうというんだな？」

「その通り。黄昏どきが一番かと——」

「アリヴェデルチ」

シニョール・マンティッサは慌てて立ち上がった。「お願いです、コメンダトーレ」と叫んだ。

「待ってください《アスペッティ》。チェーザレとわたしは作業員に変装するんですよ。ウフィツィは改装中ですから、何も怪しいことは――」

「失礼だが、君らは二人とも狂っとる」

「しかし、あなたのご協力が不可欠なんです。我々に必要なのは獅子なんだ。軍事的な戦術戦略に長《た》けた……」

「やむを得ん」ガウチョは踵《きびす》を返し、小柄なシニョール・マンティッサを圧して仁王立ちになった。「こうしよう。ロレンツォ・モナコの間には窓があるね？」

「太い鉄格子がついています」

「構わん。爆弾があればいい。小さいやつを手配しよう。邪魔者は力ずくで排除する。この窓から出れば、隣は中央郵便局だ。はしけとの待ち合わせ場所は？」

「サン・トリニータ橋の下です」

「ルンガルノを四、五百ヤードか。馬車を徴発すればいい。今晩十二時、はしけを待たせておきたまえ。これがわたしの案だ。それ以外は断る。わたしは晩飯どきまでウフィツィを偵察してくる。それが済んだら、九時までうちで爆弾作りだ。九時以降はビアホール〈シャイスフォーゲル〉にいる。十時までに決心を知らせてくれ」

「しかしコメンダトーレ、あの木はどうするんです。二百リラ近くしたんですよ」

「知るか」身のこなしも鮮やかに回れ右をすると、ガウチョは右岸の方向に大股で歩み去った。

太陽はアルノ河の上にかかっていた。シニョール・マンティッサの目にたまってきたものを落日の光線が薄い赤色に染めたところは、さっき飲んだワインが滲み出て涙に混じったかのようだった。チェーザレは慰めるように、シニョール・マンティッサの痩せた肩に腕を回した。「うまくいくさ。ガウチョのやつは野蛮人だ。ジャングル暮らしが長すぎた。何も分かっちゃいないって」

「彼女は死ぬほど美しいぞ」シニョール・マンティッサはささやいた。

「そうとも《ダッヴェーロ》。俺だって夢中よ。俺たちゃ、恋の同志だぜ」シニョール・マンティッサはそれには答えず、ややあってワインに手を伸ばした。

III

ミス・ヴィクトリア・レン――ヨークシャーのラードウィック＝イン＝ザ＝フェン出身で、最近は世界市民を自称しているミス・ヴィクトリア・レンは、ストゥーディオ通りからほんの少し引っ込んだ教会の最前列で敬虔にひざまずいていた。懺悔の祈りを捧げていたのだ。一時間前、ヴェッキエッティ通りを行く馬車の中で太ったイギリス人の青年がふざけているのを見たときに淫らな考えを抱いてしまったからだが、今は心からそれを悔いていた。十九とはいえ、彼女はすでに本物の情事を経験済みだった。去年の夏にカイロで、イギリス外務省の情報部員であるグッドフェローという男を誘惑したのだ。若さとは立ち直りが早いもので、グッドフェローの顔立ちはすでに記憶から消えていた。事が終わったあと二人はどちらもすぐさま、彼女が処女を喪うことになったのは国際情勢の緊迫ゆえに感情が昂ぶっていたせいだ、と考えることにしたものだ（時あたかも、ファショダ事件の最中だった）。それから半年余り経った今になって振り返ってみると、どの程度が自分のたくらみでどの程度が抑えがたい衝動だったのかは難しいところだった。二人の関係はやがて、彼女と妹のミルドレッドを連れて旅行中だったやもめの父親サー・アラスターの知るところとなった。ある日の午後遅く、エズベキエフ公園の木の下で、ミルドレッドが目に涙をためて呆然と一部始終を見守るさなか、激しい言葉が交わされ、すすり泣きと脅迫と侮辱の言葉が続き、ありとあらゆる傷がヴィクトリアの心に刻まれた。とどのつまり、ヴィクトリアは氷のように冷たい声で別れを誓った。もう二度とイギリスには戻らない、と。サー・アラスターはうなずき、ミルドレッドの手を引いて立ち去った。どちらも振り返らなかった。

　食べていくのに不自由はなかった。アンティーブのワイン商、アテネで出会ったポーランドの騎兵中尉、ローマの美術商の三人から受けた援助を抜かりなく貯め込んで四百ポンドの金を作ったヴィクトリアがフィレンツェにやってきたのは、左岸にある小さなドレスメーカーの店を買い取るためだった。実行力旺盛な若きヴィクトリアはいつの間にか強固な政治的信念を身に付け、アナキストや漸進的社会主義のフェビアン協会は言うに及ばず、自由党のローズベリー元首相さえ嫌悪するようになっていた。十八歳の誕生日以来、ヴィクトリアはある種の純真さを一ペニーの小さなキャンドルのように手の中に持ち歩き、子供っぽく柔らかいふくらみが残る指輪なしの手で炎を守り、率直な目と小さな口と懺悔の祈りのように真っ正直な少女の肉体でもって、あらゆる汚れから救われてきたのだった。今も、ひざまずくヴィクトリアの身を飾るものは象牙の櫛だけ。その櫛が、いかにもイギリス娘らしいたっぷりした茶色の髪のさなかで輝いている。櫛の歯は五本あり、歯のそれぞれは磔刑像《たっけいぞう》になっていて、隣の像と腕を共有している。その中にキリスト教の殉教者はいない。イギリス軍の兵士ばかりだ。この櫛は、カイロのバザールで見つけた。どうやら彫り手はマフディー派の職人で、一八八三年に包囲されたハルトゥームの東で起きた殺戮を記念して作り上げたらしい。これにヴィクトリアの手が伸びたのは、故あってのことではなかったかもしれない。若い娘が、色と形の気に入ったドレスや飾り物を選ぶのと変わらぬ所作だったのかもしれない。

グッドフェローを含めて四人の男がいたわけだが、彼らと過ごした時間が罪深いものだとは今も思っていなかった。グッドフェローのことを覚えているのは、単に彼が一人目だったからだ。これは、教会一般が罪だと見なしているものを彼女ひとりの奇矯なカトリック信仰が許したというだけではない。ことは単なる「認可」ではなく、内的な「受容」なのだった。ヴィクトリアの中では、あの四つの出来事は自分だけの内的かつ霊的な恩寵が外的・可視的に表れ出たものだというひそかな確信が生まれていたのである。シスターになろうとして修練院で過ごした数週間がそうさせたのかもしれないし、この世代に特有の病的な傾向の反映かもしれない。いずれにしても、齢《よわい》十九にしてヴィクトリアは、修道女的な気質がもっとも危険な極致にまで高められた存在となっていた。修道女のヴェールを被ろうと被るまいと関係はなくて、キリストこそが自分の夫であるという感覚は決して消えず、しかも聖なる夫との交わりは不完全な身代わりの人間を相手に結ぶしかない――そんな身代わりが、今までに四人いたわけである。キリストはこの先も、自分が適切と見なした数の代行者を送り込んで夫としての義務を果たし続けるだろう。こんな信念がいかなる結果を招くかは言うまでもない。パリでは同じような心構えの女たちが黒ミサに参加し、イタリアでは次々に大司教や枢機卿の愛人となってラファエロ以前の光輝の中に生きていた。ヴィクトリアの場合、愛がより広い層に開かれていただけのことである。

立ち上がったヴィクトリアは、中央の通路を通って入口のほうに出た。聖水に指を浸して片膝をつこうとしたとき、後ろからぶつかった者がいる。びっくりして振り返ると、自分より頭ひとつ背の低い初老の男だった。身体の前で手を握り合わせ、怯えた目をしている。

「イギリスのかたですな」

「ええ」

「お助けを願いたい。困ったことになりました。総領事に相談するわけにもいかんのです」

物乞いや貧乏ツーリストには見えなかった。不思議なことに、グッドフェローのことが思い出された。「ということは、スパイでいらっしゃるの?」

老人は陰気な笑い声を立てた。「さよう。ある意味では、諜報活動に従事していると言ってよいでしょう。しかし、自らの意思に逆らってです。こんなふうになることを望んでいたわけではない」

物狂おしい調子だった。「告白をしたいのですよ、分かりませんか?　ここは教会、告白をする場所だ……」

「行きましょう」とヴィクトリアはささやいた。

「外は困る。どこのカフェも見張られています」

ヴィクトリアは相手の腕を取った。「裏に庭がありましたでしょ。こちらへどうぞ。聖具室を通りましょう」

男はおとなしく導かれるままになっていた。聖具室では聖職者がひざまずいて、聖務日課書を朗読していた。脇を通りざま、ヴィクトリアは十ソルディ手渡した。聖職者は目も上げなかった。交差アーチ天井の短い廊下を抜けると、小さな庭に出た。苔生《む》した石塀に囲まれ、背の低い松が一本、芝生が少々、鯉の泳ぐ池がひとつある。ヴィクトリアは男を、池のそばにある石のベンチに案内した。ときどき吹きつける突風で、雨が塀を越えて入ってくる。老人は脇に抱えていた朝刊をベンチの上に広げ、二人は腰を下ろした。ヴィクトリアはパラソルを開き、老人は一分ほどかけてカヴールの葉巻に火をつけた。雨の中にいくつか煙の固まりを吐き出してから、口を切った。

「ヴィーシューという場所、ご存じではないでしょうな」

知らない名前だった。

老人はヴィーシューのことを話し始めた。広大なツンドラをラクダに乗って渡り、支石墓《ドルメン》や廃墟となった街の寺院を通り過ぎると、木々の葉に厚く覆い隠されて日が射すことのない広い河のほとりに出る。河をゆくチーク製の船は龍の形に彫り込まれ、褐色の肌をした漕ぎ手たちの言葉を外部の人間は誰一人として知らない。八日間の河旅のあと、細長く延びた危険な沼沢地を横断して緑色の湖に出る。湖の向こうに隆起しているのが、ヴィーシューを取り巻く山々への足がかりだ。山道にさしかかると、現地人のガイドは少し登っただけでそれ以上足を進めず、ある方角を指さしてから引き返してしまう。天候にもよるが、それから一、二週間のあいだ、氷堆石や剝き出しの花崗岩、硬くて青い氷の地面を進んでゆくと、ヴィーシューの外れにたどりつくのである。

「あなたは、そこにいらしたことがあるんですね」

そう、十五年前に。以来、狂熱のとりこになっているのだ。南極で、冬の嵐を避けるために急造のシェルターに身を潜めたときにも、まだ名前もない氷河の高い山肩にキャンプを張ったときも、ヴィーシューの人々が黒い蛾の羽から醸す香水の匂いがかすかに漂ってくるような気がした。時には、彼らの哀愁漂う音楽が風にまぎれ込んでいるようでもあった。オーロラの壁に、いきなり彼らの過去の記憶が——太古の戦や、さらなる昔に神々が演じた恋愛を描いた色褪せた壁画が——重なって見えたりもした。

「ゴドルフィンさんね」ずっと前から知っていたようにヴィクトリアが言った。

相手はうなずき、曖昧な笑みを浮かべた。「そう言うあなたは、新聞記者ではないでしょうな」

ヴィクトリアが首を振ると、雨の小さなしずくが飛び散った。「これは世間に広める話ではありません。罪なことかもしれんのだ。自分の行いの動機など、自分で分かるわけはありませんしな。ただ、無茶をやったということです」

「勇敢なことをね」ヴィクトリアは反論した。「わたし、拝読しました。新聞でも、本でも」

「しかし、益もないことでした。南極のバリアアイスを踏破するとか、六月に南極点を目指すとか。南極の六月は真冬です。狂気でしたな」

「偉業ですわ」 あと一分もすれば、南極点にひるがえる英国旗《ユニオン・ジャック》の話か、と、老人は暗然たる気持ちで考えた。頭上にそびえる堅牢なゴシック様式の教会、あたりの静けさ、彼女の平然たる様子……それとも単に自分の体液のめぐりだろうか、自分を告白に駆り立てるのは。すでに喋りすぎている、もうやめなくては。なのに、やめられない。

「人間はいつでも、いとも簡単に、物事に間違った理由付けをするものです」ゴドルフィンは大声になっていた。「中国での戦争も女王のため、インドでの戦いも大英帝国の栄光のためとね。そうですとも。わたし自身、部下や世間や自分自身にそういうことを言ってきたのですから。それを信じて——言ってしまえば、あなたが神を信じるようにね——今日も南アフリカで、明日もどこかで、イギリス人が死んでゆくわけです」

　ヴィクトリアはひそかな笑みを浮かべた。「あなたは信じていらっしゃらなかったの？」と、優しく尋ねた。目はパラソルの縁取りを見つめている。

「信じていましたよ。ところがある日……」

「何がありましたの」

「でも、なぜ？という疑問が襲ってきたのです。あなたは経験がおありですか。この、なぜ、という一語のせいで、ほとんど——狂気に陥った経験が？」葉巻の火が消えていた。ゴドルフィンは言葉を切って火をつけ直した。「ヴィーシューが特異だといっても、自然の理を超えたような点は何もありませんでした。天地開闢以来、世界が知らない秘密を世々代々かたくなに守ってきた高僧がいるわけでもない。秘密の霊薬が隠されているわけでもないし、人間の苦しみに対する特効薬が隠されていたのでさえない。ヴィーシューは安楽の地には程遠いのです。野蛮、反乱、内紛。世界中の、神に見捨てられたような僻地と選ぶところはない。イギリス人というやつは、もう何世紀もヴィーシューのような場所を嬉しそうに出入りしてきたんだ。ただ、ひとつだけ違うのは……」

　ヴィクトリアは老人を見つめていた。ベンチに立てかけられたパラソルの柄は、濡れた草に隠れている。

「ヴィーシューの色だ。そこには陸離たる光彩があった」老人の目は固く閉じられ、額は片手で支えられている。「祭祀長の邸の外にある木々には、七色に輝くクモザルが住んでおるのです。日光の具合で色が変わるのだ。あらゆるものが色を変えるのです。山も低地も、一時間も経てばすっかり別の色になっている。色の移り変わる具合も、日によってまったく別なのです。狂った万華鏡の中に住んでいるようだ。寝ているあいだの夢さえも色にあふれ、西欧人が一人として見たことのない形のもので満たされる。現実にはない形、何の意味もない形。まったくランダムなのですよ、ヨークシャーの風景の上で姿を変える雲のように」

いきなり出身地が話に出てきたので、ヴィクトリアは驚いた。彼女が上げた笑い声は、か細く甲高かった。老人は気付かなかったようだ。「忘れることなどできない。雲とは違って、その形はふわふわの羊だったり乱れた横顔だったりするわけではないのです。それは……ヴィーシュー、としか言いようがない。ヴィーシューの衣服、いや、皮膚かもしれん」

「その下は?」

「魂のことですな、お聞きになりたいのは。そうでしょうとも。わたしだって、あの場所の魂について考えたことがある。一体あの場所に魂はあるのかと。彼らの音楽も詩も法律も儀式も、いつまで経っても心に響いてこないのです。それらもまた、表皮でしかない。文身《いれずみ》をした野蛮人の皮膚と変わらない。わたしはよく、心の中で言ったものです――まるで女のようじゃないかと。怒らないでくださいよ」

「ええ、大丈夫」

「軍人について、世間ではいろいろ妙なことを考えるようですが、この場合に限っては、世間の夢想にも一理あるようだ。とんでもなく辺鄙な場所に派遣された若くて好色な下級将校が、黒い肌をした原住民の女のハーレムを手に入れるというやつ。この夢を抱く軍人は多いでしょう。ま、それを実現したやつには会ったことがありませんがね。わたしもそういう夢を抱かなかったとは言いません。ヴィーシューにいるあいだにそうなったんです。どうしたものか、あそこでは――」老人の額にしわが寄った――「あそこでは、見る夢も違うんだ。覚めた世界にそのぶん近いということはありませんが、とにかく、よりリアルな夢を見る。こんな言い方で分かっていただけるかどうか」

「先をお話しになって」ヴィクトリアはうっとりと相手を見つめていた。

「しかしあの場所は、たとえて言えば、まるであちらで見つけた女のようなのです。頭から爪先まで、黒い肌に文身をほどこした原住民の女。そいつといると、なぜか駐屯地が遠く感じられて帰れなくなってしまう。で、一緒になるしかない。明けても暮れても……」

「そのうちに、愛を感じるようになる」

「それも最初のうちだけです。すぐに、溢れ返る原色の文様が割って入って、その下にあると思った愛すべきものを遮蔽してしまう。ものの数日もすると、耐えられなくなって祈り出すんだ。自分の知っている神に手当たり次第――この女の肌を癩病で冒してくれと。あの文身の肌をぼろぼろにしてくれと。赤や紫や緑の皮膚がひん剝けたあとに浮かぶ脈打つ血管と筋がこの目で見たいんだ、この指で触りたいんだと。申し訳ない、つい言葉が過ぎました」老人は目を合わせようとしなかった。風が塀ごしに雨を吹き込んでくる。「もう十五年も前だ。我々がハルトゥームに進軍した直後でした。わたしも、残虐行為なら東方での軍歴で多少とも目にしてきましたが、それとは比べ物にならなかった。我々はゴードン将軍を救援しに行ったのです――まだあなたが小さいときの話ですが、ものの本でお読みになったでしょう。マフディー派があの街に何をしたか。ゴードン将軍と部下たちに何をしたか。わたしは高熱に悩まされていました。その上、あの腐乱死体の山と破壊の跡を見せられてはね。一も二もなく、すべてから逃げ出したくなった。それまで、きっちりした方形陣やきびきびした方向転換から出来ていると思っていた世界が、いきなり総崩れを起こし、混沌たる無秩序《マインドレスネス》と化したようでした。わたしはカイロやボンベイやシンガポールの司令部に友人が多かったから、二週間後に調査隊の話を聞き込みました。海軍の人間が加わりそうにもない任務にもぐりこむのがわたしの得意技でね。今度の任務は、地球上で最も過酷な場所に入り込む民間の技術者たちを護衛することでした。ワイルドでロマンティックではありますな。これまで地図上に空白しかなかった場所に輪郭を引き、等深線をめぐらし、陰翳や色をつけようというのだから。まさに大英帝国万歳というわけで――わたしの頭の奥にもそんな概念が潜んでいたのかもしれませんが、しかし当時のわたしは、とにかくスーダンから逃げ出したい一心でした。神のみそなわす英国の足元に東方を踏みにじるのも結構ですが、マフディーの軍隊だって同じことをアラビア語でわめいていたし、ハルトゥームは彼らの言うとおりになってしまったわけですよ」

神の助けか、ゴドルフィンはヴィクトリアが挿している櫛に気付いていないようだ。

「ヴィーシューの地図はお作りになれましたの？」

ゴドルフィンはためらった。「いいえ。いかなるデータも本国には持ち帰っていません。外務省にも、地理協会にも。失敗したという報告だけです。なにしろ、過酷な土地だ。十三人いたうち、帰還できたのは三人だけです。わたしと、副隊長と、民間人が一人。この男の名前は忘れましたし、わたしの知るかぎり、その後は跡形もなく姿を消してしまった」

「副隊長のかたは？」

「あの男は……病院にいます。退役しまして」沈黙が流れた。「二度目の調査隊が派遣されることはありませんでした」と、老ゴドルフィンは続けた。「政治的な理由でしょうかね？　まあ、誰も詮索はしなかった。わたしも何のとがめも受けませんでしたよ。それどころか、女王から親しくお褒めにあずかりさえしたのです。もちろん、秘密裡にですが」

ヴィクトリアは無意識に、片足で地面を叩いていた。「そのお話と、あなたの……その、今のスパイ活動、関係がありますの？」

ゴドルフィンの表情が一気に老け込んだ。葉巻の火がまた消えている。それを芝生に投げつけたあと、手が震えていた。「あるさ」そう言って、絶望したように教会や灰色の壁を指してみせた。「もしやあなたは――これはひょっとして、たいへんな過ちを？」

相手に警戒されたと気付いたヴィクトリアは、ある意図をもって身を乗り出した。「カフェを見張っている人たちですけど。ヴィーシューの人間ですか？　密偵？」

老人は爪を噛み切り始めた。ゆっくりと規則正しく、上顎中切歯と下顎側切歯を使って完璧な弓型に切り込んでゆく。「ヴィーシューについて何かを発見なさったのね」と、ヴィクトリアは感情を込めて尋ねた。「人に言えないようなことを」思いやりと苛立ちを同時に含む声が、小さな庭に響き渡る。「お手伝いさせてください」カジ、カジ。雨は弱まり、そして止んだ。「身が危険なときに頼れる人間が一人もいないなんて、あんまりじゃありません？」カジ、カジ。答えなし。「総領事が力になれないと、どうしてお分かりになるの。ね、お手伝いさせてくださいな」塀を越えて、今度は風だけが吹き込んできた。何かが池で跳ねる、ボチャンという物憂げな音。若い娘が説得を続けるあいだに、老ゴドルフィンは右手の爪を噛み終えて左手に移った。頭上の空が暗くなりだしている。

Ⅳ

シニョリーア広場五番地の八階の広間はほとんど真っ暗で、タコの炒め物の匂いがした。最後の三階ぶんの階段がこたえて息を切らしたエヴァンは、父親の部屋のドアを見つけるまでにマッチを四本費やした。ドアに貼ってあったのは名刺かと思いきや手で破いた紙切れで、「エヴァン」とだけ書いてある。エヴァンは不審げにそれを見やった。聞こえるのは雨の音と建物がきしむ音だけ。廊下は静まり返っている。肩をすくめたエヴァンは、ドアを押してみた。ドアは開いた。手さぐりで部屋に入り込み、ガス灯を見つけて火をともす。部屋は家具も少なくがらんとしていた。ズボンが一本、椅子の背に引っ掛かり、白いシャツが一枚、腕を伸ばした恰好でベッドの上に横たわっている。が、住人がいることを窺わせるものは他に何もなかった。トランクも新聞もなしだ。とまったエヴァンはベッドに腰を下ろし、考えようとした。ポケットから電報を取り出し、もう一度読んでみた。ヴィーシュー。これだけが手がかりだ。やっぱり親父は、その場所の実在を信じているのだろうか?

子供のときもエヴァンは、父親に、もっと詳しく話してとはせがまなかった。探検が失敗に終わったことは知っていたし、物語る父の低くやさしい声の中に自責と罪悪の気持ちが混じっているのを聞き取っていたのかもしれない。しかしそれだけであって、エヴァンは何を尋ねるでもなく、ひたすら座って聞いていた。まるで、いずれはヴィーシューのことを信じるのをやめなければならない日が来るのだから、今もあまり関わっては面倒だとでもいうように。それはそうと、一年前に会ったときの父は平静な様子だったから、南極にいるあいだに何かが起こったのだろう。それとも、帰還の途中でか。ひょっとすると、ここフィレンツェで。親父どの、いったい何のつもりで、せがれの名前だけ書いた紙切れを貼りつけて行ったのだろう？　可能性は二つ。(a)あれはメッセージではなく表札であって、ヒュー大佐がとっさに思いついた偽名がエヴァンだったということ、あるいは、(b)部屋に入れというエヴァンへのメッセージだったということ。両方ということもありうる。

ふと勘がひらめいたエヴァンは父のズボンをつまみ上げ、ポケットを探り始めた。出てきたのは、一ソルド硬貨が三枚とシガレット・ケースである。ケースに入っている四本の煙草は、すべて手巻き。エヴァンは腹の出っぱりを掻いた。父の電文が甦ってきたのだ。電報では多くを言うを憚る、か。エヴァンは溜息をついた。

「ようし、エヴァン」と、自分に向かって呟いた。「このゲーム、とことんまで付き合ってやろうじゃないか。ベテラン・スパイ、ゴドルフィンの登場だ」シガレット・ケースに隠しバネはないかと、念入りにチェック。裏地の下に何か隠れていないかと指先を走らせる。何もない。ならばどこか部屋の中か。ベッドのマットレスをつつき、縫い直しの跡を探す。衣装簞笥を念入りに探り、薄暗い隅をマッチで照らし、椅子の裏に何かテープで留められていないかと覗き込む。二十分に及んだ捜索の成果はゼロだった。自分はスパイとしてはかくも無能なのかと落胆して、どさりと椅子に座り込み、父の煙草を一本取ってマッチを擦ったその瞬間、「待てよ」。マッチを振って火を消し、テーブルを引き寄せ、ポケットからペンナイフを出して煙草を一本一本慎重に切り開き、中身を床に払い落とす。三本目が当たりだった。シガレットペーパーの裏側に、鉛筆でこう書いてある。

「ここは足がついた。〈シャイスフォーゲル〉で十時に。油断するな。父」

エヴァンは時計を見た。一体全体、これは何のつもりだ？　どうしてここまで面倒なことを？　親父どの、政治工作に手を出したのか、それとも年寄りの子供返りというやつか？　少なくとも数時間、こっちは何もすることがないわけだ。フィレンツェくんだりまで出かけてきた身の退屈をまぎらすためだけでも何か起こってくれればいいのだが、あまり期待はできなそうだった。ガス灯を消したエヴァンは、廊下に出てドアを閉め、階段を下り始めた。〈シャイスフォーゲル〉というのはどこにあるのだろうと考えていたとき、いきなり階段が身体の重みで何段分か崩れた。手を必死に振り回して手すりを摑んだが、今度は手すりのその部分が根元からメリッと倒れ、はずみで階段の外に振り出されたエヴァンは七階分の吹き抜けの上にぶら下がる恰好になった。つかまった支柱の上端の釘がじりじり抜けてゆく音がする。俺は世界一ドジな頓馬だ、とエヴァンは思った。釘は今にも外れそうだ。何か手はないかと、辺りを見回す。足の先はひとつ下の手すりから距離にして二ヤード、高さにして数インチの位置だ。さっき崩れ落ちた階段は、右肩から一フィート。ぶら下がった支柱はたよりなく揺れている。こうなったらダメもとだ。タイミングだけが頼み。慎重に右の前腕を折り曲げ、階段の側面にぴたりと手を当てて、あらん限りの力で押し放つ。ぽっかり口を空いた吹き抜けの上を身体が通り越え、振り子の極に達したところで手を放したちょうどその瞬間、キリキリと釘が抜ける音がした。一つ下の手すりに馬乗りになる形で見事着地、そのまま後ろ向きに滑り下りて七階に着いたとき、はるか下の床に支柱が激突する音がした。エヴァンは身震いしながら手すりをまたぎ下り、階段にへたり込んだ。すげえ。ブラヴォー。アクロバットでも食って行けるぞ。だが、次の瞬間、膝のあいだに嘔吐しそうな気味の悪さに襲われた。これ、ほんとに事故か？　上がってきたとき、階段は何ともなかったのに。顔に引きつった笑みが浮かんだ。これでは、親父を狂人呼ばわりできないぞ。建物から表に出るころには、エヴァンの震えはほぼおさまっていた。だが、街に繰り出すのは方向感覚が充分に戻ってからにしよう。

いつの間にか、二人の警官が両脇に立っていた。「身分証を拝見」と一人が言った。

我に返ったエヴァンは、とっさに抗議した。

「命令でしてね、大将《カヴァリエーレ》」この「大将」には、かすかな侮蔑の響きがあるようだ。エヴァンがパスポートを出すと、警官たちは名前を見てうなずきあった。

「一体、これはどういう――」エヴァンが言いかけた。

申し訳ないが、何もお教えできません。とにかくご同道いただきたい。

「イギリスの総領事を呼んでもらおう」

「しかし大将、あんたが本当にイギリス人だという証拠がありますかね？　このパスポートは偽造かもしれん。あんたはどこの国の人間でもおかしくありませんぜ。聞いたこともない国かもね」

首の後ろの肉がもぞもぞしてきた。ヴィーシューのことを言っているのだ、という狂った考えが浮かんだのだ。「君たちの上役がちゃんと説明できるのなら、付き合ってもいいぞ」

「できますさ、大将」三人は広場を横切り、角を曲がって、待っていた馬車の前に出た。警官の一人がエヴァンの傘をうやうやしく受け取り、つぶさに調べ始めた。「行け《アヴァンティ》」ともう一人が叫び、一同はグレーチ通りをギャロップで進んでいった。

V

同じ日の昼下がり、ヴェネズエラ領事館は上を下への大騒ぎだった。正午の便でローマから暗号の訓令が届き、フィレンツェ周辺で革命活動が活発化しているから注意せよと言ってきたのだ。地元の情報源からも、鍔広帽をかぶった背の高い謎の人物がここ数日にわたって領事館周辺に出没しているという報告が複数上がってきていた。

「まあまあ、落ち着いたらどうだ」と、副領事のサラザールが言った。「何かあるとしても、せいぜいデモ程度だろう。連中に何ができる？　窓を何枚か割って、植え込みを踏みにじるのが関の山さ」

「爆弾が飛んでくる」領事のラトンが叫んだ。「破壊、掠奪、強姦、騒乱《カオス》。領事館を乗っ取り、政府を転覆して、臨時政権を樹立する。そういう活動の舞台として、ガリバルディの記憶も生々しいイタリアほどふさわしい場所があるか？　大統領が暗殺されたウルグアイを見てみろ。連中には、たくさん味方がいるだろう。なのに、こっちは？　君とわたしと、あのたわけた事務官と雑用の女だけだろうが」

副領事はデスクの引き出しを開けて、ルフィーナのボトルを取り出した。「なあラトン、そうカッカしなさんなって。この鍔広帽の怪人は外務省の人間で、我々を監視するためにカラカスから派遣されてきたのかもしれんよ」サラザールはワインをグラス二つに注ぎ、ひとつをラトンに渡した。「それにローマからの訓令は、何ら具体的な指示を含んでいない。この謎の人物についてさえ、ひと言も言ってないじゃないか」

「やつは一味に間違いない」ワインをすすりこみながらラトンが言った。「わたしは調べたんだ。名前は摑んだ。怪しい非合法活動に従事していることも分かったぞ。やつの呼び名を聞いて驚くな」ラトンは焦らすように一拍置いた。「ザ・ガウチョだ」

「ガウチョってのは、アルゼンチンの人間だろ」サラザールはなだめるように言った。「それとも、フランス語の『左《ゴーシュ》』が訛ったか。左利きのおっさんかも」

「それが唯一の情報だ」ラトンは譲らない。「同じ南米大陸だろうが」

サラザールは溜息をついた。「で、どうする？」

「地元警察に支援を要請する。他に手があるか？」

サラザールは二つのグラスにワインを注いだ。「第一に、国際的な手続きがややこしい。管轄権の問題があるかもしれないぞ。法律上、この領事館の敷地はヴェネズエラの領土だからな」

「警官に防衛線を張らせるんだ、敷地を囲んで」抜け目のない様子でラトンが言った。「そうすれば、警官隊はイタリアの領土で暴動を鎮圧していることになる」

「まあね」副領事は肩をすくめた。「しかし第二に、そんなことをしたらローマやカラカスのお偉方の信頼を失いかねない。馬鹿みたいに見えやしないかね、そんな大仰な予防手段を講じた原因が、単なる根拠なき疑い、単なる気まぐれだったとしたら」

「気まぐれだと！」ラトンが声を張り上げた。「あの不気味な男を、わたしがこの目で見たというのに？」口髭の片側がワインで濡れている。ラトンは苛立たしげに髭を絞った。「何かが起ころうとしているんだ。単なる暴動とは訳の違う、我が国だけにとどまらない何かが。イタリアの外務省は我々の動きを見張っている。もちろん、あまりうっかりしたことは言えんが、君よりこの商売が長いわたしの勘を信じてもらいたいね。このままにしておくと、植え込みが荒らされるよりもはるかに深刻な事態が我々を襲うぞ」

「そうでしょうとも」サラザールが拗ねた様子で言った。「わたしを除け者にして、秘密をしゃべってくれないんなら……」

「いま話しても君は分からんだろう。ローマの連中だって分かっとらんのかもしれん。だが、君もいずれ身に沁みて分かる」ラトンは陰鬱な口調で付け加えた。「近いうちにな」

「しかし、あんた一人だけのことじゃないんだぜ。わたしに関係がないのなら、イタリアを巻き込んでくれても、イギリス、ドイツを巻き込んでくれても一向に構わないさ。しかし、あんたの言う大反乱が起こらなかった場合、わたしにも飛ばっちりがくるんだ」

「そうしたら」とラトンが笑った。「あのたわけた事務官が我々のポストを両方頂戴だな」

サラザールはそんな冗談では懐柔されなかった。「そうさな」と考え込んで、「あの男、どんな領事になるか楽しみだ」

ラトンが睨みつけた。「これでもわたしは君の上司だぞ」

「分かりましたよ、閣下――」お手上げの様子で腕を広げ――「ご命令をどうぞ」。

「今すぐ警察に連絡してくれ。状況をかいつまんで、緊急事態だと訴えろ。ただちに打ち合わせを設定してくれと頼め。つまり、日没までに」

「それだけ？」

「ガウチョの逮捕を要請してもいい」　サラザールは答えなかった。ラトンはルフィーナのボトルをひと睨みしたあと、向きを変えてオフィスから出て行った。サラザールは物思いにふけりながらペン先を嚙んだ。時刻は正午を回ったばかり。窓の外を見やると、向かいはウフィツィ美術館だ。気がつくと、雲がアルノ河の上に集まっている。これはひと雨来るかもしれない。

彼らはついに、ウフィツィ美術館でガウチョに追いついた。ガウチョはロレンツォ・モナコの間《ま》の壁に寄りかかり、『ヴィーナスの誕生』を横目で見ているところだった。二枚貝の殻の片方らしきものに乗ったヴィーナスは、金髪女で肉付きがいい。ガウチョは精神においてドイツ人だったから、この点は気に入った。しかしそのほかは、何が何やらさっぱりだ。どうやら、ヴィーナスが裸のままでいるべきか服を着るべきかという争いが起きているらしい。右手から、洋梨のような体形でガラス玉のようにとろんとした目の女がヴィーナスを毛布でくるもうとしており、左手にいる翼の生えた若い男は苛立った表情で毛布を吹き飛ばそうとしていて、その男に裸同然の女がからみつき、おそらくベッドに引き戻そうとしている。この妙な三人組が争っているそばで、ヴィーナスは遠い目をして、長い髪で前を隠している。お互い、他の人物と視線を合わせる気はないようだ。どうも分からない。一体なぜシニョール・マンティッサがこんな絵を欲しがるのか理解不能だが、まあ、それはこっちの知ったことではあるまい。鍔広帽の下で頭を掻き、寛大な笑みを浮かべたまま振り返ると、四人の警官がこちらに近づいてくるところだった。ガウチョはまず走って逃げようと考え、次に窓から飛び出そうと考えた。しかし、美術館の間取りをすでに呑み込んでいたから、どちらの衝動もほとんど瞬時に押さえつけた。「あいつだ」と、警官の一人が叫んだ。「捕まえろ！」

ガウチョは慌てず騒がず、帽子を斜めにかぶり直して腰に手を当てた。

警官たちはガウチョを取り囲み、顎髭を生やした警部が、たいへん遺憾ながら拘留の必要が生じたと告げた。数日のうちに釈放されるはずだから、騒ぎは起こさないでいただきたい、と。

「君ら四人ぐらい、まとめて片付けることもできるぞ」ガウチョは言った。その頭脳は急回転して戦法を検討し、一石四鳥の攻撃角度を計算していた。マンティッサ大人《たいじん》、とっ捕まるほど派手なヘマをやらかしたのだろうか？　ヴェネズエラ領事館から苦情が行ったのだろうか？　ここは落ち着いて、事態の見極めがつくまで無言で通すしかないな。連行者とともに「さまざまな肖像画」の間《ま》を抜け、二度右折して短い廊下をゆくと、長い連絡通路に出た。マンティッサの地図にこんな通路はなかった。「これはどこに通じているのかね？」

「ポンテ・ヴェッキオの上階を抜けてピッティ宮殿のギャラリーまで」と警部が答えた。「ツーリスト用のルートだ。我々はそこまでは行かないが」完璧な脱出経路ではないか。マンティッサの間抜けめ！　だが、橋の真ん中あたりで一行は通路から逸れ、煙草屋の裏部屋に出た。警察がよく知っている様子だから、絶好の抜け道というわけではないな。それにしても、なぜここまで秘密裡に？　市当局がここまで用心深くやるからには、きっとヴェネズエラ絡みに違いない。通りには、黒塗りで幌のかかった四輪馬車が停まっていた。警官たちはガウチョを押し込み、右岸の方角に走り始めた。まっすぐ目的地に向かうはずはないというガウチョの予想通り、橋を渡り切ると左右に曲がり、ぐるり一周し、もと来た道を引き返してゆく。ガウチョは座席に腰を落ち着け、警部から煙草を一本せびり取り、状況を検討してみた。ヴェネズエラが乗り出してきたとなると、事は厄介だ。自分がフィレンツェにやって来た目的は、他でもない。街の北東部、カヴール通りあたりに集まって住んでいるヴェネズエラ人たちを組織するためだ。ひっくるめて三百人ばかり。仲間うちで固まって煙草工場や中央市場で働いたり、ほど近い陸軍第四軍団の駐屯地で酒保係をやったりしている。ガウチョは二ヶ月かけて彼らに階級と軍服を与え、「マキャヴェッリの息子たち《フィリ・ディ・マキャヴェッリ》」という団名をつけたのだった。もっとも、彼らはさして権威を好んだわけではないし、政治的に特にリベラルだったり国粋的だったりしたわけでもなくて、たまに派手な騒ぎが起きるのを楽しんだだけである。軍隊式の組織とマキャヴェッリの威光が事の進行を早めてくれるなら、それはそれで結構だった。ガウチョはもう二ヶ月も騒乱を彼らに約束し続けてきたのだが、機はなかなか熟さない。カラカスの情勢は平穏で、ジャングルでも小競り合いが二、三あるだけだったのだ。大事件が起こるのをガウチョは待ち望んでいた。その刺激に雷鳴をもって反応し、大西洋という身廊をはさんだ両側で歌い交わしたかった。なにしろ、英領ギアナとの国境争いがおさまってからまだ二年しか経っていない。あの時は、英米両国が衝突寸前まで行った。カラカスにいるガウチョの情報源は、安心しろと言ってきている。準備は万端、武器は配られ賄賂が撒かれた、あとは時間の問題だと。そして今、明らかに何事かが起こったのだ。でなければ、どうして自分が検束されようか？　何とかして、副官のクエルナカブロンにメッセージを届けなければ。いつも待ち合わせに使うのはヴィットーリオ・エマヌエーレ広場にあるビアガーデン〈シャイスフォーゲル〉だった。しかも、マンティッサのボッティチェリ計画がまだ片付いていない。困ったことだ。こっちのほうも、別の夜まで待たないと……

　馬鹿もん！

　ヴェネズエラ領事館はウフィツィからたった五十ヤードじゃないか？　そこにデモをかければ、警察は手一杯だ。爆弾が破裂する音も聞こえないかもしれない。陽動作戦だ！　マンティッサとチェーザレと豊満な金髪娘は、全員無事に脱出できる。橋の下の待ち合わせまで、自分が送り届けてやることさえ可能かもしれない。騒乱を煽動した張本人が現場にぐずぐずしていてはまずかろう。もちろんこれは、警察が押し付けようとしている罪状に対して申し開きができるか、申し開きが無理なら脱走できるかした場合の話である。ともかく第一になすべきは、クエルナカブロンにメッセージを伝えることだ。馬車がスピードを落とすのが感じられた。警官の一人が絹のハンカチを取り出し、半分また半分と折って、ガウチョに目隠しをした。馬車はガクリと揺れて止まった。警部がガウチョの腕をつかんで前庭からドアを入り、いくつか角を曲がって、それから階段を下りた。

「ここに入れ」警部が命じた。

「ちょっと頼みがあるんだ」と、困惑を装いながらガウチョは言った。「今日はしこたまワインを飲んだんだが、まだ一度も――つまりだな、君たちの質問に正直かつ友好的に答えるためには、まずもって――」

「分かったよ」警部が唸った。「アンジェロ、見張っておけ」 ガウチョは礼の代わりに口元で笑ってみせた。アンジェロにくっ付いて廊下を行くと、アンジェロがドアを開けた。「こいつは外してもいいかね？」とガウチョは尋ねた。「便所はやっぱり便所《ウン・ガビネット・エ・ウン・ガビネット》だからな」

「そりゃそうだ」と警官が言った。「窓はすりガラスだしな。目隠しは外してもいいぞ」

「すまんね《ミッレ・グラツィエ》」 見れば驚きである。便所は手の込んだ水洗式だった。間仕切りまである。配管にこれだけやかましいのは、アメリカ人とイギリス人くらいのものだ。そう言えば、外の廊下はインクと紙と封蠟の匂いがした。領事館に違いない。アメリカ領事館もイギリス領事館もトルナブオーニ通りにあるから、ここはヴィットーリオ・エマヌエーレ広場から三ブロック西のあたりだろう。〈シャイスフォーゲル〉は、叫べば聞こえそうな距離だ。

「早くしろ」とアンジェロが言った。

「なに？　小便まで見張るつもりか？」激した声でガウチョは尋ねた。「ささやかなプライバシーさえ奪うのかね？　わたしはまだフィレンツェ市民だぞ。かつて共和国だった、この街の市民だ」返事を待たずにガウチョは間仕切りに入り、ドアを閉めた。「どうやって脱走できると思うんだ」と、中から陽気に呼びかけた。「この水洗便所を通って、アルノ河を泳いで逃げるってか？」小便をしながら襟《カラー》とネクタイを外し、カラーの裏にクエルナカブロンへのメッセージを走り書きする。たまには獅子だけでなく狐も役に立つわいと考えながら、カラーとネクタイと目隠しを付け直して外に出た。

「なんだ、また目隠しなんかして」アンジェロが言った。

「水鉄砲の腕試しさ」二人は一緒に笑った。ドアの外には、警部が配置した警官が二人立っていた。「まったく、人情を解《かい》さん役人だ」と考えながら、ガウチョは廊下を連行されていった。

そして個人用オフィスらしき場所に連れ込まれ、硬い木の椅子に座らせられた。「目隠しを取ってやれ」と、イギリス訛りのイタリア語が言った。頭の禿げかかったしなびた男が、デスクの向こうからまばたきしてみせた。

「ザ・ガウチョとは君のことだな」

「英語で話しますかね、お好みとあらば」とガウチョは言った。警官のうち三人は退出し、警部と、国家警察を思わせる外見の私服刑事三人が壁際に並んでいる。

「分かっとるじゃないか」禿げかかった男が言った。

うわべだけでも正直に思わせることにしよう、とガウチョは決めた。彼の知っているイギリス人はみんな、フェアプレイに異常なこだわりを持っている。「分かってますとも。この建物が何なのかもね、閣下」

禿げかかった男は物思わしげな笑みを浮かべた。「わたしは総領事ではない。総領事はパーシー・チャップマン少佐だが、彼は別件で忙しい」

「だとすると、あなたはイギリス外務省のかたですかな。イタリアの警察と一緒に動いておられる」

「かもしれんね。君はこの問題の核心グループの一人のようだから、ここに連れて来られた理由も分かっているだろう」

この男とは取り引きできそうだという期待がにわかに高まった。ガウチョはうなずいた。

「腹を割って話そうじゃないか」

笑みを浮かべて、ガウチョはまたうなずく。

「では、手始めに」と、禿げかかった男が言った。「ヴィーシューについて知っていることを全部話してもらおうか」

ガウチョはぽかんとして片耳を引っ張った。取り引きできると思ったのは間違いかもしれない。

「ヴェネズエラ、ですよね?」

「腹の探り合いはしないんじゃなかったか。ヴィーシューと言ったろう」

突然、ジャングルを出てから初めての恐怖がガウチョを見舞った。「ヴィーシューなんてもの、およそ知らん」とぶっきらぼうに答えたが、その強がりは自分の耳にも空しく響いた。

禿げかかった男は溜息をついた。「なるほど」と言ったまま、しばらくデスク上の書類を並べ替え、「そういうことなら、遺憾ながら尋問に取りかかるとしよう」 男が合図をすると、三人の警官がさっとガウチョを取り囲んだ。

Ⅵ

老ゴドルフィンが目を覚ましたときには、真っ赤な夕日が窓から流れ込んでいた。どこにいるのか思い出すのにたっぷり一分もかかった。暗くなりかけた天井、衣装簞笥のドアに掛かっている花柄でスカートのふくらんだドレス、化粧台の上に散らかっているブラシや大瓶小瓶と視線を走らせて、やっと思い出す。そうか、ここがあのヴィクトリアという娘の部屋なのか。しばらく休みなさいと言って、自分をここに連れてきたのだ。ゴドルフィンはベッドの上で身を起こし、不安げに部屋を見回した。サヴォイ・ホテルの客室、ヴィットーリオ・エマヌエーレ広場の東側に面した部屋であるのは分かる。だが、娘はどこへ行ったのだ？ さっきは、この部屋で介抱しながら、怪しい者が来ないか見張っていると言っていたはず。なのに、いなくなってしまった。ゴドルフィンは落日の光で時計を読もうと、文字盤をいろいろ傾けてみた。眠っていたのはほんの一時間程度らしい。つまり、娘はさっさと出て行ったのだ。ゴドルフィンは立ち上がって窓に近寄り、広場を見渡しながら、沈んでゆく太陽を眺めた。あの娘は敵の一味か、という考えが脳裡に浮かんだ。一瞬顔色を変えたゴドルフィンは、向き直るとドアに突進してノブを回した。外から鍵がかけられている。自分の弱さが呪われた。通りすがりの人間に告白を聞いてもらいたがるとは！ 裏切りの水かさが増し、今にも自分を溺死させようとしているのが感じられた。告解室に入ったと思ったら、出口のない牢屋だったとは。ドアをこじ開けられるものはないかと思って化粧台に駆け寄ると、香りのついたメモ用紙に几帳面な字で手書きしたメッセージがあった。

貴方様の身の上を案じております。御身を大切になさって、部屋からは一歩もお出になりませんよう。さっきのお話は信じましたし、この大変な時にできるかぎりのお手伝いをしたいと思っております。うかがったことを、イギリスの領事館に話してまいりましょう。個人的な関わりがございましたので、外務省がとても有能で思慮深いことは存じております。日が暮れてほどなく戻ります。

ゴドルフィンはメモをくしゃくしゃに丸め、部屋の向こうに投げつけた。キリストの教える寛大さで状況を眺め、彼女は親切心から動いているのであってカフェを見張っている連中の一味ではないと仮定してみても、チャップマンに知らせるというのは致命的な過ちだ。外務省が関わってきたらどういうことになるか。頭を垂れ、手は膝のあいだで固く組み合わせて、ゴドルフィンはベッドにへたりこんだ。後悔と、手も足も出ない無力さと。この二つは名コンビで、この十五年というものゴドルフィンの両肩に守護天使のごとくそっくり返ってきたのだった。「わたしのせいじゃないぞ」ゴドルフィンはがらんとした部屋に声を上げた。誰に向かって抗議しているのだろう。柄にパールを張ったヘアブラシや、レース地あるいは畝織りの布《きれ》、繊細な香水の瓶たちが寄ってきて話を聞き、一緒に議論してくれるとでも？「わたしにしても、死なずにあの山から下りられたのが不思議なのだ。あの気の毒な技師はある日突然姿を消してしまったし、パイク＝リーミングは不治の廃人になってウェールズの精神病院だ。そしてこのヒュー・ゴドルフィンは……」立ち上がり、化粧台に近づいて鏡の中の顔を見つめる。「こいつも時間の問題だろう」キャラコ生地が数ヤード分テーブルに載っており、そばにピンキング用のぎざぎざ鋏がある。ドレスメーカーになると言っていたのは本気のようだ（自分の過去を正直に打ち明けたのは、ゴドルフィンの告白ムードに影響されたというより、信頼関係を築くために形ある証拠を見せたかったからだろう。ヴィクトリアがカイロでグッドフェローと情を通じたという告白にショックは感じなかったが、その経験のせいでヴィクトリアが諜報活動というものを妙にロマンティックに捉えるようになってしまったとしたら残念だ）。ゴドルフィンは鋏を取り上げ、掌に載せてしげしげと眺めた。刃渡りは長く、ぴかぴか光っている。このぎざぎざな刃なら、相当ひどい傷になるな。鏡の中の自分に尋ねるように、目を上げてみた。鏡像が悲しげにほほえむ。「いや」とゴドルフィンは声に出して言った。「まだいかん」

鋏でドアをこじ開けるのは、ものの三十秒で済んだ。裏階段を二つ下りて通用口から出てみると、そこは広場から一ブロック北のトシンギ通りだった。そこから東へ、ゴドルフィンは街の中心から離れるように歩いていく。何とかしてフィレンツェを離れねば。だが、いかにして逃れたところで、軍務からは身を退《ひ》くほかあるまい。これからは逃亡の身だ。下宿屋を転々と移り、日陰の世界の住人となるわけだ。ゴドルフィンは黄昏の中をひたすら歩きながら、すでに完璧に形をなした我が運命が逃れようもなく迫ってくるのを感じた。いかに帆を操って回避を試みても船はまるで進まず、それでいて、向きを変えるたびに危険な暗礁がどんどんこちらへ近付いてくる。

右に折れて大聖堂《ドゥオーモ》の方角に向かった。そぞろ歩きのツーリストが通り過ぎ、辻馬車が通りに車輪を響かせる。人間の共同体から《ヒューマン・コミュニティ》――人間としての共通性《コモン・ヒューマニティ》からさえも――疎外された気がした。最近まで、そんなものはリベラルな連中が演説のときに使うまやかしの言葉だと思っていたのに。ジョットの鐘楼の前で口をあんぐり開けているツーリストをゴドルフィンは眺めた。感情を交えず冷静に、関わりのない対象に対する興味をもって眺めた。ツーリズムとは不思議な現象だ。一体何ゆえに、彼らは年々その数を増しながらトーマス・クックの代理店に詰めかけ、ローマ平原の熱病やレヴァントの不潔やギリシャの腐った食物に身をさらすのか？　異国の地の皮膚だけを愛撫して遍歴するツーリスト、季節が終われば旅程の振り出しであるロンドンのトーマス・クック本店へと戻ってゆくツーリストとは、都市を愛してまわりながら、愛人の心については何一つ語れないドン・ファンなのだ。そのくせ、あの果てしのないカタログ、モーツァルトの『ドン・ジョヴァンニ』の歌詞が言う「ちっぽけといえぬ帳簿《ノン・ピッチョル・リブロ》」をつけることだけはやめられない。そんな皮膚愛好者に義理立てしてヴィーシューを内緒にしておく必要があろうか。息の根が止まるような真実から連中を守ってやる必要が。世界のけばけばしい外皮の下には変わることのない厳然たる真実の核がある、すべてのケースで（大英帝国たりとても）それは同じ真実なのだ、それを語る言葉はまったく同一でかまわない――そう教えてならない理由などあるのだろうか。南極点をやみくもに目指した六月以来、自分はこの認識とともに生きてきた。破壊的な認識であるが、いまでは抑えをきかせて意のままに制することがほぼ可能になった。だが、ヒューマンなるものにはそんな話は通じないだろう。ヒューマンの家から飛び出した放蕩息子であるこの自分が、人間的な祝福にあずかろうとしても無理なのだ。ほら、あの四人の丸々と肥った女教師たち。大聖堂の南口のところで楽しげにおしゃべりしている。それとあのツイードを着たチョビ髭の洒落男。何用あってか、ラベンダーの香りをぷんぷんさせて駆けてきた。彼らには分かるまい、知ってしまった真実を吐き出さずにいることがどれほどの精神力を必要とするか。その力が、もはや自分には尽き始めている。ゴドルフィンはオリウォーロ通りを歩きながら、街頭の間の暗がりの数を数えていた。そういえばかつて、何回の息で一生分のバースデー・ケーキを吹き消すことができるか数えたことがあった。今年までに何本、次の年は、いつかは、ああ無理だ。現時点でも、すでに手に余る数だ。夢に見るのにさえ多すぎる。それでも全体のうちほとんどが吹き消され、黒くひん曲がった芯を晒している。この誕生日パーティは、どこをどう変えるでもなく、そのまま薄灯りのお通夜に転じることができる。ゴドルフィンは左に折れ、病院と医学校のあるほうへ向かった。小さな白髪頭の体から、当人の目にも長すぎる影が伸びていた。

後ろから足音が来る。また街灯を通り過ぎたとき、速めた足にからみつくようにして、ヘルメットをかぶった複数の頭の長い影が動いているのが見えた。警官か？　ゴドルフィンはパニックを起こしそうになった。尾行されていたのだ。追いつめられたコンドルの垂らした翼のように両腕を広げて、相手を迎えようと向き直った。逆光で姿が見えない。「ちょっと来てもらいましょう」と、闇の中から物柔らかな声のイタリア語が聞こえた。

自分でもよく分からない理由で、いきなりゴドルフィンに生気が戻ってきた。なあに、今回だって、これまで切り抜けてきた数々の局面と変わりはない。寝返った現地兵士の部隊を率いてマフディー軍に向かって行ったときも、捕鯨船に乗ってボルネオに攻め込んだときも、真冬に南極点を目指したときもこうだった。「地獄に落ちろ、だ」ゴドルフィンは陽気に答え、警官に囲い込まれた光溜まりからひょいと抜け出すと、曲がりくねった細い通りに飛び込んで一目散に駆けた。足音、罵り声、「追え《アヴァンティ》!」という何人もの叫び。笑い出したいところだが、息が切れてはいけない。五十ヤード走ったところで、不意に横丁に折れた。突き当たりに格子柵の窓があったので、飛びついて格子を手がかりに身を引き上げ、よじ上っていく。薔薇の若い棘が手に刺さり、敵のわめき声が近くなってきた。バルコニーの前に出たので手すりを飛び越え、両開きのフランス窓を蹴破って入ると、そこは寝室だった。蠟燭一本だけの灯の中で、素っ裸の男女がベッドの上で抱き合ったまま凍りつき、ちぢみ上がっている。「たいへん《マドンナ》!」と女が叫んだ。「亭主だわ《エ・イル・ミオ・マリート》!」男は悪態をついてベッドの下に潜り込もうとした。家具にぶつかりながら、老ゴドルフィンは大笑いした。いやはや、と浮かれ気分——このシーンは前に見たことがあるぞ。二十年前のミュージック・ホール、まったく同じ場面だった。ドアを開けると階段だったので、一瞬考えたあと、駆け上がり始めた。まぎれもなく、ロマンティックな高揚感に浸っていた。ここはひとつ、屋根伝いの逃走劇としゃれこもうじゃないか。が、屋根に出たときには、捕り手たちははるか左の方角で混乱したわめき声を上げていた。拍子抜けしながらも、ゴドルフィンはとにかく二、三軒の屋根を越え、外付けの階段を見つけて別の路地に下りた。十分ばかり、右や左に曲がりながらゆっくり走って息を整える。最後に、煌々と灯のともった裏窓が注意を引いた。忍び足で近寄り、覗き込む。温室栽培の花や鉢植えの低木や高木がジャングルのようになった部屋で、三人の男が何やら熱心に議論している。そのうち一人は知っている顔だったので、ゴドルフィンは驚きつつほくそ笑んだ。いやあ、世界は狭い。その狭い世界の果ての地を自分は見てきたわけだ。窓を叩き、物柔らかな声で「ラファエル」と呼びかける。「ラフ」

目を上げたシニョール・マンティッサが驚愕した。「何てこった《ミンゲ》」と、ゴドルフィンの笑顔を見て言った「イギリスの仲間だよ。誰か入れてやってくれ」赤ら顔に疑わしげな表情を浮かべた花屋が、裏のドアを開けた。ゴドルフィンはさっと中に入り、二人の男は抱き合い、チェーザレは頭を掻いた。ドアに鍵をかけた花屋は、ヤシの木の後ろに引っ込んだ。

「ポート・サイードからずいぶん離れたところで会うんだなあ」シニョール・マンティッサが言った。

「そんなに離れちゃおらんさ」ゴドルフィンが言った。「場所的にも時間的にもな」

時とともに崩れ落ちることのない友情があるとすれば、二人のあいだに結ばれたのがそれだ。離れ離れのまま時が流れ、音信が絶え果てても変わらぬどころか、四年前に友人となったときの思いが一層強くなって戻ってきたのだ。あのときの二人は、スエズ運河入口にある石炭埠頭で出会ったとたん、何の私心《わたくしごころ》もなしにお互いを自分の同類と認めたのだった。一分の隙もない礼装に身を包んだゴドルフィンは自分の軍艦を閲兵しようとしており、冒険的事業家のラファエル・マンティッサは、先月カンヌで酔っ払ってやったバカラ賭博で巻き上げた物売り船の一群に荷が積まれるのを監督していた。視線が交錯した瞬間、二人は互いの内に同じ寄る辺なさを、世界全体に対する同じ絶望を見て取った。言葉も交わさないうちから友情を感じていた。一緒に出かけて酔っ払い、身の上を打ち明け合った二人は、一緒に喧嘩にも巻き込まれ、ポート・サイードのヨーロッパ化された大通りから外れたうらぶれた地区に転がり込んで暮らすようになる。友情だの兄弟の契りだのという戯言《たわごと》は、口にされる必要もなかった。

「どうしたんだね、わが友よ」シニョール・マンティッサが言った。

「覚えているかな、わたしがいつぞや話した場所のことを。ヴィーシュー」かつてシニョール・

マンティッサに話したときの話しぶりは、息子や査問委員会やつい数時間前にヴィクトリアに話したときとは異なっていた。ラフに話すのは、老練な船乗り仲間を相手に、上陸許可で行ったことのある町について知識を比べあうようなものだった。

シニョール・マンティッサは同情たっぷりに眉をひそめた。「今度もその問題か」

「取り込み中のようだな。後で話そう」

「なに、大したことじゃない。ユダの木一本だけのことさ」

「もうユダの木はないんですよ」花屋のガドルルフィがぶつくさ言った。「さっきから、三十分もそう言ってるんですがね」

「売り惜しみさ」チェーザレが陰気な声で言った。「今度は二百五十リラだと」

ゴドルフィンはほほえんだ。「いったい、どんな脱法行為にユダの木が必要なのかね?」

何のためらいもなく、シニョール・マンティッサはその脱法行為を説明した。その締めくくりに、「今はおとり用の木を買うところ。警察に発見させるのはこっちだ」

ゴドルフィンはヒュッと口笛を吹いた。「ということは、今夜フィレンツェから発つのか」

「まあ、ともかくも真夜中に河船に乗ろうと」

「一人分の余裕はあるかな?」

「友よ」シニョール・マンティッサはゴドルフィンの両肩を摑んだ。「君が乗るのか」ゴドルフィンはうなずいた。「追われているんだな。もちろんだ。わざわざ聞くなんて水臭いぞ。いきなり現れたってオーケーさ。船頭が文句でも言おうものなら、叩き殺してやる」老人は笑みを浮かべた。ここ数週間で初めて、ささやかな安らぎを味わいながら。

「差額の五十リラはわたしが出そう」

「そんな気遣いは――」

「まあまあ。これでユダの木は君のものだ」花屋はむっつりと金をポケットに納め、片隅に歩いていって、分厚いシダの茂みの後ろから、ワイン樽に植えたユダの木を引きずり出した。

「三人いれば持って行けるだろう」とチェーザレ。「場所はどこだい?」

「ポンテ・ヴェッキオ」シニョール・マンティッサが答えた。「それから、〈シャイスフォーゲル〉に寄る。いいかチェーザレ、君も甘い顔を見せるなよ。ガウチョを付け上がらせちゃいかん。やつの爆弾を使う必要はあるかもしれんが、ユダの木も用意しておく。獅子と狐、同時作戦だ」

三人はユダの木を取り囲んで持ち上げた。花屋がドアを開けてくれた。横丁を二十ヤード運ぶと、馬車がいた。

「そら行け《アンディアム》」と、手綱を取ったシニョール・マンティッサが叫んだ。馬車は速歩で進みだした。

「二時間ばかり後に、〈シャイスフォーゲル〉で息子と会う予定なんだ」ゴドルフィンが言った。エヴァンがもうフィレンツェに着いているであろうことを、ほとんど忘れていたのだ。「ビアホールのほうがカフェよりは安全な気がしてな。しかし、やっぱり危険かもしれん。警官に追われているんだよ。警官や他の連中が、〈シャイスフォーゲル〉も見張っているかもな」

シニョール・マンティッサは巧みに馬を操って、右に急カーブを切った。「馬鹿げた心配をするな。わたしがついている。このマンティッサを信じることだ、我が命あるかぎり、君の命は守る」

ゴドルフィンはしばらく答えなかったが、承諾のしるしにそっと首を振った。というのも、エヴァンに会いたくなってきたのだ。それも無性に。「息子さんには会えるとも。楽しき父子再会になるだろう」

チェーザレはワインのボトルを開けながら、古い革命歌を唄っている。アルノ河からの風が吹きつけてきた。シニョール・マンティッサの金髪が波打つ。ガタゴトとうつろな轍の音を響かせながら、馬車は街の中心部に向かった。やがて、チェーザレの哀調を帯びた歌声も、闇に満たされた広大な通りに消えていった。

VII

ガウチョを尋問したイギリス人の名前はステンシルといった。日没後しばらくして、ステンシルはチャップマン少佐の書斎で革張りの大きな椅子に腰を下ろし、物思いにふけった。アルジェリア産ブライアーの傷だらけなパイプがそばの灰皿に載っているが、火はいつの間にか消えている。左手には、ぴかぴかのペン先を取り付けたばかりの木製ペン軸が六本。それを右手で握って狙いを定め、向こうの壁に掛かった現外務大臣の写真めがけてダーツよろしく投げつけるという作業をステンシルは先程から繰り返していた。今のところヒットは一つだけだが、その一本は大臣の額の真ん中に命中、その外見を慈悲深い一角獣のごとくに変えていた。それ自体は愉快だったが、〈シチュエーション〉を正す役には立たなかった。その〈シチュエーション〉は現在、はっきり言って戦慄ものであり、のみならず、取り返しのつかないほどぐちゃぐちゃに掻き回されてしまったようなのだ。

荒々しくドアが開き、年に似合わず白髪が多くて手足のひょろりと長い男が飛び込んできた。

「見つかったそうだ」あまり嬉しそうでもない声である。

ステンシルは手にペンを構えたまま、物問いたげに目を上げた。「親父さんが?」

「サヴォイ・ホテルでな。見つけたのは女、若いイギリス娘だ。なんでも、部屋に鍵をかけて閉じ込めてきたらしい。彼女、領事館にひょっこり舞い込んできたと思ったら、しごく冷静に話を――」

「現場に行って確認を取ってくれ」ステンシルがさえぎった。「ま、今頃は逃げ出した後だろうが」

「娘には会いたくないか?」

「美人かね?」

「とびきり」

「じゃあ、やめておこう。それでなくても大変なんだ。分かるな。その娘は君に任せるよ、デミヴォルト」

「ブラヴォー、シドニー。まったく、仕事一筋だな。お国のために粉骨砕身だ。じゃあ、わたしはこれで。ファーストチャンスは与えたんだから、後で文句言うなよ」

ステンシルは笑みを浮かべた。「駆け出し諜報員《コーラスボーイ》みたいな口ぶりだな。まあ、わたしも会ってみるとするか。後でだよ。君の用が済んでから」

デミヴォルトは悲しげにほほえんだ。「こんな〈シチュエーション〉、美人でも出てこなけりゃやってられんぜ」そう言って、哀愁を漂わせつつドアから飛び出していった。

ステンシルは歯噛みをした。〈シチュエーション〉か。またまた〈シチュエーション〉とな。彼は時として哲学的になり、この〈シチュエーション〉なる抽象的存在がいかなる観念であって、どのようなメカニズムがそれを支えているのか思い描く。〈シチュエーション〉がまったく不可解だといって各所の大使館じゅうがおかしくなり、館員がみんな訳の分からぬことを喋り散らしながら通りを駆け回ったこともある。ステンシルの学校時代からの親友で、名前をカヴェスというのがいた。外務省入省も同期で、抜きつ抜かれつ出世を競ってきた仲間だったが、去年ファショダ事件が起こるや豹変してしまった。ある朝早く、ゲートルと日除けヘルメットのいでたちでピカデリーの人込みを掻き分け、フランスに攻め込む軍勢を募っている現場を押さえられたのである。なんでも、キュナード社の客船を徴発するとか吹聴したようで、捕まるまでに物売りを数人、売春婦を二人、寄席のコメディアンを一人宣誓入隊させていた。みんなして賛美歌の「進め、キリストの兵士たち」をばらばらの音程とテンポで歌っていた様子は、今でも痛ましい記憶として残っていた。〈シチュエーション〉なるものに客観的リアリティはない、というのが、ステンシルがずっと前に達した結論だった。〈シチュエーション〉とは、その場でたまたまそれに関わりを持った人間の思考の中にのみ存在するのだ。複数の人間の思考の寄せ集め、あるいは組み合わせが〈シチュエーション〉であるからには、それが均一でなく雑種性を帯びるのは当然であり、一人の人間が眺めたときには、三次元の世界に適応した目が四次元の図を見たときのような様相を呈するのである。それゆえ、いかなる外交問題においても、その問題に取り組むチームが可能な限り心をひとつにして動くことが事の成否を直接左右する重要性を持つ。そうした考えの行き着くところはチームワークへの信仰であって、ほとんど強迫観念のようにチームワークを口にするステンシルは「ソフトシュー・シドニー」なる渾名をもらっていた。コーラスボーイたちを従えて靴底の柔らかいタップシューズで踊っているときが絶好調、という意味である。

それにしてもこれは鮮やかな理論で、ステンシルは惚れ込んでいた。今のような最悪の情勢でも、それを説明できる理論を手にしているということだけが心の救いだった。非国教派プロテスタントである陰気な叔母ふたりに育てられたステンシルは、人間を北方／プロテスタント／理性派のグループと南方／ローマン・カトリック／非理性派のグループに分けて考えるというアングロサクソン的な心性を身につけていた。つまり、フィレンツェに到着したステンシルは、イタリア的なる物事のすべてに対して多分に潜在的な敵意を根深く抱いていたのだ。現実に体験したイタリアの秘密警察の仕事ぶりがまた、その思い込みに拍車をかけるものだった。あんな見下げ果てた烏合の勢を相棒にしたら、〈シチュエーション〉自体がろくでもないものになってしまう。

このイギリスの若造の件でもそうだ。ゴドルフィン、またの名をガドルフィ。イタリア側の連中は、一時間も尋問したが父親の海軍将校については何ひとつ吐かなかったと言い張る。ところがどうだ、やっとのことで英国領事館に連れて来てみれば、ステンシルに向かって開口一番、老ゴドルフィンを探す手助けをしてくれ、と言い出すではないか。ヴィーシューについての質問にも全部あっさり答えたし（外務省が手にしていない情報はほとんどなかったが）、今夜十時に〈シャイスフォーゲル〉で待ち合わせということまで喋る。この若造の振る舞いといったらまるで、ベデカーの観光ガイドやトーマス・クックの代理店が扱っていないことに出くわしてしまったイギリス人ツーリストだ。本気で慌てふためいている。この親子を抜け目のない究極のプロとして思い描いていただけに、ステンシルの期待は真っ向から裏切られた。彼らの雇い主が誰であるにせよ（シャイスフォーゲルがドイツ系の名前であることは何かを意味しているのかもしれないし、イタリアが独墺伊三国同盟の一員であることを考えるとなおさらだ）、あれほどの単純さを容認しうるとは思えない。目下この問題はあまりに大規模かつ深刻であって、諜報界の第一人者たち以外が入り込む余地はないのだ。

例の調査隊がほとんど全滅した一八八四年以来、情報部は老ゴドルフィンについて情報ファイルを蓄積してきた。ヴィーシューという言葉がそのファイルに現れるのは、たった一度だけ。ゴドルフィン本人の証言を要約して外務省から陸軍大臣に送られた秘密の覚書の中である。ところが一週間前になって、フィレンツェの検閲官が国家警察に内容を通報したあと何食わぬ顔で発信を許可したという老ゴドルフィンの電報の写しが、ロンドンのイタリア大使館から回されてきたのだ。大使館が行なった説明といっては、写しに殴り書きされていた「もしや興味おありかと存じて転送。協力成り立たば双方に益ならん」という文句だけである。イタリア大使のイニシャルが添えてあった。ヴィーシュー問題が再浮上してきたと見たステンシルの上役は、ドーヴィルとフィレンツェ駐在の情報部員に対し、親子から目を離さず見張っておけと命じた。地理協会がらみでも調査が開始された。ゴドルフィン証言の原本はなぜか行方不明になっていたので、下級調査員たちは当時の調査委員会のうち存命の面々に片っ端から聞き込みを行ない、文面を復元すべく作業中だ。上役は電報に暗号が使われていないことに困惑していたが、ステンシルに言わせれば、これこそ情報部が老練なベテラン二人組を敵に回している証拠なのだった。相手方がこれほどの傲慢な自信を見せているのは癪の種だったし、このせいでステンシルはゴドルフィン親子を憎みもしたが、同時に心底から感嘆せずにはいられなかった。暗号を使わないというのは、真の賭博師《スポーツマン》だけに許された、大胆不敵な定石破りのジェスチャーである。

ドアが遠慮がちに開いた。「えー、ミスター・ステンシル」

「おう、モフィット。言ったとおりにしたか？」

「ふたり一緒に入れてあります。わたしは論評する立場にありませんからね」

「ようし。一時間ばかり一緒にしておけ。その後で、ガドルルフィは釈放だ。拘留の理由は何もなくなりましたので、どうも大変ご迷惑さま、ではアリヴェデルチ、お元気で、と」

「で、尾行するんでしょ。犬も歩けば陰謀に当たる、なあんてね」

「なに、間違いなく〈シャイスフォーゲル〉に行くさ。約束通り会いに行くようアドヴァイスしておいたから、あの若造がスパイであろうがなかろうが、とにかく親父と顔を合わせることになる。少なくとも、やつが我々の推測どおりのゲームを進めているならな」

「ガウチョのほうは？」

「釈放を一時間遅くしろ。あとは好きなように逃走させていい」

「何だか危なっかしいなあ、ミスター・ステンシル」

「もういい、モフィット。ラインダンスの列に戻れ」

「タ・ラ・ラ・ブン・ディ・エイ」と歌って、モフィットはステップを踏みながら出て行った。ステンシルは溜息をつき、椅子から身を乗り出してダーツのゲームを再開した。やがて一本目のヒットから二インチの場所で二本目が角のように突き立ち、外務大臣をいびつな山羊に変えた。ステンシルはギリッと歯を鳴らし、「根性だ、ステンシル」と呟いた。「娘が来るまでに、こいつをハリネズミにするんだぞ」

二つ離れた獄房では、イタリア拳《モッラ》に興じる大声。窓外のどこかで、娘が歌を唄っている。遠い場所で祖国を守って死んだ恋人の歌だ。

「あれはツーリスト向けさ」ガウチョが苦々しげに言った。「間違いない。元来、フィレンツェの人間は歌など唄わん。まあ、さっき話したヴェネズエラの仲間はときどき唄うが、それは行進曲。士気を高めるための歌だ」

エヴァンは房の扉の前に立ち、頭を鉄格子に押し当てていた。「ヴェネズエラ人のお仲間は、もういないかもしれませんよ。ひとまとめに海に放り込まれたんじゃないでしょうか」

ガウチョが近寄ってきて、同情のこもった手をエヴァンの肩に置いた。「君はまだ若い。若いだけに辛かったろう、分かるよ。それがやつらの手なんだ。ああいう手で、いきなりこっちの士気を挫《くじ》くのだ。大丈夫、お父上にはまた会えるからな。わたしも仲間に会わなくては。それも今夜だ。サヴォナローラが火炙りになって以来のお祭り騒ぎを、フィレンツェに見せてやる」

エヴァンは狭い獄房と太い鉄格子をやけっぱちな目で見回した。「すぐ釈放という話だったのに。今夜は何もできやしませんよ。せいぜい、睡眠を取りそびれるくらいでね」

ガウチョは笑った。「いや、わたしも釈放されるさ。何も洩らさなかったからな。連中のやり口には慣れている。とにかく頭が悪いから、簡単に出し抜けるんだ」

エヴァンは憤懣やるかたない様子で鉄格子を握りしめた。「なんて馬鹿なやつらだ！　馬鹿じゃ済まない。狂ってる上に、無学文盲だ。どこかの無能な事務官が僕の名前をガドルルフィと書き間違えたらしくて、どいつもそれ以外の名前で僕を呼ぼうとしないんですよ。おまえの偽名だろう、書類にもはっきりガドルルフィとあるじゃないか、ですとさ」

「連中が何か思いつくなんて、めったにないことだからな。珍しくいい考えが浮かんだつもりになったら、絶対に手放そうとしない」

「それだけじゃないんです。お偉方の一人がヴィーシューはヴェネズエラの暗号名だと思いついたらしいんだ。それとも、さっきのトロい事務官か、これまた字の読めない兄弟あたりが取り違えたんですかね」

「ふむ、ヴィーシューのことはわたしも聞かれたぞ」ガウチョは考え込んだ。「返事のしようがあるまい？　ヴィーシューなんて、じっさい何も知らんのだから。イギリスの連中は、えらく大事なことのように思っているらしいが」

「でも、理由は教えてくれないんですよね。思わせぶりに仄めかすだけで。どうも、ドイツが一枚加わっているらしい。南極とも何らかの関係がある。ひょっとすると、数週間のうちに全世界が破滅的な戦争を始めるかもしれないらしい。で、連中は僕とあなたがそれに関係していると思い込んでるんだ。でなけりゃ、いずれ釈放するはずの僕らをわざわざ同じ房に移す必要がありますか？　釈放されたあとも、きっちり尾行がつくでしょうよ。どうやら僕らは、大陰謀のさなかにいながら、何が起こっているのかさっぱり分からないでいるみたいですね」

「そんな話を丸呑みにしちゃいかん。外交官というやつは、いつでもそんな物言いをするんだ。絶えず断崖絶壁の縁に立ってるみたいにな。一触即発の危機がなけりゃ、夜も眠れんのさ」

エヴァンはゆっくりとガウチョに向き直った。「ただ、連中の言ってることは本当です」と、静かに言った。「父のこと、お話ししますね。僕が小さかった頃、父は僕が寝る前に部屋にやってきて、ヴィーシューのことを延々と聞かせてくれたんです。光り輝くクモザルの話、人間が生贄《いけにえ》にされるのを見た話、川の魚が時にはオパール色で時には炎の色をしている話。水浴びに行くと魚が寄ってきて、悪魔から守るために複雑な儀式舞踊をしてくれるんだそうです。火山の中に都市があって、その火山は百年ごとに噴火して炎熱の地獄になるのに、やっぱり人はそこに住み続けるって話。山地に住む青色の顔をした男たち、いつも三つ子を産む女たち、秘密のギルドを作って夏じゅう陽気なお祭りを繰り広げる乞食たち。

でも、子供はいつか大人になりますよね。いずれは子供の世界から旅立つんだ。父親が神ではなく、神の声を伝える賢者でさえないという疑いがしばらく続いて、それがあるとき確証される。信じ続ける権利はないんだと悟るわけです。ヴィーシューも、おやすみ前の物語かおとぎ話に過ぎなかったんだということになって、ただの人間でしかなかった父の座を息子が奪うんです。

「親父は頭がおかしいんだと僕は思いました。強制入院命令書にサインして病院へ送ってしまおうかとも。ところが、シニョリーア広場五番地で、僕は危うく命を落とす目に遭った。あれは事故じゃない、生命のない物質世界の気まぐれであるはずがない。それからというものは、これまでずっと親父だけのおとぎ話かオブセッションだと思ってきたものをめぐって二ヶ国の政府が狂態を演じるのを見せられているわけです。人間はしょせん人間なんだからヴィーシューなんてものは嘘だ、親父に対する僕の愛も偽りだということになったはずなのに、今度は全く同じ理由でその正当性が示されようとしている。つまるところ、ヴィーシューは昔からずっと真実だったんだとね。イタリアやイギリスの領事館の連中にしても、あの文盲の事務員でさえも、みんな人間なんですから。連中の不安は父の不安でもあるし、それが僕の不安にもなりつつあるわけですよ。おそらく二、三週間もすれば、人類全体の不安になるでしょう。誰も世界が劫火に包まれることを望んでいないとすればね。これって一種の霊的交感《コミュニオン》ですよ。汚れちまった地球、みんなうんざりしているこの地球で、コミュニオンはまだ続いているんだ。そんな惑星に、結局のところ僕らは住んでいるんです」

　ガウチョは答えなかった。窓に近寄って、外を眺めた。今聞こえてくるのは、婚約者から遠く離れて地球の裏側にいる船乗りの歌だ。廊下の先からは「五《チンクエ》、三《トレ》、八《オット》、ブルルル！」と、イタリア拳《モッラ》の掛け声。やがてガウチョは首に両手を当て、シャツのカラーを取り外した。そして、エヴァンの前に戻ってきた。

「お父上との約束に間に合う時間に釈放されたら、〈シャイスフォーゲル〉に行ってわたしの友人に会ってくれないか。名前はクエルナカブロン。あの店では誰でも知っている。メッセージだと言ってこれを届けてくれたら、心から恩に着る」　エヴァンはカラーを受け取り、ぼんやりとポケットに入れた。それからふと気付いて、

「カラーが無くなっているのがバレてしまいますよ」

　ガウチョはにやりと笑い、シャツを脱いで寝棚の下に放り込んだ。「暑いから、とでも言うさ。忠告、かたじけない。わたしはどうも、狐のように考えるのが苦手でな」

「ここからどうやって出るつもりです？」

「簡単さ。君を外に出す鍵を運んでくる看守がいる。そいつを二人して殴り倒し、鍵を奪って、自由への道を切り拓く」

「二人とも脱出できた場合も、やっぱりメッセージは届けましょうか？」

「頼む。わたしはカヴール通りに行かなければならんのでね。〈シャイスフォーゲル〉には、別件の仲間と会うために後で顔を出す。どえらい《ウン・グラン・コルボ》ことになるぞ、計画が図に当たれば」

間もなく足音がして、鍵束のガチャガチャいう音が廊下を近付いてきた。「読心術を心得ているな」と、ガウチョが含み笑いをした。エヴァンは拳を固め、ガウチョにサッと向き直った。

「幸運を」

「棍棒は下ろせ、ガウチョ」鍵を持った看守が陽気な声で言った。「釈放だ、二人とも」

「何たる運命《ケ・フォルトゥーナ》」と、ガウチョが残念そうに言った。そして、窓のところに戻った。四月のフィレンツェ中に、例の娘の歌声が響いているようだった。「くそったれめ《ウン・ガーッ》！」とガウチョは叫んだ。

Ⅷ

イタリア人スパイの仲間うちで流行している最新のジョークに、こういうのがあった。あるイギリス人が、イタリアの友人から妻を寝取る。ある晩、夫が家に帰ってくると、不倫カップルがベッドで事に及んでいる。激怒した夫はピストルを引き抜いて復讐しようとするが、その瞬間、イギリス人がまあ待てとばかりに手を上げる。「きみきみ」と、超然たる態度で、「仲間割れはいかんよ、え？　考えてもみたまえ、四国間の同盟にどんな影響が出るか」

この寓話の作者はフェランテといって、アブサン飲みで処女を泣かせる名人だった。彼は顎髭を生やしかけており、政治嫌いで、フィレンツェに住まう何千もの若者と同じく現代のマキャヴェッリ主義者を標榜する男だった。その展望は実に長期的で、信じるところはただ二つ、(a)イタリアの外務当局はどうしようもなく腐敗していて愚鈍である、(b)誰かがウンベルト一世を暗殺すべきだ、という点に帰結する。ここ半年、例のヴェネズエラ問題にかかりきりで、自殺でもする以外にそこから抜け出す道はないと思い始めていた。

その晩、フェランテは片手に小さなイカを持って秘密警察本部の中を歩き回り、調理のできる場所を探していた。イカはさっき市場で買ってきたばかりの夕食である。フィレンツェにおける諜報活動の中心は、ルネッサンスおよび中世音楽の愛好家のために楽器を作っている工房の二階。名目上の経営者はフォークトというオーストリア人で、日中は工房でレベックやショームやテオルボといった楽器をせっせと組み立て、夜間にスパイとして働いている。合法的な日常サイドにおいてはガスコイニュという名の黒人を助手に雇っていて、この男の仲間がときどき楽器の出来具合を試しにやってきた。それと、フォークトの母親もいるのだが、これは信じがたいほど歳を取ったでぶでぶの婆さんで、少女時代に十六世紀の作曲家ジョヴァンニ・パレストリーナと関係を持ったという奇妙な妄想に取り憑かれ、訪問客に向かってのべつ幕なしに「ジョヴァちゃん」の大事な思い出を――つまりは、パレストリーナの奇妙な性的嗜好を――細大漏らさず喋り立てている。ガスコイニュや婆さんがフォークトの諜報活動に加わっているかどうかは誰も知らない。本来の監視対象だけでなく同僚たちまでスパイすることを仕事の一部と心得ているフェランテさえ、本当のところは分かっていなかった。ただし、これについては、フォークトのオーストリア人らしい用心深さが讃えられるべきだったのかもしれない。ともかくも、フェランテは人間の結ぶ契りなどというものを信じておらず、そんなものは一時的でしばしば滑稽な取り決めに過ぎないと考えていた。もっとも、ひとたび盟約を結んだ以上、その取り決めに利便性があるうちは従ったほうがいいという意見を持ってもいた。つまり、一八八二年以来同盟関係にあるドイツ人とオーストリア人はオーケーなわけだが、イギリス人と組むのはとんでもない。という次第で、例の寝取られ亭主の小話ができたのである。今回の問題に関しても、フェランテにはロンドンと協力すべき理由が見当たらない。独墺伊三国同盟にくさびを打ち込み、敵を分割して、別々に余裕を持って対処しようというのがイギリスの魂胆ではないかと疑っていたのだ。

フェランテは台所に下りていった。中からギーギーと引っ掻くような騒音が聞こえてくる。自分の規範を外れたものは何でも疑う性癖のあるフェランテがそっと四つん這いになり、用心深くオーブンの後ろに回って隅から覗いてみたら、フォークトのおふくろさんだった。アリアのごときものを、ヴィオラ・ダ・ガンバで下手糞に奏でている。フェランテに気付くと、弓を置いて彼を睨みつけた。

「すみませんです、シニョーラ」フェランテは立ち上がりながら言った。「音楽を邪魔するつもりはないんだけど、フライパンとオイルを借りられないかと思いまして。夕食を作るのに。ほんの数分で片付きますから」言い訳のように、イカを振ってみせる。

「フェランテ」突然、老女がしゃがれ声で言った。「演技なんかしてる暇はないよ。えらいことになってきたんだ」

フェランテは呆気に取られた。婆さん、嗅ぎ回っていたのか？　それとも息子から洩れ聞いただけだろうか？　「何のことか分かりませんが」と、ひとまずはしらばくれた。

「馬鹿をお言いでないよ」老女はぴしゃりと言った。「イギリスの連中は、あんたたちが知らなかったことを摑んでるのさ。ヴェネズエラがらみのちっぽけな問題だと思ったら、知らぬ間に、その名も怖くて口にできないほど大きな恐ろしいものを相手にしてたってわけさね」

「そうなのかな。かもしれない」

「どうなのさ。ガドルルフィという若いのがヘル・ステンシルに言ったところじゃ、その子の親父さんはこの街にヴィーシューのスパイたちが潜んでいると信じているそうじゃないか」

「ガドルルフィってのは花屋ですよ」フェランテは無感動に言った。「やつのことは見張ってあります。ガウチョの仲間たちと繋がりがあるんでね。ガウチョってのは、ヴェネズエラの政府を転覆しようとしているアジテーターで、そいつらを尾行したら、この花屋の店に行きついたんです。何か勘違いでもしてません?」

「あんたと仲間たちこそ、名前を取り違えてるんだろ。ひょっとすると、ヴィーシューはヴェネズエラの暗号名だっていう馬鹿話を一緒になって信じてるんじゃないかい」

「我々のファイルを見るかぎり、そういうふうに思えますがね」

「あんたは利口だね、フェランテ。誰も信用しないんだ」

フェランテは肩をすくめた。「誰かを信用するなんて、そんな軽率な真似ができますか?」

「できないだろうね。そりゃそうさ。誰の指図か知らないが、今この瞬間にもどこかの野蛮人たちが南極の氷をダイナマイトで爆破しようってご時勢だもの。目的は、地下の天然トンネル網に侵入することとさ。ヴィーシューの住民とロンドンの王立地理協会とヘル・ゴドルフィンとフィレンツェのスパイたちしか存在を知らないトンネルにね」

一瞬息が止まった思いで、フェランテは立ち尽くした。フォークトのおふくろさんが喋っているのは、ステンシルがロンドンに送ってから一時間も経っていない秘密メモの内容ではないか。

「地元の火山を探検した一部ヴィーシュー住民は」と老女は続けた。「地球内部にさまざまな深さで張り巡らされたこれらのトンネルの第一発見者であり――」

「待って《アスペッティ》よ！」フェランテは叫んだ。「そりゃ何のうわごとだい」

「本当のことをお言い」老女は叩きつけるように言った。「ヴィーシューが何の暗号名なのか。馬鹿だね、あたしゃもう知ってるんだよ。ヴィーシューってのはヴェスヴィオス火山のことだろ」しわがれた、恐ろしい笑い声が上がった。

　フェランテは胸が苦しくなった。ヴェスヴィオスとは当てずっぽうに言っているのか、自分で探り出したのか、誰かに告げられたのか。このおふくろさんはたぶん信用できるんだろうが、確かなことは分かるものか。だから俺は政治が嫌いなんだ――国際政治だろうと、部局内の政治だろうと。今回のこんな展開をもたらした政治的絡み合いも、同じくらい嫌らしい働きをしているんだ。今までは、誰もがヴィーシューはヴェネズエラの暗号名だと思っていた。それなら、いつものことに過ぎない。そこまでは何でもなかったのだが、ヴィーシューという土地は実在するとイギリス人が知らせてきたのだ。ガドルフィ青年の証言によって、王立地理協会と査問委員会から十五年前に入手済みの、当地の火山についてのデータが裏付けられた。そこからは貧弱な事実が次々に積み上げられてゆき、ゴドルフィンが発信した一本の電報の検閲から始まった事態は雪崩《なだれ》を打って、午後全体を費やす神経戦となった。取り引きや馴れ合いや脅迫や派閥争いや秘密投票が続くうちに、フェランテと彼のスパイの上司は吐き気を催すような現実に直面せざるを得なくなった。共通の危機が発生する可能性が高い以上、イタリアの情報部はイギリスの情報部と手を組むほかないだろう。それ以外の道はありそうになかった。

「ヴィーナスの暗号名だってこともありえるじゃないですか」とフェランテは言った。「勘弁してくださいよ、この問題を話すわけにはいかないんです」老女はまた笑い声を上げ、ふたたび猛烈な勢いでヴィオラ・ダ・ガンバを弾きだした。彼女が投げかける軽蔑の視線を感じながら、フェランテは上のフックからフライパンを下ろし、オリーヴオイルを注いでオーブンの残り火を掻き立てた。油が躍り始めると、フェランテは生贄を捧げるような慎重さでイカをフライパンに置いた。オーブンからの熱は大したことがないのに、どっと汗が噴き出してきた。古《いにしえ》の哀調のメロディが部屋に流れ、壁から反響した。これはやっぱり、パレストリーナが作曲したんだろうか――フェランテは根拠なき想像に心をゆだねた。

IX

エヴァンが出てきたばかりの留置場に隣接した場所、イギリス領事館からも程近い辺りで、煉獄通《ヴィア・デル・プルガトーリオ》りと地獄通《ヴィア・デル・インフェルノ》りという二本の細い道がT字路をなしており、長いほうの路はアルノ河と並行している。ヴィクトリアはそのT字路の交差点に立っていた。白の浮縞木綿《ディミティ》の姿が、茫漠たる夜の闇に包まれて小さく佇立する。恋人でも待つかのように、その身体は震えていた。領事館の人々は親身だったし、何よりも、彼らの目の奥では何か重大な知識がひそかに脈打っていた。それを見れば、さっき置手紙に書いたとおりゴドルフィンが「大変な」目に遭っていること、今回も自分の直感が正しかったことは即座に分かった。自分の直感に対してヴィクトリアが抱いているプライドは、運動選手が強さや技術を誇るようなものだった。その直感のおかげで、例えばグッドフエローがスパイであって単なるツーリストでないことが見抜けたのだし、ひいては自分に諜報活動の素質があることまで悟ったのだ。ゴドルフィンを助けようという決心は、諜報活動に関するロマンティックな思い込みから生まれたものではなく——この仕事にヴィクトリアが見出したものの大部分は醜悪であって、華麗な要素はほとんどなかった——諜報の技術が他の才覚《ヴィルトゥ》と同じくそれ自体として望ましいもの、よきものと思えたからこそ、そんな決心も生まれたのである。諜報の技術は、道徳的な意図から離れたものであればあるほど効果を発揮するのだ。本人は否定したろうが、ヴィクトリアはフェランテやガウチョやシニョール・マンティッサと同類で、ここぞという時には、マキャヴェッリの『君主論』に対する独自かつ個人的な解釈に基づいて行動した。シニョール・マンティッサが狐を過大評価していたように、ヴィクトリアは「ヴィルトゥ」つまり個人の行動力を過大評価していたのである。二人のどちらかが、ある日こんな問いかけをすることもありえただろう——一つの時代の終わりとは、物事を一方向へ引っぱってゆく力が弱まり、てんでんばらばらな逸脱への弾みがつくことに他ならないのではないかと。

石像のような姿で叉路に立ち尽くしたヴィクトリアは、あの老人は自分を信用して部屋で待ってくれているだろうかと考え、そうであってほしいと祈った。老人の身を案じたからというよりも、自分が敷いた筋道に物事がおさまってゆくことが自らの技術の輝かしい証明になると思えたからである。そんな屈曲した自己讃美欲を彼女は抱えていた。五十歳以上の男を誰でも彼でも「かわいい」「素敵」呼ばわりするという女学生の習癖にヴィクトリアが染まらないできたのは、おそらく彼女の知覚の中で男性というものが現実を超えた色合いを帯びて見えていたからだろう。ヴィクトリアは、年配の男の中に二、三十年前の姿を見る傾向があった。生霊《いきりょう》が御本尊の肉体とほとんど輪郭を一にするような具合に、若くて、精力的で、力強い筋骨と敏感な手先を有する姿がそこに見出されるのだ。ヒュー大佐の場合も同じで、ヴィクトリアが助けようとしていたのは――運命《フォーチュン》の奔流に抗して築いた水路や閘門《こうもん》やドックの大いなるシステムの中に引き入れようとしていたのは――青年のヒュー・ゴドルフィンなのだった。

精神を専門とする現代の医師の中には、こんな説を唱える者もいる。人間には祖先からの記憶があり、原初的な知識の貯水池が親から子へと受け継がれて我々の行動や日常的欲望の一部を操っている、と。それが正しいとすれば、ヴィクトリアが今こうして「煉獄」と「地獄」の交差点に立っていることも、ローマ・カトリックに対する彼女の心からの信仰と希求も、共に一つの原初的な信念から生まれ、それに支えられていることになる。心の貯水池にあって水門を開閉するバルブのハンドルのごとく決定的な働きをしているその輝かしき考えとは、魂には分身が存在するというものだ。この分身は、まれには繁殖によって発生するケースもあるが、ふつうは分裂によって数を増す。ならば当然、子は父の生霊《いきりょう》であり、両者は二者一体――と、ここまで来れば、第三の存在が加わった三位一体信仰に至るのは自然そのもの。ヴィクトリアの眼には、老ゴドルフィンの姿に重なって、より強壮な男の影が霊のようにゆらめくのが見えた。それゆえ彼女は、留置場の外に立ってゴドルフィンの息子を待っていたのである。右手に一人ぽつんと立った娘がいて、年取った金持ち男と若い美男のあいだで揺れ動く女心の歌を唄っていた。

ついに留置場の扉が開く音が聞こえ、青年の足音が細い通路を近付いてくるのが聞こえ、扉がまた閉まる響きが聞こえた。彼女は小さな足のそばでパラソルの先を地面に食い込ませ、そこに目を落とした。いつの間にか彼がそばに寄ってきて、ほとんどぶつかりそうになった。「や、こいつは」

と彼は叫んだ。

彼女は目を上げた。彼の顔ははっきり見えなかった。彼はさらに近付いて彼女を眺めた。「今日の午後、お見掛けしましたよ。路面電車に乗っていたでしょう」

彼女はそうだと呟いた。「わたしにモーツァルトをお歌いになったわね」青年は、父とは似ても似つかぬ風貌だった。

「ちょっとした冗談で」とエヴァンは口ごもった。「困らせるつもりじゃなかったんです」

「でも、きまり悪かったわ」

エヴァンは恐れ入った様子で頭を垂れた。「しかし、こんな時間にここで何をしていらっしゃるんです?」そう言って、無理に笑った。「僕を待ってたんじゃないでしょ」

「いいえ」彼女は静かに言った。「あなたを待っていたの」

「そりゃあ嬉しいな。だけど、こう言ってよければ、あなたのような若い娘さんが……それとも、あなたはひょっとして? いや、つまり、えー、参ったな、どうして僕なんかを待っているんです? まさか、僕の歌声が気に入ったからじゃないでしょう」

「あなたがあの方の息子さんだからよ」

説明を求める必要はなさそうだ、と彼も気付いた。どこで父に会ったんです、どうして僕がここにいるのを、どうして僕が釈放されるのを、などとへどもど尋ねる必要はないのだ。あたかも、さっき獄房でガウチョに言ったことが自分の弱さの告白であり、それに対するガウチョの沈黙が赦免となって弱さを救済し、生まれたてほやほやの別種の男らしさへと自分をいきなり推し進めたかのような具合だった。ヴィーシューの存在を信じるようになった以上、これまでのように傲慢に物事を疑う権利はもはや自分にはなく、おそらく今後はどこへ赴こうとも、罪滅ぼしのためにあらゆる奇跡や啓示を喜んで受け入れることになるのだろうという気がした。この叉路での出会いは、そうした奇跡の手始めではあるまいか。二人は歩き出した。彼女は両手で彼の二の腕につかまった。

彼のほうが少しばかり背が高いので、彼女の櫛を飾る手の込んだ彫像が腋の下のところまで髪に埋まっているのが見えた。顔、ヘルメット、繋がった腕。磔刑像だろうか？ 彼は目をぱちくりさせて、それぞれの顔をよく見てみた。どの顔も、髪に隠れた下半身の重みで長く伸びているようだが、苦悶の表情は形式的なもの——東洋的な忍耐の概念に合わせたもの——で、ヨーロッパ的に生々しいものではないように見えた。自分はなんと妙な娘と一緒に歩いているのだろう。櫛のことを会話のきっかけにしようと彼が思ったその瞬間に、彼女が口を開いた。

「ただならぬ気配がするわ、今夜のこの街は。表面の下で何かが震えながら、どっと噴き出す時を待っているみたい」

「あ、それは僕も感じた。思うんですよ、この街にいる人間の誰一人、本当はルネッサンスを生きてなんかいないとね。たとえ、フラ・アンジェリコやティツィアーノやボッティチェリやブルネレスキの教会やメディチ家の亡霊が僕らを取り囲んでいても。ラジウムみたいなもんですかね。ラジウムってやつは、信じられないくらいの時間をかけてちょっとずつ変化して、最後には鉛になるっていうでしょう。古《いにしえ》のフィレンツェの輝きはもう存在しなくて、今では鉛の灰色に近くなっているような気がするんです」

「残っている輝きはヴィーシューだけかも」

彼は彼女を見下ろした。「あなたは不思議な人だ。何だか、あなたのほうがヴィーシューをよく知っているみたいですよ」

彼女は口を結んだ。「お分かりになる、あのかたと話したときにわたしがどう思ったか？ まるで、子供だったあなたが聞いたのと同じ話をわたしも昔に聞いていて、今まで忘れていたけれども、あのかたの顔を見て声を聞いたとたんに記憶がそっくり甦ってきたようだったの」

彼は笑みを浮かべた。「じゃあ、我々は兄妹ということになりますね」

彼女は答えなかった。二人はポルタ・ローザ通りに曲がった。ツーリストが足繁く通ってゆく。ギターとヴァイオリンとカズー笛の流し三人組が角に立って、センチメンタルなメロディを奏でていた。

「僕らは、地獄の辺土《リンボー》にいるのかもしれませんね。あるいは、僕らが会った場所のような、地獄と煉獄のあいだの静止点に。フィレンツェに天国通《ヴィア・デル・パラディーゾ》りがないのは不思議だな」

「そんなの、世界のどこにもないんじゃないかしら」

少なくともこの瞬間、二人は世間的な計画や理屈やしきたりを捨て去り、互いに対して避けがたく湧き上がってくるロマンティックな興味さえ忘れて、単純かつ純粋な若さに浸り切っていた。世界の悲惨という感覚、「我々人間の状態」を目にしたときにどっとあふれ出る悲しみの感覚を共有していた。青年期に入ったばかりの人間は誰しもこうした思いを抱くもので、彼らにとってそんな思いは、思春期を生き延びたがゆえに与えられる特権ないし褒賞なのだ。二人の耳に音楽は甘やかでしかも痛ましく、ぞろぞろと連なって散歩するツーリストの姿は「死の舞踏」の列に見えた。二人は歩道のへりに立ち、互いを見つめながら物売りやツーリストに揉まれ、見交わす目に陶然となるのと同じくらい若さの絆に酔ってもいた。

夢想を破ったのは彼のほうだった。「名前をまだ聞いてませんね」

彼女は告げた。

「ヴィクトリア」と彼は言った。彼女はある種の征服感を覚えた。彼が名前を発音した具合が、そのように思わせたのだ。

彼は彼女に手を重ねた。「行こう」と言ったとき、彼女を守っているような、ほとんど父親になったような気がした。「親父に会わなきゃならないんだ、〈シャイスフォーゲル〉で」

「ええ、もちろん」と彼女は言った。二人は左に曲がってアルノ河から遠ざかり、ヴィットーリオ・エマヌエーレ広場を目指した。

「マキャヴェッリの息子たち」は、カヴール通りからそれたところにある空き家の煙草倉庫を兵営として占領していた。今、室内はがらんとしており、ボラッチョという貴族的な風貌の男がただひとり、毎晩の仕事であるライフル銃の点検をやっていた。と、いきなりドアが激しく叩かれた。

「言え《ディガメ》」とボラッチョは怒鳴った。

「獅子と狐」と返事が来た。ドアを開けたボラッチョは、ほとんど蹴倒されそうになった。突進してきたのはティトーというずんぐり太った混血人《メスティーソ》で、この男は第四軍団の兵隊にエロ写真を売るのを商売にしていた。今はひどく興奮した様子だ。

「軍が出動します」ティトーはまくしたてた。「今夜、半個大隊が、着剣したライフルを持って――」

「一体どういうことなんだ」ボラッチョが唸った。「イタリアがどこかに宣戦布告でもしたのか？

何事だというんだ《ケ・パサ》？」

「領事館。ヴェネズエラ領事館です。連中が護衛に立つらしい。我々を待ち構えてます。誰かが『マキャヴェッリの息子たち』を裏切ったんだ」

「落ち着け」とボラッチョは言った。「ガウチョが約束していた機会が、ついに訪れたのかもしれん。なら、ガウチョを待つのが正しいってことよ。みんなに知らせろ。準備態勢だ。誰かを街に走らせて、クエルナカブロンを探せ。たぶんビアガーデンだろう」

ティトーは敬礼して回れ右、ドアに駆け寄って開錠した。と、ひとつ考えが浮かんだ。「あの、ひょっとするとガウチョが裏切ったのかもしれませんよ」ティトーがドアを開けると、ガウチョが物凄い顔でこちらを睨んでいた。ティトーは口をあんぐり開けた。ひと言も発せずに、ガウチョは固めた拳をメスティーソの頭に放った。ティトーはよろけて、ばったり床に倒れた。

「馬鹿め」とガウチョが言った。「何があったんだ？　みんな気でも狂ったか？」

ボラッチョは軍隊が出動することを話した。

ガウチョは両手をこすり合わせた。「願ってもない《ブラヴィッシモ》。本格的戦闘になるぞ。それなのに、カラカスからは何も言ってこないのか。まあいい。こっちも今夜出撃だ。呼集をかけろ。領事館前で、真夜中に集結だ」

「あまり時間がありませんが、コメンダトーレ」

「真夜中と言ったら真夜中だ。行け《ヴァーダ》」

「はい、コメンダトーレ」ボラッチョは敬礼し、倒れているティトーを慎重にまたいで出て行った。

ガウチョは深く息を吸い込み、腕を組み、さっとほどいて、また組んだ。「さあて」と、誰もいない倉庫に向かって叫ぶ。「フィレンツェに獅子の夜が戻ってくるぞ！」

X

ビアガーデン・レストラン〈シャイスフォーゲル〉は、フィレンツェを訪れるドイツ人ツーリストだけでなく、他の国のツーリストにも人気のようだった。イタリア流のカフェも、フィレンツェの街が美術の至宝を抱え込んでくつろぐ昼下がりには悪くない（この点は誰でも認めていた）。だが、日が沈んでからの時間には、お仲間でたむろする感じのカフェとは違った陽気な騒がしさが必要だ。というわけで、イギリス人もアメリカ人も、オランダ人もスペイン人も、みんなミュンヘンの〈ホーフブロイハウス〉の雰囲気を聖杯のごとく探し求め、ミュンヘン・ビールのジョッキをうやうやしく捧げ持つ。ここ〈シャイスフォーゲル〉には、全ての道具立てが揃っていた。金髪の女給は太い三つ編みを頭の後ろに回しているし、泡立つジョッキを一度に八つ運ぶことができる。庭にはあずまやがあって小編成のブラスバンドが演奏しており、室内にはアコーディオンが流れ、テーブル越しに大声の内緒話が交わされ、煙草の煙が渦を巻き、あちこちで合唱が始まっている。

老ゴドルフィンとラファエル・マンティッサは、裏手の庭の小さなテーブルにいた。河から吹いてきた風を口元に冷たく受け、運ばれてくるバンドの音の戯れを耳に受けつつ、二人はフィレンツェの街の誰よりも深い孤独に包まれた気分でいた。

「親友じゃないか？」シニョール・マンティッサが懇願した。「話してくれよ。人間たちが交感しあう世界から君がさまよい出たというのは、その通りだろう。しかし、わたしだってそうじゃないか？　根っこから引っこ抜かれ、マンドレイクの根みたいに悲鳴を上げながら国から国へと移植されてきたんだ。どの国も土は不毛で、太陽は厳しく、空気は汚れていた。君の恐ろしい秘密とやらを、この兄弟に話さないで誰に話すんだ？」

「息子かな」とゴドルフィンは言った。

「なるほど、わたしには息子がいない。しかし我々が生涯かけて追い求めるのは、愛情こめて息子に渡せるような貴重な宝物、息子に話してやれるような真実じゃないのかね？　我々のほとんどは君ほど幸運じゃないから、息子に伝えられる言葉を手に入れる前にこの世のみんなとおさらばしなくちゃならんのだろう。それにしても、君はこんなに長い時間をかけたんじゃないか。あと何分か待つぐらい何だ。息子さんはどのみち、君から得た贈り物で自分の人生を利することになるだろうさ。といって、息子さんを責めているわけじゃないぞ。若い世代とはそういうものなんだ。それだけのことさ。君だって若い頃、まだ父上にとって価値があるかもしれないものを頂いて自分のものにしたわけじゃないか。だが、イギリス人が言う『世代間の継承』というのは、そもそもそういうものなんだ。息子は父に何も与えない。それは悲しいことかもしれないし、キリストの教えにも悖《もと》る。だが、こいつは古来の摂理なんであって、これからも変わることはない。ギブ・アンド・テイクの関係を持つなら、同じ世代の相手を選ぶしかないよ。君の親友のマンティッサを」

老人はかすかな笑みを浮かべて首を振った。「そんな大層なもんじゃないんだ、ラフ。わたしももう慣れっこになった。君だって聞いてみりゃ、何だそんなことかと思うだろうさ」

「聞いてみなきゃ分からないだろ。まったく、イギリス人の探検家の頭の中はよく分からん。君が行ったのは南極だったね？　イギリス人をああいうひどい場所に向かわせるのは、一体何なんだ？」

ゴドルフィンは中空《ナッシング》を見据えた。「わたしの場合は、ほとんどのイギリス人とは逆だと思うね。たいていの人間はトーマス・クックのツアーと称するものに集《つど》って、狂ったように世界中を踊り回ってくる。どこへ行っても、その地の皮膚だけを求めるわけだ。しかし、探険家が求めるのは土地のハートだ。その意味じゃ、恋をするようなもんだな。ああいうワイルドな場所のハートに食い入ったことはそれまでなかったんだよ、ラフ。ヴィーシューが初めてだった。去年の南極探検の折だった。そこで初めて、皮膚の下にあるものを見たんだ」

「何を見たんだね？」シニョール・マンティッサは身を乗り出した。

「無《ナッシング》だ」ゴドルフィンはささやいた。「わたしが見たのは虚無だった」シニョール・マンティッサは手を伸ばして老人の肩に置いた。「分かってくれ」と、じっとうなだれたままゴドルフィンは言った。「わたしは十五年もヴィーシューに苦しめられてきた。いつでも夢に見て、半分ヴィーシューで暮らしているようなものだった。ヴィーシューから逃れようとしても無駄だった。あの色、あの音楽、あの匂い。どこに赴任しようと、記憶がわたしを追いかけた。それが今は、ヴィーシューのスパイに追いかけられている。あの狂乱する野生の領土は、どうにもわたしを逃してくれないのだよ。

ラフ、君はわたしより長いあいだ苦しみ続けることになるぞ。わたしはもう長くない。これは他《ひ》人《と》に言ってはならないことなんだ。いや、約束なんかしなくていい。君だって誰にも言えないだろう。わたしは、人間がやったことのないことをした。極点に到達したんだ」

「南極点か。しかし、それならなぜ――」

「新聞に載らなかったか。わたしが洩らさなかったからさ。君も覚えているだろうが、わたしは最後の補給点でブリザードに閉じ込められ、瀕死の状態で発見された。それでみんな、極点到達を試みて失敗したと思ったんだ。本当は、極点から帰る途中だった。だがわたしは、失敗のニュースが伝わるに任せた。分かるかね？　確実に手に入るサーの称号を投げ捨て、人生で初めて栄光を拒否したわけだ。息子は、生まれたときから同じことをやっているがね。エヴァンはもともと反逆児だから、栄光を拒否するといっても唐突な決心ではない。しかし、わたしの決心は突然だった。突然だが、逃れがたい衝動だった。極点で待っていたものがそうさせたんだ」

二人の憲兵と連れの女たちがテーブルから立ち、腕をからめて千鳥足で庭から出て行った。バンドが物悲しいワルツを奏で始めた。ビアホールの浮かれ騒ぎが二人のテーブルまで漂ってきた。風は休みなく吹きつけ、月は出ていなかった。木々の葉が、小さなゼンマイ人形のようにひょいひょいと揺れた。

「愚行そのものだったよ。もう少しで部下に監禁されるところだった。なにしろ、冬のさなかにたった一人で極点を目指そうというんだからな。みんな、わたしが発狂したと思った。じじつ狂っていたのかもしれんね、あの頃は。とにかく、極点に達することが必要だった。この回転する地球の上で静止しているたった二つの場所の一つに立てば、ヴィーシューの謎を考えるのに必要な平安が得られると思ったんだ。一瞬でもいいから、回転木馬《カルーセル》の中心に立って冷静に世界を見渡したかった。そしたらやっぱり、答えは待っていたよ。極点に国旗を立てたあと、わたしは近くに雪洞を掘り始めた。すさまじいばかりの荒廃が、わたしの周りで咆哮していた。造物神《デミウルゴス》が途中で投げ出してしまった土地のようだ。これほど生命と無縁で空虚な場所は、この地球にはあるまいと思えたよ。二、三フィート掘ると、透明な氷の層にぶつかった。ふと気が付くと、その氷の奥で妙な光が動いているようなんだ。雪をかきのけて、氷の面を露出させてみた。氷の向こうからわたしを見つめていたのは、生きている姿そのままに毛皮を七色に輝かせたクモザルの死体だった。生々しかったよ、あれは。それまでに彼らがわたしに与えてきた、漠然たるヒントとは大違いだ。そう、かれらが与えたのさ。あのクモザルは、わざとわたしのために置いたものだと思う。だが、なぜ？　理由はおそらく人知を超えていて、わたしには決して理解が及ばないのだろう。ひょっとすると、わたしの反応を見たかったのかもしれん。とんだ悪戯《いたずら》というわけさ。まやかしの生命が、ヒュー・ゴドルフィン以外はあらゆるものに命がない場所に埋め込まれていたんだ。暗示的じゃないか……。わたしも意味を汲み取ったよ。ヴィーシューの真実をね。エデンの園が神の被造物だとすれば、ヴィーシューを創造したのはどんな悪の体現者か。唯一の被造物が、わたしの悪夢の中で皺だらけになっていったあの皮膚だけとはな。ヴィーシューそのものが、けばけばしい夢なのさ。何の？　世界消滅の夢だ。この世で、南極点よりその夢に近い場所もないだろう」

シニョール・マンティッサは、肩透かしをくらった表情だった。「それは確かかね、ヒュー？　どこかで聞いたんだが、極地で寒気にさらされすぎた人間は幻を見ることが――」

「だとしても、変わりがあるか？　あれが幻覚に過ぎなかったとしても、わたしが何を見たか、あるいは見誤ったかなどはどうでもいい。大事なのはわたしが考え至ったこと、わたしが直面させられた真実だ」

さじを投げたように、シニョール・マンティッサは肩をすくめた。「それで今は？　君を追っている連中は？」

「わたしが公言すると思っているんだよ。与えた手がかりが理解されたことを知って、真実が世界に広められると恐れているんだ。だが、このわたしに、どうしてそんなことができる？　間違っているかね、ラフ？　あれを公表したら、世界中が狂気に陥る。何だか分からんという顔をしているね。そりゃ、今は分からんだろう。しかし、いずれは分かる。その時も、君は強い人間だから――」と、笑い声を上げて――「わたし以上に苦しむことはないだろうさ」ゴドルフィンはシニョール・マンティッサの肩越しに目を上げた。「息子が来たよ。あの娘が一緒だ」

エヴァンは二人を見下ろした。「父さん」

「息子よ」手と手が握られた。シニョール・マンティッサは大声でチェーザレを呼び、ヴィクトリアのために椅子を引いてやった。

「ちょっとだけ失礼しますね。セニョール・クエルナカブロンという人に伝言を持ってきたんで」

「そりゃ、ガウチョの友達だ」と、近付いてきたチェーザレが言った。

「あなた、ガウチョに会ったんですか？」とシニョール・マンティッサ。

「三十分前まで一緒でした」

「どこです、あの男は？」

「カヴール通りにいます。別件で知り合いに会わなきゃならないんだそうで、ここには後で寄ると言っていました」

「そうか！」シニョール・マンティッサは時計を見た。「あまり時間がないな。チェーザレ、ひとっ走りして、はしけの船頭と待ち合わせを確認してくれ。それから、ヴェッキオ橋で木を。御者に手伝わせればいい。さあ、早く」

チェーザレがのんびり立ち去った。シニョール・マンティッサは女給を呼び止め、他人が注文したビール四リットルをテーブルに下ろさせた。「我々の計画に」

三つ離れたテーブルで、モフィットが笑みを浮かべながら見守っていた。

XI

カヴール通りからの進撃は、ガウチョの人生でもいちばん華麗なものだった。騎兵隊に不意打ちをかけたボラッチョ、ティトーほか数人のグループが、いかなる奇跡か、馬を百頭せしめてきたのだ。盗みはほどなく発見されたが、そのときには、「マキャヴェッリの息子たち」はわめいたり歌ったり、街の中心さしてすっ飛ばしていた。先頭を切るのはガウチョ。赤いシャツを着込み、満面の笑みを浮かべている。「我が兄弟よ、進めよや《アヴァンティ・イ・ミエイ・フラテッリ》」と一同が歌う。「マキャヴェッリの息子ら《フィリ・ディ・マキャヴェッリ》よ、自由の女神を目指して進め《アヴァンティ・アッラ・ドンナ・リベルタ》!」 追跡軍が、隊列もままならぬ様子ですぐ後から駆けてくる。その半数はバタバタと自力で走り、馬車に乗っている者もいる。叛徒たちは、路半ばの地点で二輪馬車に乗ったクエルナカブロンとすれ違った。ガウチョは馬首を返し、上体をぐいと沈ませるやクエルナカブロンを馬車から引っさらって再び反転、そのまま「息子たち」に加わった。「同志よ」と、あっけに取られている副官に向かって言い放つ。「素晴らしい晩じゃないかね」

真夜中の数分前に領事館に到着、歌ったり叫んだりしつづけながら下馬した。中央市場で働いている連中が、領事館に絶え間ない一斉射撃を浴びせるべく、腐った果物や野菜を大量に持参していた。軍隊が到着した。サラザールとラトンが、二階の窓からおっかなびっくり覗いている。殴り合いが始まった。まだ発砲には至っていない。広場は、だしぬけに大混乱の渦と化した。通りかかった人々が悲鳴を上げ、手近な場所に逃げ込んだ。

ガウチョの目に、チェーザレとシニョール・マンティッサの姿が映った。二本のユダの木を抱きかかえ、躍起になって中央郵便局のあたりを進んでいる。「何てことだ」とガウチョ。「二本に増えたか？　クエルナカブロン、ちょっと外させてもらうぞ。君が司令官だ。指揮を執れ」クエルナカブロンは敬礼し、乱闘の中に飛び込んでいった。マンティッサのところへ向かおうとしたら、エヴァンと父親と若い娘の姿が見えた。「また会ったな、ガドルフィ」とガウチョは叫び、エヴァンの方角に敬礼を送る。「マンティッサ、用意はいいか？」胸の前で交差させた弾薬帯から、ガウチョは大型の手榴弾を取り外した。シニョール・マンティッサとチェーザレが、空のほうの木を抱え上げた。

「もう一本の見張りを頼む」シニョール・マンティッサがゴドルフィンに叫んだ。「我々が戻るまで、誰も気付かんようにな」

「エヴァン」娘が近寄ってささやいた。「撃ち合いになる？」

エヴァンは、その声に不安を聞き取っただけだった。期待の響きは聞き逃した。「心配ないよ」守ってやりたい思いで胸を締めつけられながら、エヴァンは言った。

老ゴドルフィンは困惑した様子で二人を眺め、もぞもぞと足踏みしていた。ややあって、これではまるで馬鹿だと思いながら「エヴァン」と言い出した。「こんなときに言い出すのもなんだが、わたしはフィレンツェを発たなくてはならん。それも今夜。それで——なんと言うか、できればおまえにも来てもらいたい」息子と目を合わせる勇気はなかった。青年は腕をヴィクトリアの肩に回したまま、当惑の笑みを浮かべてみせた。

「でも、パパ。それじゃ僕は、本当に愛しているただ一人のかたを置いていくことになります」ヴィクトリアは爪先立ちになってエヴァンの首筋にキスした。「また会えるわ」と、エヴァンのゲームに合わせて悲しげにささやく。

老人は二人から顔を背けた。身体が震え、事態を理解できず、またも裏切られたような気がした。

「すまんことを言ってしまった」

エヴァンはヴィクトリアから離れ、ゴドルフィンに近寄った。「父さん」と声をかける。「父さん、やだなあ。若い人間って、こんな下らないことをするんです。ごめんなさい、こんな時にふざけちゃって。頓馬の冗談で、意味はないんですよ。もちろん、僕はお供します」

「至らんのはわたしだ」と父親は言った。「若い世代に付いてゆけず、聞き取るべきことも聞き取れん。まったく、ものの言い方ごときにつまずくとは……」

エヴァンは掌をゴドルフィンの背中にあてがったままでいた。しばらく、二人とも身動きしなかった。「はしけに乗って」とエヴァンが言った。「それから話しましょう」

老人はやっと向き直った。「そうだな、積もる話の潮時だ」

「そうですとも」と言って、エヴァンはほほえもうとした。「なにしろ僕らは、地球の両側で何年も無茶をやってきたんですからね」

老人は答えず、エヴァンの肩に顔をうずめた。父も子も、いささか気恥ずかしい思いだった。ヴィクトリアはそんな二人を見やってから向きを変え、平然たる視線を騒乱に向けた。あちこちで発砲が始まった。血が舗道を汚し、「マキャヴェッリの息子たち」の歌をつんざいてわめき声が上がった。ヴィクトリアが見守る中、血でシャツをまだらに染めた叛徒が手足を広げて木の幹にぐったり寄りかかり、二人の兵士の銃剣で何度も突き刺された。ヴィクトリアは、叉路でエヴァンを待っていた時と同じ不動の姿勢で立ち尽くしていた。顔にはいかなる感情も表れていない。目の前で破れかぶれに暴発するすさまじい男性的エネルギーを補完すべく、女性的な原理を体現しようとしているかのような姿だった。傷ついた身体の痙攣、荒ぶる死の饗宴を眺めている彼女の様子は、冒しがたく平静で、自分だけのためにこの小さな広場で演じられる見世物を眺めているかのように見えた。彼女の髪からは、磔刑の兵士五人が同様に無表情な顔を向けていた。

「さまざまな肖像画」のコーナーを抜けてユダの木をえっちらおっちら運んでゆくシニョール・マンティッサとチェーザレの後ろを、ガウチョが掩護《えんご》していた。すでに、二人の警備員に向けての発砲を余儀なくされていた。「急げ。もう時間がない。やつらの目も、そう長くはごまかせん」

ロレンツォ・モナコの間《ま》に入ると、チェーザレが剃刀のように鋭いナイフの鞘を払い、ボッティチェリを額縁から切り取る作業にかかった。シニョール・マンティッサは彼女を食い入るように見つめた。非対称の目、華奢な頭をかしげた角度、小川のように流れる金髪。この場に釘付けで、動くことができない。もう何年も我が物にしたいと身悶えしてきた女性を前に、やっと夢がかなうというその時になって不能に陥った気弱な道楽者のようだった。チェーザレがキャンヴァスにナイフを突き立て、下へ向かって切れ目を入れ始めた。通りからさし込む光、刃に反射した光、持ち込んだランタンのゆらめく光が、絵画の絢爛たる表面に躍った。その動きを眺めるシニョール・マンティッサの心の中で、徐々に一つの恐怖がわだかまっていった。ヒュー・ゴドルフィンが聞かせてくれた、地球のどん底で透明な氷に閉じ込められながら七色に輝き続けているクモザルの話がふと頭に浮かんだのだ。絵の表面全体が形を変えはじめ、色と動きで溢れ返っているような気がした。ここ数年で初めて、シニョール・マンティッサはリヨンの金髪のお針子を思い出した。あの女は夜にアブサンを飲み、昼下がりになるとそのことで自分を責めた。神様に嫌われていると言っていた。同時に、神様を信じる気持ちそのものが次第に失せてきた、と。パリに行きたがっていた。あたしはいい声をしてるんだから、舞台に上がりたい。子供時代からの夢だった。数え切れないほどの朝、燃え続ける情熱でじっと抱き合って眠りに追いつかれないでいるさなか、あの女は自分の夢や絶望を、ありとあらゆるちっぽけでひたすらな愛を語って聞かせたのだった。

　では、ヴィーナスはどんな愛人になるのだろう？　眠れる街々を抜けて午前三時の脱出行へ連れ出したその彼女のために、自分はいかなる外部世界を征服しようというのだろう？　この女はどんな神を信じ、どんな声で話し、どんな夢を抱いているのか？　神といえば彼女自身が女神だし、その声も、声として耳にすることができるようなものではない。そして夢といえば、彼女自身が（おそらく、彼女の生まれた国にしても）……。けばけばしい夢、世界消滅の夢に過ぎないのだ。ゴドルフィンが言おうとしていたのはこのことだろうか？　それにしても、彼女はこのラファエル・マンティッサの愛の全てなのだ。

「待て《アスペッティ》」と叫んでシニョール・マンティッサは飛び出し、チェーザレの手を押さえた。

「狂ったか？《セイ・パッツォ》」チェーザレが唸り声を上げた。

「警備員が来るぞ」ガウチョがギャラリーの入口から叫んだ。「大群だ。もたもたするな、急げ」

「ここまで来て、置いて帰るというのか?」チェーザレが抗議した。

「そうだ」

不意に緊張した様子で、ガウチョが顔を上げた。銃撃の響きがかすかに届いてきたのだ。怒りを込めて、ガウチョは廊下に手榴弾を投げつけた。近くまで来ていた警備員たちは一目散に逃げ、「さまざまな肖像画」の間《ま》に爆発音が轟いた。シニョール・マンティッサとチェーザレは、空手《からて》でガウチョの後ろにいる。「駆け抜けるぞ」とガウチョが言った。「君の彼女は一緒かね?」

「いや」チェーザレがげっそりした様子で言った。「あのろくでもない木もありゃしねえ」

三人は、焦げた火薬の匂いがする廊下を突進した。シニョール・マンティッサが見ると、「さまざまな肖像画」の間《ま》の絵は改装のため一枚残らず外されていた。手榴弾が傷つけたのは、壁と数人の警備員だけだ。死にものぐるいで走りながら、ガウチョは警備員を撃ちまくり、チェーザレはナイフを振り回し、シニョール・マンティッサは両手をばたつかせた。奇跡的に出口にたどり着いた三人は、百二十六段の正面階段を転げ落ちるようにしてシニョリーア広場に出た。エヴァンとゴドルフィンが寄ってきた。

「わたしは戦闘に戻る」息を切らしながらそう言って、ガウチョは殺戮の光景に目をやった。「しかし、まるで猿の群れじゃないか。雌を争ってる。その雌の名が自由《リバティ》であってもな」銃身の長いピストルを抜いてアクションを確認し、「ときどき、独りの夜など思うんだ」と、沈んだ面持ちで独白を始めた。「我々は人真似をするサーカスのエテ公じゃないかと。ことによると全ては全部猿芝居で、革命によってもたらされるのも茶番の自由、偽りの尊厳に過ぎんのかも。いや、そんなことがあっていいものか。もしそうなら、わたしの人生は……」

シニョール・マンティッサがガウチョの手を握った。「有難う」

ガウチョは首を振った。「どういたしまして《ペル・ニエンテ》」と呟き、だしぬけに向きを変えて、広場の騒乱に飛び込んでいった。シニョール・マンティッサはしばらくその姿を見送った。そしてついに、「行こう」と言った。

立ち尽くしたヴィクトリアは、眼前の光景にすっかり魅了されている。エヴァンは連れ帰ろうと思ったらしく、声をかけようとした。が、そこで肩をそびやかし、くるりと背を向けて一行の後を追った。彼女の邪魔をする気になれなかったのかもしれない。

さほど腐っていない蕪《かぶら》に直撃されて地面に倒れていたモフィットが、彼らに目を留めた。「逃げるぞ、やつら」と言って立ち上がり、叛徒たちを掻き分ける。いつ弾丸が飛んでくるかとビクビクものだ。「女王陛下の命令だぞ、止まれ」と叫んだが、脇からぶつかってきた者がある。

「あっ、シドニー」とモフィット。

「探し回ったぞ」ステンシルが言った。

「間に合ってよかった。連中が逃げたところです」

「いいんだ」

「あの路地です。早く」モフィットはステンシルの袖を引っ張った。

「いいんだ、モフィット。中止になった。すべて御破算だ」

「どうして?」

「知るか。とにかく中止なんだ」

「でも」

「ロンドンから訓令が来た。チーフからだ。あっちのほうがよく分かってる。そのチーフが中止と言ってるんだ。わたしが知るわけがなかろう？　誰も教えてくれんのだから」

「何てことだろう」

二人は手近な建物の扉口に身を寄せた。ステンシルがパイプを取り出して火をつけた。銃撃の音は、ひたすらクレッシェンドしてゆくようだった。「モフィット」ややあってステンシルが、思いに沈んだ様子でパイプを吹かしながら言った。「外務大臣を暗殺する計画があったとしても、それを阻止する役回りはごめんだぞ。あいつとは利害がぶつかり合うようだ」


一同は狭い通りを駆け抜け、ルンガルノに出た。ちょうど、四輪馬車が通りかかる。中年の御婦人ふたりを御者もろともチェーザレが追い出し、馬車を乗っ取って、サン・トリニータ橋へとすっ飛ばした。待っていたはしけは、河影の中でくすんでいた。船頭が桟橋に飛び移った。「三人もいるのか」とわめいた。「二人だけの約束だぞ」シニョール・マンティッサは憤怒を発して馬車から飛び降り、船頭をかつぎ上げると、周囲が驚く暇さえ与えずアルノ河に放り込んだ。そして「さあ、乗りたまえ！」と叫ぶ。エヴァンとゴドルフィンは、キャンティの大箱が積んである上に飛び乗った。チェーザレがうめいたのは、自分を置いていく連中の船旅がどれほど酒浸しになるか想像したためである。

「はしけを操れる者はいるかな」とシニョール・マンティッサ。

「軍艦と変わらん」ゴドルフィンがにっこりした。「小型で、帆がないだけだ。エヴァン、舫《もや》い綱を解け」

「アイ・アイ・サー」　次の瞬間、一行は桟橋を離れていた。間もなくはしけは、ピサとその向こうの海原へ向かう滔々たる流れに乗っていた。「チェーザレ」と呼ぶ彼らの声は、早くも幽霊のように聞こえた。「アディオ。アリヴェデルラ」

　チェーザレも手を振った。「アリヴェデルチ」　間もなく、彼らは闇に呑み込まれて姿を消した。チェーザレはポケットに手を突っ込み、ぶらぶら歩き出した。道に石が落ちていた。それをルンガルノ沿いに蹴りながら歩を進める。俺もキャンティを一本買いに行こう。ぼんやりと白くそびえるコルシーニ宮殿の下を通りながら、チェーザレは考えた。まったく、この世界ってのはまだまだ面白いや。なにしろ、予想もしないところにとんでもない人や物が現れるんだからな。今だってアルノの河面には、千リットルのワインと一緒に、ヴィーナスに恋する男と、海軍大佐と、大佐の太っちょ息子が浮かんでいるし、ウフィツィ美術館では……チェーザレは急に思い出して、どっとばかりに笑い出した。ロレンツォ・モナコの間《ま》では、ボッティチェリの『ヴィーナスの誕生』の前に、中をくりぬいたユダの木が、色鮮やかな紫の花を咲かせたまま横たわっているんだ。

第八章

レイチェルにヨーヨーが戻り、
ルーニーは歌を歌い、
ステンシルはチ
クリッツを
訪ねる
の巻
V

I

市立図書館の裏手の小さな公園。ベンチに座ったプロフェインが、四月のバカ陽気に汗をかきかき、「NYタイムズ」の求人欄のページを丸めたもので蠅を叩きつぶそうとしている。頭の中で相関グラフを描いてみた彼は、今座っているこの地点こそ、ミッドタウンの就職斡旋地帯の地理的中心であると結論した。

この一週間というもの、彼は約一ダースの民間職業紹介所を訪れ、飽きもげに奇妙なる一帯だ。

せず書類を書き、相談員と話をしながら、まわりの人間、おおむね女性を眺めていた。すると興味深い、レディメイドのナンパの夢が彼を包んだのだ。――君も無職、ぼくも無職、ふたりとも仕事にあぶれて、どうだい一緒に抱き抱きしようじゃないか――。性欲が溜まってきていた。アリゲーター・パトロールで得た金は底をついてきたというのに、女をものにすることなど考えている。そうしていると、とにかく時間が経ってくれた。

訪れた紹介所のうちどれ一つとして、企業の面接を受けさせてはくれなかった。無理もない、誰が木偶《デク》の不器男《ブキオ》など派遣したがるだろう。たわむれに彼は、求人欄のSの項をチェックしてみた。schlemiel《シュレミール》……そんな項目があるはずはなかった。道路工事関係は、みんなシティの外だ。プロフェインはマンハッタンに留まりたかった。郊外を歩き回るのは飽き飽きだった。ちゃんと自分の基地をもち、そこで、人目に触れず抱き抱きしたかった。木賃宿だと、それはむずかしい。先日の晩も、髭を生やし、着古しのつなぎを着た若いやつが宿に女を連れ込んだ。同宿者の飲んだくれや浮浪者は、最初はただ見ていたが、数分後、セレナーデを歌い出した。「スイートハートと呼ばせておくれ」不思議にも、音程が揃っている。何人かは美声の持ち主であり、ハモッて歌える者さえいた。ブロードウェイを北へ行ったさびれた酒場で、売春婦やその客に優しく接するバーテンと、気持ちは一緒なのかもしれない。欲情しあう若者のそばでは、それなりの作法が求められるのだ。自分はこのところ不運続きで、この先しばらくお鉢は回ってきそうにないときでも。これは、ちょっとシニカルで、自己憐憫的で、世捨て人的でもあろうけれど、若いふたりが一緒になるのを見たいという気持ちは純粋だった。自己中心の関心から生まれた共感であるとはいえ、プロフェインのような若い男が、このように自分の殻から抜け出して、見知らぬ他人に関心を向けるのだから上出来だ。ゼロよりましであることは間違いない。

プロフェインは溜息をついた。NYウーマンは、ルンペンや未来のない青年など見向きもしない。物質的な豊かさとセックスとが手に手を組んで、プロフェインの心の中の大通りを歩き出した。独自の歴史理論を編み出して悦に入るタイプなら、こんな主張をしたかもしれない――戦争も政府も暴動も、あらゆる政治的出来事の根底には、女とやりたいという欲望がある。なんとなれば、歴史を展開させるのは経済的な諸力であり、かつ、人間を金銭に駆り立てるのは、根本的には好きな女といつでもやりたいという欲求なのだから、と。ここ市立図書館裏手のベンチでプロフェインは今、ある観念にとりつかれている。命なき金《カネ》を命なき物品《モノ》に注ぎ込むヤツは頭がおかしい。命なき紙幣は、うごめく温もりと交換すべきものである。生身の背中の、その窪みに立てる死んだ爪と、まくらに顔を押し当てての生の呻きと、もつれた髪と、閉じた瞼、くねる腰……

そう考えていたら、勃起が始まった。ズボンの膨らみを「NYタイムズ」の求人欄で覆いかくして波が引くのを待つ。鳩がそれを、不思議そうに見ていた。今は正午をすこしすぎたばかりで、日差しが暑かった。これからまた職探しをしないといけない。きょう一日、まだ終わったわけじゃないのだ。しかし、どうすればいいのだろう。職安での言い草じゃ、自分は「専門性に欠ける」そうだ。他の人間には、何かしら相性のよい機械とかがあるのに、プロフェインときたら、ツルハシやシャベルとも、ぎくしゃくしている。

ふと目を落としたら、股にかぶさった新聞紙に十字の皺が走っている。その山の頂きが、勃起の収まりとともに、紹介業者のリストが並ぶ紙面を一行ずつ下っていく。ようし、ためしにやってみるか。目を閉じて三つ数えて、目を開けたとき、てっぺんにある業者に当たってみよう。コイン投げと一緒だ。ペニスの機械的運動と命なき新聞紙とが生み出す、まったき偶然。

開いた目の先にあったのは〈時空雇用センター〉という紹介所だった。ブロードウェイを南に下ったフルトン・ストリートの近くにある。マズッた、とプロフェインは思う。地下鉄代十五セントの出費である。だが、いったん決めたこと。レキシントン・アヴェニューの路線を南へ向かう。ひとりの浮浪者が、座席に斜めになり、通路に足を突き出して眠っていた。その男の近くに座ろうとする者はいない。彼こそは地下鉄のキングなのだ。きっと一晩中、同じ場所に陣取って、ブルックリンとのあいだを往復するヨーヨーになっていたのだろう。頭上で大量の水が渦を巻く。彼が夢見る海の底の王国では、岩と沈没船のあいだを、人魚や深海魚が平和に泳いでいたのだろうか。ラッシュアワーのあいだも彼は眠り続けていたにちがいない。三人分の席を独り占めしたこの男の前に立つ、紳士服やハイヒールの乗客は、その寝顔を睨むだけ。起こそうとする者は一人もいない。道路の下と海の底。ふたつの世界はつながっているのか。こいつは両方のキングだ。プロフェインは自分がヨーヨーをやっていた二月のシャトルを思った。あのときオレは、クックとフィーナにどう映っていただろう。あまりキングっぽくはなかったろうな。どう見たってお付きのシュレミールだったろう。

自己憐憫に落ち込んだプロフェインは、あやうくフルトン・ストリート駅を乗り過ごすところだった。あわてて飛び出たが、閉まるドアにスエードの上着の裾を挟まれ、そのままブルックリンまで運ばれていきそうになる〈時空雇用〉のオフィスは、通りを行った先のビルの十階にあった。到着してみると、待合室はたいそうな混雑だった。ちょっと見回したかぎり、眺めたいような女はいなかった。代わりに、アラス織りの時の壁掛けから抜け出てきたかのような、大不況時代そのままの一家がいた。砂塵の舞う農園からオンボロのプリマスのピックアップ・トラックをギーギー軋らせ、ニューヨークまでやってきたのだろう。亭主と女房と、どちらかの母親の三人が大きな声でわめき合っているのだが、職に関心があるのは婆さんだけのようで、この婆さん、待合室の中央に仁王立ちになり、くわえタバコがまもなく口紅に燃え移りそうなのにもかまわず、夫婦に書類の書き方を指示していた。

プロフェインも書類の記載をすませ、受付の箱の中に入れて席について番を待った。やがて廊下からハイヒールの靴音が聞こえてきた。その足早でセクシーな響きが磁石のように作用して、プロフェインの頭をグルリそちらへ引き寄せる。入ってきたのは、ハイヒールで底上げしても身長五フィート一インチという小柄な女性だった。これはヤバい、すごくイケてる。だが、この子は職を求めて来たのではない。仕切りの横棒《レール》の向こうに属する職員だった。仲間全員に微笑みかけ、手を振って挨拶しながら、カツカツと優美に自分の机に向かう。二本の腿がキスしあうときのナイロンの擦れる音が、プロフェインの脳裏に届いた。なんだよ、またか、こいつ、こら、いい加減おとなしくしてろ。

だが勃起は止まらない。首筋も火照ってピンク色になってきた。細身で、どこもかしこもピッチピチ、下着もストッキングも靭帯も腱も口もともキュッとしまった女子職員は、机のあいだをかっきり精確に動き回り、自動配布マシンのように申請用紙を配って歩いた。プロフェインは相談員の数を数えた。六人ってことは、彼女がオレを引き当てる可能性は六分の一、こりゃロシアン・ルーレットだ。いやいや、あんなにか細い、やさしく上品なアンヨをした女の子が、どうして自分をズドンとやらなくちゃいけないだろう。彼女はうつむいて手にした書類に目を走らせている。向こうが眼だけ上げる。その眼をこっちが見ると、ふたつの目が同じ向きに傾いている。

「プロフェインさん」自分を呼ぶ声。ちょっぴり眉を寄せた顔が、こちらを向いた。

おいおい、当たりだぜ。実弾を浴びちまった。シュレミールがこのゲームをやると結果はこうなる。常識的に言えばそれは負けだ。だがこのゲームの名前はロシアン・ルーレットだとは限らないんだ、見ろよ——と彼は心の中で呻いた、こんなにビンビンしてるぜ。もう一度、名前が呼ばれた。よろよろと椅子から起ち上がり、股に新聞をかぶせ、腰を一二〇度の角度に折り曲げ、仕切りの横棒の後ろから中へ入って彼女のデスクの前まで進む。プレートに書かれた名前は、レイチェル・アウルグラス。

プロフェインはそそくさと着席した。レイチェルはタバコに火をつけて彼の上半身を物色した。

「そろそろだと思ってたわ」

彼もタバコを探した。胸がざわめきっぱなしである。マッチ箱をこちらに弾いてよこしたレイチェルの指、その爪先が自分の背中を滑って止まり、オーガズムとともに肉に食い込む態勢になるのが感じられた。

それで、彼女はイクだろうか。すでにふたりはベッドの中だ。プロフェインには、真新しい即興の白昼夢しか見えていない。覆いかぶさる自分の影の下で、こぼれ落ちてきそうな悲しみのお目々がゆっくり閉じて二本の斜線となる。だめだ、こりゃ完全に虜である。

そのとき、不思議なことに、股の突起と首筋の火照りが引きはじめた。この感じ、ヨーヨーであれば、王様であれポンコツであれ通じるはずだ。巻き上げのてっぺんでちょっと静止したと思うと、クルクル回って落下してゆき、そして突然、自分にふたたびヘソの緒がついたかのようにグイと引き上げられる、そのときの感覚だ。紐の向こうに自分をたぐる、逃れられない、逃れたくもない、手があることを知る。単純で機械的なこの運動をしているかぎり、ドジを踏むこともなければ、さびしさに襲われることも、行く先が分からなくなることもない。なぜなら、あらかじめ定まった軌道の上を、操られるまま動くことしかできないのだから。生きたヨーヨーなんてものがいたとしたら、きっとそんなふうに感じるだろう。この世にそんな奇態な者が出現するまでは、自分がそれに一番近いとプロフェインは思った。彼女の目を見下ろしながら、オレはほんとに生き物の仲間なのかと疑いはじめた。

「夜警の仕事はどうかしら」レイチェルが口を開いた。きみを一晩見張ってるってことかい。

「どこだい」メイデン・レーンの近くだそうだ。〈人体研究《アンスロリサーチ》アソシエーツ〉という研究施設。プロフェインなら絶対つっかえるだろう名前をレイチェルはすらすらと発音し、名刺の裏に住所と一緒にオリー・バーゴマスクという名を走り書きした。「雇うのはこの人」名刺を手渡すとき、爪の先が彼に触れた。「結果を聞いたらすぐに戻ってきてね。バーゴマスクさんはその場で通知するから。時間を無駄にしない人なの。だめだったら、他に当たってみましょう」

戸口でプロフェインは振り返った。レイチェルのあの動作は投げキッスかよ、それとも欠伸かよ。

II

ウィンサムが早めに仕事を切り上げて帰宅すると、妻のマフィアが、ピッグ・ボーディーンと床に座ってビールを飲み、マフィアの〈理論〉について談義しているところだった。とてもピッチリなバミューダ・ショーツをはいて胡座をかいている彼女のお股を、ピッグがときどき盗み見している。むかつく野郎だ。だがウィンサムもビールを手に、ふたりに混じって床に座った。こいつ、妻の体をくすねたりしているのか、とぼんやり考えたが、一体誰がマフィアの何をくすねているのか、やがて分からなくなって考えるのをやめた。

ピッグ・ボーディーンにまつわる、珍妙な海の物語《シー・ストーリー》がある。これをボーディーン自身がウィンサムに語った。ピッグという男は、ウィンサムも知っての通り、いつかポルノ映画の主演男優をつとめるのが野望であって、その顔にはしばしば、延々と続く淫乱なシーンを見ている、というより演じているかのような邪悪な笑みが浮かんでいた。ピッグが乗船する米海軍〈処刑台号〉の、無線室の船底倉庫《ビルジ》には、地中海を航行したとき仕入れたエロ本がびっしり入っていて、これをピッグは一冊十セントで乗組員に貸し出していた。それらの物語が度を超えて汚らわしかった証拠に、ピッグ・ボーディーンの名は、堕落頽廃の代名詞として全艦隊に轟くまでになった。とはいえ、この男に、図書管理能力に加えて創作の才能があろうとは、誰ひとり思っていなかったのである。

ある晩午前二時ごろのこと。特別編成艦隊「タスクフォース60」――空母二隻、その他の大型艦数隻、まわりを取り囲む駆逐艦十二隻（〈処刑台号〉を含む）からなる――は、ジブラルタルの東数百マイルの地点を航行していた。視界は完全に澄みわたり、漆黒の地中海上空に、丸々とした星の花が咲いていた。レーダーに迫り来る影はなく、艦尾の副操舵室当直員はみなうたた寝をし、船首の見張り台に上った監視員は眠気覚ましに〈海の物語《シー・ストーリー》〉を聞かせ合っているそんな晩のことであった。全艦隊のテレタイプの着信ベルが一斉に鳴りはじめたのである。ディン・ディン・ディン・ディン・ディン。ベルが五回鳴るのは「フラッシュ」といって、敵発見の警報である。時は一九五五年、まずは平穏な時代だ。艦長がベッドから起き出し、総員配置の号令がかかり、散開作戦が実行に移されたが、何が起こったのかは誰も知らない。次にテレタイプがメッセージを打ちはじめたとき、艦隊はすでに数百平方マイルの海域に散開しており、すべての艦艇の無線室が人で膨れあがっていた。機械が受信をはじめた。

「通信開始」テレタイプの操作員も、通信士官も、身を乗り出して息を呑む。ソ連の魚雷か。バラクーダのように険悪なやつが襲ってきたのか。

「フラッシュ」分かった分かった。ベル五つはフラッシュだ。次のメッセージは何だ。

間《ポーズ》。しばらくして、テレタイプのキーが動きを再開する。

「『緑色のドア』。ある晩、ドロレス、ヴェロニカ、ジュスティーヌ、シャロン、シンディ・ルー、ジェラルディン、そしてアーヴィングの七人が、乱交パーティを開くことを決めました」続いて、その決定が実践レベルでどのような含みを持つに至ったか、グループ中唯一の男であるアーヴィングの視点から、延々テレタイプのロール紙四フィート半ぶん、語られる。

どうしたものか、ピッグのイタズラは発覚を免れた。〈処刑台号〉の通信兵の半数が――クヌープというアナポリス海軍兵学校出の士官も含め――この一件に絡んでおり、総員配置がかかると同時に通信室のドアがロックされたからではないかと想像される。

これが、たいへんな人気を博した。次の晩は「即時作戦開始」のシグナルとともに、『犬のおはなし』が入電した。フィドという名のセント・バーナード犬と婦人予備隊員《WAVE》二名が織りなす物語だ。その入電時、ピッグは当直だったが、先の〝通信〟の片棒を担いだ上官のクヌープに向かって、なかなか味わいのある語り口だと認めたという。緊急入電は以後も続々、受信された。『初体験』

『副長がクイアな理由』『ラッキー・ピエールのご乱交』。〈処刑台号〉がナポリに入港するまでに、きっかり一ダースの作品が受信され、ピッグによって注意深くFのファイルに整理されたのであった。

　だが罰当たりなことをすると、ほんとに罰が当たるものらしい。後にバルセロナとカンヌのあいだを航行中のピッグに、災厄がふりかかってきた。ある晩は、伝言板を回覧中、副長の個室の戸口で立ったまま寝込んでしまう。その瞬間を見計らったかのように船体が左舷に一〇度傾《かし》ぎ、ピッグはそのまま死体のように、仰天する少佐殿の体の上にのしかかった。「ボーディーン」あっけにとられた副長が言った。「おまえ、眠っていたのか」特別申請用紙が散乱するなかでピッグのイビキが続いた。この件で、調理場に配置替えとなったピッグは、着任当日、配膳の列で立ち寝をはじめて、バケツ一杯分のマッシュポテトを食べられなくしてしまう。で、次の食事のときにスープの配膳に回された。烹炊掛のポタモスの特製スープは、そもそも誰も手をつけようとしない代物だったからだ。ピッグの膝は、特別なロックがかかる仕組みになっているらしく、船が傾きさえしなければ、眠ったまま立っていられる。その特異体質の由来は医学界の謎であって、船がアメリカに戻ったとき、ポーツマス海軍病院に連れて行かれて検査を受けたのだが、結局、〈処刑台号〉に戻され、新たに配属されたのが、パピー・ホッドという名の甲板員が仕切るデッキの雑務。ただしその二日後には、パピーに耐えられなくなったピッグが無断上陸してしまった。その後繰り返される出来事の、それが最初であった。

　今ラジオに、デヴィー・クロケットの歌が流れている。これを聞くとウィンサムの心中は穏やかでなくなる。一九五六年といえば、クロケット風のアライグマ帽が大流行した年だ。どこもかしこも子供たちが、モジャモジャに毛の生えた、フロイト派が言うところの両性具有のシンボルを頭に被って走り回っていた。そしてクロケットに関するナンセンスな伝説が流れていた。子供時代、テネシーの山の向こうでウィンサムが親しんでいた話とはまるで逆。デヴィー・クロケットといえば、口汚い、シラミのたかった飲んだくれ、私欲にかられた議員で、開拓者としてもぱっとしなかったはずなのに、そんな腐敗のシンボルが、すっくりと聳え立つアングロサクソン的優秀さのモデルに作り替えられ——まさにマフィアが（最高にエロチックな）夢を見たあとで小説に書きそうな造形で——全国の子供たちの前に祭り上げられたのだ。「デヴィー・クロケットの歌」は、人々のパロディ欲をかきたてた。ウィンサムなど、この歌に合わせて自叙伝を作ったほどである。四行一連の各行末が全部同じ韻を踏む、コードも単純なスリーコードだ。

ダラムで生まれた、戦後《WWI》っ子
父ちゃんの名前も知りません
近所のリンチに連れてかれ
クロンボ叩いた三歳児

［リフレイン］
ルーニーー、ルーーニ・ウィンサム、キング・オブ・デカダーンス

それからめきめき成長し
あっという間に色男

女の園に通い詰め
一発一ドルの大奮闘

北カロライナにやってきた
南部美人をつかまえた
だが父親に見つかった
娘のふくれたポンポコリン

運良く戦争が始まって
入隊したのはよかったが
愛国心が続かずに
タコツボの中でチビッてた

隊長どのとひと騒ぎ
広報担当にまわされて
お城の中が仕事場だ
全軍めざせよ、トーキョーを

終戦迎えて銃捨てて

夢の都会のニューヨーク
出てきたまではよかったが
職につけたは六年後

レコード会社でコピー書き
食ってくためにゃ仕方ない
ある日会社を抜け出して
出会った女の名がマフィア

マフィアは私の将来に
私はマフィアの性愛に
たがいに惚れ込みゴールイン
馬鹿にもほどがあるだろに

今じゃ会社の経営者
純益ガッポリせしめてる
妻は自由になりたいと
今日も理論《セオリ》の実践だ
［リフレイン］

ルーニーー、ルーーニ・ウィンサム、キング・オブ・デカダーンス

ピッグ・ボーディーンは眠りこけていた。マフィアは隣の部屋で鏡を見ながら脱衣中である。ルーニーはパオラのことを思った。どこにいるんだ。あの子は行方をくらませてばかりいる。ときには二日も三日も帰ってこない。誰も行き先を知らない。

レイチェルに頼んだら、言伝てをしてもらえるだろうか。自分でも承知していたが、ルーニーは礼儀作法に関して十九世紀的にお堅いところがあった。相手は謎めいた女の子。めったに口をきかない。〈ラスティ・スプーン〉にも、ピッグが来ないことが確かな日にしか出かけていかない。ピッグはパオラを欲していた。オレは将校に対してしかワルサはしない（会社の幹部も含むのかな、とルーニーは気になった）と公言しながら、ピッグが陰でパオラに対し、ポルノグラフィックな幻想を——自分たちふたりが共演する映画の一コマ一コマの想像を——ふくらませているのは間違いなかった。まあ無理もない、ルーニーは共感する。あの子の物腰には、サディズムの対象にすんなり収まる受動的なところがある。さまざまな衣装《コスチューム》や装具《フェティッシュ》をつけさせられて責苦に遭うのがピタリのところが。ピッグの異様な想像力が及ぶ限りの辱めを受け、そのなめらかで（言うまでもないが）生娘らしい肢体をのけぞらせ、くねらせて、悪徳の悦びを煽りたてる、まさに適役だ。レイチェルはピッグのことを、頽廃《デカダンス》の産物だというが、もしかしたらパオラもそうなのだろう。キング・オブ・デカダンスを自認するウィンサムとしては、そんな世の中になったことを遺憾に思うだけで、なぜこんな世になったのか、誰のせいでここまで頽廃が進んだのかを気に病むことは、まるでなかった。

隣の部屋に入っていくと、ちょうどマフィアが屈んでニー・ソックスを脱ぎかけているところだった。女子大生の趣味かよと、こちらに突き出た尻をパチンと叩く。マフィアは背を伸ばした。振り向きざまに、ウィンサムの平手が彼女の顔面をとらえた。「なによ《ホワッ》」マフィアが言った。

「新しい趣向さ。バラエティがあったほうがいいだろ」片手を妻の股にかけ、別の手を髪の毛にねじこんだウィンサムは、生贄にはまるで似合わないマフィアを、運んでいくとも、放り投げるともつかない扱いでベッドに横たえた。白い肌と、黒い陰毛、半分脱ぎかけのソックスを晒し、頭の中も混乱したままダラリ寝そべる妻の前で、彼はズボンのジッパーを下ろした。「あなた、なんか忘れてない?」怖がっているかのような目を装い、マフィアはその長い髪を、ドレッサーの引き出しのほうへ払った。

「いや忘れてないね」ウィンサムが言った。「思いつく限りはね」

III

〈時空雇用センター〉に帰ってきたプロフェイン。バーゴマスク氏は仕事を与えてくれた。レイチェルは、ともかくも幸運をもたらしてくれたのだ。

「すごいじゃない」レイチェルが言った。「手数料は向こう持ちだから、こちらへの支払いは必要ないわよ」

退社時刻まであと少し。レイチェルは机の上を片付けだした。「一緒に帰りましょ」ひそひそ声で誘いかける。「エレベーターの近くで待っててね」

　廊下の壁にもたれていると、これまでのことが思い出された。フィーナのときもこうだった。あの子は道ばたでロザリオでも拾ったみたいに、オレを家に連れ帰った。魔法の力がオレにあると信じたのだろう。フィーナは敬虔なローマ・カトリック。オレの親父と同じだ。レイチェルのほうは、母親と同じ、ユダヤ系。そうか、オレにおまんま食べさせたいだけのことかもな。それがユダヤの母親《ジューイッシュ・マザー》ってもんだし。

　エレベーターは満員で、ふたりは無言のままぴったりくっついて下降していった。レイチェルの静寂はグレイのレインコートに包まれている。地下鉄の入り口のところで彼女は乗車用トークンを二つ入れた。

「おいおい」とプロフェイン。

「文無しの人はいいの」とレイチェル。

「ジゴロになった気分だなあ」本当にそんな気分だった。いつも十五セント置いてあって、冷蔵庫を開けるたびに、サラミ・ソーセージ半分とか、彼女が決めた食べ物が置いてあるんだ。

　プロフェインをウィンサムの家に寝泊まりさせ、食事は自分のところでとらせるというのがレイチェルの心づもりだった。ウィンサム宅は、ヤンデルレンの仲間うちで「ウェストサイドの寝床」という名で通っている。全員が一度に泊まれるだけの床面積があり、誰が行っても受け入れてもらえるのだ。

　翌日の夕食時、ピッグ・ボーディーンがレイチェル宅に姿を見せた。酔ってパオラを求めているが、パオラの行方はいつものように謎であった。

「なんだよ」プロフェインを見てピッグが言った。

「こいつめ」ピッグを見てプロフェインが言った。ビールの栓が抜かれる。

じきにピッグは二人を〈Vノート〉へ引っぱっていった。今夜はマクリンティック・スフィアが演奏する。レイチェルは一人座って音楽に専心、ピッグとプロフェインは海の物語《シー・ストーリー》に耽った。演奏の合間にレイチェルは、スフィアが座ったテーブルへ行って情報をつかんだ。ウィンサムとの契約が成立し、アウトランディッシュ・レコードからLPが二枚出るというのだ。

しばらく話し続けた。休憩が終わり、カルテットが持ち場に戻り、楽器を手にした。始まったのは「友とのフーガ《フューグ・ユア・バディ》」、スフィア自身の作品である。レイチェルはピッグとプロフェインの席に戻った。二人はパピー・ホッドとパオラの関係について話していた。ああ、バカッ、とレイチェルは自分を罵った。プロフェインを連れ戻せたのはいいが、連れ戻した先がこれ？　トンマなことをしたものだ。

翌日の日曜日。レイチェルの寝起きの頭に、昨夜の酔いが薄く残っていた。誰かがアパートのドアを叩いている。ウィンサムだった。

「きょうは休みの日でしょ。いったいどうしたのよ」

「どうか、神父さま」ウィンサムは、寝ずの一夜を過ごしたかのような様子だ。「哀れな告白者を叱らないでください」

「告白ならアイゲンヴァリューにしてよ」レイチェルは足音荒くキッチンへ向かい、コーヒー・メーカーのスイッチを入れた。「なんなの、あなたの悩みごとって」

ほかにあるかよ、マフィアさ——というのは全部見せかけである。一昨日のワイシャツを着て、寝起きの髪に櫛も入れずにやってきて、レイチェルの気を引こうという魂胆。いや、お目当ては、レイチェルを介してのパオラにあるのだが、君のルームメイトを斡旋してくれと女の子に頼むわけにはいかない。そこで、マフィアの行状を聞いてもらうところからはじめる。手の込んだ細工なのだ。

当然ながらレイチェルは、アイゲンヴァリューには相談したの、と聞いた。ウィンサムはノーと答えた。あの歯科医はこのところステンシルとのおしゃべりに忙しい。それより、女性の視点でどう思うかが知りたい。レイチェルはコーヒーを注ぎ、うちの同居人はどっちもいない、と言った。ウィンサムは目をつぶって話題へ飛び込んだ。

「あいつ、陰でいろいろやってるようなんだ」

「ふーん。だったらつきとめて離婚すれば」

二度めを沸かしたコーヒー・ポットがカラになり、ルーニーもしゃべりきってカラになった。三時にパオラが帰ってきた。ふたりにちょっと笑顔を見せて自室へ消えていく。オレ、ちょっと赤くなったかな、とルーニーは思った。胸の鼓動が速まっている。なんてザマだ。まるでガキと変わらない。彼は立ちあがった。「また話にきていいかい。世間話でいいんだ」

「それで役に立つならね」と言ってレイチェルは微笑んでみせたが、役に立つとはまるで思っていなかった。「でも、なによ。マクリンティックと契約するんですって？　アウトランディッシュ・レコードがまともなレコードを出すなんて、どんな風の吹き回し？　信仰に目覚めたとか」

「そうだな、目覚めるとすりゃ、信仰くらいのもんだろう」とルーニーは言った。

帰り道、リヴァーサイド・パークを歩きながら、あれでよかったのか気になった。あのパフォーマンスじゃ、お目当てがパオラではなく、レイチェル自身だと思われたんじゃないかと。

　自宅に戻ってみると、プロフェインがマフィアと話している。あーあ、オレの望みは寝ることだけか。ベッドに入って胎児の姿勢をとると、まもなく、不思議なことに、彼はじっさい眠りに落ちていった。

「やだ、あなた、ユダヤ人とイタリア人のハーフなの?」隣の部屋でマフィアが言った。「なんておかしな掛け合わせでしょう。まるでシャイロックみたい、そうじゃなくて《ノ・ネ・ヴェーロ》? ハッハッ、〈ラスティ・スプーン〉によく来る駆け出しの俳優でね、アイルランド系アルメニア人とユダヤ人の掛け合わせだって言ってるのがいるわ。紹介しなくちゃ」

　言い合っても仕方ないので、プロフェインはひと言こう答えた。「その〈ラスティ・スプーン〉ってとこは、きっといい店だろうけど、オレみたいなのとは格が違いそうだ」

「なんですって、格が違う? バカねえ、貴族というのは魂の問題でしょ。あなた、王様の末裔かもしれないのよ。分からないでしょー」

　分かるさ、プロフェインは思った。オレはシュレミールの末裔だ。聖書のヨブが始祖様さ——。

　マフィアは何やら面白い素材で編んだニットのドレスを着ていて、素肌が透けて見える。顎を膝にのせた姿勢なので、スカートの裾がめくれ上がっている。プロフェインは床に腹這いになった。面白い展開になる気がする。きのうレイチェルに手を引かれてここに来たときは、カリズマとフウとマフィアが床の上で、オーストラリア式のタッグマッチには一人不足ながら、レスリングをやっていた。

　マフィアは身をくねらせて、プロフェインと平行に、腹這いの姿勢をとった。そうやって鼻と鼻をくっつけてくるんだろう、と思った矢先、猫のファングが矢のように飛び込んできてふたりのあいだへ着地した。マフィアは仰向けになって、猫ちゃんをくすぐったり、吊るしたりしはじめた。プロフェインは冷蔵庫までペタペタと歩いて行ってビールを取る。ピッグ・ボーディーンとカリズマが入ってきた。飲んだくれの歌《ドリンキング・ソング》を歌いながら——

ヤンデル・バーなら全米どこにもありまして、
ヤンデル・ピープル、暇つぶしには苦労がない
ボルティモアでは床でふたりがハメハメハ
ニューオーリンズもフロイト流の症例だらけ
キーカック（アイオワ）でも禅とベケット、侃々諤々《かんかんがくがく》
テラホート（インディアナ）にもエスプレッソ・マシンだ
文化はなくて、頽廃だけ
マサチューセッツの港を出てから
太平洋も渡ってきました
世界で一番、ラスティ・スプーン
おいらのバーは、ラスティ・スプーン

ここはニューヨーク、リヴァーサイドの取り澄ました住宅街だが、〈ラスティ・スプーン〉がこの場に出現したみたいな騒ぎだ。やがて、誰もそれと気づかぬうちにパーティが始まっていた。フ

ウが入ってきて受話器を手に電話をかけまくった。開けっ放しの玄関のドアには、奇跡が起こったかのように、一団の女の子が立っていた。誰かがFMラジオを鳴らし、誰かがビールを買いに出る。低い天井からタバコの煙が鬱屈した層をなして垂れ下がる。ヤンデルノが二、三人、プロフェインを部屋の隅に連れて行ってヤンデルレンの教義を教え込もうとするのだが、そういう話はビールを飲んで聞き流すにかぎる。酔いがまわり、じきに夜になった。目覚まし時計をセットして、空いている隅を見つけると彼はすぐさま眠りに落ちていった。

Ⅳ

その晩四月十五日はイスラエル独立記念日で、ダビッド・ベングリオン首相が演説し、エジプトのイスラエル抹殺計画に警戒するよう国民に呼びかけた。中東では冬以来、緊張が高まる一方だったが、四月十九日、両国の間に停戦条約が発効。同じ日には、グレース・ケリーとモナコ大公レーニエⅢ世との挙式が執り行われるといったぐあいに、この春は、大きな潮流も小さな渦巻きもニュース紙面の見出しに書き並べながら進んだ。人はそれぞれの趣向に合った記事を読み、ちょうどネズミたちが屑や藁を拾ってきては巣をつくるように思い思いの断片で「歴史」を編んだ。ニューヨークだけで、ざっと五百万ほどの違った「巣」があるという計算だ。他国の首都に住む、大臣や国家元首や官僚の心の中には、いったいどんな巣が作られているのか。彼らの私的な歴史観は、きっと行動となって現れたはずだ。それらがなんらかの正規分布の類型に収まるならば、現に歴史を動かしてきたということである。

ステンシルの人格はありきたりの分布から外れている。勤務評定なき公僕、陰謀や密約の楼閣を築き上げずにいられない人間である以上は、父親のような行動型であってしかるべきなのに、彼の行状はむしろ植物型である。アイゲンヴァリューと話し込んだり、自ら編みつつある壮大なゴシック様式の推論の束にパオラがどう収まるか、じっと見ていたりするばかり。もちろんステンシルにも探っていくべき手掛かりはあるのだが、それを追っているときでさえ、もの憂げな、関心なさそうな、ほかにもっと重要なことがあるのだが何となくこちらをやっている、というふうな態度である。自分の使命が何であるのか問われても、ただ「V」の形がぼんやり霞んで見えるだけで、どうしてこんな追跡をはじめたのか、その理由すらぼやけているのだ。情報のうち何が有用で、何は無意味か、どの情報は廃棄すべきで、どの情報は、たとえ避けがたい堂々巡りが待っていようと追跡していくべきなのか――それを彼は「本能」で感じるしかないという。もちろん、ステンシルを衝き動かしているような知的なレベルの衝動に「本能」が関わっているはずはない。ステンシルのオブセッションは確かに後天性のものである。だがいったい、そんなものをいつどうやって身につけてしまったのか。もし彼が自ら主張するように「純粋な世紀の子」なら分からないでもないが、「世紀」が子を産むことは自然界ではありえない。もし彼が、〈ラスティ・スプーン〉に集う連中のように、「自らのアイデンティティを探し求める現代人」だとしたら話は簡単だし、実際、彼らの多くは、ステンシルの問題をアイデンティティの喪失に帰着させている。だが厄介なことに、ステンシルは、いつも無数のアイデンティティを抱えていて、そのうちどれを選んでも何の不自由も感じないらしい。ひたすら〈V.の探求者〉としての道を進み、その探求のためなら何にだって早変わりするのがステンシルという男なのだ。しかしV.が彼の正体なのではない。アイゲンヴァリューや、他のヤンデルノたちの正体がV.でないのと、それは同じである。

だが、そう考えてみると、ひとつの興味深い性倒錯の問題が引き出されるのは確かだ。V.を求め続けたあげく、ついぞ見つけ出した相手が、実は、ある種の「魂の女装」をほどこした自分自身だったとしたら？　これはお笑いだ。ヤンデルノたちが聞いたら、腹をかかえて笑い転げるだろう。本当のことをいえば、ステンシルはV.の性別を知らないし、いかなる「種」や「属」に入る生き物なのかも知らなかった。うら若きツーリストのヴィクトリアと下水に棲むネズミのヴェロニカが同一の存在だと想定しつづけるとしても、なにも輪廻転生を信じるということには全然ならない。ただ、彼の探求が〈ザ・ビッグ・ワン〉、すなわち二十世紀をつらぬく大陰謀にフィットするというだけなのだ。ちょうどヴィクトリアとヴィーシューが、ヴェロニカと新しいネズミ教団の体制がフィットしたように。仮にV.が歴史におけるリアルな存在であるなら、それは——慣例として女性代名詞でうける船や国家と同様、実際に「女」なのではない「それ」は——今日も作動しているにちがいない。なぜなら、究極の〈呼び名のない陰謀〉は、いまだ実現を見ていないからだ。

五月に入って早々に、アイゲンヴァリューはステンシルをヨーヨーダインの社長ブラディ・チクリッツに引き合わせた。この会社の工場は全米に散らばり、収拾がつかないほどの数の契約を政府と結んでいる。その前身は「チクリッツ・トイ・カンパニー」といって、一九四〇年後半に、ニュー・ジャージー州はナトリーの郊外に、自営の小さな製作場兼販売店をひとつ構えるだけの気楽な商売であった。その頃不可解なことが起きた。アメリカの子供たちが一斉に頭の歯車が狂ったように、ジャイロスコープに熱中したのである。ジャイロスコープといっても、コマのように軸に巻きつけた紐をひっぱって回転させる単純なやつで、チクリッツは、これは売れるとばかり、生産拡大に踏み切った。それが成功し、市場の独占も間近というころのこと。社会科の会社見学に来た子供たちの話から彼は、このオモチャが輪転羅針儀《ジャイロコンパス》と同じ仕組みでできていることを聞き知った。「え？何と同じ？」チクリッツは尋ね、ジャイロコンパスというものを知った。いっしょに「レート・ジャイロ」と「フリー・ジャイロ」も説明された。チクリッツはおぼろげに、いつか読んだ業界紙の記事を思い出した。この手の市場は、常に政府が買い手となる。なぜなら船舶も航空機も、最近ではミサイルも、その種の装置を必要とするからだとその記事には書いてあった。ここでチクリッツは考えた。「いいじゃないか、やってみよう」当時、ジャイロ部門は、小企業にとっては大変な成長分野であると言われ、ジャイロを作って政府の需要を満たしているうち、チクリッツはしだいに遠隔計測器《テレメーター》から、テスターのセットの部品、小型通信機器まで売りさばく展開になった。そして拡張、買収、合併を繰り返し、十年を経ずして、システム管理、航空機体、ロケット推進、制御機構、地上支援装置の全体が組み合ったビジネス王国が立ち上がっていた。力を表す単位で「ダイン」というのがあると、ひとりの新入りエンジニアから聞いたチクリッツは、自分の会社を「ヨーヨーダイン」と命名した。つつましいおもちゃ工場という出自も、力と企画性と工学技術とたくましい個人主義というコンセプトも、すべてこもった社名である。

工場の一つがロングアイランドにあって、ステンシルがそこを見学に行ったのは、〈陰謀〉を知る手掛かりが、戦争の道具に囲まれてみることで得られるのではないかという期待があったからである。勘は的中した。オフィスが続く一角、製図板が並び青焼きファイルが積まれたあいだを進んで行くと、林立するファイル・キャビネットに隠れるようにして、欧風仕立てのスーツを着た、頭髪のうすい豚のように丸々と太った紳士が椅子に座って、いかにも当世のエンジニアらしく、紙コップ入りのコーヒーをすすっていた。彼の名はクルト・モンダウゲン。大戦中は、かのペーネミュンデで、報復兵器1号および2号の開発の仕事に関わっていた——V1とV2である。魔法のイニシャル、ここにあり！　談話の午後はたちまち暮れゆき、ステンシルは次回の約束をとりつけて帰宅の途についた。

一週間ほど後、〈ラスティ・スプーン〉の奥の別室で、ミュンヘン・ビールとは名ばかりのひどい紛い物を与えられたモンダウゲンは、独領南西アフリカでの若き日々の想い出話を紡ぎ出した。ステンシルはじっと聞き入った。話自体は、質疑応答を入れても、三十分ほどで終わったが、次週水曜の午後、アイゲンヴァリューのクリニックでステンシルが語り直したその物語は、かなりの変貌を遂げていた。アイゲンヴァリューの言を借りれば「ステンシル化した」ヴァージョンである。

第九章

モンダウゲンの物語

V

I

一九二二年五月のある朝（ここ、南西アフリカ保護領のヴァルムバート地区では冬間近である）、ミュンヘン工科大学に学んだ工学専攻の若手研究者クルト・モンダウゲンが、カルクフォンテイン・サウス村近郊の白人駐留地に到着した。太っているというよりも肉感的な身体つき、金髪で、睫毛が長く、シャイなほほえみが年上の女を魅了する。古ぼけたケープ馬車に座ったモンダウゲンは空しく鼻をほじりながら日の出を待ち、首都ヴィントフークの行政機構の末端であるヴィレム・ファン・ヴェイクの掘っ立て小屋《ポントック》を眺めていた。馬は身体に朝露を溜めながら居眠りしているが、モンダウゲンは馬車の上で寒さに身をよじり、怒りと困惑と不機嫌を押さえ込もうとしていた。広大な死の領域カラハリ砂漠の果てにある地平線の下で、出不精な太陽がモンダウゲンを焦《じ》らしていた。

ドイツ中東部のライプツィヒで生まれ育ったモンダウゲンは、出身地特有の奇癖を少なくとも二つ有していた。一つ目（こちらは些細）はザクセン人の癖で、あらゆる名詞に手当たり次第——生物・非生物を問わず——指小接尾語をくっつけるというもの。二つ目（こちらは重大）は、同郷人のカール・ベデカーと同じく、南方——少しでも南に位置する場所——を基本的に疑ってかかる習性。いま自分が置かれている状況をモンダウゲンがどれだけ皮肉に思ったか、想像がつこうというものだ。まずはドイツ南部のミュンヘンで高等教育を受け、続いて（この南病《サウスシックネス》が憂鬱症と同じく悪化に歯止めがきかないかのように）ついには不況さなかのミュンヘンを去って南半球へ旅し、南西アフリカ保護領で夏冬が逆転した鏡時間に入り込んでしまったいきさつを考えるにつけ、なんと恐るべき天邪鬼に憑かれてしまったものかと感じ入るほかはなかった。

　モンダウゲンが当地にやって来たのは、空気中に生じる電波妨害——略して空電《くうでん》——を調査するプロジェクトのためだった。第一次世界大戦中、連合軍の電話通信を傍受していたH・バルクハウゼンという人物が、スライドホイッスルで下降音を演奏するのによく似たヒューッという音を何度も耳にした。これらの「ホイッスル音」（バルクハウゼンの命名による）はいずれも一秒ほどしか続かず、低周波、つまり可聴域の周波数におさまっているようだった。しばらくして分かったのだが、空電とは最初に観察されたホイッスル音にとどまるものでなく、舌打ち音、掛け金音、上昇音、鼻笛音、「暁の合唱《ドーン・コーラス》」と呼ばれる鳥のさえずり音などの種類も存在した。その発生原因はよく分かっていなかった。太陽の黒点だ、いや稲妻だと諸説あった。ともあれ、地球の磁場が関係しているだろうという点には異論がなく、それならばさまざまな緯度に観測点を設けて空電を記録したらどうかという話が持ち上がったのである。研究者リストの末尾に連なっていたモンダウゲンは南西アフリカを割り当てられ、可能なかぎり南緯二八度に近い位置に観測用具を設置するよう命じられた。

ドイツが失った植民地で生活しなければならないという事実は、最初のうちモンダウゲンを悩ませた。大多数の過激な青年たちの――そしてまた、少なからぬ数の頑固な老人たちの――感覚と同じく、モンダウゲンにとっても祖国の敗北は考えるだに忌まわしかったのである。もっとも、到着後まもなく分かったのだが、戦前に地主だったドイツ人たちはそのままの生活を続けていた。南アフリカ連邦政府の方針で、ドイツ国籍も財産も原住民労働者も以前どおり保持することを認められていたのである。カラス山地とカラハリ砂漠に挟まれた当ヴァルムバート地区の北部、モンダウゲンの観測拠点から一日かからない場所にフォプルという男の農場があり、ここはドイツ系の国外居住者たちが集う社交場のようになっていた。そこで開かれるパーティは騒々しく、音楽は活気に満ちて、モンダウゲンの到着後も毎晩のように陽気な娘たちがフォプルのバロック様式の農園屋敷に群れ集ってくる様子は、まるで果てしのない謝肉祭《ファッシング》だった。しかし、この荒涼たる僻地にモンダウゲンが見出した愉快さも今では風前の灯に思えた。

太陽が昇り、ファン・ヴェイクがだしぬけに戸口に現れた。目に見えない吊り下げ装置で舞台に引っ張り出された切り抜き人形のようにも見える。ハゲワシが小屋の前に舞い降りて、ファン・ヴェイクを睨み付けた。モンダウゲン自身も活を入れられたように動き出し、馬車から飛び下りて小屋に近付いた。

ファン・ヴェイクは自家製ビールの瓶を振ってみせた。「分かっとる」と、乾ききった土地を隔てて叫んだ。「分かっとるよ。わしだって、一晩中寝かせてもらえなかったんだから。わしの心配はこれきりだとでも思っとるのか?」

「僕のアンテナが」モンダウゲンは怒鳴った。

「あんたのアンテナだと？　わしのヴァルムバートはどうなる」ボーア人は言った。半分酔っ払っている。「昨日、何があったか知っとるのか？　ちっとは心配するがいい。ボンデルスヴァールツ・ホッテントット族のアブラハム・モリスがオレンジ河を渡ってきたんだぞ」

ファン・ヴェイクの狙いどおり、モンダウゲンはショックを受けた。「モリスだけですか？」と、やっとのことで言った。

「男が六人、女子供が数人、ライフル数挺に家畜だ。それだけじゃないぞ。モリスはもう人間とは別格、救世主扱いされとる」

モンダウゲンのさっきまでの苛立ちは、いち早く恐怖に変わった。腸壁から湧き出てくるような恐怖だった。

「連中、あんたのアンテナを引きずり倒すと言ってたんだろうが」

だって、何もしたわけじゃないのに……。

ファン・ヴェイクは鼻で笑った。「あんたも悪い。電波妨害《ディスターバンス》を調べてデータを記録するだけだって言ったろ。ところがどうだ、あんたは大音量の騒音をわしの土地一帯にぶちまけて、自分が厄介者《ディスターバンス》になっちまった。ボンデルスヴァールツ族は幽霊を信じているから、空電の音に怯えるんだ。怯えたときの連中は危険だぞ」

なるほど、アンプとスピーカーを使ったのは事実だとモンダウゲンは認めた。「つい眠り込んでしまうもんで。空電の種類が違うと、現れる時間も違うんですよ。僕は一人きりの調査隊だから、どこかで睡眠を取るしかない。あの小型スピーカーは、簡易ベッドの枕元に据えつけてあるんです。空電が始まったら自動的に目が覚めて、最初の二、三を聞き逃すだけで済むように……」

「あんたの基地に戻ってごらん」ファン・ヴェイクが押しかぶせて言った。「アンテナは引き倒され、用具はめちゃめちゃに壊されているだろうよ。おっと待った――」と、顔を真っ赤にして鼻をぐずつかせながら向きを変えた青年に向かって――「復讐を叫びながら駆け出す前に、ひと言。ひと言だけ。愉快とは言えん言葉だがな。こいつは反乱だぞ」

「すぐ反乱って言葉を使うんですよ、あなたたちは。ボンデルの人間がちょっと口答えしただけでも」モンダウゲンは泣きそうな顔になっていた。

「アブラハム・モリスの一行は、ボンデルの首領のヤコービュス・クリスティアンやティム・ベウケスの手勢と合流済みで、一緒に北上の最中だ。あんたが住んでる近辺の連中がその噂を知ってることは、自分の眼で確かめてきたんだろ。この地区のボンデルスヴァールツ族全員が一週間以内に武器を取ることになっても、わしは驚かんね。北に住んでいる、フェルトスクーンドラーヘルやヴィトボーイの人殺しどもに至っては、言うも愚かだ。ヴィトボーイの連中は、いつだって戦いたくてうずうずしとる」小屋の中で電話が鳴り始めた。ファン・ヴェイクもモンダウゲンの表情に気付いたようだ。「そうだな。ちょっと待っててくれ、面白いニュースかもしれん」そう言って、小屋の中に姿を消した。近辺の小屋から、ボンデルスヴァールツ族の金属笛が聞こえてきた。風のように実体がなく、乾季に注ぐ日射しのように変化のない音だ。これは自分に何か伝えようとしているのかと、モンダウゲンは耳を傾けた。何も伝わってはこなかった。

ファン・ヴェイクが戸口に現れた。「いいかい、若先生。わしがあんたなら、ヴァルムバートに行って、騒ぎが収まるまでじっとしているよ」

「何があったんです」

「電話を掛けてきたのは、ヒュリュハスの原住民区監察署の署長だ。どうやら連中、モリスに追いついたらしい。一時間前、ファン・ニーケルクという署員がモリスに向かって、事を荒立てずにヴァルムバートへ来いと言った。モリスが拒否したんで、ファン・ニーケルクは逮捕のしるしにモリスの肩に手を置いた。ボンデルどもの言い分では――どうせ今ごろは、ボンデル側の言い分がポルトガル領との国境まで広がっとるだろうがね――巡査部長はそのときにこう言ったらしい。"Die《ディ》 lood《ロート》 van《ファン》 die《ディ》 Goevernement《フーフェルメント》 sal《サル》 nou《ナウ》 op《オプ》 julle《ユレ》 smelt《スメルト》." 統治の鉛が溶けてお前らにかかることになるぞ、とな。詩的な言い方じゃないか、ええ?

モリスも配下のボンデルどもも、これを宣戦布告と受け取った。気球《バルーン》はすでに上がったわけさ、モンダウゲン。悪いことは言わんから、ヴァルムバートに行くんだ。ヴァルムバートを通り越して、オレンジ河の向こうの安全地帯まで行ければなおいい。わしにできる一番のアドヴァイスはこれだね」

「それは無理です。ご存じの通り僕はだいぶ臆病者ですが、二番目にいいアドヴァイスを教えてくださいよ。なにしろアンテナのことがあるんで」

「アンテナ、アンテナって、額に触角《アンテナ》が生えたみたいに言いなさんな。ま、好きにするがいいさ。元の道を引き返して――そんな勇気、わしにはとてもないがね――北へ戻ったら、ここで聞いたことをフォプル農園の連中に教えてやるといい。要塞みたいな屋敷だから、あそこに立てこもるんだね。しかし、わしに言わせれば、こいつは血の海になるぜ。あんた、一九〇四年の事件は知らんのだろう。フォプルに聞いてごらん。あの男は覚えとる。こう言ってやるんだね、フォン・トロータの時代が戻ってきたと」

「あなたたちの失態じゃないですか」モンダウゲンは大声を出した。「原住民を幸せにしておくのが仕事なんでしょう？　反乱が起こらないように？」

ファン・ヴェイクは激しい笑いの発作に襲われた。ややあって、「あんたなあ」と、ゆっくり言い聞かせるような声で言った。「そりゃ、役人の仕事ってものを完全に誤解しとるよ。歴史は夜作られるってことわざがあるが、欧州から来た役人は夜は眠っとるんだ。歴史とは何ぞや？　朝の九時に未処理の箱で待ってる書類さ。役人は歴史と喧嘩したりしない。折り合いをつけようとするもんだ。

『統治の鉛』とは、よく言ったものさ。わしらはひょっとすると、とてつもない大時計の鉛の振子なのかもしれんね。わしらの役割はその時計を動かし続けて、世界がカオスに落ち込まぬよう、秩序ある歴史と時間の感覚をみなぎらせることだ。ま、いいさ！　振子が二つ三つ溶けたところで構わんじゃないか。しばらくは時計を狂わせておいてもいい。しかし、振子はまた鋳直されて取り付けられるだろうよ。そのときもまだヴィレム・ファン・ヴェイクという名の振子であってほしいものだが、その振子じゃもう統治の役に立たんというなら是非もない」

この奇妙な独白に向かってやけっぱちな別れの会釈一つ、クルト・モンダウゲンはケープ馬車に乗り込んで、北へと引き返した。道中は何事もなかった。ごくまれに、牛に牽かせた車が低木地帯から現れ、上空を漂う真っ黒なトンビがサボテンやイバラのあいだに小動物の影を探す。日差しが暑かった。モンダウゲンはあらゆる毛穴から汗を流し、まどろんでは馬車の揺れで目を覚まし、夢の中で一度銃声と悲鳴を聞いた。午後になって観測拠点に着いてみると、近くのボンデル集落は静まり返っており、無線装備も無事だった。モンダウゲンはできるかぎり手早くアンテナを解体し、受信機と一緒にケープ馬車に積み込んだ。五、六人のボンデルスヴァールツ族が、周りを囲んで眺めていた。出発の用意が整った頃には、太陽は沈みかけていた。夕闇にまぎれるようにあちこちで寄り集まったボンデルの姿を、ときどき視界の縁に捉えることができる。彼らは小さな集落を出たり入ったりして、あらゆる方角に慌しく走り回っていた。西のほうで、犬の喧嘩が始まった。モンダウゲンが最後の紐を結んだとき、近くで金属笛の音が始まった。すぐに分かったが、笛は空電の音を真似ているのだった。周りで見ていたボンデルたちが、くすくす笑い始める。笑い声は高まり、ついにはジャングルじゅうの小珍獣が命の危険を逃れようとしている声のように聞こえだした。だが、逃げるのはこちらのほうだ。何から逃げ出そうとしているのかも、モンダウゲンにははっきり分かっていた。太陽が沈み、モンダウゲンが馬車に乗り込む。別れの声をかける者は一人もない。背後で聞こえるのは笛の音と笑い声だけ。

フォプル農園まではさらに数時間かかった。途中の事件といえば、突然の連続銃声——今度は本物——が左手の丘の向こうで聞こえたことだけだ。もうすぐ夜も明けようという頃、低木地帯の真っ暗闇の中からフォプル屋敷の灯が一気に流れ込んできた。モンダウゲンは小規模な峡谷に架け渡された板の橋を渡り、玄関ドアの前で馬車を止めた。

相も変わらずパーティが続いていて、百もの窓が光にきらめくフォプルの「屋敷《ヴィラ》」では、怪物の像《ガーゴイル》や唐草文様《アラベスク》や石膏装飾や透かし彫りがアフリカの夜にどぎつく浮かんでいた。玄関口に立っている一群の若い娘とフォプルその人の前で、農園のボンデルたちがケープ馬車の荷を下ろすあいだにモンダウゲンは状況を説明した。

モンダウゲンが伝えたニュースに、近辺で農園や牧場を所有している人々の一部は浮き足立った。が、フォプルは——「いや、みんなここに居るのが一番だぞ。焼き討ちや打ちこわしというやつは、いくら止めに行っても防げない。ここで勢力を分散したら、農園どころか我々の命まで危なくなる。砦にするなら、この屋敷が近辺で一番。頑丈だし、守りも簡単だ。なにしろ、敷地全体が天然の堀に守られているからな。食料は十二分、いいワインもある、音楽もある、それに――」と、みだらなウィンクをして――「美人も揃っとる。

「外の連中なんぞ、くたばるがいい。戦争でも何でもやらせておけ。この屋敷では、謝肉祭《ファッシング》を開くとしよう。ドアには閂《かんぬき》、窓には封印。橋を壊して、みんな武器を持ちたまえ。まさに今夜、我々は籠城戦に入る」

II

かくして始まったのが、フォプル農園の籠城パーティだった。モンダウゲンが農園を去ったのは二ヶ月半後である。この間《かん》、外に出た人間も、地区内の他の場所からニュースを受け取った人間も、誰ひとりいなかった。モンダウゲンが立ち去った時にも、地下室では一ダースばかりのワインの瓶が蜘蛛の巣をかぶったまま手付かずだったし、まだ屠られていない家畜も十頭あまりいた。屋敷の裏手にある野菜畑には、トマトやヤムイモやフダンソウやハーブがふんだんに育っていた。フォプルという農園主はかくも裕福だったのである。

モンダウゲンが到着した翌日、屋敷と敷地は外界から遮断された。先を尖らせた太い丸太の矢来が高くそびえ、橋は壊されて谷底に消えた。見張りの当番が決められ、幕僚が任命されたが、すべては目新しいパーティ・ゲームの気分だった。

こうして屋敷に集まった人々の顔ぶれは、一風変わっていた。多くはもちろんドイツ人で、近隣に住む金持ちや、ヴィントフークかスヴァコプムントからの訪問者といった人々だったが、他にも南アフリカ連邦のオランダ人やイギリス人、それにイタリア人、オーストリア人、海岸近くのダイヤモンド採掘原のベルギー人、世界のあちこちからやって来たフランス人やロシア人、さらにポーランド人ひとりまで集まった屋敷はさながら、荒れ狂う政治的カオスを避けようとする欧州諸国の秘密会議か国際連盟のようだった。

到着した次の日の朝早く、モンダウゲンは屋根に上り、屋敷で一番高い切妻屋根のてっぺんにある鉄骨細工にアンテナを固定していた。目に映るのは小峡谷や草地や干上がった沼地、砂地に低木地といったありきたりの光景ばかり。その連続が波打ちながら東方へ延びてついには死のカラハリ砂漠に達し、北の彼方では地平線のはるか下から黄色い靄《もや》が湧き上がって、南回帰線の上にいつまでも浮かんでいるように見える。

近くに目を転じて屋根の上のモンダウゲンが見下ろすと、中庭のようなものがあった。はるか遠くの砂漠を舞う巨大な砂嵐を通して差し込む太陽は、開いた出窓のガラスに当たって下向きに撥ね返り、あたかも反射によって光量を増したごとく、中庭にぎらりと射し込む。そこでは、濃い赤色の平面が光を受けて輝いていた。ひょっとすると、赤い液体の溜まりだろうか。細い流れがそこから二本延びて、近くのドアロに達している。モンダウゲンは思わず震え上がって、じっと見つめた。池からの照り返しは壁に当たり、空へ消えている。目を上げると、向かいの窓が蝶番《ちょうつがい》を軸にして一杯に開き、年齢不詳の女が姿を見せた。ピーコックブルーとグリーンのネグリジェを着て、まぶしい太陽に眉をひそめている。左手が上がって左の目に触り、片眼鏡を掛け直すようにまさぐった。渦巻き型の鋳鉄の後ろにしゃがみ込んだモンダウゲンは、我知らずギョッとした。女の容姿に驚くべきところがあったわけではない。むしろ、秘密裡に他人を眺めていたいという欲望が自分の中に潜んでいたことに驚いたのである。太陽の具合か女のふとした動きで乳首や臍や陰毛が見えないだろうかと、モンダウゲンは待った。

だが、向こうは気付いていた。「出て来い、出て来い、怪獣《ガーゴイル》さん」と、冗談めかした声が届く。棒立ちになったモンダウゲンはぐらりと傾き、屋根から落ちる寸前に避雷針を摑んだが、足を滑らせて、斜め四五度の体勢で笑い出した。

「僕のアンテナ」笑いながらモンダウゲンは言った。

「ルーフガーデンにいらっしゃいよ」と誘っておいて、女は部屋の奥に消えた。部屋はいま、ついにカラハリの拘束を解かれた日差しによって、まばゆい真っ白の謎と化している。

アンテナ設置の仕事を終えたモンダウゲンは、キューポラや煙突を迂回しつつスレートの斜面を上ったり下りたりしたあげく、最後に低い壁を不器用に乗り越えた。その壁はある種の異世界への境界線でもあったらしく、ルーフガーデンの植物は過剰に生い茂り、まるで亡霊のような姿で、おそらくは肉食性のものだった。いい趣味とは言いがたい。

「あら、可愛い人」女は乗馬ズボンと軍服のシャツを身につけ、壁にもたれて煙草を吸っていた。と、モンダウゲンの漠然とした予感を裏付けるがごとく、朝の静けさをつんざいて苦痛の叫び声が上がった。これまで、音といってはトンビの声と風、それに遠い草原のさざめきしかなかったのだ。見に行くまでもない、叫び声の出所はさっき真っ赤なしみを見た中庭だと分かった。モンダウゲンも女も動かなかった。不思議なことに、互いへの好奇心を禁止する約束ができたかのようだった。まだ十語のやりとりもないうちに、さっそく共謀関係が成立してしまうとは。

女はヴェラ・メロヴィングと名乗った。連れの名はヴァイスマン中尉。彼女はミュンヘン出身だという。

「わたしたち、謝肉祭《ファッシング》で会ってないかしら？　仮面をつけた他人同士として」

それはあるまいとモンダウゲンは思った。が、自分たちが初対面でなく、さっきの「共謀」にも多少の根拠はあったのだとすれば、出会ったのはミュンヘンのような都市だったはずである。生活の乱脈と金銭崇拝によって死を迎えつつある街。財政の癌によってふくれ上がった腫瘍。

距離が次第に縮まると、モンダウゲンは彼女の左目が義眼であることに気付いた。彼の好奇心を感じ取った女は、親切に義眼を外し、くぼませた掌に載せて差し出した。半透明に仕立てた半球形の吹きガラスで、眼窩にはめ込むと「白目」の部分が薄明るい海緑色に見える。顕微鏡でもなければ見えないほど細かな網目状のひびが、表面を覆っている。内部には、こまごまとした歯車やバネや爪車《つめぐるま》を精巧に組み合せた時計が仕込まれており、その時計を巻く金の鍵はメロヴィング嬢の首から華奢な鎖で下がっていた。義眼の虹彩と時計の文字盤を兼ねて球面に並ぶ十二宮《ゾディアック》の文様は、濃緑に金色の細片をあしらったものだ。

「外の世界はどうなってるの？」

モンダウゲンは乏しい情報を語り聞かせた。義眼をはめ直した彼女の手が震えていることに、モンダウゲンは気付いた。彼女の声は、ほとんど聞き取れないほど小さかった。

「また、一九〇四年になるのね」

おや、ファン・ヴェイクも同じことを言っていたぞ。この人たちにとって、一九〇四年とは何なのだろう？　モンダウゲンが尋ねようとした矢先に、病んだような外見の棕櫚の後ろからヴァイスマン中尉が現れて彼女の手を引っぱり、屋敷の内奥へと連れ戻してしまった。

二つの事情が重なったため、フォプル屋敷は空電の調査に好都合だった。一つは、農園主フォプルが屋敷の隅に位置する小塔の一部屋をモンダウゲンだけにあてがってくれたことだ。このささやかな科学的探究の飛び地は、いくつもの空っぽな物置き部屋に囲まれているせいで静かだったし、屋根にも窓から直接出ることができた。窓のステンドグラスは、野獣にむさぼり食われている初期キリスト教の殉教者を描いたものだった。

二つ目の事情とは、無線受信機の消費する電力など高が知れているとはいえ、フォプルがダイニングホールの巨大シャンデリア用に置いている小型発電機から予備電力が確保できそうなことだった。これまでのようにかさ張るバッテリーを何個も使う必要はなく、発電機に引込み線をつないで回路を工夫すれば、無線機器に直接配電するのもバッテリーを充電するのも、電力供給は自由自在だ。そこで同じ日の午後、プロの仕事場を思わせる乱雑さで手回り品と機器と関係書類を配置したあと、モンダウゲンは部屋を出て、屋敷の奥へ、その深みへと発電機を探しに出かけた。

しばらく後、傾斜した狭い廊下を進んでいたモンダウゲンは、二十フィートばかり前方に掛かっている一枚の鏡に気付いた。角を曲がったところにある部屋の中がちょうど映し出される角度になっている。モンダウゲンのためにあつらえたかのごとく、横向きのヴェラ・メロヴィングと中尉が鏡の枠にぴったり収まっている。女は小型の乗馬鞭のようなもので男の胸を打ち、男は手袋をはめた手を女の髪にねじこんで喋り続けているが、一語一語をおそろしく明瞭に発音しているらしく、覗き屋となったモンダウゲンは男の唇が発する卑猥な言葉を一つ残らず読み取ることができた。廊下の配置のせいで声は一切聞こえず、モンダウゲンは窓辺の彼女を盗み見た今朝がたの奇妙な興奮を追体験しながら、すべてを説明する字幕が今にも鏡の表面に現れそうな気分になった。だが、彼女がヴァイスマンを放し、ヴァイスマンがその酔狂な手袋をはめた手を伸ばしてドアを閉めてしまったあとでは、まるで夢の光景に接したようだった。

間もなく音楽が聞こえ始め、その音は下の階に降りてゆくにつれて大きくなった。アコーディオンとヴァイオリンとギターがタンゴを奏でている。曲はマイナーコードに満ち、ドイツ人の耳には無理やり半音下げたように聞こえる不気味な音が随所で鳴った。若い娘の声が、甘やかに歌っている。

愛は鞭
キスは舌をすりむき　胸をうずかせる
ただれた肉を
抱擁が切り裂く

恋人よ　ここへ
今宵　ホッテントットの奴隷におなり
鞭のキスが
尽きせぬ快楽

わたしの奴隷さん
愛は色盲よ
白も黒も
心ひとつが決める

足元にひざまずき
うなだれてお泣き
涙が乾いても
痛みはそれから

陶然としてドアの脇柱から覗き込んだモンダウゲンの目に映じた歌い手は、十六歳以上とは思えぬ少女で、ホワイトといえるほどのブロンドの髪を腰まで垂らし、乳房はほっそりした体格に似合わぬほど豊かである。

「わたし、ヘトヴィヒ・フォーゲルザンク」少女はモンダウゲンに告げた。「男を焦らして狂わせるために生きているのよ」すると、織物で覆った壁のくぼみで、楽士たちがショッティーシュを思わせる輪舞曲を演奏し始めた。と同時に、自然にはそよ吹くはずもない室内の風に乗って麝香の香りがツンとモンダウゲンの鼻をつき、圧倒されたモンダウゲンは思わず少女の腰に手を回して一緒にくるくる回りながら部屋を横切った。ドアを抜けて壁に鏡が並ぶ寝室に入り、天蓋付きベッドを通り越して長い画廊に出ると、十フィート間隔でアフリカの太陽が黄色い短剣のように射し込んでおり、壁には美化されたライン渓谷を描いたノスタルジックな絵や、カプリーヴィ宰相が登場するずっと以前に死んだプロシアの将校たち（中にはビスマルク以前の連中もいる）と今は墓場の土となった冷淡そうなブロンドの妻たちの肖像画が掛かっていて、それらの絵の合間に金色の太陽が射し込む場所を通り過ぎるたび二人の眼球は葉脈状に血走り、ついには画廊も通り過ぎて小さな吹き抜けの空き部屋に入り込むと、一面に黒のヴェルヴェットが張り巡らされたその部屋の壁は上に行くほどすぼんでゆき、てっぺんの煙突穴を通して昼でも星を眺められるようになっている。そこから三、四段ステップを下りたところにフォプル所有のプラネタリウムがあって、円形の部屋の真ん中には金箔に覆われた巨大な木製の太陽が冷たく燃えており、それを取り巻く九つの惑星とそれぞれの衛星は天井のレールから吊り下げられ、鎖や滑車やベルトや歯車受けのラックや歯車や螺旋軸がいかめしく組み合わされた装置で動く。動力源は部屋の端にある踏み車で、いつもは泊り客たちの慰みにボンデルスヴァールツ族の召使が踏んで動かすのだが今は誰もいなかった。音楽の残響をすべて振り切ることのできたモンダウゲンがここで少女を放し、踏み車までスキップしていって規則正しく踏み始めると、太陽系が動き出し、耳障りな軋みが歯の神経を苛んだ。木の惑星はガタガタと公転自転を開始し、土星の輪も巡り、衛星は歳差運動を始め、我らが地球は自転軸を揺らがせ、すべてが次第に速度を増すなか、少女は金星《ヴィーナス》をパートナーに踊り続け、モンダウゲンの足は勇ましくペダルの円弧を上下した——一世代の奴隷たちが踏みしめた同じステップを繰り返しながら。

　疲れが来たモンダウゲンの動きがスローになって止まったとき、少女の姿はなかった。どうやら、木製の模造宇宙のどこかに消えてしまったらしい。モンダウゲンはぜいぜいと息をつきながら踏み車をよろめき降り、発電機を探してさらに下層へと分け入った。

さまよい込んだのは、園芸用具がしまってある地下室だった。まるで今日一日の出来事すべてがこのクライマックスに向けて仕組まれていたかのごとく、そこにはボンデルの男が裸でうつぶせに横たわっていた。背中や尻には鞭打ちの古傷が深く刻まれ、その上から肉を切り裂いた新しい傷がいくつも、歯のない笑いのように口を開けている。なけなしの勇気をふるってモンダウゲンは男に近寄り、呼吸か心臓の鼓動が聞こえないかと屈み込んだが、その間も、一番長い傷口からのぞく白い背骨だけは見まいと努めていた。

「触っちゃいかん」シマウマの革で作った家畜用の鞭を持って、フォプルが立っていた。シンコペーションのリズムを取って、鞭の柄《え》で自分の脚を叩いている。「こいつも、助けなど求めておらんよ。同情もな。こいつが欲しがっとるのは、鞭打ちだけさ」ボンデルに物を言うときの習慣で、フォプルの声はヒステリー女のわめき声のレベルまで上がっている。「貴様は鞭打ちが好きだな、ええ、アンドレアス」

アンドレアスは弱々しく頭を動かし、ささやくように言った。「だんなさま……」

「貴様らは統治府に楯突いた」フォプルは続けた。「反逆者め。罪人め。フォン・トロータ将軍に戻ってきてもらって、一人残らず処罰してもらわにゃならん。顎髭を生やした澄んだ眼の兵隊さんと、でっかい声で怒鳴る大砲を連れてきてもらわんとなあ。その時が楽しみだろうが、アンドレアス。イエス様が地上に戻られるがごとく、フォン・トロータが貴様らを罪から解き放ちに来るのさ。いざや喜べ、感謝の賛美歌を歌え。その時までは、この俺を親として愛するんだ。なにしろ俺はフォン・トロータの片腕、将軍様の御心の代行者だからな」

ファン・ヴェイクの言いつけどおり、モンダウゲンはフォプルに一九〇四年と「フォン・トロータの時代」のことを訊いてみた。フォプルの反応は病的だった。単に、異様なほどの熱意で語ったというだけではない。その行動は、過去を物語るという範疇を超えていた。まずもって、死にゆくボンデルスヴァールツの男を地下室で共に見下ろしながら語り（男の顔をモンダウゲンはついに見ることがなかった）、それからのち、狂乱の宴のさなかにも、見張りや巡回の際にも語った。別な折には広大な舞踏室でラグタイムの伴奏に乗せて、さらにはモンダウゲンのいる小塔にまで出張ってきて、実験の妨げになることなど少しも意に介せず語り続けた。どうやらフォプルは、二十年近く前のドイツ領南西アフリカをそっくりこの地に再現するという強迫観念に取り憑かれているようだった。それも言葉の上だけでなく、一九〇四年を実行に移すつもりだったらしい。籠城パーティが進行するにつれて境界がどんどん曖昧になっていったため、「らしい」と言うしかないのだ。

ある真夜中のこと、モンダウゲンは小さなバルコニーの庇の真下に立っていた。見張りという名目ではあったが、光線は頼りなく、見えるものはほとんどなかった。月が――正確には半月が――屋敷の屋根の上に昇り、空電用のアンテナの後ろに回って、その影を船の索具のように黒々と浮き上がらせた。モンダウゲンが肩紐で下げたライフルをぶらぶらさせ、見るともなしに小峡谷の向こうを見やっていると、誰かがバルコニーに出てきてそばに立った。ゴドルフィンというイギリス人の年寄りだった。月の光の下でひどく小さく見える。低木地に特有の物音が、ときたま遠くから小さく聞こえていた。

「お邪魔でないといいのですが」ゴドルフィンが言った。モンダウゲンは肩をすくめ、地平線とおぼしきあたりに目を走らせ続けた。「見張りは楽しいですな」と、イギリス人は言葉を継いだ。「この果てしないお祭り騒ぎの中で、見張りの時だけは落ち着けますから」退役した海軍大佐で、モンダウゲンの見るところ七十代といった感じだった。「わたしはケープタウンにおったのですよ、極地探検の隊員を集めるために」

モンダウゲンの眉がぴくりと上がった。困惑した彼は鼻をほじり始めた。「というと、南極ですか？」

「ええ、もちろん。ケープタウンから北極行きでは妙ですからな、ほっ、ほっ。

「折から、スヴァコプムントに頑丈な船があるという話が入ってきましてな。だがもちろん、実際に見てみると小さすぎた。氷に囲まれたら手も足も出ない。たまたまフォプルが街にいて、週末を過ごしに来ないかと誘ってくれた。わたしとしても、そういう休息が必要だったんでしょう」

「意気軒昂なお話しぶりですね。たびたび失望を味わわれたでしょうに」

「みんなが労《いたわ》ってくれますのでね。この老いぼれに優しくしてくれる。あの爺さんは過去に生きているんだから、と。もちろん、わたしは過去に生きておりますとも。かつて、あの地に立ったのですから」

「極点に」

「さよう。今、わたしはそこに戻らねばならん。それだけのことです。この籠城パーティを乗り切ることができたら、南極でどんな目に遭わされても平気だという気がし始めておりましてな」

モンダウゲンも分かる気がした。「僕なんか、南極行きの真似事もできませんけれどね」

年老いた船乗りはくっくと笑った。「まあ、見ていらっしゃい。人は誰しも、自分の南極があるもんです」

そういえば、南極というのは人間にとって南行きの極限だなとモンダウゲンは思った。籠城の当初、彼はこのだだっ広い屋敷全体で沸き立っている社交の営みに頭から飛び込んでいったもので、科学的任務のほうは、見張り以外のほとんど全員が寝てしまう午後になるまで放ったらかしておくのが習慣になっていた。それどころか、モンダウゲンはヘトヴィヒ・フォーゲルザンクを追い回すことに自分から熱を上げたのだが、どうしたものか、ヘトヴィヒの代わりにやたらとヴェラ・メロヴィングに出くわすのだった。南病の症状も第三段階だな、と、モンダウゲンの分身であるアデノイドのザクセン人青年がささやく——用心しろよ。

なにしろ、倍ほども歳の違うあの女性が、理性では払いのけられない性的魅惑を感じさせるのだ。廊下で鉢合わせをしたり、大きい家具の陰から向こうが現れたり、屋根の上で出会ったり、闇の中でぶつかったりする。出会いを求めているわけではない。モンダウゲンが近付こうとするのでも、彼女がそれに応えるのでもない。しかし、双方がおとなしくしているにもかかわらず、二人の共謀関係は成長していった。

一度、ヴァイスマン中尉がビリヤード室の片隅にモンダウゲンを追いつめたことがある。恋敵として復讐されるのかと震え上がったモンダウゲンは逃げ出そうとしたが、ヴァイスマンの用件は全く別物だった。

「君はミュンヘン出身だそうだね」と、中尉は切り出した。「シュヴァービング地区に行ったことは？」ええ、たまには。「キャバレー〈いらくさ《ブレネセル》〉には？」いえ、一度も。「ダヌンツィオという名前を聞いたことは？」ムッソリーニは？ フィウメは？ 「未回収のイタリア」については？ ファシストは？ ドイツ国家社会主義労働者党は？ アドルフ・ヒトラーは？ カウツキーの独立社会民主党は？

「固有名詞ばかり出ますね」モンダウゲンは抗議した。

「ミュンヘン出身で、ヒトラーを知らんとはな」とヴァイスマンが言ったところは、「ヒトラー」という題のアヴァンギャルド演劇のことを言っているかのようだった。「まったく、今時の青年ときたら」頭上にぶら下がった緑色のランプの光がヴァイスマンの眼鏡を一対の若葉に変え、その顔つきを和らげていた。

「ご覧のとおり、僕は技術畑の人間ですからね。政治は不得手で」

「いずれ我々も君が必要になる」ヴァイスマンは言った。「そういう用が出てくるのさ。君も、専門のせいで視野が狭くなっているだけだ。理系の人間の価値は分かっている。むかっ腹を立てたりして悪かった」

「政治というのもある種のエンジニアリングでしょう。大衆を原材料にした工学」

「さあ、どうかな。ところで、君はいつまで当地に滞在するつもりだね」

「仕事が済んだらすぐ帰りますよ。六ヶ月くらいかな？　はっきり決まってはいませんが」

「君に、ちょっとした仕事を依頼するとしようか。多少の政治的な権力を伴うが、時間はさほど食わない……」

「オルグというやつですか？」

「おっ、鋭いね。一発でピンと来たか。君こそ適任だ。若い人たちを重点的にオルグしてほしい。というのも――君を見込んで打ち明けるが――取り戻せるかもしれんのだよ、我々の手で」

「南西アフリカ保護領を？　だって、国際連盟の管理下ですよ」

ヴァイスマンは頭を反らせて笑い始め、それ以上は何も言わなかった。モンダウゲンは肩をすくめ、ビリヤードのキューを取って、ヴェルヴェットの袋から三つの球を台上に転がし、真夜中をだいぶ回るまで引きのショットを練習した。

ビリヤード室から出てくると、頭上のどこかでホットなジャズが聞こえた。目をしばたたきながら大理石の階段を上がって豪壮な舞踏室に出てみたが、フロアに人影はなかった。あたりには男女の服が脱ぎ散らかされ、一隅の蓄音機から流れ出る音楽が電気のシャンデリアの下で陽気かつ空虚に響き渡っている。だが、そこに人間は皆無だった。モンダウゲンは疲れた足を引きずって、あの馬鹿げた半円形ベッドのある小塔の部屋にたどり着いた。記録用紙に眼を通したところ、空電が台風のような猛威を地上にふるっていたらしい。眠り込んだモンダウゲンは、ミュンヘンを出発してから初めてミュンヘンの夢を見た。

夢の中ではファッシングの最中だった。四旬節《レント》が始まる前の日まで続くこの狂乱のカーニヴァルは、マルディグラのドイツ版である。インフレ下のワイマール共和制におけるミュンヘンのファッシング・シーズンは、終戦からずっと、人間の頽廃の度を縦軸として上向きのカーブを描いている。理由は何よりも、この街の人間が誰一人として次のファッシングまで生きていられるかどうか分からなかったことだ。偶然手に入ったものは——食糧だろうと薪だろうと石炭だろうと——あっという間に消費された。溜め込んだり配給したりして何になる？　不況《ディプレッション》は重苦しい灰色の雲の層となって空にのしかかり、施しのパンを待つ列に並ぶ人々の、あまりの寒さで人間性が凍りついたその顔にもはっきりと表れている。モンダウゲンが屋根裏部屋を借りていたリービヒシュトラーセにも、同じ重圧がうごめいている。それは老女の顔を持った人の姿を取り、すり切れた黒いコートにぴったりくるんだ体をイーザル河の川風にすくめている。死の天使よろしく、明日飢え死にする人間の家のドアロにピンクの唾で印をつけてゆくのは、こいつではないだろうか。

あたりは暗かった。モンダウゲンは古い布ジャケットを着て、毛糸の帽子を耳の下まで引き下ろし、大勢の若者たちと腕を組み合わせていた。若者たちに見覚えはなかったが、学生だろうという気がした。みんなは死の歌を合唱しながら鎖になって左右に振れ、街路のセンターラインなど真っ向から無視していた。他の酔っ払ったグループがいくつも、あちこちの通りでわめくように歌っていた。人けのまばらな街灯に近い木の下で男と女がからみあっており、若さを失いつつある女のたるんだ太腿が片方、春は名のみの冬風にさらされていた。かがみこんだモンダウゲンが自分の古ジャケットを二人に掛けてやると、ぽつりと落ちた涙が空中で凍り付き、霙《みぞれ》のような硬い音を立ててカップルに当たった。見ると、二人はすでに石と化しているのだった。

モンダウゲンはビアホールにいた。老いも若きも、学生も労働者も爺さんも思春期の少女たちも、みんなが飲み、歌い、叫び、愛撫できる体を求めて同性異性おかまいなく闇雲に手を伸ばしていた。誰かが暖炉に火をおこし、街路で見つけてきた猫をローストしている。奇妙な静寂が周期的に一同を包むたびに、暖炉の上に掛かっている黒いオーク製の時計がおそろしく大きな音で秒を刻んだ。入れかわり立ちかわる顔。その中から女たちが現れて膝に座り、モンダウゲンは彼女らの乳房や太腿を揉みしだき鼻をねじった。テーブルの向こう端で引っくり返ったビールが、泡の大滝となって流れてくる。猫をローストしていた暖炉の火がいくつものテーブルに燃え移り、またもやビールが浴びせ掛けられた。黒焦げになったデブ猫は料理人の手から奪われ、ラグビーボールのように部屋じゅうを投げ回されて、渡る手ごとに水ぶくれを作ったあげく、爆笑のさなかでばらばらにちぎれた。煙はビアホール全体に冬の霧のごとく充満し、肩を組んで体を揺らしている人々の動きが地獄の亡者の苦悶を思わせるようになった。どの顔も、一様に奇妙な白さを帯びている。こけた頬、突き出たこめかみ。皮膚一枚はがせば、そこには餓死者の骨。

ヴェラ・メロヴィングがやってきた（なぜヴェラと分かるのだろう？　黒いマスクが顔全体を覆っているのに）。黒いセーターとダンサー用の黒いタイツだ。「いらっしゃい」と囁き、モンダウゲンの手を取って細い路地をくねくねと進んでいく。辺りはほとんど灯りもなく、ごった返す酔いどれたちが結核病みのような声で歌い、歓声を上げていた。白い顔が病んだ花のように上下しつつ、暗闇に見え隠れする。目に見えない力が、彼らを動かして墓場へと向かわせるのか。どんな重要人物の埋葬があるというのか。

　夜が明けると、ヴェラはステンドグラスの窓から入ってきて、またひとりボンデルが処刑されたとモンダウゲンに教えた。今度は縛り首だった。

「見にいらっしゃい」ヴェラは誘った。「庭よ」

「いやだよ、そんな」　縛り首というのは、一九〇四年から一九〇七年にかけての大反乱期によく用いられた処刑方法だった。この反乱は、普段は互いに争っているヘレロ族とホッテントット族が、弱体だったドイツの統治府に対して同時に蜂起したものだが、両部族の行動に統一は取れていなかった。そこにヘレロ族対策として投入されたのがロタール・フォン・トロータ将軍である。中国および東アフリカへの出兵時に有色人種鎮圧の手腕をいささか示したのを買われたのだ。一九〇四年の八月、フォン・トロータは「根絶令《フェアニヒトゥングスベフェール》」を出す。ドイツ軍の兵士に、ヘレロ族なら老幼男女を問わず組織的に殺戮するよう命じるものだ。フォン・トロータの企ては八割方の成功を収めた。一九〇四年、当地に住んでいたヘレロ族は推定八万人だったが、七年後にドイツ政府が行なった公式調査がはじき出した人口はわずかに一万五千百三十人、つまり六万四千八百七十人が減少したわけである。同様にして、ホッテントット族は同時期に一万人減、ベルク＝ダマラ族は一万七千人減を記録した。この不自然な人口減少の時期に発生した自然死を勘定に入れても、フォン・トロータは、一年しか南西アフリカに滞在しなかったにもかかわらず六万人ばかりを始末したことになる。ナチス・ドイツの六百万人に比べればわずか一パーセントだが、それでもなかなかの成績だ。

初めて南西アフリカに足を踏み入れた時、フォプルは年若い陸軍新兵だった。ほどなく彼は、この地がたいそう性に合った楽しいところだと知る。この年の八月、逆転した春の季節に、フォプルはフォン・トロータの指揮下で出動した。「怪我したり病気になったりした黒人どもが、道端にうようよしとったよ」と、フォプルはモンダウゲンに話して聞かせた。「だが、弾薬は無駄遣いしたくなかった。補給が後手に回っておったんだ。いきおい、銃剣で突いたり縛り首にしたりということになった。手順は簡単、男でも女でもいいから手近な木の下に連れて行って、弾薬箱の上に立たせる。ロープで絞首索を作って（ロープがなけりゃ電線か鉄条だ）首に引っかけ、木の股に通したロープを幹に縛り付けておいて、弾薬箱を蹴っ飛ばす。このやり方だと絶息するまでたっぷり苦しむことになるが、なにしろ即決の軍事裁判だからな。いちいち絞首台を作っておられんとなると、その辺のもので間に合わせるしかない」

「なるほど、絞首台は無理ですね」モンダウゲンは技術者らしく細かい点にこだわった。「しかし、電線や弾薬箱がふんだんにあったわけですから、補給はそう遅れていたわけでもないでしょう」

「ふむ」とフォプルは言った。「さてと、あんたも忙しいようだから」

実際、モンダウゲンは忙しかった。連日の浮かれ騒ぎで身体が参っていただけかもしれないが、ここしばらく空電シグナルが異常なように思えてきたのである。発明の才に富むモンダウゲンは、フォプルの蓄音機の一つから器用に頂戴してきたモーター、ペンとローラーと長くつないだ紙を組み合わせて、自分のいない時もシグナルを記録してくれる原始的なオシログラフを作り上げていた。モンダウゲンを派遣したプロジェクトの執行部はモンダウゲンにオシログラフを持たせる必要を認めなかったし、以前の拠点では外出する機会もなかったので、これまではそんなものを作るに及ばなかったのだ。さて、ペンが記した謎めいた図を眺めたモンダウゲンは、そこにある種の規則もしくはパターンがあることに気付いた。ひょっとして、これは何かの暗号ではないだろうか。しかし、その先が進まなかった。暗号かどうか確かめるには解読を試みるしかない、という結論に達するまでが数週間。部屋じゅうに表や数式やグラフを散らかし、空電のチュッチュ音やシューシュー音や舌打ち音やさえずり音を伴奏にせっせと仕事をしているような格好で、実のところは怠けていた。何かが彼の手を仕事から遠ざけたのだ。それに、モンダウゲンを怖気付かせるようなことも起きた。ある晩、また「大嵐」が発生してオシログラフが狂乱的な作業を強いられ、あげくの果てに壊れてしまった。故障は大したことがなく自分で直すことができたが、モンダウゲンには疑念が残った。この不調は本当に偶然なのだろうか、と。

奇妙な時刻に、屋敷内をふらふら歩き回る癖がついてしまった。先日のファッシングの夢に出てきた「目」と同じく、ある光景が突如として眼の前に現れ出るという能力が自分にあることにモンダウゲンは気付いたのだ。タイミングの感覚というか、いま覗けば窃視ができるという奇妙な確信が(窃視してよいかどうかの分別はつかないまま)襲ってくるのである。ひょっとすると、籠城パーティの初期にヴェラ・メロヴィングを相手として発現した窃視の欲望を自在に操れるようになったということなのかもしれない。たとえば、たった今にしても、陰鬱な冬の日差しの中でコリント様式の柱にもたれていると、程近いところから彼女の声が聞こえてくるのだ。

「いいえ。たしかに軍事的とは言いにくいかもしれませんけれど、これは紛《まが》い物の籠城ではありませんわ」

モンダウゲンは煙草に火をつけ、柱の陰から覗き見た。ヴェラはゴドルフィン老人と一緒に、ロック・ガーデンの金魚の池のそばに腰を下ろしている。

「覚えていらっしゃる――」とヴェラは言いかけたが、どんな思い出話のロープで老人の首を絞めつけようとも、本国《くに》へ帰ることの苦しみが絞めつける力には及ぶまいと感付いたようだ。というのも、彼女は老人がさえぎるのを許したのである。

「わたしもかつては、籠城というものに軍事テクニック以上の意味を与えていたものです。だが、そんな考え方はやめてしまった。それも二十年以上前、あなたが愛する一九〇四年より前に」

ヴェラはもったいぶった口調で説明した。たしかにわたし、一九〇四年には別の国にいましたけれど、自分がそこにいなかったからといって、ある年のある場所を自分のものにできないわけじゃありません、と。

ゴドルフィンにはこの理屈は理解できなかったようだ。「一九〇四年というと、わたしはロシア艦隊の軍事顧問でした」と、思い出を語った。「ロシアはわたしのアドヴァイスを聞き入れず、覚えておいででしょうが、日本軍は我々を旅順港《ポート・アーサー》に閉塞した。大変でしたよ。定石そのもの、正統派の包囲戦で、一年も続いた。今も思い出しますよ、凍り付いた丘の斜面、朝から晩まで飽きもせず撃ち続ける臼砲の恐るべき轟音。それに、夜になると陣地の上を行き交う白い探照灯。目もくらむような光だ。尉官の中に一人、信心深いのがおりましてね。この男は片腕を失くして空っぽの袖を飾り帯のように斜めにピン留めしておったが、そいつが言ったものですよ。神の指が、柔らかい喉元を締め上げようと探しているみたいだ、とね」

「わたしの一九〇四年は、ヴァイスマン中尉とヘル・フォプルからいただいたの」誕生日のプレゼントを数え上げる女子生徒のような口調でヴェラは言った。「あなたのヴィーシューも、プレゼントされたものよね」

ほとんど同時に老人は叫んでいた。「違う！　それは違う、わたしはあそこに行ったんだ」それから、苦しげな動作で首を回してヴェラと向かい合い、「ヴィーシューのことはあなたに話していないはずだが。話しましたか？」

「ええ、もちろん伺ってますわ」

「わたし自身、ヴィーシューのことはほとんど思い出せんのに」

「わたしは思い出せる。だからいま思い出したの、二人のために」

『思い出した』とな」瞬間、老人の片目が鋭い険《けん》を帯びた。が、それはすぐにゆるみ、老人はとりとめもなく喋り続けた。

「わたしにヴィーシューを授けてくれたものがあるとすれば、それは時代と南極と海軍勤めでしょうな……。しかし、そういうものは今では残らず取り上げられてしまった。時間の余裕も、周囲の理解も。当節はよく言いますな、こうなったのも世界大戦のせいだと。ま、原因は何でもよろしい。ともかくも、ヴィーシューは失われて二度と戻ってこない。往年のジョークや流行歌、世間を沸かせた流行《はや》りものと同じことだ。クレオ・ド・メロドやエレオノラ・ドゥーゼの美貌もしかり。目尻が物憂げに垂れ下がって、その上のまぶたは信じられないほど広く、古い羊皮紙のような風合いで……いや、あなたは若すぎる、覚えているはずがない」

「わたし、四十を過ぎていますのよ」ヴェラ・メロヴィングがほほえんだ。「覚えていますとも。わたしは自分のドゥーゼも与えてもらったんです。それも、二十年以上前に『火』という小説でヨーロッパ全体にドゥーゼを与えたダヌンツィオその人から。わたしたち、彼の軍隊が占領したフィウメに立て籠もっていました。これもまた包囲戦ね。おとしのクリスマス。彼は『血のクリスマス』と言っていたわ。あの人は、ドゥーゼの思い出をわたしに与えてくれたんです、〈アンドレア・ドリア号〉がわたしたちに砲弾を降らせる宮殿で」

「二人は休暇をアドリア海で過ごした」たわけた笑みを浮かべて、ゴドルフィンは言った。その思い出を自分が独り占めしたかのように。「彼が素裸のまま栗毛の馬を海に乗り入れ、彼女は岸辺で待っている……」

「嘘よ」一瞬だけ、声に棘が含まれた。「自分のことを書いた小説を出版させないために宝石を売った話も、処女の頭蓋骨を親愛の杯に使った話も、ぜんぶ嘘。四十を過ぎて恋をしたドゥーゼを、ダヌンツィオは傷つけたの。わざと傷つけたのよ。それだけのこと。

「わたしたち二人とも、ちょうどあのときフィレンツェにいたでしょう？　彼があの情事について小説を書いていた頃。わたしたちがあの二人に会わなかったのが不思議！　でも、わたしはいつも彼とすれ違う運命だったみたい。フィレンツェでも、大戦直前のパリでも。彼の人生の絶頂、彼の才能《ヴィルトゥ》がいちばん輝いた時まで待てとでもいうように。そう、それがフィウメ！」

「フィレンツェで……我々は……」いぶかしむような、気弱な調子だ。

ヴェラはキスを誘うかのように身を乗り出した。「お分かりにならないの？　わたしたちをこの館に閉じこめた包囲と籠城。これがヴィーシューよ。ついにやって来たんだわ」

ここでいきなり、攻守の逆転が生じた。やられていた側が一時的に攻勢に転じ、これまで攻めていた側が受けるだけで精一杯になったのだ。物陰から眺めていたモンダウゲンの見るところ、形勢を引っくり返したのは二人の議論の筋道ではなく、むしろ老人がひそかに保っていた精力のようだった。すべてを奪ってゆく老いの目を盗んで、今のような危機的状況のために保持されている精力。

ゴドルフィンはヴェラの言い分を笑い飛ばした。「世界は大戦を経験したのですぞ、フロイライン。ヴィーシューは贅沢品、酔狂だったのだ。もはや、ヴィーシューのようなものは我々の手に入らんのです」

「でも、もうやめられませんわ」ヴェラは反論を試みた。「ヴィーシューの空白を、何が埋められるとおっしゃるの？」

ゴドルフィンは頭を上げ、にやりと笑ってみせた。「もう埋まってきていますよ。現実によって。あいにくなことにね。お友達のダヌンツィオにしてもそうでしょうが。我々の好むと好まざるとにかかわらず、あの戦争は我々から私的な時間を、おそらく夢見る時間まで奪っていったのですよ。ダヌンツィオだけではないのです。午前三時の不安も、個性の過剰も、政治的な幻影も、それらを発散すべき対象はもはや生身の大衆しかなくなった。現実にうごめく大衆、それだけになってしまった。ヴィーシューの一件は、つつましやかで、ある種の喜劇性さえ帯びていたが、そういうものは消え失せてしまった。我々のヴィーシューは我々のものでなくなり、仲間うちに限られるものでさえなくなった。公共財産となったのですよ。いったいこの世界は、今後どれだけヴィーシューを見ることになるのでしょう。どこまでヴィーシューの後追いをすることになるのでしょう。悲しいことだ。自分の老い先が短くて幸いですよ、本当に」

「大変なかたね、あなたは」と言ったきり、ヴェラは口をつぐんだ。詮索したげな様子で近寄ってきた金魚の頭を石の一撃で叩き潰すと、ゴドルフィンを置いて立ち去った。

一人になったゴドルフィンは呟いた。「人間、成長するものだからな。フィレンツェに行ったときのわたしは、五十四にして向こう見ずな青二才だった。ドゥーゼがフィレンツェにいると知っておったら、詩人野郎だけにいい目を見させはしなかったのにな、ハハハッ。ただひとつ困るのは、齢《よわい》八十になんなんとして、あのろくでもない戦争のせいで世界が自分より老け込んでしまったのを日々感じてしまうことだ。今の世界は、ぶらぶらしている若者をよしとせん。若さとは有用なる目標に向けて活用されるべきもの、搾り尽くされるべきものというわけだ。遊びの時間はゼロ、ヴィーシューはおしまいか。やれやれ」そう言って、シンコペーションの効いたキャッチーなフォックストロット・ナンバーを披露した。

君と二人　たわむれた
夏のさかり　海辺の道
プロムナードで秘密のキッス
君の伯母さん　目を丸くした　ああ
君は十七　娘の盛り
パラソル姿もまぶしくて

今は帰らぬ光の季節《とき》よ
青い想いが空行く頃よ
秋風立たずたそがれ遠き
夏のさかりの海のそば

（ここで、一度だけアイゲンヴァリューがさえぎった。「ヴェラ・メロヴィングとゴドルフィンはドイツ語で話していたんですか？　それとも英語？　当時、モンダウゲンは英語ができましたかね？」ステンシルが躍起になって抗弁しだす前に、アイゲンヴァリューは続けた。「ちょっと不思議に思っただけですよ、モンダウゲンがそんな片々たる会話をよく覚えていたもんだとね。ましてや、三十四年後に至ってそこまで詳しく思い出せたとなると、じつに奇妙だ。あなたにとって全てを意味する会話だとしても、モンダウゲンには何の意味もないでしょうが」

やりこめられた恰好のステンシルは、パイプをふかしつつ精神歯科医を見やった。唇の片側に浮かんだ謎めいたゆがみが、白い煙幕の向こうに見え隠れした。ややあって、『ある光景が突如眼の前に現れ出る』と言ったのはステンシルであって、モンダウゲンではない。お分かりかな？　もちろんお分かりだ。それでも、ステンシルの口から言わせたいのですな」

「わたしに分かるのは」と、アイゲンヴァリューはゆっくりした口調で言った。「V.に対するあなたの態度に、ご自分がまだ認めていない面が多くあるということですよ。精神分析医が相反感情並列《アンビヴァレンス》と呼んでいたやつだ。我々のほうではもっと単純に、異形歯配列《らんぐいば》と言いますがね」

ステンシルが返事をしなかったので、アイゲンヴァリューは肩をすくめ、話を続けさせた。）

夜になると、丸焼きにした仔牛がダイニングホールの長いテーブルに据えられた。ゲストたちは酒の勢いに任せて摑みかかり、手に手に好きな部分の肉を引きちぎって、身にまとっていた服を肉汁と脂でべとべとに汚した。モンダウゲンはいつもながら仕事に戻る気にならず、屋敷内の、赤絨毯を敷きつめた、鏡ばかりで人気《ひとけ》のない、灯が暗く音も響かぬ廊下を一人歩いた。いささかむしゃくしゃと憂鬱な気分だったが、なぜだろう。ひょっとすると、フォプルの籠城パーティにファッシング時分のミュンヘンと同じ自暴自棄の要素を感じ始めていたのだろうか。だが、それが理由だとはいえまい。何と言ってもここにあるのは不況《ディプレッション》でなく豊かさであり、日々の困窮ではなく贅沢なのだ。何よりも、手軽につまめる乳房や尻があるところが違う。

どう歩いたものか、ヘトヴィヒの部屋の前に出た。ドアは開いていた。ヘトヴィヒは化粧鏡の前に座って目元をメイクしていた。「入ってらっしゃいよ、そんなところから覗いてないで」

「目のあたり、ずいぶん古風にしてるね」

「ヘル・フォプルの言いつけで、女の人はみんな、ドレスもメイクも一九〇四年に戻すの」ヘトヴィヒはくすくす笑った。「わたし、一九〇四年には生まれていなかったんだから、ほんとは何も着ないのが正しいのよね」今度は溜息をついた。「眉毛を抜いてディートリッヒ風にするの、すごく大変だったのよ。なのに、今度はこれだもの。巨大な黒い翼みたいなのを描き込んで、端っこをとがらせるの。それに、睫毛はマスカラまみれ！」唇を突き出して、「ハートを傷つけられたりしたら大変よ、クルト。この古風な目元が涙で台なし」。

「ふーん、君にハートがあったのか」

「ちょっとクルト、泣かせないでって言ったでしょ。さあ、髪をアレンジするから手伝って」

色の淡い金髪の豊かな房をモンダウゲンがうなじから持ち上げると、最近できたとおぼしい擦り傷が二本、二インチの間隔で輪になって首を囲んでいた。それを見たモンダウゲンの驚きは、はたして手の動きから髪に伝わり、ヘトヴィヒに届いただろうか。そのそぶりは見えなかった。二人は協力してヘトヴィヒの髪を手の込んだ束に丸め、黒いサテンのバンドで留めた。二本の擦過傷を隠すため、ヘトヴィヒは小さな縞瑪瑙《オニックス》のビーズをつないだ細いネックレスを首に巻きつけ、さらに三回りばかりだんだん大きく巻いて胸の谷間に垂らした。

肩にキスしようと、モンダウゲンは屈み込んだ。「だめよ」と呻いたと思うと、ヘトヴィヒはいきなり凶暴化した。コロンの小瓶を取ってモンダウゲンの頭上でぶちまけ、いきなりドレッシングテーブルから立ち上がって、キスされかかっていた肩でモンダウゲンにアッパーカットを喰らわせた。ばったり倒れたモンダウゲンはしばし意識を失い、我に返ってみるとヘトヴィヒがケークウォークのステップを踏みながらドアから出て行くところだった。世紀の変わり目に流行した「ツィッペル＝ツァッペル＝ツェッペリンに乗って」を歌っている。

モンダウゲンがよろめきながら廊下に出ると、ヘトヴィヒの姿はなかった。もてない男の悲哀めいたものを味わいながら、モンダウゲンはオシログラフのある小塔に足を向けた。科学の慰めを求めてのことだったが、この慰めは氷のように冷たいうえ、そう易々とは見つからない。

屋敷内の奥深くに位置する装飾用の岩屋まで来たときだった。軍服の正装に身を固めたヴァイスマンが、鍾乳洞を模して作られた石筍《せきじゅん》の後ろから飛び出してきた。「アッピントン！」とヴァイスマンはわめいた。

「はあ？」モンダウゲンは目をぱちくりさせて聞き返した。

「ふむ、動じないな。裏切りで飯を食っている連中は、どいつも物に動じない」口を開けたまま、ヴァイスマンは辺りの空気を嗅いだ。「ううっ。こいつはすてきに匂うな」眼鏡が光った。

頭はまだくらくら、コロンの臭気にすっぽり包まれたモンダウゲンは、ひたすら眠りたかった。怒気を含んでいる中尉をすり抜けようとしたが、相手は鞭の柄で行く手をさえぎった。

「誰だ、アッピントンにいる連絡相手は？」

「アッピントンって」

「あそこに違いない。南ア連邦でここから一番近い町だからな。英国のスパイが文明生活の恩恵を手放すとは思えん」

「南ア連邦に知り合いなんかいませんよ」

「口のきき方に気をつけろ、モンダウゲン」

やっと分かってきた。ヴァイスマンは空電観測のことを言っているのだ。「あの機械は送信なんかできません」モンダウゲンは叫んだ。「そんなこと、馬鹿でもなけりゃ一目で分かる。受信専用だってのに」

ヴァイスマンは笑みを浮かべてみせた。「語るに落ちるとはこのことだ。指示を受け取っているんだな。わたしは電子技術の知識はないが、へまな暗号解読係が書き散らしたものは分かる」

「あなたが僕より解読上手だったら、大歓迎なんですがね」と溜息をついたモンダウゲンは、この空電が何かの「暗号《コード》」ではないかという想像を口にした。

「本当か、それは？」ヴァイスマンはいきなり子供のようにぽかんとなった。「君が受信した内容を見せてくれるか？」

「どうせ全部見たんでしょう。ま、一緒に見ていただくほうが解読の可能性は広がる」

しばらくすると、ヴァイスマンは恥ずかしげに笑っていた。「そうか、なるほど。君は冴えているな。凄いぞ。うむ。わたしは君の言うとおり馬鹿だったようだ。謝る」

ふと閃いて、モンダウゲンは囁いた。「連中の放送を傍受しているんです」

ヴァイスマンは顔をしかめた。「だから、わたしがそう言ったじゃないか」

モンダウゲンは肩をすくめた。中尉が鯨油ランプを灯し、二人は小塔に向かった。傾斜した通路を上っているとき、突如、耳を聾するような短い笑い声が広い屋敷に響き渡った。モンダウゲンは凍り付いた。背後でランタンが砕け散る音。振り返ると、ヴァイスマンの周りに小さな青い炎がいくつも上がり、きらきら光るガラスの破片が散らばっていた。

「ハマオオカミ」ヴァイスマンはそう言うのがやっとだった。

モンダウゲンの部屋にはブランディの用意があったが、葉巻の煙のようなヴァイスマンの顔色は変わらなかった。口をきこうとせず、ブランディに酔いつぶれ、やがて椅子の中で寝込んでしまった。

モンダウゲンは未明まで暗号解読に励んだが、いつもと同じで何の結果も得られない。何度も眠り込んでは、スピーカーから聞こえてくる短いくすくす笑いのような音で目を覚ますのだった。夢うつつのモンダウゲンは、その空電音がさっきの気味悪い笑い声によく似ているように思えて、眠りに落ちるのが怖くなった。それでも、繰り返し襲ってくる突然の眠りは抑えられない。

屋敷のどこかで（これも夢だったのかもしれないが）聖歌「怒りの日《ディエス・イレ》」を単旋律で合唱する声が聞こえた。合唱が異様な大声になって、モンダウゲンは目が覚めた。ささくれ立った気持ちでよろよろとドアに近付き、静かにしてくれと言いに行くために部屋を出た。

物置部屋の並びを通り過ぎると、そこからの廊下はひどく明るく照らされていた。白塗りの床に、まだ乾いていない血が点々と続いている。何だろうと思ったモンダウゲンは跡を追ってみた。血をたどって五十ヤードばかり、それからカーテンを抜けて角を曲がると、古い帆布に覆われた人体らしきものが横たわって道をふさいでいた。そこから先の廊下は、しみひとつない純白に輝いている。

モンダウゲンは全力で走りだして謎の物体を見事飛び越え、駆け足のペースで走り続けた。しばらくして気が付くと、いつぞやヘトヴィヒと一緒に踊り抜けた肖像画廊の入口にいた。頭はまだヘトヴィヒのコロンでくらくらだ。ふと廊下の中ほどを見ると、近くの壁掛けランプに照らされて、二等兵用の古い軍服を着たフォプルが爪先立ちで肖像のひとつにキスしている。フォプルが行ってしまうと、モンダウゲンは心にきざした疑いを確証すべく、額の銘板に目をやった。案の定、それはフォン・トロータの肖像だった。

「わしはあの人に入れあげたよ」と、以前フォプルが言ったことがある。「あの人のおかげで、わしらは物怖じしないようになった。あの解放感というか、心地よくて豪勢な感じは何とも言えんね。それまで聞かされ続けてきた、人命の価値だの尊厳だのというお題目をきれいさっぱり忘れていいことになったんだから。そう言えば、実科学校の時分に同じような気分になったことがあった。それまで何週間も詰め込んできた歴史の年号が、試験に出ないと言われてな……。

「これまでずっと悪いと教えられてきたことに、手を下すわけだ。で、手を下してからがまた一苦労。これは全然悪いことじゃないんだ、禁断のセックスと同じで、楽しいことなんだという気持ちになるまでがな」

背後で足をひきずる音がした。モンダウゲンが振り向くと、ゴドルフィンだった。「エヴァン」

と老人は囁いた。

「え、何か？」

「わたしだよ。キャプテン・ヒューだ」

老ゴドルフィンの目の迷いかと思って、モンダウゲンは相手に近寄ってみた。だが、事はそう簡単でないらしい。涙が浮かんでいること以外、相手の目に変わった点はなかった。

「おはようございます、大佐《キャプテン》」

「エヴァンや、もう隠すことはないんだよ。彼女から聞いた。分かっとる。大丈夫だ。エヴァンに戻っても大事ない。この親父がついておる」老人はモンダウゲンの二の腕を掴み、頼もしげにほほえんでみせた。「さあ、そろそろ家に帰ろうじゃないか。まったく、長いこと留守にしたものさ。おいで」

年寄りをいたわるつもりで、モンダウゲンは海軍大佐に手を引かれるまま廊下を進んでいった。

「誰から聞いたんですか？『彼女』と言いましたね」

ゴドルフィンの記憶は薄れていた。「ほら、あの、おまえの女友達。ええ、名前は何と言ったかな」

一分ほど沈黙が続いたあいだにモンダウゲンはゴドルフィンという人物について思い出し、ある種のショックを感じながら尋ねた。「彼女、あなたに何をしたんです」

ゴドルフィンの小さな頭がガクリとのめって、モンダウゲンの腕をこすった。「ああ、もう疲れたよ」

モンダウゲンは屈み込んで、子供よりも軽く感じられる老人の身体を抱え上げ、白い廊下の上り坂を進んだ。鏡と鏡のあいだを抜け、つづれ織りのかかった壁と、何十もの生命が内側に密封されたまま熟れてゆく重い扉を過ぎていった。巨大な屋敷の階段を上りつめて、自分の部屋へ。ヴァイスマンはまだ椅子でいびきをかいている。モンダウゲンは老人を円形ベッドに横たえ、黒いサテンのふとんを掛けてやった。そして、老人を見下ろしながら唄った。

夢を見るんだ、クジャクのしっぽ、
ダイヤの野原や潮ふきクジラの。
この世は悪で満ちてるけれど
今夜は夢が守ってくれる。

翼広げる吸血鬼、
死の歌うたう妖鬼たち、
人食い鬼は夜どおし宴会、
それでもあんたは心配ない。

毒の歯もった骸骨たちが
地獄の底からよみがえる、
お化けに怪物、狼男、
あんたにそっくり生霊《いきりょう》だ、

窓の日よけに影がさす、
寝込みを襲う魔女の群れ、
えじきを探す小鬼たち、
夢はやつらを追い払う。

妖精たちが精魂こめて
織ったマントが夢の正体、
手足の先まですっぽりくるみ
風も苦痛も食い止める。

だけど今晩天使が舞い降り
あんたを闇に誘ったら
十字を切って壁を向くのさ
もはや夢など役立たない。

外でまたハマオオカミが金切り声を上げた。モンダウゲンは汚れ物の袋を拳で叩いて枕の形に整え、灯を消すと、震えながら敷物に身を横たえた。

（下巻に続く）

V.

Thomas Pynchon Complete Collection
1963

V. I
Thomas Pynchon

V.［上］

著者　トマス・ピンチョン
訳者　小《こ》山《やま》太《た》一《いち》＋佐《さ》藤《とう》良《よし》明《あき》

発行　2011年 3 月 30 日
4刷　2024年 12 月 10 日

発行者　佐藤隆信
発行所　株式会社新潮社　〒162-8711 東京都新宿区矢来町 71
電話　編集部 03-3266-5411　読者係 03-3266-5111　http://www.shinchosha.co.jp
印刷所　大日本印刷株式会社
製本所　大口製本印刷株式会社

乱丁・落丁本は、ご面倒ですが小社読者係宛お送り下さい。
送料小社負担にてお取替えいたします。
価格はカバーに表示してあります。

ISBN978-4-10-537207-1 C0097

Thomas Pynchon Complete Collection
トマス・ピンチョン全小説

1963 V.
新訳『V.』［上・下］ 小山太一＋佐藤良明 訳

1966 The Crying of Lot 49
新訳『競売ナンバー49の叫び』 佐藤良明 訳

1973 Gravity's Rainbow
新訳『重力の虹』［上・下］ 佐藤良明 訳

1984 Slow Learner
新訳『スロー・ラーナー』 佐藤良明 訳

1990 Vineland
決定版改訳『ヴァインランド』 佐藤良明 訳

1997 Mason & Dixon
訳し下ろし『メイスン＆ディクスン』［上・下］ 柴田元幸 訳

2006 Against the Day
訳し下ろし『逆光』［上・下］ 木原善彦 訳

2009 Inherent Vice
訳し下ろし『LAヴァイス』 栩木玲子＋佐藤良明 訳

2013 Bleeding Edge
訳し下ろし『ブリーディング・エッジ』 佐藤良明＋栩木玲子 訳